Ariana Godoy

FLEUR

MI DESESPERADA DECISIÓN

wattpad
by Montena

AVISO DE CONTENIDO EXPLÍCITO
Este libro incluye situaciones de contenido delicado que pueden herir la sensibilidad de algunos lectores.

Fleur. Mi desesperada decisión

Primera edición: junio de 2022

ISBN: 978-1-64473-628-9

Impreso en Colombia – *Printed in Colombia*

25 26 27 28 29 10 9 8 7 6 5 4

Dedicado a todas esas personas que han rozado la oscuridad, han sobrevivido y luchan contra ella cada día.

Más allá de la nieve,
en el corazón del bosque,
yace la niña de ojos vacíos,
vestida de rojo, rodeada de frío.

Prólogo

En una noche fría de abril decidí terminar con mi existencia.

La vida ya no tenía sentido, carecía de motivos para seguir adelante. Para algunos estaba escogiendo el camino fácil. Pero esta no era una decisión impulsiva o una que no hubiera intentado evitar. Durante tres semanas, había luchado por encontrar una razón para continuar y, lamentablemente, nada había funcionado.

«No puedo respirar, no lo merezco».

Mi familia había sido asesinada a sangre fría, y aunque no pudiera recordar esa trágica noche, cada vez que cerraba los ojos, lo único que veía era sangre; cada vez que veía una pareja, recordaba a mis padres, y cuando escuchaba una risa infantil, recordaba a mi hermana pequeña. Ah, y las pesadillas... eran horribles. Nadie podía culparme por rendirme. Esta era mi única opción.

Mi desesperada decisión.

Las piernas me temblaban mientras me subía a la barandilla y echaba un vistazo abajo. La sensación del vacío frente a mí me hizo morderme los labios con nerviosismo.

«Está tan alto».

Por un momento, me congelé; el miedo tensaba todos mis músculos. La brisa fría revolvía mi cabello y lo empujaba a un lado. Sin embargo, esa sensación fue reemplazada por el alivio que me producía pensar que todo iba a acabar pronto. El mundo se había vuelto asfixiante para mí. Mis ojos, llenos de lágrimas, miraron al cielo. Me gustaba pensar que mi familia estaba allá arriba, esperándome; ese era mi único consuelo.

—Lo siento, mamá. Lo siento, papá. —Mi voz falló—. Lo intenté, de verdad que lo intenté —dije al aire. Unas lágrimas se deslizaron por mis mejillas. Solo tenía que dejarme caer y todo habría terminado. Respiré hondo y cerré los ojos.

—Salta. —Dejé de respirar cuando oí una voz masculina a mi lado—. ¿A qué estás esperando? —Abrí los ojos y giré la cabeza hacia donde procedía esa voz.

Había un chico con una sudadera negra apoyado en la barandilla. No podía ver su rostro porque lo ocultaba con la capucha de la sudadera, pero noté un cigarrillo en su mano derecha y vi como se lo llevaba a la boca y le daba una calada.

—Nadie va a venir a detenerte, si eso es lo que estás esperando. —En su voz no se percibía preocupación alguna; era fría e indiferente. Exhaló el humo dejándome ver sus labios por un segundo, pero inmediatamente su rostro volvió a las sombras de la capucha.

«¿Y quién eres tú?».

1

«La locura, a veces, no es otra cosa
que la razón presentada bajo diferente forma».

Johann Wolfgang von Goethe

El sol reinaba dominante en el cielo.

Observé como una suave brisa rozaba las ramas de un alto árbol, como sus hojas caían y luego volaban con el viento, y deseé ser como esas hojas. A pesar de que había una ventana que me separaba del exterior, casi podía oler la naturaleza y sentir el viento sobre mi piel. Suspiré, descansando la barbilla en mis dos manos mientras seguía mirando por la ventana.

—Señorita Dupont.

Escuchar mi apellido me sacó de mi ensimismamiento y me di cuenta de que la profesora Harris estaba de pie a mi lado, muy cerca de mi silla, con los brazos cruzados. Una cola alta perfecta sostenía su cabello castaño; era, sin duda, una mujer muy elegante. Sus ojos color avellana destilaban molestia, no se veía contenta. Levantó una ceja y preguntó:

—¿Le parece que ese árbol es más interesante que mi clase? —En realidad sí, pero nunca lo diría en voz alta, no quería problemas.

—Le pido disculpas, señora Harris. No era mi intención faltarle al respeto de ninguna manera —contesté educadamente.

La señora Harris regresó a su escritorio, murmurando algo, molesta. A simple vista, este lugar parecía un internado común y corriente, pero no lo era. El Instituto Marshall era un psiquiátrico experimental cuyos pacientes eran en su mayoría jóvenes que sufrían algún tipo de trastorno. Las distintas plantas del edificio estaban categorizadas por niveles que separaban los trastornos ligeros de los medios y los graves.

Los pacientes del primer piso podíamos asistir a unas cuantas clases regulares y generales en un intento de evitar retrasos académicos y de brindarnos cierto aire de normalidad. También nos daba algo que hacer, algo en lo que entretenernos en este solitario y aislado lugar. Ni siquiera sabía que existían sitios así hasta que mis abuelos me propusieron que viniera aquí tres semanas atrás.

¿Por qué? Porque mis padres ya no estaban, ellos y mi hermana menor fueron asesinados a sangre fría hace dos meses. No podía recordar esa noche, todo era borroso y confuso cuando intentaba hacerlo. El asesino me drogó y me convirtió en una testigo inútil, sin recuerdos. No recordar no hacía que lo sucedido fuera menos doloroso o más fácil de superar.

Una semana después de aquella terrible noche, mis abuelos decidieron enviarme aquí. Creo que no estaban preparados para lidiar conmigo, una joven adulta de dieciocho años diagnosticada de trastorno por estrés postraumático, depresión clínica con ataques de pánico y tendencias suicidas. Temían por mi vida. Además, estaba segura de que les recordaba a mis padres. Comprendía su dolor.

—Flor —susurró una voz suave detrás de mí.

Giré la mitad de mi cuerpo hacia ella.

—Te dije que mi nombre se pronuncia Fleur, no Flor —respondí a Dana, la única amiga que había hecho hasta ahora.

—Me gusta más Flor —dijo pronunciando mal mi verdadero nombre.

—Sí, pero... —Suspiré—. Olvídalo, ¿qué quieres?

—Necesito tu ayuda... —Se pasó los dedos por su pelo rojizo—. Con mi francés. Tengo una prueba mañana. —Hizo un puchero, parpadeando, tratando de convencerme.

Dana no me había dicho las razones por las que estaba aquí, pero no era necesario. Había notado su delgada figura y había visto a las vigilantes de la puerta del baño entrar tras ella para vigilarla. Aún recordaba que mi corazón se había hundido cuando descubrí que sufría un trastorno alimenticio. Estaba siguiendo un régimen estricto de alimentación, medicación y psicoterapia. El día que llegué, ella acababa de ser transferida del segundo piso al primero, al parecer estaba mejorando y eso era un comienzo.

Sí, podía ayudarla, el francés era mi lengua materna; nací en una tranquila provincia del norte de Francia. Mi familia y yo habíamos vivido allí hasta que mi padre se enemistó con algunas personas debido a su trabajo. Era abogado y había enviado a la cárcel a algunos delincuentes, que luego decidieron vengarse y comenzar a amenazarlo.

Así que mi padre pensó que era mejor que nos mudáramos y nos vinimos a Canadá, donde viven mis abuelos. Papá compró una preciosa cabaña en las montañas, pero unos meses más tarde un asesino entró y mató a toda mi familia, menos a mí. La policía descartó que fuera un mercenario. Dijeron que se trataba de un asesino en serie que ya había matado a cuatro familias antes de la mía y que estaban haciendo todo lo posible por dar con él y arrestarlo. No sabían por qué nos había escogido, aún no habían descifrado su patrón. Dijeron que yo tenía suerte de haber sobrevivido, pero afortunada era lo último que me sentía.

—¿Flor? —La voz de Dana me sacó de mis pensamientos.

—Bien, voy a ver qué puedo hacer. Nos vemos después de la clase. —Fingí una sonrisa, había olvidado por completo cómo era sonreír de verdad.

—Señorita Dupont. —La señora Harris me llamó. Inmediatamente, la miré—. ¿Puede decirme cuál es la tercera etapa del duelo?

—Fase de negociación —respondí enseguida. Sabía que se había dado cuenta de que no estaba prestando atención y por eso me había preguntado.

—Bien. Bueno, eso es todo por hoy. Espero que tengan un gran día. Pueden salir. —Todo el mundo en el aula comenzó a recoger sus cosas—. Señorita Dupont, acérquese un momento.

Me sorprendió su petición, pero me limité a asentir y caminé hacia su escritorio.

—¿Ocurre algo, señora Harris?

—Me han informado de que no fue a su cita con el psicólogo ayer ni tampoco a la terapia grupal.

Oh..., eso.

—Con el debido respeto, señora Harris, no creo que lo necesite.

—Me temo que en estos momentos es justo lo que más necesita. Ha perdido a su familia de forma muy traumática y tenemos que asegurarnos de que sigue el tratamiento adecuado para que consiga recuperarse lo mejor posible.

—No estoy loca.

—No estoy diciendo que lo esté, pero el psicólogo y la terapia grupal pueden ayudarle.

—El psicólogo es un desconocido y ese grupo es deprimente.

—Él es un experto en su área de estudio. Solo dele una oportunidad, hágalo por su familia.

No quería seguir viendo al psicólogo. No me gustaba hablar de mis padres, era demasiado doloroso.

—No puedo.

—Fleur, no soy su enemiga, pero si sigue faltando a sus citas terapéuticas, le trasladarán al segundo piso, donde no tendrá la libertad que tiene aquí y la llevarán obligada a terapia. ¿Quiere eso?

—No —respondí con sinceridad—. De acuerdo, señora Harris. No faltaré a mi próxima cita.

No valía la pena discutir, ya no estaría aquí para mi próxima cita. «Ya me habré ido», pensé con tranquilidad.

—Bien, puede irse —dijo ella mirándome a través de sus gafas.

Salí de la clase y me dirigí hacia la derecha por un largo pasillo. Una multitud de mujeres estaba invadiendo el lugar. Este edificio era para las mujeres; para evitar que nos mezcláramos, los hombres estaban en otro lado. Ya era suficientemente complicado tener una institución llena de jóvenes recuperando su salud mental.

Nuestro uniforme consistía en unos pantalones azules de tela y una camisa del mismo color con una etiqueta en la parte izquierda del pecho con nuestro nombre y número de paciente. Sí, nuestro uniforme no era sexy ni bonito, ¿qué puedo decir? Era un psiquiátrico. A veces, me sentía como si estuviera en una prisión. Sostuve los libros contra el pecho mientras me dirigía a mi habitación. Cuando llegué a la puerta, entré y la cerré tras de mí. Descansé un instante mi cuerpo sobre ella y luego di unos pasos hasta colocarme delante del espejo.

La chica que vi en él parecía una zombi. Tenía ojeras y su piel carecía de brillo o suavidad. El cabello rubio le caía en cascadas por la espalda, hasta por debajo de los hombros, y sus ojos azul oscuro me miraron con mucha tristeza.

«¿Dónde está la chica alegre que una vez fui? Se ha ido», suspiré.

El día había pasado. Me giré y me dirigí a la cama, donde me senté a esperar la noche.

Después de unas horas, la oscuridad comenzó a inundar toda la habitación. Miré el reloj. Eran las 7.10 p. m. Salí con cuidado, mirando a ambas direcciones en el pasillo, y caminé lentamente hacia las escaleras. Sabía que la vigilante del edificio de las chicas no estaba allí porque había memorizado su rutina. Esa era la hora de cambio de guardia. Tenía cinco minutos antes de que llegara la vigilante de la noche.

El primer piso no tenía tanta seguridad como el segundo y el tercero. Las escaleras de dentro del edificio estaban altamente custodiadas a partir del segundo y del tercer piso. Pero las escaleras de emergencia, situadas en el exterior, debían permanecer libres de obstáculos y personas por ley, así que, mientras cambiaban de guardia, contaba con algunos segundos para llegar a ellas y subir hasta la azotea. Tan pronto como llegué allí, el viento echó hacia atrás mi pelo con violencia. La noche era muy fría, como de costumbre. Me ajusté la chaqueta al cuerpo, tratando de no quedarme helada.

La vista del bosque oscuro que rodeaba los edificios del psiquiátrico daba un poco de miedo; la luz de la ciudad parecía estar muy lejos. Respiré hondo, llenando mis pulmones de aire, y luego exhalé despacio. El momento había llegado.

En una noche fría de abril decidí terminar con mi existencia.

La vida ya no tenía sentido, carecía de motivos para seguir adelante. Para algunos estaba escogiendo el camino más fácil. Pero esta no era una decisión impulsiva o una que no hubiera intentado evitar. Durante tres semanas, había luchado por encontrar una razón para continuar y, lamentablemente, nada había funcionado.

«No puedo respirar, no lo merezco».

Mi familia había sido asesinada a sangre fría, y aunque no pudiera recordar esa trágica noche, cada vez que cerraba los ojos, lo único que veía era sangre; cada vez que veía una pareja, recordaba a mis padres, y cuando escuchaba una risa infantil, recordaba a mi hermana pequeña. Ah, y las pesadillas... eran horribles. Nadie podía culparme por rendirme. Esta era mi única opción.

Mi desesperada decisión.

Las piernas me temblaban mientras me subía a la barandilla y echaba un vistazo abajo. La sensación del vacío frente a mí me hizo morderme los labios con nerviosismo.

«Está tan alto».

Por un momento, me congelé; el miedo tensaba todos mis músculos. La brisa fría revolvía mi cabello y lo empujaba a un lado. Sin embargo, esa sensación fue reemplazada por el alivio que me producía pensar que todo iba a acabar pronto. El mundo se había vuelto asfixiante para mí. Mis ojos llenos de lágrimas miraron al cielo. Me gustaba pensar que mi familia estaba allá arriba, esperándome; ese era mi único consuelo.

—Lo siento, mamá. Lo siento, papá. —Me falló la voz—. Lo intenté, de verdad que lo intenté —dije al aire. Unas lágrimas se deslizaron por mis mejillas. Solo tenía que dejarme caer y todo habría terminado. Respiré hondo y cerré los ojos.

—Salta. —Dejé de respirar cuando oí una voz masculina a mi lado—. ¿A qué estás esperando? —Abrí los ojos y giré la cabeza hacia donde procedía esa voz.

Había un chico con una sudadera negra apoyado en la barandilla. No podía ver su rostro porque lo ocultaba con la capucha de la sudadera, pero noté un cigarrillo en su mano derecha y vi cómo se lo llevaba a la boca y le daba una calada.

—Nadie va a venir a detenerte, si eso es lo que estás esperando. —En su voz no se percibía preocupación alguna; era fría e indiferente. Exhaló el humo dejándome ver sus labios por un segundo, pero inmediatamente su rostro volvió a las sombras de la capucha.

—No quiero que nadie me detenga —dije mientras miraba al frente, tratando de ignorarlo.

—Tictac, tictac, date prisa y salta.

Le eché un vistazo, seguía fumando.

—¿Podrías irte? —pregunté, molesta.

—No.

—Me gustaría tener un poco de privacidad el día de mi muerte. —Lo miré una vez más, pero permaneció impasible.

—Imagina que no estoy aquí.—Exhaló el humo lentamente.

—No tendría que imaginar nada si me dejaras en paz.

—Te lo he dicho, no pienso irme. —Tiró el cigarrillo al suelo y lo apagó aplastándolo con el pie—. Deberías darte prisa.

—Vete.

—No.

Apreté los puños.

—¿Por qué no?

—Porque no quiero. —Suspiré con frustración—. ¿Quieres que te dé un empujón?

—No, quiero que te vayas.

—Date prisa.

—¡Voy a morir cuando yo lo decida, no cuando tú lo digas!

—Claro. —Giró su rostro en mi dirección y, por un segundo, pude ver un par de ojos grises fascinantes a través de la oscuridad de la capucha—. Los cobardes no entrarán en el reino de los cielos, ¿no has oído eso? —Apartó la mirada, dejándome intrigada—. Salta.

La ira me recorrió el cuerpo.

«¡Este chico va a escucharme!». Me bajé de la barandilla y me volví hacia él, pero ya no estaba; se había ido. Busqué a mi alrededor tratando de encontrarlo y no había señales de él.

—¿Señorita? —Era la vigilante, que me miraba con desaprobación a cierta distancia—. Aléjese de la barandilla, ¡ahora!

—Oh, yo...

—No puede estar aquí, está absolutamente prohibido, sobre todo para usted. —Sabía que se refería a mi diagnóstico, era hora de hacerme la tonta.

—Oh, no tenía ni idea, de verdad, lo siento, solo quería respirar un poco de aire fresco.

—Como si fuera a creerla. Váyase a su habitación, ahora.

Asentí y corrí hacia las escaleras rápidamente. Tuve la suerte de que la vigilante estuviera de buen humor esa noche; de lo contrario, podría informar a la directora del psiquiátrico y yo estaría en problemas. Lo último que quería eran informes negativos que hicieran que me trasladaran al segundo piso.

Mientras caminaba por el pasillo hacia mi habitación, recordé al chico molesto de la azotea. ¿Quién era? ¿Y qué estaba haciendo en la azotea del edificio de las chicas? Lo más sorprendente era su actitud. No había tratado de detenerme como habría hecho la gente normal. De hecho, ¡me había incitado a saltar! Mi curiosidad hizo que no dejara de hacerme preguntas sobre él.

Entré en mi habitación y cerré la puerta tras de mí. Mi plan había fracasado. La frustración de no ser libre y estar con mis padres me hizo lanzar las almohadas por todo mi cuarto. Recordé al chico que me lo impidió y una mezcla de rabia me invadió.

«¿Quién eres, encapuchado?».

2

«El tiempo no duerme los grandes dolores,
pero sí los adormece».

George Sand

El sol calentaba mi piel y me sentía muy bien. Estaba sentada sobre la hierba con la cabeza en alto; con mi madre a mi lado. Ella soltó una risita, consiguiendo captar mi atención.

—¿Qué? —pregunté, curiosa, mirándola. Su cabello rubio estaba recogido en una cola alta dejando ver sus facciones y sus ojos azules. Siempre nos comentaban lo mucho que nos parecíamos.

—Adoras el sol, ¿verdad? Eso lo has sacado de mí. —Mi madre sonrió con dulzura.

Escuché una risa y vi a Camille, mi hermana pequeña, corriendo hacia nosotras. Su cabello castaño rizado caía por encima de sus pequeños hombros, tenía un brillo en sus ojos inigualable.

—¡Mamá! ¡Tengo un girasol! ¡Mira! —Abrió las manos y mostró su nueva adquisición.

—Es hermoso, Camille. ¿Dónde lo has encontrado? —preguntó mi madre.

—Estaba allí. —Camille señaló detrás de nosotras. Sonreí de oreja a oreja, admirando a mi hermana pequeña; siempre estaba muy feliz.

De repente, el girasol comenzó a pudrirse en las manos de Camille, emitiendo un olor putrefacto. La oscuridad nos rodeó, el sol desapareció y una brisa fría rozó mi piel, provocándome escalofríos por todo el cuerpo. Me puse de pie, mirando a nuestro alrededor.

—¿Mamá? ¿Camille? —llamé, pero ya no estaban a mi lado. Sentí una presencia, una respiración caliente en la parte de atrás de mi cuello. El miedo me paralizó por un momento.

—Flor —dijo una voz áspera.

—No... —susurré débilmente, empezando a correr rápido. Tenía que huir de él, solo sabía eso.

—Corre, corre, corre. —Sonaba divertido, podía sentirlo justo detrás de mí, sin importar lo rápido que corriera. Notaba que las piernas me pesaban mucho.

—No... —repetí en un murmullo.

—No, no puedes escapar de mí, Flor.

—No...

Me tropecé y caí sobre mis manos y rodillas. Sentí un líquido caliente debajo de mí. Al levantar las manos vi que era sangre. Las lágrimas me nublaron la vista y empecé a temblar sin control.

—No... —Traté de limpiarme la sangre con mi camisa.

—Flor. —Su aliento rozó mi oreja y me di la vuelta, pero lo único que pude ver fue una sombra desenfocada.

—¡Aléjate de mí! —grité.

—Ven aquí, Flor, ven.

—No —murmuré, caminando hacia atrás hasta que mis pies tocaron algo. Me di la vuelta y me quedé paralizada. Mi madre estaba en el suelo con morados en brazos y piernas. De la herida de su pecho manaba sangre. Me tapé la boca con una mano temblorosa.—. No, mamá...

—El rojo se ve hermoso en ella, ¿no crees?

—No... —Un par de manos frías se posaron sobre mis hombros.

—Flor.

—¡No! —chillé, abriendo los ojos.

Parpadeé, tratando de reconocer dónde estaba: mi cama, estaba en mi cama. Respiraba de forma entrecortada y agitada, aún podía sentir la humedad de las lágrimas en mis mejillas.

—Ha sido solo una pesadilla —susurré llevándome las manos al pecho, tratando de calmarme—. Respira, Fleur, respira.

Las pesadillas empeoraban cada noche. Me hubiera gustado recordar la noche del asesinato, pero tal vez era mejor así, no estaba preparada para hacer frente a esas imágenes atormentadoras. Me levanté mientras respiraba hondo. Miré el reloj de la mesilla de noche: las 4.45. Siempre me despertaba a la misma hora y no era capaz de volverme a dormir.

Cogí la toalla y el jabón y salí de la habitación. La vigilante estaba durmiendo en su silla. No podía culparla. Se pasaba despierta toda la noche vigilando a niñas que trataban de fugarse, pero la envidiaba porque podía tener un sueño profundo y calmado. Pasé cerca de ella, tratando de ser lo más silenciosa posible, y me dirigí a las duchas situadas al final del largo pasillo. Agarré el pomo de la puerta y, cuando estaba a punto de abrirla, oí una risa proveniente del interior. ¿Había alguien allí? Me apoyé en la puerta, presionando el oído contra ella.

—¡Basta! ¡Nos van a pillar! —dijo la voz de una chica y luego sonaron más risas.

—La vigilante está durmiendo, ven aquí. —Me quedé helada. Era la voz de un hombre. ¿Había un chico en el edificio de las chicas? Y estaba en la ducha haciendo quién sabe qué con esa chica. Oí algunos sonidos extraños y gemidos suaves a continuación. Me recosté en la puerta, ¿qué iba a hacer? Me aparté, decidida a volver a mi habitación, pero entonces vi a la vigilante de pie, estirando los brazos.

«Esto se complica», pensé, y antes de que supiera lo que estaba haciendo, abrí la puerta de las duchas y me precipité en el interior rápidamente con los ojos cerrados. Apoyé la espalda en la puerta.

—¡¿Qué demonios?! —exclamó la voz masculina.

Permanecí con los ojos cerrados, no quería ver lo que estaban haciendo.

—Lo siento.

—¿Por qué tienes los ojos cerrados? —preguntó la chica.

Los abrí poco a poco y vi que no estaban desnudos tal y como yo esperaba. Pero la chica, una morena de grandes ojos oscuros, estaba sonrojada y muy despeinada. Sin duda había interrumpido algo.

—¿Quién es esta? —le preguntó el chico, saliendo de las sombras. Tenía unos pómulos marcados y sus labios estaban rojos, supongo que por haber estado besándose con la chica. Fue entonces cuando me di cuenta de que estaba sin camisa. Aparté la vista, sonrojándome.

—No sé —respondió ella, y sonaba... ¿molesta?

—Tenemos un problema —dije aclarándome la garganta.

—¿Tenemos? —preguntó la morena, levantando una ceja.

—Sí, la vigilante se ha despertado.

—¿Qué? —Se puso pálida y miró hacia el chico—. Te dije que nos iban a pillar.

Yo no quería que eso ocurriera. Después de lo de la noche anterior, me mandarían directa al segundo piso. El chico tuvo una idea:

—Voy a usar la ventana para salir y ustedes dos salgan de aquí como si acabaran de tomar una ducha.

—¡¿A las cuatro de la madrugada?! —exclamó la chica con incredulidad.

—La gente lo hace a veces, ¿sabes? —dije mostrándole la toalla y el jabón que llevaba en las manos.

—Las personas raras lo hacen —respondió ella moviendo la cabeza—. Soy Lory. —Extendió la mano hacia mí.

Iba a decir mi nombre, pero sabía que nunca lo pronunciaría correctamente.

—Flor. —Le di la mano.

—¿Qué pasa con su acento? —El chico frunció el ceño.

—Déjala en paz, Trent. —Lory me sonrió antes de concentrarse en él de nuevo—. Antes de que te vayas...

Le tiró del pelo y lo besó apasionadamente. Aparté la vista, incómoda.

Unos segundos más tarde, Trent estaba saliendo por la ventana. Nos echó un último vistazo y le lanzó un beso a Lory.

—Nos vemos mañana en la fogata —susurró y desapareció en las sombras.

—¿Fogata? —pregunté.

Lory me miró un segundo como si dudara contarme algo o no.

—Sí, es una celebración secreta, ya sabes, chicos y chicas no pueden mezclarse en esta locura de lugar, así que organizamos una fogata a medianoche una vez al mes para poder reunirnos y charlar.

Este sitio no paraba de sorprenderme. Mis abuelos me habían explicado que era un instituto experimental, pero, claramente, la seguridad no era lo suyo.

—¿Todos... los chicos y las chicas?

—No, obviamente solo algunos del primer piso que tenemos más libertad.

—Suena interesante.

—¿Quieres ir? —preguntó Lory.

Negué con la cabeza con timidez.

—No me han invitado.

—Te estoy invitando, tonta. ¿Puedo usar tu toalla? No he traído una. —Asentí y se la pasé porque igual siempre me vestía en las duchas, no me gustaba salir en toalla

Se quitó el suéter por encima de la cabeza, y fue entonces cuando vi las cicatrices de los cortes en sus muñecas. Me las quedé mirando descaradamente. Lory siguió mi mirada.

—Son muchas, ¿verdad?

—Lo siento, no quería...

—Tranquila, no tienes por qué disculparte. —Me dedicó una sonrisa—. Todos tenemos nuestra mierda en este lugar, así que tranquila.

Entonces hice la pregunta más estúpida del mundo.

—¿Estás bien?

Lory se quitó los pantalones.

—Según mi psiquiatra, estoy estable. Eso es lo más cercano a bien que puedo estar.

En ese momento caí en que nunca la había visto antes.

—No te he visto en la terapia de grupo —comenté.

—Ah, eso es porque voy pocas veces.

—Oh...

—Bien, niña curiosa, vamos a ducharnos y a salir de aquí. —Se quitó el resto de la ropa, tomó la toalla y se metió dentro de uno de los cubículos de las duchas.

Después de desvestirme, yo me metí en otro y dejé que el agua caliente cayera sobre mí, relajándome.

—Oye, Flor. —La voz de Lory resonaba entre el sonido del agua y el eco de las duchas.

—¿Sí? —respondí mientras me frotaba el jabón por todo el cuerpo.

—¿Qué haces despierta tan temprano?

—No... podía dormir.

—¿Insomnio?

—En realidad, no. Yo solo... yo... —Hice una pausa sin saber qué decir.

—¿Pesadillas vívidas?

—¿Cómo lo sabes?

—A veces, los sueños vívidos pueden ser un efecto secundario de los antidepresivos, créeme que lo sé. —Suspiró—. He probado muchos.

—¿Se irán?

—¿Eh?

—Las pesadillas, ¿se irán en algún momento?

—Depende de tu organismo, yo las tuve durante unos meses.

Después de que me pusiera mi pijama y Lory se envolviera en la toalla, me miró y me hizo un gesto para que abriera la puerta. Respiré hondo y las dos salimos y empezamos a caminar hacia nuestros dormitorios. La vigilante nos vio y se puso de pie de inmediato.

—¿Qué hacen en las duchas tan temprano? Está prohibido que salgan de sus habitaciones antes de las seis de la mañana. El horario es claro: han de permanecer en sus habitaciones desde las siete de la tarde hasta las seis de la mañana.

—Lo sentimos —dijo Lory y bajó la mirada.

—¿Y usted qué me dice? —La vigilante me señaló—. Ayer no informé de que me la encontré por la noche en la azotea, pero me temo que no puedo dejarlo pasar esta vez.

—Lo sentimos mucho —repitió Lory—. No va a suceder de nuevo.

—Tengo que informar de esto, lo siento —declaró la vigilante y se dio la vuelta para alejarse.

—¿Disfrutó de su siesta? —Al oír la pregunta, la mujer hizo una pausa, tensándose ligeramente—. Si nos delata, se preguntarán cómo pudimos llegar a las duchas sin que nos viera. ¿Cree que a la directora le gustaría saber que no nos vio pasar porque estaba durmiendo? —No quise sonar mala, pero no tenía intención alguna de ir al segundo piso.

—¿Me está chantajeando? —Ella se volvió hacia nosotras una vez más.

Lory retrocedió asustada—. Ni se atreva a pensarlo siquiera. Lo negaré todo y ¿a quién cree que creerán? ¿A mí o a un par de adolescentes locas como ustedes?

—Obviamente, a usted. —La vigilante sonrió—. Pero hay cámaras en esta institución, ¿no? —Su sonrisa se desvaneció—. Me pregunto qué pasaría si se vieran obligados a revisar todas esas noches en las que ha dormido tanto.

—Ah —masculló con impotencia—. Está bien, vayan a sus habitaciones ahora antes de que alguien las vea. —Sonaba molesta, pero no me importaba.

Lory y yo caminamos rápido por el pasillo.

—Eso ha estado genial —dijo Lory sonriéndome.

—Gracias. —Me detuve frente a mi puerta—. Bueno, esta es mi habitación.

—Ha sido un placer conocerte, Flor. —Empezó a caminar de nuevo.

—Eh —la llamé en un susurro—. ¿Qué hay de la fogata?

—Pasaré a buscarte mañana por la noche; procura estar lista a las once.

—De acuerdo.

—Y, Flor...

—Dime.

—Lo que sea que intentaste anoche... —Se calló al notar mi incomodidad—. Me alegro de que la vigilante te detuviera. Buenas noches.

No esperó mi respuesta y desapareció por el pasillo. ¿Qué estaba haciendo? ¿Desde cuándo estaba yo interesada en asistir a eventos sociales? Me di cuenta de que la adrenalina que producía el riesgo de ser descubierta era lo que me estaba motivando. Desde que había llegado al psiquiátrico, había sido la paciente perfecta y me había portado tan bien que... todo había sido muy muy gris. Tal vez había llegado el momento de hacer cosas malas.

La idea de terminar con mi existencia todavía merodeaba por mi mente, pero estaba cada vez más interesada en la vida de nuevo. Quizá los antidepresivos empezaban a hacer efecto.

Unas horas más tarde, estaba en clase, apoyando la barbilla en mis manos de nuevo. Escogí la silla próxima a la ventana para poder mirar hacia afuera cada vez que quisiera. Era mi vía de escape.

—Flor —susurró Dana detrás de mí.

—¿Qué?

—No me ayudaste con mi francés ayer, tengo la prueba esta tarde.

—Lo siento, lo olvidé.

—¿Puedes explicarme al menos algunas cosas durante el almuerzo?

—Claro.

—¡Gracias! ¡Gracias! Eres un sol.

El profesor Yang siguió hablando de las diferentes religiones que existen en el mundo mientras yo observaba un árbol en el jardín.

«Los cobardes no entrarán en el reino de los cielos...».

Recordé las palabras del encapuchado de la azotea. ¿Quién era? Estaba segura de que era un paciente del centro, pero ¿qué hacía en la azotea del edificio de las chicas? Una imagen vino a mi mente: sus ojos grises y sus labios gruesos. Eso fue lo único que pude ver de él. Suspiré, tenía que dejar de pensar en ese extraño.

El resto del día estuvo marcado por la rutina habitual: más clases. Tuve un poco de diversión enseñándole francés a Dana durante el almuerzo; no era muy buena con los idiomas. Salí de mi última clase y nos dirigimos a los dormitorios. Dana me acompañó mientras me contaba cosas de su casa. Sostenía los libros contra mi pecho, prestando atención a su historia.

—Grité, pero él siguió molestándome —me decía Dana y se echó a reír.

Noté que alguien se acercaba y levanté la cabeza para mirar.

Me detuve abruptamente: un chico delgado y bien tonificado venía hacia nosotras. Llevaba el uniforme del psiquiátrico: camisa azul y pantalones a juego. Se veía en forma, con los músculos de sus brazos definidos, pero sin que fuera nada exagerado. Iba con las manos dentro de los bolsillos de los pantalones. Lo reconocí de inmediato: era él..., era el chico encapuchado.

Me pareció muy guapo: nariz afilada, pómulos perfectos y definidos, cejas gruesas y tan oscuras como el pelo desordenado que le cubría las orejas y le caía por la frente. Tenía unos ojos grises únicos y no pude evitar mirar esos labios gruesos que recordaba tan bien.

Se dirigió hacia nosotras, mirándome, con un desinterés claro en su expresión. Pasó por mi lado y juro que lo vi sonreír.

—¿Flor? ¿Hola? —La voz de Dana me trajo de nuevo a la realidad.

—¿Eh?

Dana soltó una risita.

—Ese chico te ha deslumbrado por completo —dijo sonriéndome—. Es guapo, ¿verdad?

—Él...

—Ah, es una pena que no hable.

—¿Qué? —Fruncí el ceño.

—Sí, algo le pasó y dejó de hablar. No sé toda la historia, pero sé que es el hijo de la directora del psiquiátrico y que por eso puede caminar por el edificio de las chicas, si quiere. Hace poco que está aquí.

—¿Por qué lo han internado?

—Muy buena pregunta, yo tengo mi propia teoría al respecto. Creo que sufre estrés postraumático y que por eso ha dejado de hablar. Algo malo le pasó.

—Vaya, te has vuelto toda una psicóloga.

—Gracias, gracias.

Mi mente seguía centrada en lo que Dana acababa de decir... ¿Ese chico no hablaba? Estaba segura de que me había hablado cuando lo vi en la azotea. Fue él, ¿cierto? No podía estar equivocada, esos ojos grises eran únicos.

Llegué a mi habitación aún más intrigada que antes. Me senté en la cama y me rodeé las piernas con los brazos, tirando de ellas hacia el pecho. Apoyé la barbilla en las rodillas y, lanzando un suspiro, me dejé caer sobre mis cómodas almohadas. Estaba esperando para ir a la fogata. «¿Estaría él allí? ¿Y a mí qué me importaba?». Me tapé la cabeza con una almohada, pero luego me la quité para dejar salir una bocanada de aire.

Mis ojos encontraron el techo, luché para hallar una motivación para ir, para esforzarme tan solo un poco más. La mayoría de las personas relacionan la depresión solo con la tristeza, pero es mucho más que eso. Una persona deprimida no siempre está encerrada en un cuarto llorando con las luces apagadas. A veces aquella chica que ves sonriendo en clase y hablando con todo el mundo o aquel chico tan bromista que te hace reír... portan máscaras. Pueden proyectar alegría, pero esta no es genuina.

La depresión solo se puede medir en una escala de grises; no hay blanco y negro cuando se trata de la mente humana, que es tan compleja e indescifrable. También es un error común pensar que todos manejamos la depresión de la misma forma. Nuestras mentes son únicas, nunca entenderé por qué, si podemos ver que somos diferentes físicamente, nos cuesta tanto creer que lidiamos con nuestros problemas de forma distinta.

Para mí, estar deprimida era como ver la vida a través de la niebla, sin ser capaz de sentir ni recordar por qué importa seguir aquí, preguntándome, ¿cuál es el propósito de todo esto? La vida literalmente pierde sentido y vivir cada día es una batalla constante, como si siempre te estuvieras ahogando.

Oh, y el dolor...

No existe ningún dolor físico que lo iguale. Es como un vacío en tu pecho que te consume y se lo lleva todo, toma todo de ti.

«No iré, ¿para qué?».

Cerré los ojos y recordé las pesadillas. No, no quería dormir, no quería vivir otra pesadilla, no quería escuchar esa voz, no quería ver la sangre. Me levanté. Tenía que ir, necesitaba entretenerme con algo, necesitaba ver otra cosa que no fueran estas cuatro paredes. Tal vez, al distraer mi mente, lograría espantar las pesadillas.

Decidida, esperé a Lory para ir a la fogata.

℘ 3 ℘

«Hay heridas que nunca se ven en el cuerpo que son más profundas y dolorosas que cualquiera que sangre».

LAURELL K. HAMILTON

—¡Lory, espera! —grité mientras la seguía por los oscuros pasillos del psiquiátrico.

Ella caminaba rápido. Nos dirigíamos a la fogata, pero en ese momento estaba lamentando mi decisión. Si nos atrapaban, seríamos castigadas duramente. Pero la adrenalina fluía por mis venas y me hacía sentir bien. El reloj ya casi señalaba la medianoche.

—Date prisa —susurró Lory y siguió su camino.

Me quedé mirando su espalda mientras yo la seguía en silencio. Lory estaba muy guapa. Llevaba unos vaqueros ajustados y una camiseta blanca de manga larga. Tenía una cintura estrecha y unas caderas redondeadas. Llevaba su cabello negro recogido en una cola alta. Verla arreglada me hizo evaluar mi atuendo una vez más. Yo llevaba unos pantalones holgados, una camisa púrpura suelta y unas Converse del mismo color. Suspiré. La verdad es que yo nunca había sido de arreglarme demasiado..

—¿Flor?

—¿Eh?

—Puedes ver a la vigilante de allí. —Señaló hacia delante. Había una mujer joven sentada ante una puerta de metal—. Se encarga de la vigilancia de la puerta del patio trasero. Tenemos que distraerla.

—¿Cómo? —pregunté tratando de pensar en una manera de hacerlo.

—Toma esto. —Me dio una piedra. Fruncí el ceño.

—¿Quieres que la golpee con esto? ¿Estás loca? —le pregunté mirándola.

Lory suspiró.

—No seas tonta, lánzala al final del pasillo para que la vigilante vaya a revisar el lugar y luego corremos a la puerta.

—Ah, vale. ¿Lo hago ahora?

—No, espera hasta el amanecer. ¡Por supuesto que ahora!

—Está bien. —Miré el pasillo oscuro y apreté la piedra para luego tirarla con todas mis fuerzas hacia la pared del final del pasillo. Al escuchar el golpe, la vigilante se levantó asustada y fue a ver qué había pasado.

—¡Ahora! —me ordenó Lory, y ambas corrimos hacia la puerta, la abrimos y la cruzamos rápidamente. Tan pronto como salimos, una brisa fría acarició mis brazos haciéndome temblar un poco. Al instante, supe que debería haberme puesto una chaqueta—. ¡Sigue corriendo hasta entrar en el bosque! —dijo Lory mientras se movía hacia la oscuridad de los árboles. La seguí rápidamente, pero pronto comencé a respirar de manera pesada. Al final, llegamos al bosque y nos escondimos tras los matorrales.

—¡Uf! ¡Eso estuvo cerca! —exclamó Lory. Se recolocó la camiseta y luego se arregló un poco pelo. No dije ni una palabra, estaba tratando de recuperar el aliento—. ¿Estás bien?

La miré asintiendo con la cabeza. Entonces eché un vistazo alrededor. ¡Oh, Dios mío!, estaba muy oscuro. Apenas podía ver las siluetas de los árboles y hacía mucho frío. La oscuridad me daba miedo después de todo lo que había pasado. Tal vez no había sido la mejor idea venir aquí.

—No se ve nada... —Noté como Lory avanzaba hacia las sombras—. ¿Lory?

—Sígueme —dijo caminando a través de la oscuridad. Tragándome el miedo, la seguí.

Después de andar por un camino lleno de piedras, llegamos a un prado. Había un montón de adolescentes allí charlando. Algunos estaban sentados alrededor de una gran hoguera. Vaya, había unos doce o quince pacientes allí.

—¡Lory! —exclamó una chica muy pálida caminando hacia nosotras.

—¡Sana! —Lory le dio un fuerte abrazo—. Estás de vuelta.

—Sí, mi padre se cansó de mí otra vez. Dice que lo de mi enfermedad es puro teatro; ya sabes. —Puso los ojos en blanco y luego me miró—. ¿Quién es esta?

—Oh, es la nueva —replicó Lory.

—Hola —saludé fingiendo una sonrisa. Era muy buena en eso últimamente.

—Soy Sana.

—Fle... Flor —arreglé rápidamente.

Lory y Sana intercambiaron miradas.

—Ven, Sana —dijo entonces Lory tirando de la chica—, ¡tengo muchas cosas que contarte!

Me quedé mirando a Lory, como preguntándole: «¿Y yo?». Ella sonrió y dijo:

—Diviértete, estaré de vuelta pronto. —Y se marchó.

Así fue como comenzó el momento incómodo. Estaba de pie sola entre un monto de desconocidos. La gente está muy equivocada respecto a los psiquiátricos. Los pacientes a mi alrededor hablaban, sonreían y actuaban como personas normales. Cada uno tenía su oscuro secreto, la razón por la que estaba aquí, pero, a simple vista, esa reunión era como cualquier otra reunión a escondidas de un instituto.

Unos minutos más tarde comenzaron las miradas. Todo el mundo me estaba mirando y susurrando cosas. Vi una roca de tamaño mediano y me senté en ella. Hacía mucho frío allí, así que crucé los brazos sobre mi pecho en un intento inútil de entrar en calor.

—¡Bu! —susurró alguien por detrás y me pellizcó la cintura. Salté, nerviosa—. Hola, bicho raro. —Trent, el novio de Lory, me saludó con una amplia sonrisa.

—¿Bicho raro? Ni siquiera me conoces.

—Una vez más, ¿qué diablos le pasa a tu acento? —preguntó con el ceño fruncido.

—No hay nada malo con mi acento. —Trent levantó una ceja—. Soy francesa, ¿ok?

—Oh, eso explica muchas cosas. —Entorné los ojos y me senté en la roca de nuevo. Trent era muy guapo, pero no era mi tipo. Se veía a la legua que era un mujeriego. Suspiré; tal vez no debería estar juzgando a la gente sin conocerla—. ¿Por qué estás sola? ¿Dónde está Lory?

—No lo sé, se ha ido con una chica llamada Sana.

Trent abrió los ojos sorprendido y se puso pálido.

—¿Sana está de vuelta?

—Sí —contesté distante, mirando alrededor. Había tres chicos con capucha cerca de la hoguera, pero estaba segura de que ninguno de ellos era el que estaba buscando.

—¡Oh, Dios! —Trent exclamó sentándose a mi lado. Le eché una mirada asesina; ni siquiera había pedido permiso—. Estoy metido en un gran problema ahora.

—¿Por qué?

—Sana y yo...

—¿Eh?

—Para resumir, Sana y yo éramos algo más que amigos antes de que le dieran de alta, pero ahora estoy con Lory y ellas son amigas...

Ahora lo entendía. No tenía ni idea de por qué esta persona que acababa de conocer me estaba contando la historia de su vida, pero como no tenía nada más que hacer, le pregunté:

—¿Lory sabe que tuviste algo con Sana?

—No.

—Entiendo. ¿Y Sana sabe que ahora Lory y tú están juntos...? —Trent movió la cabeza para negar—. Oh, tienes problemas.

Trent se pasó los dedos por el cabello.

—Debería irme, ¿verdad?

—Creo que deberías hablar con ellas.

—¿Estás loca? Me matarán.

—Se van a enterar de todos modos, están hablando en este momento —le dije con sinceridad.

—Me tengo que ir —contestó, y empezó a alejarse. Era un cobarde. Negué con la cabeza y volví a mirar a los grupos de personas que estaban alrededor de la hoguera. Gracias a Dios, ya no me estaban mirando.

«¿Por qué he venido?», me pregunté al darme cuenta de que no tenía nada que hacer allí; no tenía amigos y solo conocía a Lory y a Trent. Exhalé. En primer lugar, tal vez no debería haber ido allí. Oí reírse a algunas chicas y me acordé de mi hermana pequeña. La forma en que se reía era única, siempre me acordaba de eso.

Miré hacia el suelo mientras sentía que la tristeza me invadía una vez más. La echaba de menos... Mucho. Es difícil seguir viviendo cuando estás acostumbrado a ver a tres personas cada día de tu vida y luego las pierdes de repente. Suspiré, quizá debería irme. Ese lugar no era para mí. Me puse de pie y empecé a caminar hacia el sendero que me llevaría de nuevo al patio trasero del psiquiátrico. Sentí algunas miradas sobre mí, pero no les presté atención. Iba mirando el suelo para no tropezarme con ninguna piedra cuando me estrellé contra un pecho fuerte.

—¡Ay! —exclamé dando un paso atrás mientras me masajeaba la nariz.

—¿Estás bien? —me preguntó una voz suave.

Miré hacia arriba. Había un joven rubio observándome con unos grandes ojos verdes. Se parecía mucho a Luis, el chico del que me había enamorado en la escuela de Francia. Llevaba el cabello desordenado y tenía un rostro fuerte con una barba apenas visible. Sus cejas eran finas y bonitas.

—Sí —traté de no mostrar mi sorpresa.

Me sonrió.

—Parece que acabas de ver un fantasma, ¿tan feo soy?

—No, es que... No importa. Lo siento, no estaba prestando atención.

—Está bien, ha sido culpa mía. ¿Y tú eres...?

—Flor.

—Me llamo Lucas. —Me ofreció su mano y la tomé con cuidado—. Eres nueva aquí, ¿verdad? —Asentí, cruzando los brazos sobre mi pecho—. ¿Por qué te vas tan temprano? —Metió las manos en los bolsillos de su chaqueta.

—Oh, es que... estoy cansada.

—Tu acento, ¿eres de...?

—Francia.

—Tienes que ayudarme con mi francés entonces. —Me dedicó una cálida sonrisa.

—Claro, claro..., pero ahora debo irme.

—No puedes irte —dijo, negando con la cabeza.

—¿Por qué no?

—La diversión está a punto de empezar.

—¿Qué quieres decir?

—Jugaremos a una cosa dentro de unos minutos.

—¿Jugaremos?

—Sí, todos los que estamos aquí.

—¿A qué?

—Al escondite.

—¿En serio? —Estaba confundida. Era medianoche, por el amor de Dios—. ¿No es un poco tarde para jugar al escondite?

—Sí, por eso es divertido. Tenemos nuestra propia versión del juego. Ven conmigo. —Comenzó a caminar, tirando de mi mano para que lo siguiera—. Te voy a presentar a los chicos. —Nos detuvimos frente a un grupo que conversaban muy animadamente—. ¡Hola, chicos! —Todo el mundo nos miró. Había cuatro chicos y tres chicas—. Esta es Flor. Es francesa y es nueva.

—Hola —saludé con nerviosismo agitando la mano.

—Estos son Klaus, Michael, Josh y Howard. —Lucas señaló luego a las chicas—. Y estas son Paula, María y Samantha.

La chica llamada Paula dio un paso al frente.

—¡Hola!

—Bienvenida. —Klaus saludó con una amplia sonrisa. Era un chico muy alto. Sus ojos parecían tan oscuros como su pelo corto.

—Gracias. —Los otros del grupo me sonrieron y siguieron hablando.

—¡Atención todo el mundo! —exclamó Lucas en voz alta—. Es hora de jugar.

—¡Sí! —exclamaron algunas personas, emocionadas. Estaba intrigada por ese juego, debía admitirlo.

—Saben las reglas. Pero, antes que nada, recuerden que hay un gran muro de cemento alrededor de esta propiedad, así que ni se molesten en intentar escapar. —Lucas siguió hablando—: Todos deben correr dentro del bosque y ocultarse. Si encuentran a alguien, han de decir «Encontrado» y esa persona a la que acaban de encontrar tendrá que hacer cualquier cosa que ustedes le pidan.

—¿Cualquier cosa? —preguntó alguien y luego se echó a reír.

Lucas negó con la cabeza.

—Sexo no, por favor.

—Pero ¿y si la otra persona quiere? —insistió un chico.

—Pues entonces lo que hagan ya depende de ustedes. Muy bien, es hora de jugar. Tienen cinco minutos para esconderse. ¡A correr! —ordenó Lucas, y todo el mundo empezó a dispersarse por el bosque. Ahora sabía cuál era el objetivo de este juego. Estas personas solo querían tener una excusa para ir a hacer quién sabe qué en el interior del bosque.

Pronto me quedé sola frente a la hoguera. Tenía dos opciones: podía correr también y jugar a esa tontería o podía volver a mi habitación solitaria. Levanté mi mentón y empecé a caminar a través del bosque. Podía oír risitas en medio de la oscuridad, lo cual me asustaba un poco, así que caminé despacio a través del bosque por donde la luz lejana de la gran fogata aún alumbraba un poco, buscando esconderme detrás de algún árbol, pero, por supuesto, me tropecé con una piedra y terminé cayendo sobre mis manos y rodillas.

—¡Ayyy! —exclamé y enseguida me puse de pie, sacudiendo la tierra de mis pantalones y mis manos. Fue entonces cuando me di cuenta de que había alguien detrás de mí. Me congelé y me di la vuelta lentamente. Me encontré con esos ojos grises que había pensado que eran únicos. El chico encapuchado estaba de pie justo enfrente de mí. Tenía la expresión más fría que había visto en toda mi vida. Pensé que mi corazón iba a saltarme fuera del pecho.

Sonrió, susurrando:

—Encontrada.

ꕥ 4 ꕥ

«Hay dolores que matan; pero los hay más crueles, los que nos dejan la vida sin permitirnos jamás gozar de ella».

Antonie L. Apollinaire Fée

Estaba paralizada. El encapuchado estaba ahí, delante de mí. No esperaba verlo. Tenía muchas preguntas; sin embargo, por alguna razón, no era capaz de pronunciar una palabra. Sus ojos grises parecían profundos e intimidantes. Así que traté de evitarlos.

—Fleur. —Levanté la mirada con sorpresa al oírlo pronunciar mi nombre perfectamente—. Ese es tu nombre, ¿verdad?

—¿Cómo lo sabes?

—Solo lo sé. —Se encogió de hombros con indiferencia—. Debo decir que no eres buena escondiéndote.

—Yo...

—Aunque eres buena escondiendo lo que sientes.

—¿Qué? ¿De qué estás hablando?

—Nada, olvídalo.

—¿Qué quieres? —pregunté recordando que él me había encontrado, así que tenía derecho a pedirme algo. Movió la cabeza a un lado y luego dio unos pasos hacia mí hasta que estuvo lo bastante cerca como para que la fragancia de la colonia que llevaba y que olía muy bien rozara mi nariz.

—¿Qué quiero? —se preguntó, caminando a mi alrededor, poniéndome nerviosa. Me sentí como una presa a punto de ser devorada por su depredador. Se detuvo detrás de mí; podía sentir su respiración en la parte posterior de mi cuello—. ¿Qué me puedes ofrecer, Fleur?

—Tú solo dime qué quieres que haga para que pueda irme a dormir —dije. Me rodeó hasta colocarse frente a mí de nuevo.

—Creo que sé lo que quiero.

—¿Y qué es?

—Quiero que seas sincera durante cinco minutos.

—¿Qué?

—Tengo preguntas para ti y necesito que me contestes con sinceridad.

—¿Eso es todo? —Pensé que me pediría que hiciera algo loco o pervertido, pero supongo que estaba equivocada. Él asintió—. Está bien. —Crucé los brazos sobre mi pecho.

—¿Cómo te sientes, Fleur?

Su pregunta me tomó desprevenida.

—Estoy bi...

—Recuerda, no mientas —me interrumpió.

—Me siento... estoy... —dejé de hablar sin saber qué decir.

—¿Triste? ¿Enojada? ¿Deprimida? —Apreté los puños, no tenía derecho a preguntarme esas cosas.

—Esto es ridículo. —Levanté la mirada—. No tengo por qué responderte; no puedes obligarme.

—¿Por qué no te enfrentas a lo que sientes? —Dio un paso en mi dirección—. ¿Es que prefieres guardar tus sentimientos dentro de ti para que te den la fuerza suficiente para volver a intentar suicidarte?

Mi boca se abrió de la sorpresa.

—¿Quién diablos te crees que eres? —¿Cómo se atrevía a hablar de mi vida así, tan alegremente? —. Debería irme. —Le di la espalda y empecé a caminar.

—Sí, huye. Eso es lo que siempre haces, ¿no?

—¿Qué?

—Huyes para no enfrentarte a lo que sientes.

Me detuve bruscamente y me volví hacia él.

—¡Cállate! ¡No sabes nada de mi vida! ¡No sabes nada de mí! —grité enojada—. Déjame en paz.

Una sonrisa cínica se formó en sus labios, como si le divirtiera verme enojada.

—Sé lo suficiente, he visto lo suficiente.

—¡Estás loco!

—Y tú eres una cobarde.

Me di la vuelta otra vez y me dirigí al camino oscuro. No necesitaba escuchar a ese arrogante loco. Me di cuenta de que ni siquiera sabía su nombre. Sentí pasos detrás de mí.

—¡Déjame en paz! —ordené, dándome la vuelta.

—Eh... ¡cálmate! —exclamó Lucas, el chico que había conocido en la fogata. Sus grandes ojos verdes mostraban su confusión.

Eché un vistazo alrededor, pero no había señales del chico encapuchado.

—Lo siento. Yo... pensé... Lo siento.

—¿Qué te ha pasado? Pareces... —Hizo una pausa tratando de encontrar un adjetivo—, muy molesta.

—Lo siento, estaba a punto de irme.

—Supongo que ya has sido encontrada.

—Sí.

—¿Quién te encontró?

—No lo conozco.

—Oh. —Lucas me sonrió—. ¿Quieres que te acompañe al psiquiátrico?

—Eso estaría bien, gracias.

—Toma esto. —Lucas me ofreció su chaqueta.

—No hace falta, estoy bien.

—Por favor, estás congelada —murmuró.

Era encantador, tomé la chaqueta y me la puse. Era demasiado grande para mí, pero me ayudó a entrar en calor rápidamente, además olía muy bien. Empezamos a caminar por el camino que nos llevaría al patio trasero del psiquiátrico.

—¿Echas de menos tu país? —Lucas metió las manos dentro de los bolsillos de los vaqueros.

—Sí.

—¿Tenías amigos allá?

—Sí, pero no eran muchos. —Miré hacia arriba para ver las ramas que se movían por el viento frío—. No he hablado con ellos desde... —me callé.

No había hablado con mis amigos de Francia sobre lo que les pasó a mis padres y a mi hermana porque no quería su lástima. Además, los teléfonos móviles o los ordenadores personales no estaban permitidos en el psiquiátrico, como era de esperar. Recordé a Jazmine, mi mejor amiga, una chica llena de buena vibra; todo en ella era paz y amor, tenía la capacidad de hacer que sonrieras en tus peores momentos.

—¿Desde qué? —La voz de Lucas me sacó de mis pensamientos.

—Nada, solo decía que no he hablado con ellos en las últimas semanas.

—¿Por qué?

—Bueno, no podemos tener ordenadores personales aquí, ¿recuerdas?

—Pero puedes utilizar el teléfono público que está al lado del puesto de enfermeras una vez a la semana —me explicó.

Yo ya sabía eso, pero no quería hablar con Jazmine ni con ninguno de mis otros amigos. A la que escuchara sus voces, me convertiría en un mar de lágrimas.

—Oh, no lo sabía.

—Lo sabes ahora —agregó Lucas dedicándome una sonrisa dulce. Era un buen tipo, podía sentirlo—. ¿No te gusta caminar bajo la luz de la luna?

—Sí. —Sonreí—. Es refrescante.

—Cuando era pequeño, mis padres no me dejaban salir a la calle por la noche. Decían que era demasiado peligroso, así que me escapaba y me subía al tejado de nuestra casa para ver la luna.

—¿De verdad?

—Sí, podía pasar horas allí arriba.

—Eres raro.

Sus grandes ojos me miraban con diversión.

—He oído que tú también eres rara.

—No, no lo soy.

—Bueno, la gente normal no toma duchas a las cuatro de la madrugada.

—¿Cómo sabes eso?

—Trent.

—Qué chismoso.

—Entonces, ¿qué haces aquí, Flor?

—¿Qué quieres decir?

—¿Por qué estás internada en el psiquiátrico? —Me tensé y él lo notó—. Lo siento, no tienes que decírmelo si no quieres, de verdad.

—No, tranquilo —aseguré—. La verdad es que mi diagnóstico es largo y aburrido, pero digamos que la razón principal es depresión. ¿Y tú?

—Trastorno obsesivo-compulsivo.

—No estoy muy segura de lo que es eso, pero espero que estés mejor.

—Algún día te contaré toda la historia, es aburrida.

—Algún día te contaré la mía entonces.

—¿Trato?

—Trato. —Recordé al chico encapuchado. Tenía mucha curiosidad por saber más sobre él.

—Lucas.

—¿Eh?

—¿Conoces al hijo de la directora?

—¿El nuevo?

—Eso creo.

—Creo que te refieres a Pierce.

—No sé, lo único que sé es que a veces lleva puesta una capucha y no habla.

—Sí, ese es Pierce. Bueno, la gente dice que no ha pronunciado ni una sola palabra desde que llegó, así que no sé nada de él... ¿Por qué me preguntas?

—Nada, solo curiosidad.

Llegamos al patio trasero y nos escondimos detrás de los árboles.

—¿Cómo se supone que voy a entrar? —Di media vuelta y apoyé la espalda en el árbol.

—La vigilante ya está durmiendo. Solo tienes que ser silenciosa —me explicó él rápidamente.

—¿Seguro? —Lucas asintió—. Bueno... —Empecé a quitarme la chaqueta para devolvérsela.

—No, no es necesario, puedes quedártela esta noche.

—Pero ¿cómo te la voy a devolver? Estamos en diferentes edificios.

—Nos vamos a ver otra vez. —Su tono era prometedor.

—¿Cuándo?

Puso el dedo sobre sus labios en señal de secreto.

—Te sorprenderé.

Tras decir eso, dio un paso atrás para que yo pudiera dirigirme al psiquiátrico. Corrí hacia la puerta y, al llegar a ella, la abrí despacio. Podía sentir el corazón latiéndome en el pecho. Entré y vi que la vigilante dormía en su silla.

Pasé por su lado sin hacer ruido. Caminé por el pasillo hacia la zona de los dormitorios y, al doblar la esquina, pisé algo húmedo en el suelo. Antes de que pudiera reaccionar, resbalé y me caí.

Me tapé la boca para no gritar e intenté ponerme de pie, pero seguía resbalándome y cayéndome de nuevo. Fue entonces cuando bajé la mirada y me quedé paralizada.

La sustancia sobre la que me estaba resbalando era carmesí...

No podía ser...

Sangre...

Levanté las manos manchadas de rojo sangre. El olor hizo que mi estómago se retorciera. Era sangre... No, no, no... Imágenes de mi familia invadieron mi mente.

—¡No! ¡Ayuda! —grité intentando levantarme, pero volvía a resbalarme y a caer. Alguien se acercó y se detuvo a unos metros de mí—. ¡Ayúdame! ¡Por favor...! —Me las arreglé para gritar, pero mi voz se me quedó en la garganta cuando vi quién era: iba completamente vestido de negro y llevaba cubierta la mitad de su cara con un pañuelo atado en la nuca—. ¡No! ¡No! —Traté de arrastrarme lejos de él.

Él se arrodilló frente a mí y me tiró de los tobillos.

—¡No!

Me estampó contra él y me cubrió la boca con la mano:

—Chis.

Me giró de forma que mi espalda quedaba contra su pecho y no podía verlo, y con una mano me tapó la nariz, cortándome la respiración. Sabía que no pasaría mucho tiempo sin que me desmayara.

Luché, pateé, grité, pero de nada sirvió; la oscuridad me tragó de golpe.

ꟾ 5 ꟾ

«La confusión es un signo muy sutil de la paranoia».

Anne Austin

—¡Flor!

Alguien me sacudió por los hombros.

—¡Flor!

Abrí los ojos poco a poco y vi una cara borrosa.

—¿Flor?

Parpadeé un par de veces hasta que mi vista se aclaró.

—Dios, qué difícil es despertarte —añadió Dana, inclinándose hacia atrás.

La miré confundida, me esforcé para sentarme y mirar a mi alrededor. Estaba en mi habitación.

—¿Qué ha pasado? —Me dolía la cabeza, los recuerdos de la noche anterior llenaron mi mente. La hoguera... Pierce... Lucas... La sangre... Él...—. Oh, ¡Dios mío...! —exclamé, saltando de la cama.

—¿Qué pasa?

—La sangre... yo... —Revisé mi ropa, ya no tenía puesta la camiseta púrpura y los pantalones oscuros que llevaba antes de ir a la fogata. Estaba en pijama. Me sentía totalmente desorientada.

—¡Date prisa! Vamos a llegar tarde. —Dana se puso de pie y luego se dirigió hacia el espejo.

—¿Dónde está la sangre?

—¿Qué sangre? —Dana frunció el cejo mientras se arreglaba el pelo.

—Yo... estaba... —No había sido una pesadilla, ¿verdad? Volví a mi dormitorio anoche y me encontré con sangre en el pasillo... y él... Me estremecí al recordarlo. Dana se volvió hacia mí.

—¿Qué? —Ella se cruzó de brazos—. Vamos a llegar tarde, Flor.

—¿Qué estás haciendo aquí?

—Bueno, no te vi en las duchas, así que estaba preocupada por ti. Eres una persona muy puntual. —Debió de ver la confusión plasmada en mi cara—. ¿Qué pasa?

—Anoche vi...

—¿Sí? —Me hizo un gesto para que continuara.

—No importa —dije, sabiendo que ella no tenía ni idea de nada.

—¡Date prisa!

—Ve tú a clase. Dile a la profesora Harris que no me encuentro bien. Iré más tarde.

—¿No te encuentras bien?

—No es nada, no te preocupes. Solo tuve una mala noche.

—¿Seguro? —Me miró con cautela.

—Sí.

—Está bien. Se lo diré. Si necesitas algo, búscame —dijo antes de irse corriendo. Obviamente, no quería llegar tarde.

Una vez sola, me senté en la cama confundida. ¿Qué había sucedido la noche anterior? ¿Fue una pesadilla? No, estaba segura de que no lo había soñado.

«¿Cómo llegué a mi habitación? ¿Quién me cambió la ropa? ¿Dónde está la ropa que llevaba puesta anoche?».

Examiné el dormitorio rápidamente. Vi la chaqueta de Lucas en el suelo, al lado de mi armario. Di un paso hacia ella y la agarré para ver si tenía algo de sangre, pero no, estaba limpia. Encontré el resto de mi ropa de la noche anterior justo allí, en el suelo, y fue en ese momento cuando supe con certeza que alguien me había llevado hasta la habitación; yo nunca dejaría mi ropa tirada en el suelo de esa forma. Me gustaba tener las cosas muy bien ordenadas desde que era pequeña.

La confusión se abrió camino en mi mente. ¿Qué pasó? ¿Debería contárselo a la policía? Pero ni siquiera estaba segura de que lo había visto o de si había sido real. No quería armar un alboroto sin tener los hechos claros. Suspiré de frustración y procedí a tomar mi jabón y mi toalla. Tendría tiempo para pensar todo esto en las duchas.

Una vez que empecé a caminar por el pasillo, me acordé de la esquina donde había encontrado la sangre. Tenía que pasar por ese lugar para llegar a las duchas. Me quedé helada cuando llegué allí y vi las señales de DETENTE y NO PISAR. El suelo aún se veía rojizo. Habían limpiado la sangre que había visto la noche anterior, pero evidentemente no habían podido eliminarla del todo. Una mano fría tocó mi hombro y solté un grito.

—Eh, cálmese. —Al darme la vuelta, vi a una mujer uniformada. Era la vigilante del turno matutino del edificio de las chicas.

—Lo siento —me disculpé.

—Debería estar en terapia grupal.

—No me encuentro bien.

—Entonces tiene que ir al puesto de enfermas para que su psiquiatra asignado le dé permiso para el día.

—Lo haré después de ducharme. —La vigilante estrechó sus ojos—. Lo prometo.

—Sea rápida. —Estaba a punto de seguir mi camino, pero una pregunta llegó a mi mente.

—¿Qué ha pasado? —Señalé el suelo.

—Broma pesaba con pintura roja.

¿Pintura roja? No, eso no olía a pintura... ¿O sí?

Después de ducharme, me puse el uniforme y me dirigí a mi siguiente actividad. Todo parecía normal, como si nada hubiera sucedido. ¿Estaba loca? ¿Me lo había imaginado todo? Tal vez sí era pintura y la confundí con sangre. Ya en la pequeña sala donde realizaban la terapia grupal, llamé a la puerta y la doctora Melson abrió.

—Señorita Dupont, llega tarde. —La doctora hizo una mueca de desaprobación.

—Lo siento, no me encontraba bien.

—Sí, Dana me informó de ello. Pase.

Caminé hasta mi silla. Dana me explicó la actividad que teníamos que hacer durante la sesión.

Después de que la terapia terminara, todos nos fuimos al comedor para desayunar. Elegimos una mesa cercana a la ventana porque me gustaba mucho admirar nuestro exterior. Estaba empezando a llover; iba a ser un día frío.

Tomé un sorbo de mi zumo de naranja y fue entonces cuando lo vi: Pierce. Cuando atravesó el comedor, todo se volvió muy silencioso. Todas las chicas lo miraron como si fuera una estrella de Hollywood; juro que algunas estaban babeando. No podía culparlas, no sé cómo se las arreglaba para que el uniforme del psiquiátrico le quedara bien. Una sonrisa se formó en sus labios gruesos y la mitad de las chicas casi se desmayan. Bastardo arrogante.

—¡Dios, cada día está más bueno! —exclamó Dana antes de darle un bocado a su sándwich.

—Pues a mí no me lo parece —dije, manteniendo mis ojos en él. Pierce ni siquiera me miró. Desapareció por la puerta trasera del comedor.

—Gracias a Dios, no habla. Imagina a todas estas locas tratando de coquetear con él —añadió Dana—. ¿Tienes idea de cuántas cartas de amor ha recibido? Las chicas piensan que, ya que no puede hablar, al menos podrá escribir, pero él no ha respondido a ninguna.

—Es raro —pensé en voz alta.

Después de comer, me fui directamente a mi habitación para descansar un poco antes de las clases de la tarde. Cuando entré, salté sobre mi cama y me quedé mirando el techo. Durante un par de horas, había olvidado lo de la sangre.

Un golpe en la puerta interrumpió mis pensamientos. Me levanté despacio para ver quién era, sin embargo, cuando estaba a punto de abrirla, vi que deslizaban un pedazo de papel por debajo de la puerta.

Abrí la puerta y escudriñé el pasillo: nada. Cerré y recogí el pedazo de papel. Me quedé helada cuando lo leí:

No olvides lo hermosa que eres.
Y que eres mía, solo mía.

6

«No sabes lo fuerte que eres
hasta que ser fuerte es la única opción que tienes».

Bob Marley

—¡Tienes un admirador secreto! —exclamó Dana cuando le mostré el pequeño trozo de papel. Estábamos almorzando después de nuestras clases de la mañana; habían pasado tres días desde que recibí esa nota.

—No lo creo. —Tomé un sorbo de mi zumo de manzana.

—Esto es tan extraño, pero ¿romántico? —dijo acomodándose las gafas—. Un desconocido te ha enviado una carta al estilo Romeo y Julieta.

—No es una carta.

—A mí me parece una carta.

—Pues no lo es —repetí.

No estaba emocionada por haber recibido esa nota, no tenía ni idea de quién podría habérmela enviado, pero ese mensaje tan posesivo me producía escalofríos. No quería pensar que fuera el asesino, él no podría entrar aquí, ¿verdad? Absorta en mis pensamientos, me quedé mirando el sándwich. No tenía un aspecto apetitoso; últimamente no era fan de la comida.

—¿No vas a comerte eso? —Dana me miró. La comida era un tema sensible para ella—. Ayer solo te comiste la mitad de tu comida, Flor. Tienes que comer más.

Lo sabía, pero comer se había vuelto una tarea muy pesada desde que murieron mis padres. Mi psicólogo dijo que mi falta de apetito estaba asociada con la depresión.

—¿Hola? ¿Flor? —Dana pasó la mano frente a mi cara—. Parecías muy lejos de aquí.

—No tengo hambre.

—Ayer tampoco tenías hambre, ¿te pasa algo?

Negué con la cabeza, fingiendo una sonrisa.

—No, estoy bien —mentí.

No le había dicho a Dana nada sobre el asesinato de mis padres. No quería que sintiera lástima por mí. Además, todavía no podía hablar de eso sin romper a llorar. Dana se me quedó mirando por un momento, como si estuviera tratando de leerme la mente.

—¿Seguro? —Asentí—. ¿Estás emocionada por la excursión?

—¿Qué excursión?

—Por Dios, Flor. Nunca prestas atención, ¿no? —Sacudió la cabeza—. Vamos a hacer una salida la próxima semana.

—¿Adónde?

—No lo sé todavía, pero he oído que iremos a un pueblo cercano. La verdad es que no me importa dónde nos lleven con tal de salir de este encierro.

—¿Un pueblo cercano?

—Sí, es una villa con bonitos paisajes.

—Oh, mis abuelos viven en un pueblo que está cerca de aquí —dije antes de darle un mordisco a mi sándwich. Tenía que comer un poco más.

—¿Y tus padres?

Me atraganté con mi comida.

—Oh, ¿estás bien?

Bebí zumo rápidamente, tosiendo un poco. Entonces respiré hondo para llenarme los pulmones de nuevo.

—Deberíamos irnos.

—¿Qué? Pero no has terminado de com...

—Estoy bien, comeré algo más tarde.

Nos disponíamos a salir de la cafetería cuando todo el lugar se quedó en silencio. Yo sabía lo que eso significaba. Sucedía todos los días: Pierce. Cruzó la cafetería, tan guapo como siempre. Al parecer venía a almorzar con su madre todos los días. Todas babearon. Pasó junto a nosotras sin ni siquiera mirarnos. Era extraño. Una vez que desapareció por la puerta trasera de la cafetería, todas las chicas empezaron a susurrar cosas sobre él. Suspiré mientras empujaba a Dana para que comenzara a caminar.

—Sería perfecto si pudiera hablar —comentó Dana con un suspiro.

—Nadie es perfecto.

Sí, Pierce era misterioso y muy atractivo... Una combinación mortalmente atrayente. Sin embargo, cuando había hablado conmigo, lo menos que había sido era agradable.

Después de que Dana me dejara en mi habitación, descansé unos minutos antes de levantarme para ir a las siguientes clases. Me coloqué bien el uniforme y empecé a andar por el pasillo. Recordé que tenía que ir a mi taquilla para buscar mi lápiz favorito. Por seguridad, no podíamos tener objetos punzantes en la habitación. Mientras caminaba, sonreía pensando en mi lápiz favorito de princesas. Sonaba infantil, pero mi hermana me lo había regalado un año antes y me sentía cerca de ella cada vez que lo usaba.

La zona de las taquillas era de una soledad espeluznante. Abrí la mía, que estaba extremadamente organizada. ¿He mencionado que tenía una pequeña obsesión con el orden? Sin embargo, no pude encontrar mi lápiz por mucho que lo busqué. No estaba allí. ¿Cómo era posible? Yo no era el tipo de persona que perdía las cosas así como así.

—¿Buscas esto?

Salté, sorprendida. Cerré mi taquilla para quedar frente al dueño de esa voz arrogante.

—Tú. —Me crucé de brazos.

Pierce estaba allí de pie, apoyado en las taquillas. Sus ojos grises me miraron con diversión.

—Tengo nombre. —Sus labios se curvaron en una sonrisa torcida. Fue entonces cuando me di cuenta de que tenía mi lápiz favorito en la mano.

—Oye, ese lápiz es mío. ¿Cómo es que lo tienes tú? —pregunté, confundida. Traté de quitárselo, pero él levantó la mano, y como era más alto que yo, no pude cogerlo. Di un paso atrás, derrotada—. Devuélvemelo.

—¿Por qué?

—Porque es mío.

Me sonrió y luego miró el lápiz.

—No veo tu nombre escrito en él.

Entorné los ojos.

—Es mío. ¿Cómo lo conseguiste?

—Ahora es mío —dijo dándose la vuelta.

Oh, no..., no iba a salirse con la suya. Corrí y me puse delante de él. Su intensa mirada cayó sobre mí de nuevo.

—Devuélvemelo.

—¿Por qué haría eso? —Levantó una ceja burlonamente.

—¡Porque es mío! —repetí molesta.

—¿Quién lo dice?

Ataqué su brazo y traté de quitarle el lápiz, pero él era demasiado fuerte. Me estampó contra las taquillas, poniendo sus manos contra el metal, a ambos lados de mi cara. Él se acercó a mí, sus labios gruesos formando una sonrisa descarada.

—¡Aléjate! —le pedí, tratando de escapar, golpeando su pecho.

Él se rio entre dientes.

—¿Me tienes miedo?

—¿Por qué debería tenerte miedo? ¿Porque robas los lápices de la gente? No lo creo.

Amplió su sonrisa.

—Eres graciosa.

—Bueno, tú no lo eres —hablé con amargura. Se inclinó hacia mí un poco más—. Déjame en paz, Pierce. —Sus ojos se abrieron en señal de sorpresa cuando dije su nombre. Inmediatamente, me tapé la boca con la mano como un niño que acaba de soltar un secreto por accidente. Pierce se echó hacia atrás, riendo por lo bajo.

—Sabes mi nombre —dijo triunfante—. Has estado preguntando por mí, ¿no es así, Fleur?

—¡No! ¡Claro que no! Solo... se lo oí decir a alguien por casualidad.

—Estás mintiendo.

—¡No estoy mintiendo! —le contesté con nerviosismo. Sin ser capaz de evitarlo, ya estaba sonrojándome rápidamente. Aparté la vista, avergonzada. Él me cogió la barbilla y me obligó a mirarlo a los ojos de nuevo.

Tragué con fuerza. Su pulgar rozó mi labio inferior mientras sus ojos seguían el movimiento.

—¿Cuántas ganas tienes de recuperar tu lápiz?

—Dámelo.

Me soltó y se dio la vuelta.

—Si lo quieres recuperar, ven a las nueve de la noche a la azotea.

—¿Qué? No puedo salir de mi habitación después de las siete. ¡Espera!

Agitó la mano en el aire para despedirse. Gruñí de frustración. Ese chico no era normal. ¿Esperaba que me saltara las normas del psiquiátrico para reunirme con él por la noche? Suspiré de nuevo y me dirigí a la sala donde estaba el grupo de terapia.

Al salir de la sesión de terapia de grupo, me encontré con una exultante Dana.

—¡Flor! ¿Adivina quién ha aprobado francés? —Movió sus cejas arriba y abajo rápidamente.

—¿Tú?

—¡Exacto! ¡Y te lo debo a ti! Eres una gran maestra.

Estaba muy feliz y era un poco contagioso, así que le devolví la sonrisa.

—Bien por ti —le dije con sinceridad. Me preguntaba si debería decirle a Dana algo sobre mis conversaciones secretas con Pierce. Aunque dudaba que me creyera, porque todos en el psiquiátrico parecían estar seguros de que Pierce no podía hablar. ¿Y si él no quería que la gente supiera que podía hablar? Era su secreto, no el mío.

—Por cierto, Lucas preguntó por ti.

—¿Qué? ¿Conoces a Lucas? —Eso no me lo esperaba.

—Sí.

—Es un buen tipo.

—Lo sé.

—Oh, tengo su chaqueta, ¿te la doy para que se la des?

—Se la puedes dar tú misma, quiere verte.

—¿Cómo? ¿Cuándo? —Una parte de mí no podía evitar emocionarse. Lucas era un chico muy agradable, me hacía sonreír, lo cual era muy difícil para mí estos días.

—Ve a buscar su chaqueta, nos vemos en las escaleras de la zona de los dormitorios. —Asentí y empecé a caminar hacia mi habitación.

Después de quince minutos, me encontré con Dana en las escaleras. Me dijo que bajara al sótano.

—¿Estás segura de que no nos descubrirán?

—No te preocupes, nadie va a ese sótano, es demasiado espeluznante.

—Está bien —le dije bajando las escaleras.

Cuando llegué al sótano, supe que Dana estaba en lo cierto. Era realmente espeluznante. Había una tenue luz que iluminaba el lugar. Sillas rotas sobre mesas llenas de polvo me rodeaban.

—¿Hola? —pregunté, tragando saliva. No hubo respuesta. Seguí caminando por el sótano. Había telarañas por todas partes. Sentí mi corazón golpeando dentro de mi pecho. Las arañas y yo no nos llevábamos bien.

—¡Bu! —Di un salto y grité con todas mis fuerzas—. ¡Chis! —Lucas me tapó la boca con rapidez.

El recuerdo de una mano sobre mi boca de forma violenta atravesó mi mente. Lo empujé con todas mis fuerzas.

—¡No! ¡Aléjate de mí!

Lucas levantó las manos, confundido.

—Lo siento, yo solo...

Volví a la realidad.

—No, no..., perdóname tú a mí.

—No debí asustarte.

—Está bien, solo estaba nerviosa por lo escalofriante que es este lugar.

Levanté la mirada para encontrarme con sus ojos verdes. Lucas era un chico muy guapo. Su cabello rubio estaba desordenado de una manera atractiva.

—Toma. —Le devolví su chaqueta—. Gracias.

—De nada, señorita. —Me hizo una reverencia.

—Bueno, me sorprendió bastante cuando Dana me dijo que era tu amiga —añadí, apartando la mirada. Era difícil mirar esos ojos durante mucho rato sin babear. Eran preciosos.

—Y a mí me sorprendió mucho cuando ella empezó a hablar de su nueva mejor amiga.

—¿Te dijo que soy su mejor amiga? —Me sentí alagada.

—Bueno, pareces ser la única que la tolera por aquí.

—¿Qué? Dana es una buena persona.

—Yo lo sé, pero las otras pacientes solo la ven como la chica que come y vomita —dijo dándose la vuelta y caminando hacia unas sillas.

—No puedo creer que la gente que está aquí se atreva a juzgar así a alguien.

—Lo sé. —Me ofreció una silla—. Ven aquí.

—No está rota, ¿verdad?

—Tienes mi palabra. —Lucas levantó la mano mostrándome la palma. Me senté en la silla y luego él se sentó en otra frente a mí—. Así que, Flor, ¿qué te gusta?

—¿Qué quieres decir? —pregunté confundida.

Sonrió poniendo una bolsa en su regazo. La abrió y comenzó a sacar cosas de ella.

—Tengo chocolate, caramelos, Doritos... —Y la lista seguía. Alcé las cejas, riendo un poco.

—¿Qué es esto?

—Bueno, cuando yo era un niño solía robar algunos bocadillos y luego esconderme en el sótano de mi casa para comérmelos.

—¿Te he dicho que eres raro? —Eché un vistazo a toda aquella comida. No había comido mi almuerzo, así que tenía un poco de hambre por primera vez en semanas.

—Sí, y estuvimos de acuerdo en que tú también eres rara, así que no es un problema. —Me ofreció los dulces—. ¿Quieres? —Asentí, agarrando la bolsa. Empecé a comer mientras Lucas me contaba historias de su infancia. Me reí mucho con él; era una persona muy divertida.

—¡Eh, no te rías! Estoy compartiendo algunas experiencias muy personales —fingió sentirse herido.

—Lo siento, pero ¿en serio intentaste curar a tu perro dándole medicinas para la tos? —Me reí al final de la frase—. ¿Quién hace eso?

—Solo era un niño inocente.

—Excusas, excusas —murmuré poniendo los ojos en blanco.

—¿Sabes qué, Flor? Creo que eres mala —dijo sonando infantil y luego mirando a otro lado.

—¿Qué? ¡No soy mala! —me defendí, tratando de llamar su atención—. Muy bien, ¿cambiarías de opinión si yo te contara algo vergonzoso de mí?

Lucas me miró intrigado.

—Tal vez.

—Eché a correr como una loca cuando me dieron mi primer beso —le dije sonrojándose un poco.

—¿En serio?

—Sí. —Se echó a reír sosteniéndose el estómago. Entorné los ojos—. No es divertido.

—Oh..., sí lo es... —masculló entre risas.

No pude evitar sonreír. Estaba muy guapo cuando se reía. No sabía por qué sentía que podía confiar en él, y eso que solo lo había visto dos veces en mi vida. Nos caíamos bien. Yo no me mostraba tímida ni reservada con él. Me sentía muy cómoda hablando con Lucas. Dejó de reír y me miró levantando una ceja.

—¿Qué? —pregunté—. ¿No puedo reírme un poco?

—Sí, claro que sí.

Seguimos hablando durante mucho rato. Me habló de sus amigos del psiquiátrico y me contó que quería estudiar ingeniería mecánica. Yo le conté también algunas cosas sobre mí, pero mantuve el tema de mis padres fuera de la conversación. Aún no podía hablar de ellos.

Lucas suspiró.

—Me alegra mucho que Dana te haya conocido.

—Yo también estoy contenta de que seamos amigas. —Noté que había oscurecido. Ya no se veía la ligera luz que antes entraba por la escalera—. ¿Qué hora es?

Lucas consultó su reloj.

—Oh..., es muy tarde. Casi son las nueve.

¡Oh, Dios mío! ¿Habíamos estado hablando durante más de tres horas?

—He perdido la noción del tiempo. —Me puse de pie.

—Eso sucede cuando uno se divierte. —Me guiñó un ojo.

—¡Arrogante! —Le golpeé el hombro juguetonamente.

Él también se levantó.

—Bueno, me lo he pasado muy bien, señorita —fingió mostrarse muy formal.

—Yo también, señor.

—¿Vamos a repetir esto en otro momento?

—Claro, ¿quién no quiere comer dulces en secreto en un sótano solitario con una compañía tan agradable?

Me hizo una reverencia y luego se echó a reír.

—Está bien, será mejor que salgas tú primero.

Me di la vuelta y empecé a subir las escaleras.

—Eh, Flor.

—¿Sí? —Me giré ligeramente para mirar hacia abajo, donde Lucas seguía de pie. Me observó durante unos segundos antes de decir:

—Que duermas bien.

—Tú también, Lucas. —Le sonreí y luego continué subiendo. Fue entonces cuando recordé... ¡Mi lápiz! Oh, no... Lo tenía Pierce y tenía que encontrarme con él a las nueve. Dios, ya era muy tarde.

Enfilé por el pasillo mirando a mi alrededor. No había vigilantes allí. ¡Uf! Continué por las escaleras de emergencia rápidamente. Abrí la puerta de la azotea y un viento frío me golpeó con violencia. Vi a Pierce apoyado en la barandilla, con la capucha puesta y sosteniendo un cigarrillo. Le dio una calada sin mirarme. Me acerqué a él, nerviosa. Su presencia me intimidaba, no podía negarlo.

—Llegas tarde. —Exhaló el humo.

—Perdí la noción del tiempo.

—¿Dónde estabas? —Me miró por el rabillo del ojo.

—Eso no es asunto tuyo.

—Entonces no te devolveré el lápiz —dijo despreocupado.

—No tienes derecho a tomar lo que no es tuyo; el lápiz es mío, así que dámelo.

—¿Por qué es tan importante para ti, Fleur? —Cada vez que decía mi nombre, sentía algo extraño en el estómago. Él era el único que pronunciaba mi nombre correctamente.

—No tengo que contestarte.

—Entonces no te lo daré.

Apreté los puños.

—¿Por qué no puedes dejarme en paz?

—Porque es divertido.

Arrojó el cigarrillo al suelo y luego lo pisó para apagarlo.

—¿Qué?

Dio unos pasos hacia mí y luché para no retroceder. Era tan alto, tan imponente. Se detuvo justo frente a mí.

—Me entretienes.

—No soy tu payaso. —Di un paso atrás.

—No he dicho que seas mi payaso. —Me sonrió.

—Hace frío aquí, por favor, dame el lápiz ya —supliqué.

—Responde a mis preguntas y lo conseguirás.

Suspiré.

—Todo es un juego para ti, ¿verdad?

—No, no estoy jugando contigo.

—¿Qué quieres de mí? ¿Por qué no me dejas en paz?

Sacó el lápiz de su bolsillo y me lo mostró.

—Responde y lo tendrás.

—Bien, ¿qué quieres saber?

—Ya te he preguntado dos cosas esta noche, Fleur. En primer lugar, ¿dónde estabas?

—Estaba... —No podía decirlo. Había ido al sótano para comer dulces y tener una agradable charla con Lucas. Eso iba en contra de las reglas y aún no confiaba en Pierce—. Estaba con un amigo.

—¿Dónde?

—Eh, solo una pregunta.

—Bueno, corrígeme si me equivoco, pero te he preguntado dónde estabas, no con quién. —Le eché una mirada asesina porque tenía razón.

—Estaba en el sótano.

Pierce se acercó un poco más.

—¿Por qué este lápiz es tan importante para ti? —Sus ojos grises se encontraron con los míos, dejándome sin aliento. Tragué saliva, tratando de pensar en qué decir—. Sin mentiras.

—Mi hermana pequeña me lo regaló —dije al fin—. Ahora dámelo.

—¿Dónde está tu hermana pequeña?

Me ardieron los ojos al sentir las lágrimas. Aparté la vista.

—He respondido tus dos preguntas, ahora dame mi lápiz —dije, aguantando las lágrimas.

—Acabas de decir que tu hermana pequeña te lo dio, pero eso no lo hace especial. —La rabia corrió a través de mí—. ¿Fleur?

—¡Mi hermana está muerta!

Una lágrima rodó por mi mejilla, lo miré directamente a los ojos. Su expresión no cambió, seguía impasible. No parecía sorprendido, como si ya lo supiera.

Me dio el lápiz y me di la vuelta. No quería que me viera llorar. Agarré el pomo de la puerta y estaba a punto de abrirla cuando sentí unos brazos fuertes abrazarme desde atrás. Estaba demasiado sorprendida como para moverme o decir algo. Él apoyó la barbilla en mi hombro. El aroma de su colonia combinada con un ligero olor a cigarrillos y menta llegó a mí.

—Llora. —Más lágrimas rodaron por mis mejillas. No podía controlarlas—. Llora, déjalo salir todo. Deja de contenerte, siente el dolor.

Me permití sentir el dolor por un momento y parecía estar quemando mi pecho.

Lloré desesperadamente, dejando que el río de sufrimiento fluyera dentro de mí. Pierce me abrazó con fuerza mientras yo lloraba sin control. Imágenes de mi hermana pequeña sonriendo llenaron mi mente. Era tan pequeña... ¿Por qué tuvo que morir? ¿Por qué no yo? Sentí mis rodillas debilitarse. Necesitaba encapsular esta agonía de nuevo, era demasiado devastadora.

¿Por qué Pierce hacía esto? ¿Por qué le importaba? Y la pregunta más importante: ¿por qué me sentía tan segura en sus brazos?

7

«No hay nada como el trabajo activo de consolar a los más necesitados».

Anne Brontë

Mis sollozos eran lo único que se oía por toda la azotea. Traté de controlar las lágrimas, pero seguían rodando por mi cara. Las imágenes de mi hermana pequeña sonriendo y jugando conmigo me rompían el corazón. Pierce me sostuvo con fuerza, como si estuviera tratando de mantener mis piezas juntas.

El dolor era insoportable... Nunca antes había sentido algo así. Era la primera vez que me permitía sentir la pérdida de mi familia y fue devastador. Bajé la mirada, obligando a las lágrimas a perderse en el aire en vez de rodar por mis mejillas. Camille..., su sonrisa... ¿Cómo podía haberse ido? Era solo una niña... No podía haber muerto... Tenía que ser una pesadilla.

—Camille... —susurré su nombre con voz entrecortada. Jamás pensé que decir su nombre me dolería tanto.

Pierce me soltó y me volvió hacia él. Lloraba sin control, pero mantuve los ojos en el suelo. Me sentía avergonzada. Él sostuvo mi cara con ambas manos, sentí sus palmas suaves y frías en la piel húmeda de mis mejillas, y luego me obligó a levantar la mirada, a encontrarme con sus preciosos ojos grises.

—Tienes que enfrentarte a lo que sientes, Fleur, aunque sea doloroso.

Negué con la cabeza y di un paso atrás. Él dejó caer sus brazos a los lados.

—No puedo. —Me limpié las lágrimas y traté de respirar hondo, pero fallé.

—Tienes que hacerlo, te está consumiendo. —Su voz sonaba tan cálida, tan suave. ¿Acaso estaba loco? En un momento dado era un completo idiota y al siguiente actuaba como si realmente se preocupara por mí. Haciendo un gran esfuerzo, logré calmarme un poco.

—No sabes lo que se siente. —Me pasé los dedos por el pelo.

Pierce se acercó a mí y me ofreció el lápiz. Lo agarré rápidamente.

—Un trato es un trato —dijo sonriéndome.

—Gracias —le dije con sinceridad—. Me refiero a... todo, gracias.

Él asintió y me dio la espalda.

—Ve a dormir —ordenó con frialdad.

Sí, Pierce, sin duda, estaba loco.

No le respondí, ¿por qué tenía que actuar de esa manera? Abrí la puerta y bajé las escaleras con cuidado. La vigilante estaba durmiendo, gracias a Dios. Pasé muy despacio por su lado y luego corrí a mi habitación.

Una vez dentro, apoyé la espalda contra la puerta. ¿Qué había sido todo eso? ¿Cómo había terminado llorando en los brazos de Pierce? Me di cuenta de que me sentía mejor después de haber llorado tanto. Una sensación de paz corría por todo mi cuerpo. Pero sabía que el dolor todavía estaba allí, escondido dentro de mí. Suspiré y decidí ir al baño a cepillarme los dientes.

Cuando volví, cerré la puerta detrás de mí. Me quedé helada cuando me acerqué a mi cama y vi que había un pedazo de papel sobre mi almohada. Me costó decidirme a cogerlo y leerlo:

Disfrutaste de su compañía, ¿no es así?
No olvides a quién le perteneces.
Que duermas bien.

Fruncí el ceño. ¿La compañía de quién?

¿De Lucas?

¿De Pierce?

Escalofríos recorrieron todo mi cuerpo. Esa persona desconocida me estaba vigilando. ¿Cómo había entrado en mi habitación? Ya no me sentía segura en mi cuarto, ni en ninguna parte. Definitivamente, debía informar al agente de la policía que estaba llevando el caso de mis padres.

Fue difícil dormirme, pero al final el cansancio me venció.

Los siguientes días fueron bastante aburridos. No vi a Lucas, Dana me dijo que estaba ocupado con algún proyecto de arte. Debo admitir que lo eché de menos. Me hacía reír, y eso era algo que necesitaba. Vi un par de veces a Pierce caminando por la cafetería, pero no hablamos, él ni siquiera me miró.

Era viernes por la tarde. Gracias a Dios, el fin de semana había llegado. No me emocionaba demasiado, porque eso significaba dos días sin nada que hacer, dos días enteros. Suspiré, copiando alguna tarea que la profesora de arte había escrito en la pizarra.

—Bueno, eso es todo por hoy. —La señora Dess dio por terminada la clase—. Señorita Dupont.

—¿Sí?

—Quédese un momento.

¿Qué había hecho? Cuando la clase se quedó vacía, la profesora me hizo un gesto para que me acercara a su escritorio.

—¿Hay algún problema, señora Dess?

—No, es usted una estudiante excelente, pero la señora Harris me ha informado de que no está asistiendo a las citas con su psicólogo. Me dijo que le había prometido asistir a su siguiente cita, pero eso fue ayer y no se presentó.

Oh, eso...

—Lo siento, olvidé que era ayer, señora Dess —mentí descaradamente.

—Bueno, el psicólogo puede verla el lunes por la tarde —dijo recogiendo sus papeles.

—De acuerdo.

—La llevaré con él después de mi clase ese día. No queremos que olvide su cita de nuevo, ¿verdad? —Noté el sarcasmo en su voz.

Salí de la clase maldiciendo en silencio. No quería ver al psicólogo porque me hacía hablar de mis padres.

Empecé a andar en silencio por el pasillo. Pasé por la esquina donde había visto la sangre/pintura la otra noche. Me preguntaba si había sido todo fruto de mi imaginación... Estaba empezando a cuestionar mi cordura. Vi a Dana esperándome en la puerta de mi habitación.

—Eh, he estado esperándote.

—¿Por qué?

—Bueno, es viernes y he notado que has estado un poco apagada estos días. —Levantó una ceja—. Más apagada de lo normal, quiero decir.

—¿Tú crees? —dije con el ceño fruncido.

Dana suspiró.

—Creo que necesitas aire fresco, así que tengo un plan. Vamos a escaparnos un rato.

—¿Escaparnos? ¿Adónde? ¿Y cómo?

Dana movió la cabeza en señal de frustración.

—No me escuchas cuando te hablo en clase, ¿verdad? —Suspiró de nuevo—. Vamos a ir al edificio de los chicos.

—¿Cómo?

—Bueno, los guardias están menos atentos los viernes por la noche. Nos aprovechamos de eso. Además, la mujer que vigila la puerta de atrás ve telenovelas toda la noche hasta que se duerme.

—Oh —dije imaginando pacientes escapándose por la puerta trasera mientras la vigilante estaba llorando sobre el televisor porque el protagonista de la telenovela sufría—. ¿Cuál es el propósito de ir allí?

—Pasar un buen rato. Y... ya sabes, hay un chico que me gusta. —Dana se rio—. No ha pasado nada, pero coquetea conmigo cuando nos vemos.

—¿Es guapo?

—¿Guapo? ¡Es superatractivo!

Unas horas más tarde...

—¡Chis! —exclamó Dana tapándome la boca.

La vigilante estaba viendo una telenovela tal como Dana había predicho.

—Métete en el bosque —me susurró antes de abrir la puerta trasera y salir corriendo rápidamente.

La obedecí. Reconocí el camino que llevaba al lugar donde habíamos celebrado la hoguera la otra noche.

Dejé de correr cuando me di cuenta de que quizá me había internado demasiado en el bosque. Una brisa fría me hizo temblar. Nunca me acostumbraría a la oscuridad en ese bosque; esperé a que mi vista se adaptara a ella.

—¿Dana?

No hubo respuesta.

—¿Dana? —susurré tratando de recordar en qué dirección la había visto irse, pero estaba muy oscuro. Solo podía escuchar los búhos ululando alrededor de los árboles.

¿Dónde estaba la luna cuando la necesitaba?

Un ruido detrás de mí llamó mi atención.

Hojas crujiendo debajo de lo que parecían pasos.

Me sentí observada.

—¿Dana? —dije girando alrededor, pero no vi nada. Estaba asustada, me sentí extremadamente vulnerable y eso no me gustaba.

Recordé la sangre, las notas extrañas y tragué saliva. Un murciélago pasó por encima de mi cabeza obligándome a agacharme. Podía sentir los latidos de mi corazón en la garganta y los oídos. Tenía un mal presentimiento.

—¿Flor? —oí la voz de Dana a lo lejos.

Estaba a punto de contestar cuando una mano fría me tapó la boca y rápidamente un brazo me rodeó la cintura. Grité, pero el sonido quedó atrapado en la mano. Luché para liberarme, pero era inútil; estaba siendo arrastrada a la oscuridad. Solo una palabra se repetía en mi mente...

«¡Ayuda!».

8

«El más terrible de los sentimientos es el sentimiento de tener la esperanza perdida».

Federico García Lorca

Mis tobillos ardían porque estaba siendo arrastrada a la oscuridad por un terreno muy áspero. Luché para liberarme, pero la mano seguía presionando mi boca. Quien me sostenía era una persona muy fuerte y, sin duda, un hombre.

Tenía que detenerlo. Usé mi codo como arma y lo enterré en su estómago. Aquel desconocido soltó un quejido de dolor al tiempo que me soltaba. Caí de rodillas.

—¡Dana! —grité, pero antes de que pudiera ponerme de pie, una mano me agarró del pelo y tiró con fuerza. Hice una mueca de dolor mientras estaba siendo obligada a ponerme de pie. Quería dar la vuelta y enfrentarme al atacante..., pero no pude.

Siguió tirando de mi pelo con todas sus fuerzas, haciendo que me arqueara hacia atrás. Mi espalda chocó con su pecho. Me soltó del pelo y pasó su brazo sobre los míos para limitar mis movimientos.

—¡Dana! ¡Ayúdame! —grité tan fuerte como pude.

Usó su mano libre para cubrirme la boca.

—Chis. —Sentí su cálido aliento en mi oído.

«Chis, Fleur, chis, tranquila...».

El recuerdo de una voz murmurando esas palabras me dejó sin aliento.

Presionó sus fríos labios contra mi mejilla y luego me soltó, empujándome lejos de él. Me giré rápidamente, pero solo alcancé a ver una sombra alejándose en la oscuridad.

—¿Flor?

Dana sonaba tan lejos.

—¡Dana! —grité.

Me puse de pie rápidamente y me dirigí hacia el lugar de donde provenía la voz de mi amiga. Estaba temblando; todavía podía sentir la adrenalina en mis venas, tensando todo mi cuerpo.

A lo lejos, pude ver a Dana, que venía caminando con Lucas a su lado. Ambos parecían muy preocupados. Cuando me vieron, corrieron hacia mí. Traté de calmarme antes de hablar.

—Pensé que te había perdido. ¿Dónde estabas?

Lucas tomó mi rostro entre sus manos.

—¿Estás bien?

—Yo... fui atacada.

Mi pecho se movía hacia arriba y abajo rápidamente.

—¿Qué?

—En el bosque... había alguien... y yo... él... intentó...

—Espera..., cálmate. Habla más despacio, Flor. —Dana puso sus manos en mis hombros—. ¿Estás bien? ¿Qué quieres decir con que te atacaron?

—Yo... —Tragué saliva—. Había alguien allí, Dana... Trató de hacerme daño.

—¿Hacerte daño? ¿En el bosque? ¿Estás segura? —preguntó Lucas.

—Sí, por supuesto que estoy segura. Tenemos que salir de aquí. Si vuelve... —dije entrando en pánico.

Lucas frotó mis hombros de manera reconfortante.

—Nadie va a hacerte daño, te lo prometo.

Caminamos en silencio hasta que llegamos a un gran edificio. Mientras caminaba, me preguntaba qué diablos había pasado. ¿Por qué ese desconocido me había atacado? ¿Quién era? Definitivamente, necesitaba entender lo ocurrido.

—¿Flor? ¿Estás segura de que aún quieres entrar? —preguntó Dana preocupada—. Si lo prefieres, podemos volver a la habitación.

—Estaré bien —dije. No quería ser injusta. Dana estaba muy emocionada por venir aquí y encontrarse con el chico que le gustaba. Además, ¿que ganaría con ir a encerrarme en mi habitación? Pensar en estar sola me aterraba.

—Bueno, este es el edificio masculino. —Dana no podía esconder la emoción en su voz. Traté de no pensar en el ataque, de la misma forma en la que normalmente bloqueaba los pensamientos acerca de mis padres.

—Eh —llamó Lucas. Fue entonces cuando lo miré de verdad. Llevaba unos vaqueros negros y una camiseta blanca con una chaqueta negra. El contraste de su piel con el negro me gustó. Sus ojos verdes parecían tranquilos esa noche y su cabello rubio estaba desordenado. Tenía las mejillas ligeramente enrojecidas por el frío—. ¿Flor?

—¿Eh?

—¿Estás segura de que estás bien?

—Sí.

Me dedicó una cálida sonrisa.

—Vamos dentro —dijo Dana, peinándose su pelo rojizo con los dedos.

Cruzamos una pequeña puerta de metal y caminamos en silencio por un pasillo solitario de paredes azules. El sitio me pareció muy similar al edificio de las mujeres, aunque un poco más tenebroso.

—Todos deben de estar en el sótano —susurró Dana.

—¿Todos?

—Son muchos los que habrán venido esta noche para pasar un buen rato. No somos las únicas mujeres que vienen aquí —respondió Dana mientras seguíamos caminando por el pasillo oscuro.

Después de unos minutos, encontramos una escalera y bajamos despacio.

El sótano se parecía al del edificio de las mujeres. De hecho, eran iguales, pero en este no había ni telarañas ni sillas rotas. Este era una especie de lugar vacío, pero limpio. Tan pronto como entramos dentro, vi a algunas personas. Recorrí el lugar en busca de... Negué con la cabeza para cerrar ese pensamiento. No me importaba si Pierce estaba allí.

—Ya vuelvo —dijo Dana y se acercó a un grupo. Suspiré. Probablemente, iba a buscar al chico que le gustaba. Lucas permaneció a mi lado en silencio; parecía estar escaneando el lugar.

—¿Flor? —me llamó una voz femenina desde atrás. Me di la vuelta y me llevé una sorpresa al verla.

—¿Lory?

—¡Hola! ¿Qué haces aquí? —preguntó abrazándome fuerte. Muy bien, Lory era muy rara. Estaba actuando como si fuéramos amigas de toda la vida y solo nos habíamos visto dos veces.

—He venido con unos amigos —dije fingiendo una sonrisa.

Sus ojos fueron de mí a Lucas, y juro que vi un destello en ellos. Y entonces me di cuenta... Entendí por qué se había comportado de forma tan afectuosa conmigo. Quería que le presentara a Lucas.

—Bueno, ¿y quién es tu amigo, Flor? —se atrevió a preguntar Lory al fin. Yo era muy buena leyendo a la gente. Lucas me miró.

—Lucas, esta es Lory. Lory, Lucas —dije.

Se dieron la mano.

—Encantada de conocerte —dijo ella, entusiasmada. Lucas le mostró una sonrisa con la boca cerrada y luego me miró.

—¿Quieres algo de beber? —preguntó cortés.

—No soy fan del alcohol —respondí al instante. Me dedicó una pequeña sonrisa.

—Me refiero a una gaseosa o agua.

—Oh. —No pude evitar sonrojarme—. Claro, una gaseosa está bien.

—Vale, enseguida vuelvo —agregó antes de irse y dejarme ahí con mi nueva amiga Lory.

—Qué guapo es —me comentó acercándose a mí—. ¿Has visto cómo me miraba? Es obvio que le he gustado. —Puse los ojos en blanco. Aunque, era consciente de que Lucas era muy atractivo, Lory parecía pensar que esa era su única cualidad.

—¿Dónde está Trent? —pregunté tratando de parar su balbuceo.

—Ni siquiera menciones su nombre. Ese bastardo... —Cerró los ojos mientras respiraba hondo. Oh, bien, Trent había sido descubierto. Al parecer se había liado con Sana, la amiga de Lory. Qué descarado.

—¡Lory! —gritó un chico que estaba con más gente en un grupo.

Ella se fue corriendo y me dejó sola una vez más. Parecía que ese era una de sus aficiones. Empecé a jugar con mis dedos con nerviosismo. ¿Por qué tardaba tanto Lucas?

Me sentía como si alguien me estuviera mirando. Eché un vistazo alrededor y mis ojos se encontraron con un par de ojos negros. Se me aceleró el corazón sin motivo alguno. Era un chico de pelo castaño que me estaba mirando con descaro. Se apoyó contra la pared sosteniendo un vaso de plástico en la mano.

Me resultaba muy familiar.

Esos ojos...

Me estaba poniendo nerviosa, pero por alguna razón no podía apartar la mirada. Una sonrisa se formó en sus labios mientras levantaba la mano para llevarse el vaso a los labios y tomar un sorbo.

Fruncí el ceño algo confusa.

—Aquí tienes.

La voz de Lucas me hizo apartar la mirada del joven. Cogí el vaso de plástico que me ofrecía.

—Gracias.

—No hay problema. Vamos a sentarnos. —Me hizo un gesto para que me sentara en una silla grande con él. Lo hice sin dudar.

—¿Dónde está Dana? —pregunté tomando un sorbo del vaso de plástico.

—No tengo ni idea. —Se encogió de hombros—. ¿Te gusta esto?

—Sí, está bien.

—Apuesto a que probablemente estás preguntándote cómo cosas como esta y lo de la hoguera pueden pasar en un psiquiátrico.

Lo miré. Era el tipo de persona que le gustaba analizar las cosas.

—En realidad, no lo había pensado —le dije con sinceridad.

Lucas rio un poco.

—La verdad es que creo que la administración sabe que estas cosas pasan y se hacen los locos. —Jugó con el vaso en sus manos—. Tal vez piensan que nos beneficia de alguna forma.

—¿Tú crees?

—Sí, es imposible que tantos pacientes salgan sin que nadie se dé cuenta.

—Tienes razón.

—No sabía que te llevabas bien con chicas como Lory.

—¿Qué quieres decir?

—Bueno, Lory tiene cierta reputación aquí —me explicó mirándome. Sus grandes ojos verdes eran preciosos.

—¿En serio? —pregunté sorprendida.

Lory era muy espontánea, pero parecía agradable.

—Sí, ha coqueteado con la mitad del primer piso.

—¿También contigo?

—Bueno, a veces tengo la sensación de que me acosa.

—Oh, perdóname por presentártela, no lo sabía.

—No pasa nada —dijo Lucas, sonriéndome—. ¿Vas a ir a la excursión de la próxima semana?

—Creo que sí —le dije recordando el entusiasmo de Dana cuando me habló de ella.

—¿Has estado en los pueblos pequeños del norte antes?

Un amargo pensamiento cruzó mi mente. Sí, había estado con mis padres porque mis abuelos vivían allí y solíamos ir a visitarlos.

—No —mentí.

—Oh, estoy seguro de que te va a gustar el pueblo que iremos a ver.

—Eso espero. —Lo observé mirar ansioso su vaso mientras le daba vueltas en la mano—. ¿No vas a tomártelo?

—Eso intento. —Lo miré confundida. Él suspiró—. ¿Recuerdas mi aburrido trastorno obsesivo compulsivo?

Asentí.

—Sí, investigué un poco. Es un trastorno de ansiedad, ¿no? Que te hace tener pensamientos compulsivos y repetitivos para lidiar con la ansiedad, o algo así.

Lucas levantó una ceja.

—Guau, alguien ha estado haciendo sus tareas.

—Me gusta investigar y aprender cosas nuevas. Además, así siento que puedo conocerte un poco más.

Lucas me dirigió una mirada dulce.

—Quieres conocerme más, ¿eh?

Me sonrojé, bajando la mirada.

—Claro.

—Bueno, suelo tener esos pensamientos con la limpieza, el orden y los gérmenes. —Lo miré interesada—. No tienes idea de cuánto he mejorado. Cuando llegué aquí, usaba guantes para todo y no tocaba nada ni a nadie. Estaba en el tercer piso, pero con el tiempo he ido mejorando y cada vez soy capaz de hacer más cosas.

—Oh. —Mis ojos volvieron a posarse en el vaso que estaba en sus manos—. Quieres beber la gaseosa, pero estás teniendo pensamientos repetitivos acerca de los gérmenes que puede tener ese vaso, ¿no?

Lucas me dedicó una sonrisa triste.

—Toda una psicóloga.

—Lo siento, debe de ser difícil.

—Nah, estoy bien. No te preocupes por mí.

Estaba a punto de decir algo cuando levanté la mirada y me quedé helada.

Pierce.

Caminaba hacia nosotros. Llevaba puesta la capucha y tenía las manos dentro de los bolsillos del pantalón. Sus ojos grises se encontraron con los míos por un momento.

¿Qué estaba haciendo allí? ¡Si ni siquiera hablaba! ¿Y por qué me alteraba tanto verlo? Pasó por nuestro lado y se metió dentro de un grupo.

—¿Flor? —La voz de Lucas me sacó de mis pensamientos.

—¿Eh?

Lucas pasó la mano delante de mis ojos.

—Tierra llamando a Flor.

—Lo siento —dije mirándolo—. ¿Decías...?

—No importa.

—Perdona, Lucas. Estaba...

—¿Admirando a Pierce? —dijo cruzando los brazos.

—¡No! —Negué con la cabeza—. Por supuesto que no.

Lucas me dio unas palmaditas en la cabeza.

—Estás muy guapa cuando intentas mentir.

—No estoy mintiendo.

Levantó una ceja y me dio unas palmaditas en la cabeza de nuevo.

—Bien, bien.

—Deja de hacer eso.

No pude evitar reír un poco. Me estaba tratando como a una niña.

—Está bien. —Me pellizcó la nariz.

—¡Lucas! —me quejé.

—¿Qué? —Puso una cara inocente.

—Ya basta.

—Está bien —murmuró y luego me pellizcó la cintura. Di un salto de la sorpresa.

—Estoy hablando en serio —dije conteniendo una sonrisa.

—Oh, vale. —Me pellizcó la cintura de nuevo.

—¡Lucas!

—¿Estoy interrumpiendo algo? —preguntó Dana apareciendo delante de nosotros.

—Tal vez —dijo él en broma.

Fue entonces cuando vi a una persona al lado de Dana y no pude ocultar la sorpresa en mi rostro.

—Bueno, Flor, este es... —me guiñó el ojo, sabía que esa señal significaba que era el chico que le gustaba— Trent.

Oh, por Dios..., el exnovio de Lory, un auténtico mujeriego.

—Vaya, si ya la conozco —dijo Trent sonriéndome.

—¿En serio? —Dana sonaba confundida.

—Sí, nos conocimos... —Trent parecía estar pensando en ello—. En la hoguera, ¿no, Flor? —mintió con descaro. A él y a Lory los había conocido en las duchas. A saber lo que estarían haciendo allí antes de que yo llegara.

—Sí.

—Qué pequeño es el mundo, ¿eh? —dijo Dana sorprendida.

Me levanté de la silla sintiéndome incómoda.

—Necesito ir al baño —dije como excusa.

—Está arriba. En el pasillo a la derecha, pero sé silenciosa —me pidió Dana señalando la escalera.

Asentí y me alejé de ellos. En efecto, encontré los baños en el pasillo. Había una gran puerta de madera con un cartel enorme en el que ponía BAÑOS. Entré.

No podía creer que a Dana le gustara Trent. Era sin duda un mujeriego. Recordé lo que le había pasado a Lory y no sabía si debía contárselo a Dana. Ella me consideraba su mejor amiga, aunque nos conocíamos desde hacía poco. Me sentí mal por no decirle algo al respecto de inmediato. Se supone que los amigos se lo cuentan todo, ¿verdad? No quería que Dana saliera herida.

Vi mi reflejo en el espejo empañado por la calefacción, pasé la mano para limpiarlo y verme mejor y me quedé helada cuando vi a alguien detrás de mí.

—Bu —me susurró con una sonrisa torcida.

Me di la vuelta con el ceño fruncido.

—¿Me estás persiguiendo? —pregunté cruzándome de brazos.

—Ya quisieras —dijo con su característica sonrisa. Sus ojos grises brillaban con diversión.

—¿Qué haces aquí, Pierce?

—Bueno, estaba comprando pan. —Le eché una mirada cortante al oír su respuesta—. Es un baño. ¿No sabes lo que se hace en los baños, Fleur?

—Esto no es una coincidencia. ¿Me estás siguiendo o algo así?

—Eres muy egocéntrica, Fleur. ¿Crees que perdería el tiempo siguiéndote?

—Tal vez.

—Estás equivocada —respondió caminando hacia mí. Se detuvo cuando estaba a escasos centímetros.

—Seguro. —Puse los ojos en blanco.

—No hagas eso —dijo mirándome.

—¿Hacer qué? ¿Esto? —Volví a poner los ojos en blanco.

Dio un paso más, tomó mi barbilla y me miró directamente a los ojos.

Podía sentir el calor que emanaba de su cuerpo. Estábamos peligrosamente cerca. Mi corazón comenzó a latir como loco. Se inclinó hacia mí muy despacio, dejando que sintiera su aliento en mi cara.

—Pierce... —protesté, pero sostuvo mi barbilla con más fuerza. Sus labios casi rozaban los míos. Sin saber lo que hacía, cerré los ojos esperando. Unos segundos más tarde, los abrí confundida. Pierce estaba sonriéndome, evidentemente divertido.

—¿De verdad te has creído que iba a besarte? —preguntó en tono burlón.

Lo empujé con todas mis fuerzas. Sentí la rabia y la humillación fluir por mis venas.

—¡Eres un idiota! —dije caminando hacia la puerta. Agarré el pomo con mano temblorosa. La frustración me invadió cuando me di cuenta de que la puerta estaba cerrada con llave. Me di la vuelta para enfrentarme a un sonriente Pierce. Levantó sus manos mostrando un par de llaves.

—Bueno, estás condenada a estar con este idiota durante un tiempo.

ഐ 9 ൽ

«Se miran, se presienten, se desean».

Oliverio Girondo

—¿Estás loco?

Pierce jugaba con las llaves, dándoles vueltas.

—¿Por qué?

—¿Por qué has cerrado la puerta?

—¿No te he dicho que me gusta incordiarte? —Fruncí el ceño—. Creo que sí te lo dije.

—Abre la puerta —exigí en serio.

No me gustaba la idea de estar a solas con él, cada vez que eso pasaba, una extraña corriente nos rodeaba. Pierce se apoyó contra la pared, divertido.

—No.

Suspiré.

—¿Qué haces aquí, Fleur?

—Eso no es de tu incumbencia.

—Estás rompiendo al menos cuatro normas del centro.

Crucé los brazos sobre mi pecho.

—¿Y?

—Pensé que te preocupabas por mantener tu expediente perfecto.

—¿Cómo sabes que...?

—Solo lo sé. —Se encogió de hombros y me sonrió.

Abrí la boca para decir algo, pero la cerré enseguida. Pierce parecía saber mucho sobre mí. Me hablaba de una forma como... si lo supiera todo.

¿Cómo era posible? De repente lo entendí. Era hijo de la directora del psiquiátrico. ¿Y si tenía acceso a los archivos de los pacientes?

Una mano pasó delante de mi cara.

—¿Hola?

Pierce me sacó de mis pensamientos, ahora estaba frente a mí. Me sentí un poco nerviosa debido a su cercanía. Sus ojos grises eran fascinantes vistos de tan cerca, hicieron que un estremecimiento recorriera mi espina dorsal.

—Abre la puerta —repetí en un tono calmado.

Puso el dedo índice sobre sus labios y dio un paso hacia delante, atrapándome contra la puerta. Pasó un brazo por encima de mi hombro para descansar su mano en la puerta detrás de mí. Aparté la vista, y él tomó mi barbilla con su mano libre obligándome a mirarlo a la cara. Sin duda eso era algo que le gustaba hacer.

—¿Me tienes miedo? —preguntó inclinándose hacia mí.

No pude evitar echarle un vistazo a sus labios, se veían tan suaves y húmedos. Sin embargo, recordé cómo me había humillado hacía unos minutos cuando pensé que iba a besarme.

—¡Apártate! —exclamé, poniendo mis manos sobre su pecho para empujarlo. Pero, por supuesto, no movió ni un músculo. Por cierto, tenía un pecho muy tonificado—. Pierce, déjame en paz.

—¿Por qué? —Levanté la mirada hacia sus ojos y lo encontré sonriéndome—. ¿Te estoy poniendo nerviosa?

Sí, pero nunca lo diría en voz alta.

—No, pero estás invadiendo mi espacio. —Traté de empujarlo de nuevo sin ningún éxito. Me agarró un mechón de pelo y jugó con él despacio—. ¿Por qué no puedes dejarme en paz? —Él ladeó la cabeza, pensativo.

—Lo siento, no puedo hacer eso. Me diviertes. —Me dedicó una sonrisa torcida, mostrando sus dientes perfectos.

Suspiré de frustración e intenté hacerme a un lado para escapar de él, pero me agarró por las muñecas y las presionó contra la puerta a ambos lados de mi cara con suavidad. Podía liberarme si hacía la fuerza suficiente, pero ¿quería?

Empecé a sonrojarme, estábamos demasiado cerca. El silencio reinaba entre nosotros. Mantuve los ojos pegados al suelo. No me atrevía a mirar hacia arriba porque sabía lo cerca que estarían nuestras caras. Podía sentir mi corazón latiendo desesperadamente dentro de mi pecho y mi respiración agitada.

—Mírame, Fleur —dijo acercando su boca a mi oído. La punta de su nariz me acariciaba el lóbulo de la oreja, enviando una sensación de cosquilleo por todo mi cuerpo—. Mírame —susurró.

Un escalofrío recorrió mi ser, despertando mis hormonas dormidas.

—Basta —me las arreglé para sonar seria.

—Mírame y pararé —dijo inclinándose hacia atrás.

Levanté la mirada para encontrarme con sus ojos grises una vez más. Pude ver un brillo en ellos.

—¿Qué quieres de mí, Pierce? —pregunté confundida—. ¿Por qué soy la única a la que le hablas?

La diversión pronto se desvaneció de su rostro y fue sustituida por una expresión fría.

—Ya te lo he dicho, me gusta incordiarte —dijo con indiferencia.

—¿Por qué yo?

—Chis, silencio —dijo inclinándose hacia mí. Me quedé helada. Su cara estaba más cerca de la mía a cada segundo que pasaba. No sabía qué hacer... ¿Iba a burlarse de mí de nuevo?

Un golpe en la puerta me hizo saltar de la sorpresa.

—¿Flor? ¿Estás ahí? —La voz preocupada de Dana sonó al otro lado.

—Sí, estoy aquí —le contesté con nerviosismo. La diversión volvió al rostro de Pierce—. Déjame ir.

—¿Por qué está cerrada con llave la puerta? —preguntó Dana tratando de abrirla, pero, obviamente, no podía hacerlo.

—No tengo ni idea —mentí, mirando a Pierce, que estaba sonriendo descaradamente—. Suéltame y abre la puerta —le susurré.

—¿Por qué?

—Abre la puerta.

—Flor, ¿con quién estás hablando? ¿Hay alguien ahí contigo? ¿Por qué no abres la puerta? —Dana sonaba preocupada. Oh, Dios, esto iba a ser tan difícil.

—Pierce, por favor.

—Di que soy impresionante.

—¿Qué? —Fruncí el ceño.

—Di que soy impresionante y te dejaré ir.

—¿Qué? Estás siendo muy infantil.

—Estoy esperando.

—Bien, eres impresionante.

—Gracias.

Me soltó y me acaricié las muñecas con las manos.

—Ahora, la puerta —dije señalando el pomo.

—¿Qué pasa con la puerta? —¡Arg! Pierce podía ser tan molesto.

—Ábrela —ordené entre dientes.

—¿Flor? ¿Qué está pasando ahí? —Dana comenzaba a sonar muy preocupada.

—Nada, ya voy —grité y luego volví a mirar a mi molesto compañero—. Pierce, por favor.

Me sonrió y se inclinó hacia mí. Me quedé inmóvil mientras acercaba su cara a la mía y de nuevo notaba su respiración en mi oído.

—Toma. —Sentí algo metálico en mi mano: las llaves. Luego me recorrió un escalofrío mientras susurraba—: Ah, y sí hay algo que quiero de ti. —Se echó hacia atrás y caminó hacia las sombras del cuarto de baño. Era evidente que iba a esconderse allí.

Suspiré y me volví hacia la puerta. Cuando la abrí, me encontré a Dana con el ceño fruncido.

—¿Por qué has tardado tanto en abrir?

—Cosas de chicas —le dije, guardando las llaves dentro de los bolsillos de mis pantalones.

—¿Por qué cerraste la puerta? —Dana estrechó los ojos.

Pensé en unas diez posibles mentiras.

—¡Oye! —La alegre voz de Lucas llamó desde la escalera—. Tenemos que irnos.

—¿Por qué? Es temprano —protestó Dana.

—Vámonos —dijo y nos hizo un gesto para que lo siguiéramos a través del pasillo oscuro.

Cuando salimos, un viento salvaje me golpeó, echando mi pelo hacia atrás. Hacía mucho frío ahí fuera.

—Las voy a acompañar hasta el patio trasero de las chicas —dijo Lucas, que notó que yo tenía miedo de meterme en el bosque de nuevo.

Al llegar a nuestro destino, al cabo de unos minutos, suspiré de alivio.

—Bueno —comenzó Lucas—, espero que descansen.

—Gracias, Lucas —le dije sonriéndole.

Él asintió y me devolvió la sonrisa. Siempre era muy amable. Nos miramos un momento. Entonces Dana tomó mi mano y tiró de mí en dirección a la puerta de metal.

Esa noche dormí un poco mejor, las pesadillas aún estaban ahí, pero tuve menos de las usuales.

El fin de semana terminó muy rápido.

El lunes amaneció gris, lo cual ya no me sorprendía en este lugar. Estaba acostada de espaldas, sin querer levantarme. Mi cama era tan suave y cómoda. Podía escuchar las gotas de lluvia chocar contra el vidrio de la ventana. Estas mañanas desapacibles solían ser mis favoritas cuando estaba en Francia, porque si nevaba, eso significaba que no había clases.

A mi hermana pequeña le gustaba correr por la casa cuando estaba nevando, anunciándolo a toda la familia. Sonreí al recordarlo. Luego se enfadaba con mis padres porque no la dejaban salir. No querían que pillara un resfriado, siempre fue muy sensible al frío.

Mi pecho se contrajo. Era muy difícil pensar en ellos. Era demasiado doloroso. Me preguntaba si podría seguir adelante..., si algún día el dolor llegaría a ser soportable..., si iba a ser capaz de ir al cementerio y enfrentarme a sus tumbas. Hice una mueca ante la idea.

Me senté y me pasé los dedos por el pelo alborotado. Traté de respirar hondo, pero fracasé. Cuando se siente tanto dolor, es difícil respirar correctamente. Cerré los ojos y vi...

La sonrisa de Camille...

Dolía tanto recordarla, la echaba tanto de menos. Incluso echaba de menos nuestras pequeñas peleas. Camille era una niña muy hiperactiva, podía ser intensa a veces. Sonreí ante el recuerdo, me veía tan infantil cuando discutía con mi hermana pequeña. Suspiré con nostalgia.

Finalmente, decidí levantarme. Cogí el jabón y la toalla e inicié mi rutina matutina.

La mañana transcurrió despacio. Apenas presté atención en terapia. Estaba sentada junto a la ventana como de costumbre. Podía ver las gotas de lluvia que se deslizaban por el vidrio y como la humedad dificultaba ver con claridad el exterior.

Durante la hora del almuerzo, me dediqué a jugar con la comida de mi plato. Dana siguió hablando de lo aburrido que era estar aquí. La cafetería parecía solitaria ese día.

—Flor, no me estás prestando atención, ¿verdad? —dijo.

La miré y sonreí.

—Lo siento, me pongo un poco nostálgica con este tiempo.

—¿Te recuerda a Francia? —me preguntó. Vi la curiosidad plasmada en su rostro. Asentí con la cabeza—. Seguro que echas de menos a tus amigos.

—Sí. —Tomé un sorbo de zumo de naranja.

De repente, la cafetería se quedó en silencio. Sabía lo que eso significaba.

Pierce hizo su recorrido diario a través de las mesas mientras todas las chicas lo mirábamos sin disimulo, yo incluida. Luego se escucharon murmullos por toda la sala cuando se me quedó mirando durante unos segundos, y juro que vi un destello en sus ojos grises. Después de eso, todas se volvieron a mirarme sin esconder los celos que sentían. Unos segundos más tarde, Pierce ya se había ido.

—¿Has visto eso? —preguntó Dana emocionada.

—¿Qué?

—Te ha mirado.

—¿Y qué?

—Pierce nunca hace contacto visual con nadie aquí. Tienes mucha suerte.

Ah, Dana..., si tú supieras.

—No me siento afortunada en absoluto —balbuceé.

—¿Qué?

—Nada. —Le sonreí.

No me sentía para nada afortunada de que ese idiota tan sexy me atormentara. ¿O sí?

℘ 10 ☙

«El impacto y el dolor de una pesadilla
pueden ser mucho mayores que los que provoca un puñetazo».

JOHN KATZENBACH

Está muy oscuro...

«¡Corre!»

«No puedo».

El olor metálico de la sangre invadió mis fosas nasales.

Ya viene, tienes que correr.

Mis manos tocan la pared a mi lado para guiarme ya que no había ningún tipo de luz. Al final del pasillo pude ver una gran ventana, la luz de la luna colándose por las cortinas, delineando la silueta de un hombre.

Él...

Iba vestido todo de negro, su cara cubierta con un pañuelo atado en la nuca que solo dejaba ver su boca y sus ojos.

Sus ojos...

No podía ver su color en esta oscuridad.

—Fleur... —Su voz sonaba tan tranquila, tan suave, como si fuera incapaz de hacerle daño a alguien.

No podía moverme.

Él comenzó a moverse hacia mí y yo solo podía observarlo, porque mis piernas no me respondían. Mientras se acercaba, la luz de la luna hacía contraluz con su cuerpo y me dejaba ver la sangre oscura goteando de sus manos al suelo.

«Asesino».

«Corre...».

Él estaba cada vez más cerca.

Sus ojos...

«¿De qué color son sus ojos?».

«Son...».

Me desperté de un brinco y respirando agitadamente. Otra pesadilla... Pero había sido tan real que me parecía un recuerdo y no solo un sueño. Me froté la cara y me levanté.

Cuando terminé la terapia grupal, volví a mi habitación, cerré la puerta detrás de mí y apoyé la espalda en ella. Casi salté de la sorpresa cuando me di cuenta de que había alguien sentado en mi cama. La habitación estaba un poco oscura porque mi lámpara estaba apagada y el clima nublado no ayudaba. Solo entraba un rayo de luz tenue por la ventana. Los latidos de mi corazón aumentaron con bastante rapidez. ¿Y si era el asesino? Me quedé paralizada; no podía mover ni un músculo. Tragué saliva evaluando al intruso.

—Tú —dije frunciendo el ceño, pero me relajé al reconocerlo.

—Yo —dijo Pierce, poniéndose de pie.

—¡Me has asustado!

—Lo sé —dijo despreocupado.

—¿Qué...? ¿Cómo...? ¿Qué haces aquí? —le pregunté totalmente confundida.

—Bueno, estaba aburrido, así que decidí que asustarte podría ser divertido y no me equivoqué. —Dio un paso hacia delante. ¿Cómo lograba que el uniforme del psiquiátrico le quedara tan bien?

—¿No se supone que deberías estar en clase o en terapia? —le dije cruzando los brazos.

—Sí.

—Entonces, ¿qué ha...?

—Te acabo de decir que estaba aburrido —dijo con indiferencia.

—No deberías estar aquí.

Una sonrisa cínica se formó en sus preciosos labios.

—No deberías haber ido al edificio de los hombres la otra noche, pero fuiste de todos modos. La moral no es tu fuerte ahora.

—¿Qué quieres?

Esa sonrisa tan típica de él desapareció y metió las manos en los bolsillos de sus pantalones.

—¿Cómo estás?

Su pregunta me tomó por sorpresa.

—¿Eh?

—Creo que la pérdida de audición no es un efecto secundario de tu medicación.

Lo miré de mala gana.

—Qué gracioso.

Levantó las manos dándome a entender que venía en son de paz.

—De verdad quiero saber cómo estás.

—¿Por qué?

—Porque somos amigos.

—No somos amigos.

Pierce puso una mano en el lado izquierdo de su pecho.

—Ay, eso me ha dolido.

—No me puedes dejar en paz, ¿verdad?

—No.

Suspiré de frustración y pasé al lado de él para encender la lámpara de mi mesilla de noche.

—Tienes que irte —dije girando sobre mis pies para enfrentarme a él de nuevo.

Mi aliento quedó atrapado dentro de mis pulmones. La luz de la lámpara iluminaba su rostro con claridad; sus ojos grises se veían alucinantes, no podía dejar de mirarlos. Pierce dio unos pasos para colocarse justo frente a mí. Estaba deslumbrada. Me colocó un mechón de pelo detrás de la oreja. Su cercanía provocó que un ligero rubor me tiñera las mejillas.

—¿De verdad quieres que me vaya? —preguntó en voz baja.

Miré hacia abajo completamente avergonzada.

—Yo...

Pierce me sostuvo la barbilla, obligándome a levantar la mirada. Había algo en sus ojos.

—¿Por qué siempre haces eso?

—¿Qué?

—Apartar la mirada.

—No..., yo solo... —Di un paso atrás, tratando de abrir un poco de espacio entre nosotros. La parte trasera de mis rodillas tocó la mesilla de noche. ¿Por qué Pierce siempre terminaba acorralándome? Se acercó aún más, mi corazón ya se había vuelto loco y latía desesperado—. Pierce..., para.

—¿Por qué?

—Estás invadiendo mi espacio personal... otra vez —dije evitando sus ojos.

—¿Por qué te estás sonrojando?

—Yo no estoy... —Puse mis manos sobre su pecho—. Para o...

—¿O? —Alzó una ceja, divertido.

—O te daré una bofetada.

—Hazlo —bromeó ofreciéndome la mejilla izquierda. Me sentí tentada de hacerlo—. Pero tendrás que lidiar con las consecuencias.

—¿Qué consecuencias? —Fruncí el ceño.

—No te lo puedo decir.

—Apártate. —Se movió hacia delante, nuestros cuerpos se tocaron ligeramente—. Pierce...

—Hazlo. —Podía ver como me retaba con la mirada.

Le di una bofetada, aunque no tan fuerte como yo hubiera querido. Pierce se llevó la mano a la mejilla y me sonrió.

—¿Por qué sonríes? ¡Te acabo de dar una bofetada!

Envolvió uno de sus brazos alrededor de mi cintura.

—Tonta Fleur. —Me atrajo hacia él. Se inclinó y me susurró al oído—: Ahora tendrás que pagar las consecuencias.

—¿De qué estás hablando?

Se echó hacia atrás sonriéndome.

—Ahora me debes un beso.

꧁ 11 ꧂

«No hay mayor dolor que recordar los tiempos felices desde la miseria».

Dante

—¿Qué?

—Ya me has oído —bromeó mirándome divertido.

Estaba muy nerviosa debido a su cercanía. Tragué saliva. Sentía la garganta seca. Notaba la fuerza de su brazo alrededor de mi cintura, haciendo imposible que me escapara.

—Suéltame —dije tratando de liberarme.

—No, me debes algo —me recordó despreocupado.

Mi corazón latía rápido dentro de mi pecho.

—No voy a besarte, Pierce —repliqué y sentí su mano libre tomando mi barbilla. Se acercó a mí poco a poco, hasta que nuestras respiraciones se mezclaron—. Pierce, no lo hagas.

—¿Por qué no? —Su nariz tocó la mía. Estaba tan cerca que no podía concentrarme.

—Porque... —Mi voz se apagó.

—¿Porque qué?

—Porque te odio —le contesté tratando de apartar la mirada, pero su agarre en mi barbilla no me lo permitió. Estaba atrapada.

—Tú no me odias —declaró con arrogancia.

Sus ojos grises se posaron en los míos y sentí como si me estuviera derritiendo.

—Yo... —Un golpe en la puerta me interrumpió.

Salté por la sorpresa y Pierce me soltó. Pude ver la frustración en su rostro. ¡Uf! Salvada por la campana.

—Señorita Dupont, ¿está ahí? —preguntó la profesora Harris al otro lado de la puerta. Oh, Dios, si encontraba allí a Pierce iba a tener un gran problema.

—Sí, ¡ya voy! —grité, mirando a Pierce, quien estaba sentado en la cama como si no pasara nada—. Tienes que esconderte —susurré.

—¿Dónde? —preguntó con indiferencia.

Rápidamente, busqué un escondite.

—Debajo de la cama —dije señalando el lugar.

Pierce levantó una ceja.

—De ninguna manera me voy a meter debajo de tu cama. No quiero ensuciarme. Quién sabe la cantidad de porquería que hay ahí.

—¿Qué? Yo limpio mi habitación todos los días.

—No te creo.

¡Arg! ¿Cómo podía ser tan insufrible?

—¡Métete ahí ya!

—¿Señorita Dupont? —La profesora Harris sonaba impaciente.

—¡Un minuto! —grité presa del pánico—. Pierce, por favor.

—Lo haré si me prometes que me darás el beso que me debes.

—¿Qué?

Se encogió de hombros.

—Tú decides.

—¡Bien! Pero ahora escóndete.

Me sonrió y, finalmente, se metió debajo de la cama. Abrí la puerta, nerviosa.

—Hola, señora Harris.

La profesora me lanzó una mirada interrogante y echó un vistazo dentro de mi habitación.

—¿Con quién estaba hablando? —me preguntó volviéndose hacia mí.

—Con nadie. Hablaba... sola.

Bien, ahora esa mujer iba a pensar que de verdad estaba loca. La señora Harris frunció el ceño, pero no dijo ni una palabra, supongo que no quería saber nada acerca de mis espeluznantes hábitos.

—El psicólogo la está esperando.

¡Oh! Me había olvidado completamente de eso.

—Vaya, lo siento, lo olvidé.

—Claro.

—Sí.

—¿Nos podemos ir ya? La llevaré hasta la consulta. No queremos que se le olvide el camino.

—Claro —le dije cerrando la puerta detrás de mí. No tenía otra opción.

Una vez que llegamos a la consulta del psicólogo, la señora Harris me empujó suavemente dentro y cerró la puerta.

No me moví por un momento. El doctor Newman estaba sentado detrás de su escritorio. No era el típico médico con el pelo gris y una foto de sus nietos en el escritorio. Era un hombre joven, tal vez de unos treinta años. Tenía el pelo corto y negro y unos ojos oscuros.

Me sonrió.

—Bienvenida, Fleur. —No me sorprendió escuchar que me llamaba por mi nombre. Tenía mi ficha, por lo que básicamente lo sabía todo sobre mí—. Toma asiento —dijo cortésmente.

—No, gracias.

Suspiró, pero mantuvo su sonrisa.

—Por favor, toma asiento. —Su tono era suave. Di un paso hacia la silla frente a su escritorio y me senté—. ¿Cómo estás, Fleur?

—Estoy bien —mentí con descaro.

—¿Estás segura?

—Sí, ¿puedo irme ya?

—No. ¿Por qué no empezamos con un poco de honestidad? ¿Cómo estás en realidad?

—Ya le he dicho que estoy bien.

—Fleur, no puedes reprimir tus emociones siempre.

—No estoy reprimiendo nada.

—¿De verdad? ¿Echas de menos a tu madre? —Inmediatamente las lágrimas inundaron mis ojos y desvié la mirada.

—No la mencione.

—¿Por qué no?

—Simplemente no lo haga. —Me limpié una lágrima.

—Fleur, mírame. —Contuve las lágrimas—. Estoy aquí para ayudarte, para escuchar. Sé que duele, y la manera más fácil es reprimirlo, hacer como si el dolor no estuviera ahí. Pero está ahí, Fleur, justo ahí. —Apuntó mi pecho—. Tienes que enfrentarte a él, asimilarlo para que puedas comenzar a sanar. Tus padres están...

—No lo diga —le pedí, interrumpiéndolo.

Nos quedamos en silencio durante unos segundos.

—Bien, vamos a tomarnos las cosas con calma. Pero tienes que esforzarte.

—¿Esforzarme? —le pregunté, poniéndome de pie—. ¡Usted no sabe nada acerca de mí! ¡No sabe nada de dolor!

—Fleur, siéntate.

—¡No! Estoy haciendo un esfuerzo todos los días para levantarme y seguir viviendo. ¡Lo perdí todo! Ese bastardo me quitó a mi familia. —Mi voz se quebró—. No tengo nada, solo recuerdos... y he intentado mantenerlos fuera de mi cabeza porque ¡duelen! Me duele cada vez que recuerdo a mis padres o a mi hermana pequeña.

—Fleur, respira.

—No, usted quería que hablara de mis sentimientos. Bueno, ahí los tiene. No tengo nada más que dolor dentro de mí. —Traté de respirar hondo, pero el aire se me atoraba en la garganta—. Me odio a mí misma porque estoy aquí... respirando mientras ellos se pudren en su tumba.

—Fleur, nada de esto fue tu decisión.

—¿Cree que no lo sé? —Las lágrimas corrían por mi cara—. Cómo me gustaría poder estar muerta... Cómo me gustaría que Camille hubiera sobrevivido en mi lugar. Ella era solo... —Mi voz se quebró de nuevo—. Era solo una niña. —Me senté en la silla, sosteniendo mi pecho. Sentía como si hubiera un agujero allí. Lloré en silencio. El dolor era devastador. Mis sollozos eran lo único que resonaba en esas cuatro paredes.

—Todo va a ir bien, Fleur.

—No, nada va a ir bien.

El doctor Newman me pasó pañuelos de papel.

—Vas a estar bien, el dolor es abrumador ahora y lo nubla todo, pero con el tiempo, sanarás. —Me sequé las lágrimas, todavía sollozando.

—Mis padres... —Miré hacia abajo, más y más lágrimas rodaban por mis mejillas—. Mis padres están muertos. —Era la primera vez que lo decía en voz alta.

—Lo siento mucho.

Lloré desconsolada.

—No, yo... yo lo siento tanto... —dije entre gritos de dolor.

—No fue culpa tuya. —Seguí llorando desesperadamente durante un rato. Perdí la noción del tiempo.

Cuando por fin logré dejar de llorar, me levanté y me sequé las lágrimas, avergonzada.

—Gracias.

Me sonrió.

—De nada. ¿Te sientes mejor?

—Un poco —admití. Una sensación de paz atravesaba mi cuerpo.

—Por eso hay que dejar que el dolor salga, te sentirás mejor cada vez que llores. No te reprimas, Fleur. Cada vez que tengas ganas de llorar, hazlo. Créeme; es la mejor medicina. —Asentí con la cabeza ligeramente. Un golpe en la puerta nos interrumpió—. ¡Adelante! —exclamó el doctor Newman volviendo detrás de su escritorio.

Un señor vestido de negro entró.

—Buenas tardes, soy el detective Logan —saludó.

Yo asentí.

—¿Qué puedo hacer por usted, detective? —preguntó el doctor Newman sentado ya en su silla.

El detective Logan me miró.

—¿Eres Fleur Dupont?

—Sí.

—Necesito hablar contigo.

—¿Qué pasa, detective? —preguntó confundido el doctor Newman.

—Bueno, estoy a cargo del caso de la familia de Fleur Dupont. —Mi pecho se hundió—. Fleur, queríamos saber si había alguna modificación en tu declaración, si podías colaborar con nuestro dibujante para crear un retrato robot del asesino.

Negué con la cabeza rápidamente. Mi respiración se aceleró, mi pecho se volvió pesado y era difícil respirar.

—No.

—Fleur no recuerda nada de esa noche —explicó el doctor Newman.

—Pero ella vio al asesino —insistió el detective—. Cuando la encontramos, tenía heridas en los brazos y piernas, y su ropa era un desastre. Todo indicaba que había luchado con el asesino, luchado para sobrevivir. —Me sentía tan confundida porque no recordaba ninguna de esas cosas. Mi pecho subía y bajaba con cada respiración desesperada que tomaba.

—Detective, creo que es suficiente. Fleur no recuerda nada...

—Pero ella es crucial para nuestra investigación. Es nuestra única testigo, doctor. Ese criminal ya ha asesinado a cuatro familias enteras, y ella es la única que ha sobrevivido hasta ahora.

—Entiendo, pero acaba de perder a sus padres y a su hermana, así que, por favor, déjela tranquila por ahora. Dele tiempo.

Odiaba que hablaran como si no estuviera allí.

—Detective Logan... —Hice una pausa por un segundo—. Quiero ayudar, quiero justicia para mi familia. Sé que soy bastante inútil en este momento porque no puedo recordar, pero quiero ayudar.

El doctor Newman abrió la boca para protestar, pero lo interrumpí.

—Está bien, doctor. Esto es lo único que puedo hacer por mi familia. ¿Hay alguna manera de ayudarme a recordar esa noche?

—No voy a dejar que hagas eso, Fleur —dijo muy serio—. Apenas estás asimilando la muerte de tus padres.

—Esta es mi decisión —dije con frialdad—. Ellos se han ido y el culpable sigue libre en algún lugar... Por favor, respete mi decisión.

El doctor Newman suspiró.

—Está bien, podemos hacer una terapia de hipnosis para ayudarte a recordar.

—Bueno, aquí está mi tarjeta. No dudes en contactar conmigo si recuerdas algo. —Tomé la tarjeta que me tendía el detective y él me sonrió—. Eres una joven muy fuerte.

—Gracias.

—Debo irme, que tengan un buen día —dijo el detective Logan desapareciendo por la puerta.

Después de hablar con el doctor Newman acerca de la próxima sesión, entré en mi habitación. Me preguntaba si Pierce todavía estaría allí. Esperaba que ya no estuviera. Encendí la luz y lo busqué, pero no estaba por ningún lado. Incluso registré debajo de la cama. Tal vez había decidido ir a clase después de todo.

¿Y por qué me decepcionaba que no estuviera ahí?

Lo odiaba, no me caía bien en absoluto.

«Ahora me debes un beso...».

Caí de espaldas en la cama. Me quedé mirando el techo en silencio y entonces noté que había algo debajo de mí. Pasé la mano y encontré un pedazo de papel.

Era una nota de Pierce...

Una gran sonrisa se extendió por mis labios cuando la leí.

> Tuve que irme, pero volveré :)
> Me debes algo, ¿recuerdas?
>
> P.D.: La próxima vez, no pongas tu paraguas debajo de la cama, casi me apuñala.

No pude evitar reírme.

Pierce era muy raro, actuaba como si yo no le cayera bien, pero siempre estaba en todas partes. Me preguntaba por qué no hablaba con nadie más; estaba claro que algo le había sucedido. Aun así, me sentía especial.

¿Por qué solo hablaba conmigo?

Suspiré y decidí que era hora de tomar una ducha, aunque hacía mucho frío afuera. Otro día nublado; no había visto el sol en días.

12

> «Por lo general, deseamos liberarnos de las sensaciones desagradables con tanta urgencia que no nos da tiempo a descubrir de dónde proceden».
>
> Gueshe Kelsang Gyatso

El agua caliente caía sobre mí, relajándome. Cerré los ojos y la primera imagen que vino a mi mente fue la cara de Pierce a unos centímetros de la mía. Dios, tenía unos ojos tan bonitos. Apoyé las manos en la pared fría, mechones de mi pelo mojado se me pegaban en las mejillas y la frente.

Terminé de ducharme y me disponía a ponerme el uniforme —no me gustaba ir por el pasillo solo con la toalla— cuando la puerta se abrió. No me molesté en darme la vuelta, ya que estaba concentrada en vestirme porque hacía mucho frío.

—¡Flor!

Me di la vuelta confundida y me encontré con una Lory que parecía muy emocionada. Corrió hacia mí con una sonrisa.

—Te estaba buscando.

—¿De verdad?

—Claro. —Me pellizcó la mejilla—. Escucha, hay otra fogata esta noche.

—¿Ah, sí? —Comencé a recoger mi ropa, el jabón y la toalla.

—Pensé que querrías venir.

—¿Por qué?

—Oh, vamos, será divertido.

—Lo siento, pero hoy no estoy de humor —dije pasando junto a ella para dirigirme a la puerta.

—Va, por favor, Flor, no seas tan aburrida.

Me di la vuelta para quedar frente a ella.

—¿Disculpa?

—Sí, estás siendo aburrida yéndote a la cama tan temprano —bromeó sonriéndome.

—No, no lo soy.

—Escucha, sé que he sido una amiga inconsistente...

—¿Amiga? No somos amigas, Lory. El primer día que te conocí, me dejaste sola en la fogata rodeada de docenas de desconocidos. ¿Tienes idea de cómo me sentí? Así que... no, no hay manera de convencerme de que vaya a otra fogata contigo. —Abrí la puerta para luego cerrarla detrás de mí.

Vi a Dana de pie en la puerta de mi habitación. Llevaba puesta una chaqueta sobre el uniforme del psiquiátrico. Me sonrió, noté que llevaba maquillaje. No iba a dormir, eso era seguro.

—Déjame adivinar... —Fingí que pensaba un rato—. Vas a la fogata.

—¿Ya lo sabes?

—Sí.

—¿Vienes?

—No lo sé —dije entrando. Me senté en mi cama. Dana cerró la puerta detrás de ella y me miró.

—Tienes que venir —dijo colocándose las manos en la cintura.

—¿Tengo que ir?

—Sí, no pienso ir sola.

—Oh, Dana, pero...

—Pero nada, por favor, Flor. Lucas también irá. —Movió sus cejas rápidamente.

Lucas era un chico muy agradable, siempre me hacía sonreír y olvidarme de todo. La idea de volverlo a ver me gustaba.

—¡Vamos, prepárate! —Sonaba muy emocionada—. Estoy segura de que Trent también estará allí —dijo arreglándose el pelo frente al espejo.

Oh, Trent... Debía contarle lo que sabía sobre Lory y Trent, pero no tenía el valor suficiente.

—¿Me veo bien? —Ella se volvió hacia mí, esperando mi aprobación.

—Te ves genial —dije honestamente.

Dana era una chica muy bonita. Siempre había pensado que las chicas pelirrojas tenían una especie de aura agradable. Ella dudó, se giró de nuevo hacia el espejo y se levantó la camisa para mirarse el abdomen.

—¿No te parece que estoy un poco gorda? He estado comiendo tanto que...

—Dana —la interrumpí, abrazándola desde atrás—, estás perfecta. —Apoyé mi mentón sobre su hombro—. No has estado comiendo demasiado, te estás alimentando y nutriendo tu cuerpo como debe ser, así que estás bien, ¿entendido?

Me sonrió. Vi cómo la inseguridad desaparecía poco a poco de su mirada.

—Entendido.

Me separé de ella y me regañó.

—¿A qué estás esperando? ¡Prepárate! —Suspiré dándome por vencida. Dana podría ser muy persistente.

Agarré una de mis chaquetas porque la noche iba a ser fría. Me miré en el espejo. Todavía tenía el pelo un poco mojado. Lo peiné un poco, rizándolo ligeramente en las puntas.

—Tienes un pelo increíble.

—Gracias —le respondí tímidamente—. Lo heredé de mi madre. —Un destello de dolor me cruzó cuando la mencioné.

—¿De verdad? Me gustaría conocerla. ¿Es agradable?

Tragué y fingí una sonrisa.

—Sí —dije rápidamente—. Estoy lista, vamos.

—¿Qué? Ponte un poco de maquillaje.

—¿Por qué? —Dana caminó hacia mí y me sostuvo por los hombros. Me volvió hacia el espejo.

—Mira lo pálida que estás. —Tenía razón, parecía una zombi. Incluso tenía ojeras. Mis labios se veían muy pálidos—. No estás comiendo bien, Flor. Tienes que comer más; cada día que pasa estás más delgada.

—Comeré más. Te lo prometo —dije sonriéndole.

—La que tiene el trastorno alimenticio soy yo —bromeó Dana mientras me maquillaba—. No me robes mi papel.

—¿Has hablado con tu psicólogo sobre ese humor negro que tienes?

Se rio.

—Nah, es algo entre nosotras, guarda el secreto.

—De acuerdo. —La miré a los ojos—. Vamos a alimentarnos bien, ¿sí?

Me sonrió.

—Sí. —Me dio la vuelta para que me mirara en el espejo—. ¿Ves la diferencia?

—Oh. —Sí, me veía mucho mejor. Las ojeras estaban cubiertas por el corrector. El delineador hacía que mis ojos azules destacaran más. Mis mejillas estaban un poco rosadas y mis labios muy rojos. No estaba acostumbrada a maquillarme, pero me veía genial—. Eres realmente buena en esto —felicité a Dana, quien sonreía detrás de mí.

—Lo sé.

Finalmente salimos del edificio del psiquiátrico y nos dirigimos hacia el bosque a un ritmo rápido. Estaba silencioso y oscuro. La verdad es que me asustaba volver a entrar en él después de haber sido atacada allí.

Dana me tomó la mano.

—Eh. —Consiguió mi atención—. No hay nada que temer. Estoy aquí.

Le sonreí y asentí.

Seguimos un sendero pedregoso. Tragué con dificultad, me sentía incómoda. Tenía un muy mal presentimiento. Grandes nubes cubrían la luna, por lo que estaba realmente oscuro. Me tropecé varias veces, pero logré no caerme.

Un viento helado pasó a través de nosotras haciéndome temblar.

—Ya casi hemos llegado —me informó Dana.

La seguí, apretando la chaqueta firmemente contra mi cuerpo. Seguí caminando detrás de Dana, pero eché un vistazo al camino. Los árboles parecían tan espeluznantes. La oscuridad era casi total y no podía ver lo que estaba más allá de ellos.

—¡Ah! —grité. Me había tropezado con una piedra y caí al suelo sobre mis manos y rodillas. Me hice daño con las piedras—. ¡Ay!

—¡Flor! ¿Estás bien? —me preguntó Dana, acercándose a mí.

—Sí, estoy bien —mentí, poniéndome de pie. Mis rodillas palpitaban; esperaba que no me salieran moretones.

—Lo siento, olvidé que no conoces este camino tan bien como yo.

—Está bien. —Empezamos a caminar de nuevo.

Por fin, llegamos a la hoguera. Era inmensa; iluminaba todo lo que había alrededor. Me sentí un poco más segura allí, rodeada de tanta gente.

—¡Hola! —Lucas corrió hacia nosotras con una gran sonrisa en los labios. Llevaba su característico peinado despeinado, ya que había notado que tenía la manía de pasarse los dedos por el pelo constantemente. Le sonreí.

—Hola —saludé sin preocuparme por esconder mi emoción—. ¿No tienes frío? —le pregunté al darme cuenta de que no llevaba chaqueta.

—No.

—Voy a buscar a Trent —dijo Dana alejándose de nosotros. Suspiré. Debería haberle dicho que Trent no era exactamente lo que ella esperaba.

—Dime, ¿quieres algo de alcohol? —La voz de Lucas me sacó de mis pensamientos—. Nos las ingeniamos para escabullir unas botellas escondiéndolas en la lavandería.

—Impresionante, pero no, gracias, ya te dije el otro día que el alcohol no es lo mío.

—Cierto —murmuró.

—¿Por qué me da la sensación de que eso te decepciona?

—Siempre pensé que los europeos bebíais mucho, creo que estaba equivocado.

—Sí, muy equivocado, como siempre. —Puse los ojos en blanco, burlándome de él.

Alzó una ceja desafiante.

—No empieces una guerra, perderás.

—Oh, estoy temblando. —Sacudí mis manos exageradamente.

Lucas se quedó callado, mirándome.

—Te ves...

—¿Qué?

—No importa —dijo sacudiendo la cabeza—. Vamos a sentarnos. —Señaló una gran roca a su lado.

—Gracias. —Hice una reverencia y me senté junto a él.

—¿Cómo estuvo tu fin de semana? —Estábamos muy cerca, su brazo estaba tocando el mío.

—Muy aburrido —admití—. ¿Qué tal el tuyo?

—Fue divertido, pero tuve una llamada de atención el viernes.

—¿Por qué? ¿Qué hiciste?

Sentí curiosidad. Nunca imaginé a Lucas como un chico malo. Lo miré mientras él tenía los ojos fijos al frente. Me di cuenta de que su piel parecía muy suave y por un segundo quise tocarlo.

—Bueno, tuve una discusión con uno de esos «profesores». —Usó sus dedos para dibujar unas comillas en el aire—. ¿Sabías que los que enseñan aquí son un montón de fracasados que perdieron su licencia para enseñar y que por eso terminaron en este psiquiátrico?

—¿Cómo sabes eso?

—Cuando pasas mucho tiempo aquí, te enteras de cosas.

Parecía realmente molesto, así que intenté averiguar qué le había pasado.

—¿Sobre qué discutiste con ese profesor?

—Estaba comportándose como un bastardo con un chico —me explicó sacudiendo la cabeza.

—¿Por qué? ¿Qué hizo?

—Ese paciente es un chico homosexual que lo ha pasado muy mal y ese profesor estaba haciendo comentarios desagradables sobre él, así que no pude quedarme callado.

—Te entiendo perfectamente.

—Pero la directora me ha dicho que no incluirá el incidente en mi informe.

—Bien —dije sonriéndole.

Tenía mis manos sobre mi regazo, al igual que él las suyas. Me pregunté qué sentiría al tomar su mano o acariciar su rostro.

—Y, ¿sabes, Flor?

—¿Sí?

Me tomó una mano y mi corazón se detuvo.

—Vas a estar bien.

—¿Eh?

—Sé que te pasa algo, puedo ver la tristeza en tu mirada. Pero sé que lo estás superando. —Sus ojos se encontraron con los míos. Sus palabras me tomaron por sorpresa, pero me gustó notar la calidez de su mano sobre la mía.

—Sabes que eres raro, ¿verdad? —dije nerviosa.

—Todos somos el bicho raro de alguien —declaró burlón—. ¿No has oído eso?

Entrecerré los ojos.

—¿Estás diciendo que eres mi bicho raro? —Arqueé una ceja.

—No. —Me miró directamente a los ojos como si estuviera viendo a través de mi alma—. Estoy diciendo que tú eres mi bicho raro.

Me quedé sin palabras. Los ojos verdes de Lucas se fundían con los míos, y me sentí incapaz de decir nada.

—¡Flor! —La voz de Dana me sacó del momento. Miré hacia el otro lado de Lucas y vi detrás de ella a Trent, que me sonrió.

—Hola, Flor —me saludó Trent.

—Hola.

—¿Puedo hablar contigo un segundo? —Dana y Lucas fruncieron el ceño, confundidos.

—Claro —dije y lo seguí hasta un lugar solitario—. ¿Qué pasa?

—Sé que la primera impresión que tuviste de mí no fue la mejor. —Me crucé de brazos—. Pero, por favor, no le digas a Dana nada sobre Lory y Sana.

—Dana es mi amiga.

—Lo sé, pero ella me gusta de verdad. Si se lo dices, sé que me echará de su vida.

—No confío en ti, Trent.

—No te estoy pidiendo tu confianza, solo dame la oportunidad de demostrarte que voy muy en serio con Dana. —Suspiré. Trent sonaba honesto de verdad.

—Bien, no se lo diré, pero si le haces daño, te juro que lo pagarás.

—Gracias, gracias, Flor.

Regresamos de nuevo junto a Dana y Lucas. Él sostenía un vaso de plástico y ella estaba de pie frente a él con los brazos cruzados. Me senté junto a Lucas otra vez.

Durante un rato estuvimos hablando de cosas al azar.

Pero de repente me sentí observada.

Escudriñé alrededor y encontré al mismo chico de cabello castaño que me había mirado fijamente en el edificio de los hombres la otra noche. Estaba sentado en una roca y me observaba descaradamente con sus ojos negros.

Fleur...

Noté un dolor palpitante en la cabeza y tuve que masajearme las sienes. Había algo en ese chico que me hacía sentir extraña. Traté de apartar la vista, pero mi curiosidad no me dejaba. Él se mordió el labio inferior y sentí un escalofrío por mi espina dorsal.

Sus labios...

Fleur...

Ah, mi cabeza...

Me dolía.

—¿Flor? ¿Estás bien? —Dana pasó su mano sobre mi hombro.

—Sí, estoy bien.

—¿Segura? —me preguntó Lucas—. Te has puesto pálida.

Fingí una sonrisa.

—Estoy bien.

Ellos siguieron hablando y, aunque podía escucharlos, mi mente no estaba ahí. ¿Por qué me dolía la cabeza de esa forma?

Me atreví a mirar hacia donde estaba el chico de cabello castaño. Me sorprendió encontrarlo allí, todavía mirándome. ¿Qué le pasaba? No, esa no era la pregunta correcta. ¿Qué me pasaba a mí? ¿Por qué sentía la necesidad de caminar hacia él?

Ojos negros...
Labios suaves...
Caricias...

Me agarré la cabeza, que palpitaba del dolor.

—¿Verdad, Flor?

—¿Eh?

—¿Estás segura de que estás bien?

—Lo siento, voy a caminar para despejar la mente un poco.

—¿Adónde vas? —La pregunta de Lucas se quedó atrás mientras caminaba hacia el chico castaño. ¿Qué estaba haciendo? ¿Qué iba a decirle?

«Eh, deja de mirarme fijamente, me estás poniendo nerviosa y me estás causando dolor de cabeza».

Tragué mientras pasaba junto a él. Seguí caminando hasta alejarme un poco de la gente, pero a una distancia que aún pudiera ser escuchada si gritaba.

—Estoy loca —susurré para mí y me di la vuelta para volver.

Me quedé paralizada cuando me di cuenta de que el joven de pelo castaño me había seguido y estaba delante de mí. Inclinó la cabeza a un lado, pero no dejó de mirarme directamente a los ojos.

—Fleur —pronunció mi nombre a la perfección. Su voz causó que una extraña sensación de familiaridad fluyera por todo mi cuerpo. ¿Quién era este tipo? ¿Cómo sabía mi nombre?

—¿Quién eres?

Él se limitó a sonreírme.

—¡Flor! —Dana apareció detrás del chico con una mirada interrogante—. ¿Adónde diablos ibas? —El joven castaño volvió al lugar donde había estado.

—Solo quería despejarme un poco.

—¿Estás bien? ¿Quién era ese?

—No lo sé, y sí, estoy bien.

Mi dolor de cabeza solo empeoró, incluso tenía ganas de vomitar. Y cada vez que miraba a ese chico, el dolor crecía. ¿Qué estaba pasando?

«¿Quién eres que me causas esto?».

Fleur...

—Quiero irme.

—Sí, deberíamos irnos. Mañana es el paseo del psiquiátrico.

Volvimos a la hoguera para despedirnos de Lucas y de Trent y nos dirigimos al sendero.

Comenzamos a caminar a través del bosque. Las nubes se habían dispersado, de modo que la luna iluminaba nuestro camino. Dana hablaba sobre lo mucho que le gustaba Trent. Fingí escuchar, pero estaba observando cada paso que daba. No quería caerme de nuevo. Las rodillas todavía me dolían de la caída de hacía un rato.

Mi cabeza seguía palpitando.

—Dana, creo que...

Caí de rodillas y vomité.

—¡Por Dios, Flor!

Se arrodilló a mi lado.

Fleur...

Mi hermosa Fleur...

Otra oleada de arcadas y vomité de nuevo. Imágenes borrosas se pasearon por mi mente.

—Ah, Dana. ¡Duele!

Me agarré la cabeza con fuerza. Veía el rostro del chico castaño cerca del mío.

—¿Flor? Mierda, ¡Flor! —Dana tomó mi cara entre sus manos y empezó a soplar sobre ella—. ¡Lucas! ¡Lucas! ¡Ayuda! Flor, respira. ¡No cierres los ojos!

Ya casi no podía sostenerme, vomité de nuevo. Estaba a punto de desmayarme, en los brazos de Dana.

Imágenes de sangre...

Tanta sangre...

Un cuchillo goteando sangre...

Ojos...

Esos ojos...

—Dana, me duele... —murmuré, notando las gruesas lágrimas que caían por mis mejillas. El dolor de cabeza se intensificaba.

—Está bien, está bien. —Me envolvió en sus brazos y mi cabeza quedó enterrada en su pecho—. Estoy aquí, aguanta un poco.

Más arcadas, pero al parecer ya no tenía nada que vomitar.

Fleur...

—¡Ah! —grité tan fuerte que hasta me dolieron los oídos.

La voz de Dana se quebró.

—Estoy aquí, mierda... ¡Lucas! ¡Que alguien nos ayude!

Escuché pasos acelerados que se acercaban, pero mis ojos se sentían tan pesados que no pude mantenerlos abiertos más tiempo.

Voces en la distancia...

Y la cara de ese chico fue lo último que vi en mi mente antes de caer en la inconsciencia.

ꟿ 13 ꟿ

«Los que no pueden recordar el pasado están condenados a repetirlo».

GEORGE SANTAYANA

Frío...

Hace mucho frío...

Estoy de rodillas, puedo sentir la nieve mojando mis pantalones. Mis manos tiemblan en mi regazo, están llenas de sangre... ¿Por qué?

Hay un gran alboroto a mi alrededor, sirenas, voces gritando, y siento que yo no estoy ahí, como si mi mente hubiera decidido irse y dejarme tirada en esta nieve tan helada. La sangre de mis manos gotea y mancha el blanco suelo debajo de mí.

Sangre...

Fleur...

Aprieto mi pecho. No puedo respirar, como si algo estuviera trabado entre mis costillas.

Es dolor...

Mi vista está borrosa por las inmensas lágrimas que se han formado en mis ojos. En la distancia puedo ver una figura masculina vestida de negro.

Tú...

Una mano fuerte toca mi hombro y grito con fuerza entrando en pánico.

Abrí los ojos poco a poco y parpadeé para acostumbrarme a la luz que me rodeaba. Lo primero que vi fue un techo blanco.

Blanco como la nieve...

¿Dónde estaba? Sentí la suave cama debajo de mí. Estaba acostada sobre mi espalda. Levanté el brazo al notar una vía intravenosa en él.

¿Qué había pasado?

Un destello de recuerdos de la noche anterior invadió mi mente. Me tensé, el chico de los ojos oscuros... Mi dolor de cabeza...

Moví la cabeza a un lado para explorar mi alrededor. Fruncí el ceño al mirar delante de mí. Allí, en un gran sofá, estaban Lucas, Dana, Trent y Lory dormidos. No tenía ni idea de cómo se las habían arreglado para estar allí. Lucas tenía la cabeza apoyada en el regazo de Dana. Dana la apoyaba en el respaldo del sofá y Trent en el hombro de Dana, mientras que Lory usaba el regazo de Trent como almohada. Me relajé sintiéndome segura. Se veían graciosos, pero tiernos.

Mi cabeza aún palpitaba un poco, pero el dolor no era nada comparado con el de la noche anterior.

—Ay. —Me mareé un poco al sentarme.

—¿Estás bien? —La voz de Lucas me sorprendió.

Estaba de pie justo a mi lado. Lo miré. Tenía ojeras. Su cabello rubio era un desastre y su camisa tenía manchas de sangre. ¿Mi sangre?

—Estoy bien, Lucas.

Su cara se iluminó de alivio.

—Nos asustaste, Flor.

—Lo siento —dije mirando hacia abajo.

Me sostuvo la barbilla con una mano obligándome a mirar hacia arriba. Un gesto que me recordó a Pierce.

—No te disculpes, tonta. No fue culpa tuya. —Me ofreció una cálida sonrisa.

—Apenas recuerdo lo que pasó anoche —dije frunciendo el ceño.

—Te encontré inconsciente en los brazos de Dana. Me asusté mucho. —Pude ver la tristeza en sus ojos—. Lo siento, debí haberlas acompañado de vuelta al psiquiátrico.

—Está bien.

—¿Qué pasó, Flor? —preguntó preocupado—. Dana dijo que empezaste a gritar y perdiste el conocimiento.

—Pobre Dana, debí de ser todo un espectáculo. Qué pena que haya tenido que presenciar eso.

—No, me alegra que no estuvieras sola. Quién sabe qué te habría pasado si Dana no hubiese estado contigo... ¿Cómo te sientes?

—Estoy bien, deja de preocuparte.

Me acarició la mejilla.

—No me pidas imposibles.

—¿Qué le ha pasado a tu camiseta? —pregunté mirando las manchas de sangre seca.

—Oh, eso... Es sangre tuya. Tuve que cargarte para traerte aquí.

—¿Sangré?

—Sí, por la nariz. Solo un poco, por eso.

—Gracias.

Lucas me sonrió.

—No podía dejar que mi bicho raro muriera tan pronto.

—Claro —dije poniendo los ojos en blanco. Él se rio entre dientes.

—¡Flor! —oí la voz de Dana desde el sofá. En cuestión de segundos, empujó a Lucas y tomó mi mano—. ¿Cómo te encuentras? ¿Me reconoces?

—¿Qué? Por supuesto que te reconozco.

—¡Gracias a Dios! —Fruncí el ceño hacia ella, totalmente confundida—. Solo estoy asegurándome de que no tienes amnesia, ya sabes, por lo de la cabeza.

No pude evitar reírme.

—Estoy bien.

—Qué alivio.

—Estábamos tan preocupados. —Lory hizo su aparición también. Estaba segura de que no se preocupaba por mí, pero al menos estaba allí.

—¿Dónde estamos? —pregunté.

Trent puso una voz tétrica:

—En el tercer piso.

—¿Qué?

Lory lo miró mal.

—Sutil, muy sutil.

Arrugué la frente.

—¿De verdad estamos en el tercer piso?

Lucas tomó mi mano.

—Tranquila, solo estás aquí porque es donde tienen el área de observación.

Dana continuó por él:

—Sí, el psiquiatra y el neurólogo de guardia querían mantenerte cerca para revisarte constantemente, ya que no sabían qué te pasaba... Al parecer estaban descartando un derrame.

—Guau, eso no suena muy alentador.

La mirada de Dana estaba llena de culpa.

—Lo siento.

Lory suspiró.

—Lo importante es que estarás bien.

Y luego recordé.

—Oh, no...

—¿Qué sucede?

—¿La directora sabe esto? —pregunté preocupada—. Estamos jodidos.

—No te preocupes, el doctor Altman es muy agradable —dijo Lucas sonriendo—. Nos ayudó, escribió en el informe que Dana y Lory te habían encontrado en el pasillo.

—¿Qué hay de ustedes dos? —Lo señalé a él y a Trent—. ¿Cómo van a explicar su presencia aquí?

—Tranquila, aunque estamos en el tercer piso, este es el edificio de los hombres.

—Oh.

—El doctor Altman tiene toda la autoridad sobre esta área, así que no tienes de qué preocuparte.

Mi pequeño dolor de cabeza estaba cesando.

—Es una lástima que no hayamos podido ir a la excursión del psiquiátrico —dijo Dana sacudiendo la cabeza.

—¿Ustedes se perdieron la excursión por mi culpa? —les pregunté, sintiéndome fatal.

Dana me pellizcó la nariz.

—No seas tonta, yo no habría ido sin ti de todos modos.

—Sí... —balbuceó Lory—. Además, esos pueblos del norte no son tan interesantes después de todo. —Sabía que estaban mintiendo para hacerme sentir mejor, así que les sonreí.

—Deberían irse a descansar todos —les pedí, bostezando. «¿Cómo es posible que tenga sueño si me acabo de despertar?», pensé.

—No te dejaremos sola. —Dana sacudió la cabeza frenéticamente.

—Por favor, váyanse. Ya han hecho suficiente por mí. Además, todos tienen un aspecto horrible —bromeé.

—Muy graciosa, deberías echarte un vistazo a ti misma. —Dana se cruzó de brazos.

—¡Venga, todo el mundo fuera! ¡A descansar! —Les hice un gesto para que salieran en broma.

—Haznos saber si necesitas algo. La enfermera está al otro lado de la puerta —me informó Lucas acariciándome la frente.

—Estaré bien.

Dana, Lucas y Trent salieron de la habitación. Lory se quedó y jugó nerviosamente con sus dedos.

—Escucha, Flor, sé que no hemos tenido el mejor de los comienzos... —Hizo una pausa mirando hacia abajo—. Y fue por mi culpa, desde luego. ¿No podemos empezar de nuevo? —preguntó levantando la vista. Había honestidad en sus ojos.

—Claro. —Le sonreí. Ella asintió y salió de la habitación. Lory era rara, pero sabía que no era una mala persona.

Un doctor muy alto entró. Su cabello y bigote blanco combinaban con las paredes.

—Buenos días. Soy el doctor Altman, el psiquiatra de guardia. ¿Cómo te encuentras?

—Bien, solo un poco confundida.

Me dedicó una sonrisa tan cálida que me hizo sentir que todo estaría bien.

—Eso es normal.

—¿Qué me paso? ¿Estoy... bien? —Tenía que preguntar.

—Sí, el neurólogo te hizo una revisión, pidió algunas pruebas con carácter urgente y recibió los resultados esta mañana. Estás muy bien; un poco anémica, pero nada que no pueda resolverse.

—Entonces...

—¿Qué te pasó? Bueno, podremos saberlo con más exactitud si me explicas tú misma lo que te ocurrió.

—No sé cómo explicarlo. Solo sé que me dolía mucho la cabeza, nunca me había dolido tanto, y de pronto... muchos... recuerdos inconclusos llegaron a mí, confundiendo, empeorando el dolor.

—¿Tienes alguna idea de qué pudo desencadenar eso? ¿O comenzó sin más?

Tragué, recordando al joven de ojos negros.

—Vi a un chico... de ojos negros y tuve la sensación de que lo había visto antes. En cuanto lo vi, comenzó a dolerme la cabeza.

El doctor Altman suspiró.

—Es la primera vez que te pasa algo así, ¿verdad?

Asentí.

—Sí. ¿Me estoy volviendo loca?

El doctor sonrió.

—Claro que no, pero es comprensible que te sientas asustada y confundida al respecto porque no te había pasado nunca algo así, Flor. ¿Puedo llamarte Flor?

—Sí.

—Bueno, Flor, lo que estás sufriendo se llama trastorno por estrés postraumático. Es un trastorno de ansiedad muy común en personas que han vivido experiencias extremadamente traumáticas.

—Mi psiquiatra lo había mencionado antes, pero nunca me había pasado nada como lo de ayer por la noche. ¿Está diciendo que el dolor de cabeza y el desmayo los causó mi mente?

—Una persona con TEPT —noté que esa era la abreviación del trastorno— puede tener reacciones fisiológicas graves ante situaciones o personas que puedan simbolizar o parecerse de alguna forma a los sucesos traumáticos que ha vivido.

¿Ese chico... estaba relacionado con esa fatídica noche?

Me quedé en silencio.

—Flor, después de lo que pasaste, es completamente normal que sufras este trastorno, pero con tiempo y paciencia vas a mejorar. Tu psiquiatra te ha recetado clonazepam y citalopram, ¿verdad?

Asentí.

—Bien, ¿te los estás tomando correctamente?

Volví a asentir.

—Bien, eso ayudará, le pasaré el informe a tu psiquiatra para que comience con la terapia que él considere adecuada.

—Muchas gracias por todo, doctor.

Me ofreció una cálida sonrisa de nuevo.

—Eres una joven muy fuerte, te pondrás bien.

Dicho esto, se fue.

Suspiré pensando en la noche anterior aún más confundida. ¿Quién era ese chico? Bostecé. Me sentía cansada. Estaba segura de que me habían dado algún tipo de calmante. Además, estaba un poco débil. Cerré los ojos y me concentré en dormir. Caí en la tierra de los sueños en solo unos segundos.

Unos suaves susurros me despertaron y abrí los ojos lentamente.

—Falling is easy, it's getting back up that becomes the problem, becomes the problem...

Alguien estaba cantando suavemente. Esa voz me sonaba familiar. Moví la cabeza a un lado para echar un vistazo al sofá.

Pierce estaba sentado en él con los auriculares puestos. Llevaba puesta una capucha oscura que ocultaba su cabello, tenía las manos en los bolsillos y sus largas piernas descansaban sobre la mesita que había delante del sofá.

Sus ojos estaban cerrados y seguía murmurando la canción.

—If you don't believe you can find a way out, you become the problem.

Se veía tan inocente con los ojos cerrados. No sabía qué hacía allí, pero por alguna razón no me sorprendía verlo.

—Pierce. —Lo llamé, pero él siguió cantando suavemente. Por supuesto que no podía oírme. Agarré una de mis almohadas y se la arrojé. Sorprendido, saltó del sofá. No pude evitar reír. Él entornó sus ojos grises y los fijó en mí.

—La bella durmiente por fin despierta —dijo sacándose los auriculares y metiéndolos en un bolsillo—. Pensé que iba a tener que besarte para que te despertaras.

—Ya quisieras —dije arrogante. Se acercó a mí, con una gran sonrisa dibujada en el rostro—. ¿Qué estás haciendo aquí? —le pregunté evitando el contacto visual. A veces podía intimidarme.

—Estaba por aquí cerca, así que decidí venir a incordiarte un poco.

—Siempre eres tan considerado. —Fingí una sonrisa.

—Gracias. —Hizo una reverencia.

—Era un comentario sarcástico. —Me crucé de brazos.

—Me gustó de todos modos. —Se encogió de hombros. Le eché una mirada asesina—. ¿Puedo sentarme? —preguntó señalando la cama. Abrí la boca para responder, pero antes de poder hacerlo él ya se había sentado a mi lado—. Gracias.

—¿Por qué no estás de excursión? —pregunté curiosa.

—Las excursiones son aburridas.

—¿Cómo sabías que estaba aquí?

—¿Qué es esto? ¿Un interrogatorio o algo así? —me preguntó cogiendo un mechón de mi pelo para colocarlo detrás de mi oreja. El leve contacto de sus dedos con mi piel me hizo estremecer.

—No... —Tragué con dificultad—. Solo tengo curiosidad. —Miré hacia otro lado, apretando las sábanas contra mi regazo.

—No deberías ir al bosque por la noche... —Dejó de hablar y eso me hizo mirarlo de nuevo. Se estaba mordiendo el labio inferior cuando nuestras miradas se encontraron. Sentí la sangre en mis mejillas; no necesitaba un espejo para saber que me estaba sonrojando rápidamente—. Es peligroso estar ahí afuera.

Su mirada bajó a mis labios y se los quedó mirando con todo descaro.

Jugué con los dedos nerviosamente. Su colonia llegó a mi nariz. Olía muy bien. Necesitaba romper ese silencio, así que le pregunté:

—¿Fuiste a la fogata anoche?

—Tal vez.

La tensión se estaba volviendo insoportable. Sentí que no podía respirar, noté un brillo en sus ojos grises.

—¿Tal vez?

—Sí. —Se inclinó sobre mí hasta que nuestras caras estuvieron a solo unos centímetros de distancia. Podía sentir su aliento acariciando mis labios. Su pulgar rozó mi labio inferior—. ¿Fleur?

—¿Sí?

—Estás ansiosa por darme el beso que me debes, ¿no? —Una gran sonrisa se formó en sus labios. Inmediatamente me aparté, mi cara se puso roja.

—Sal de aquí —le ordené avergonzada.

Él se rio entre dientes y se levantó.

—Volveré.

—Vete.

Miré hacia otro lado. ¡Arg! Pierce podía hacerme sentir una marea de emociones en un segundo. ¿Era todo un juego para él?

Después de unos minutos, estaba muy aburrida y me preguntaba qué hora sería. No tenía ni idea. Sabía que todavía era de día porque la luz del sol aún entraba a través de una pequeña ventana detrás de mí. Un golpe en la puerta llamó mi atención.

—¡Adelante! —dije, esperando ver a Dana o a Lucas, pero cuando levanté la mirada, me quedé helada al ver a la persona que había entrado—. Tú —susurré.

—Hola —saludó fríamente.

Era el chico de cabello castaño. No podía creer que estuviera allí. Sus ojos negros me observaban en silencio. Era increíblemente alto y emanaba una extraña aura que me asustaba y me confundía. Llevaba puesto el uniforme del psiquiátrico. Sentí la necesidad de tenerlo cerca. ¿Qué? Me abofeteé mentalmente.

—¿Qué haces aquí? —le pregunté frunciendo el ceño—. ¿Quién eres?

Sus labios formaron una sonrisa.

—Finalmente nos encontramos, Fleur.

ꟾ 14 ꟾ

«El afán de querer olvidarte es mi mayor ímpetu para recordarte».

Gabriel García Márquez

Silencio...

Se hizo un silencio muy incómodo entre el chico de cabello castaño y yo. Sus palabras seguían girando dentro de mi cabeza: «Finalmente nos encontramos».

¿De qué estaba hablando?

—¿Quién eres? —pregunté frunciendo el ceño ante su fría expresión. Dio un paso adelante mirándome intensamente. Nunca había visto unos ojos negros tan profundos. ¿O sí?

Me sonrió.

—¿Estás bien?

Ignoré su pregunta.

—¿Quién eres?

Se pasó la mano por la barbilla.

—¿Quién soy?

Su rostro me parecía tan familiar

—¿Te conozco?

Él vaciló.

—Eso no importa ahora, Fleur.

—¿Cómo sabes mi nombre? —Abrió la boca para contestar, pero la puerta se abrió abruptamente, revelando a un sonriente Lucas.

—Flor, yo... —Su sonrisa se desvaneció cuando sus ojos se encontraron con los del chico castaño que estaba a unos pasos de mí.

El desconocido le sonrió.

—Ya estaba a punto de irme. Adiós, Fleur. —Y, tras decir eso, desapareció por la puerta, dejándome aún más confundida.

—¿Conoces a ese tipo? —me preguntó Lucas mientras se sentaba en la cama a mi lado.

—No. ¿Tú sabes quién es?

—No mucho, solo sé que se llama Adam. Él y su hermano llegaron aquí hace dos semanas. —Un escalofrío bajó por mi espina dorsal. Yo llevaba en este lugar más de un mes y ese tipo llamado Adam había llegado hacía solo dos semanas. ¿Cómo podía saber mi nombre si no lo había visto antes en el psiquiátrico? La única posibilidad que había era que lo conociera de antes de venir aquí.

Algo estaba mal.

—Hummm. ¿Sabes de dónde vinieron?

—Ni idea.

Suspiré, tal vez me estaba volviendo paranoica.

Una mano pasó delante de mis ojos.

—¿Flor?

—Oh, lo siento... ¿Decías?

—¿Qué estaba haciendo aquí?

—No lo sé —contesté. Y era la verdad, no tenía ni idea de por qué ese había ido a mi habitación.

—Qué raro... —añadió Lucas.

Decidí dejar de pensar en ese desconocido.

—Bueno, ¿cómo va todo? —Le sonreí.

—Bien —dijo rápidamente y luego metió la mano en su bolsillo—. Tengo algo para ti.

—¿De verdad? ¿Qué es? —No pude evitar emocionarme.

—Cierra los ojos.

—Oh, venga, Lucas, no soy una niña.

—Vamos, hazlo. —Parpadeó rápidamente, mostrándose muy tierno. ¿Cómo podría resistirme?

—Está bien. —Me di por vencida y cerré los ojos.

—Abre la mano. —Obedecí y Lucas puso algo frío en ella—. Muy bien, ya puedes abrir los ojos.

Los abrí lentamente y eché un vistazo a mi mano. Sostenía un brazalete de oro.

—¿Qué...? —Lo miré de cerca. Era realmente elegante y precioso—. Oh, es una maravilla, Lucas —dije sorprendida; no estaba acostumbrada a los regalos.

—Lee la inscripción —sonó emocionado. Agarré el brazalete y leí:

—«Para mi bicho raro, con amor».

No pude evitar sonreír. Vi un brillo en los ojos de Lucas.

—¿Te gusta?

—Me encanta, es tan raramente hermoso.

Rio y me pellizcó la mejilla. No pude evitar ruborizarme.

—Estoy muy contento de que te guste —dijo mientras me ponía el brazalete.

—¿De dónde lo has sacado? —pregunté sabiendo que sería difícil conseguir uno de estos en el psiquiátrico.

—Le pedí a uno de los amigos que me visitan que me hiciera el favor de comprarlo y me lo trajera el día de visita.

—Oh, no deberías haberte molestado.

—Está bien. —Me sonrió. Lucas era un tipo muy agradable.

—Gracias —dije.

—No hay necesidad de agradecerme nada, tonta.

—No, tengo que darte las gracias. Tú y Dana han sido tan buenos conmigo, si no fuera por ustedes, no sé qué habría sido de mí. —Era la verdad, me hacían sentir bien porque se preocupaban por mí. Sabía que el dolor por la pérdida de mi familia estaba intacto dentro de mí y que podría explotar en cualquier momento, pero Dana y Lucas me daban fuerzas para seguir adelante.

Pierce también había desempeñado un papel importante en esta ecuación; si no fuera por él, habría saltado de la azotea aquella noche. Tenía una extraña manera de intrigarme, y eso era algo que me motivaba. Sabía que una parte de mí no había aceptado la muerte de mi familia, pero también sabía que estaba aprendiendo a vivir con eso. Tal vez algún día podría aceptar que ya no estaban aquí, pero no ahora.

—Te has quedado muy callada de pronto —comentó Lucas evaluándome.

—Oh, no es nada, solo estaba pensando que me siento muy afortunada de tenerlos a mi lado.

—Y no nos vamos a ir a ninguna parte —dijo Dana entrando—. ¿Cómo estás? Tienes visita.

—¿Quién es?

—No sé, son una pareja de ancianos.

Fruncí el entrecejo. ¿Una pareja de ancianos? De ninguna manera... No podían ser...

—¡Fleur!

Mi abuela entró con cara de preocupación y se unió a nosotros. Mi abuelo la seguía en silencio. Estaba muy contenta de verlos de nuevo, después de todo, eran mi única familia, pero no estaba segura de poder manejar esa situación.

—Abuelos... —murmuré.

—¿Son tus abuelos? —preguntó Dana sorprendida.

—Mi dulce Fleur, *ma chérie.* —Mi abuela tiró de mí para darme un fuerte abrazo y, cuando se separó, me besó las mejillas—. En cuanto nos llamaron y nos explicaron lo que te había pasado, vinimos corriendo.

Era una mujer muy cálida. Se colocó bien sus grandes lentes y me sonrió.

—¿Estás bien?

—Estoy bien.

Mi abuelo se quedó atrás, parecía triste. Sabía que le recordaba a mis padres, mi abuela siguió hablando:

—No he entendido muy bien al doctor, ¿estás segura de que estás bien?

—Sí, de verdad, estoy bien —dije apretando su arrugada mano—. No quiero que se preocupen.

Sus ojos cayeron sobre Lucas y Dana.

—¿Son tus nuevos amigos?

—Sí. —Después de presentarles a mis abuelos, Dana y Lucas salieron de la habitación tras prometerme que volverían más tarde.

—Estábamos tan preocupados, *ma chérie.*

Mi abuela acarició mi rostro con delicadeza.

—Estoy bien, ma. —Así la llamaba cariñosamente desde que era niña. Aunque no habíamos vivido en el mismo país, mis padres, mi hermana y yo los visitábamos regularmente, así que los quería mucho.

—¡Fred! —Ma llamó a mi abuelo—. Ven aquí y habla con tu nieta. —Él no movió ni un músculo. No podía culparlo por mantener la distancia, estaba segura de que le recordaba a mi madre—. ¿Fred?

—Está bien, ma, lo entiendo —dije sosteniendo la mano de mi abuela y sonriéndole.

—Eres muy madura para ser tan joven, *ma chérie.* Estoy segura de que tu madre... —Hizo una pausa para respirar hondo— está muy orgullosa de ti.

Me esforcé por no llorar.

—Dime, ¿cómo os enterasteis de lo que me ha pasado? —dije, cambiando de tema.

—Oh, la directora del psiquiátrico nos llamó. Están obligados legalmente a informarnos de cualquier cosa que te pase —explicó—. Algunos de tus amigos de Francia nos han estado llamando, no tienen ni idea de lo que les pasó a tus padres y a tu hermana.

—No se lo dijiste, ¿verdad? —pregunté preocupada.

—No, sé que es tu decisión informarles cuando te sientas lista.

—¿Ha llamado Jazmine? —Jazmine era mi mejor amiga.

—Muchas veces. Llama todos los días. Me estoy quedando sin mentiras para decirle.

Suspiré.

—Voy a llamarla pronto, no te preocupes, ma. —Lo último que quería era darles a mis abuelos más preocupaciones. Ya tenían suficiente con haber perdido a su hija, a su yerno y a su nieta menor.

Mi abuela y yo estuvimos hablando durante horas. Cuando tuve hambre, fue a buscarme algo de comida. Me preguntó cómo me estaba yendo allí, si mis nuevos amigos sabían algo sobre la muerte de mis padres y sobre mi estado emocional. Por supuesto, no le mencioné que había intentado suicidarme.

—¿Estás segura de que estás bien aquí? Puedes venir a vivir con nosotros si quieres —preguntó ma, cogiendo su bolso. Era hora de que se fueran.

—Estoy bien.

—Llámanos si necesitas algo, *ma chérie*. —Me besó en la frente y se apartó sonriendo—. No olvides que te queremos mucho, mi niña.

Eso hizo que mis ojos se llenaran de lágrimas, pero las aguanté.

—Lo sé, yo también os quiero —contesté honestamente.

Una parte de mí no quería que se fueran, solo quería abrazarlos y llorar indefinidamente, pero sabía que eso no serviría de nada, no nos ayudaría de ninguna forma. Ma salió de la habitación y mi abuelo me miró un momento. Vi la tristeza en sus ojos, me rompía el corazón.

—Lo siento, Fleur, solo... —Su voz se quebró.

—Está bien, abuelo, lo entiendo —dije asintiendo.

Él sonrió tristemente y se fue. No podía culparlo, comprendía muy bien su dolor.

Me dejé caer hacia atrás sobre la cama, enterrando mi cabeza cuidadosamente en las suaves almohadas. Ver a mis abuelos me había motivado mucho. Estaba empezando a pensar un poco más claro que antes.

Después de unas horas, un médico entró y me dijo que podía volver a mi habitación, pero que necesitaba descansar. Por eso no asistiría a clases ni llevaría a cabo actividades agotadoras durante el resto de la semana, mientras veíamos cómo me sentaba la nueva medicación y sus efectos secundarios.

No me gustaba la idea de estar dentro de mi habitación todo el día. Necesitaba distraerme porque, cuando estaba sola, tendía a pensar en mis padres y me sumergía en mi dolor.

Salí de la blanca habitación donde había pasado la noche en observación.

La planta estaba muy solitaria, casi abandonada. ¿Dónde estaban los pacientes? Definitivamente, el tercer piso era espeluznante.

Al llegar al puesto de enfermeras, vi a una mujer alta, de cabello negro recogido en una cola, con una bata blanca. Era una doctora.

—Tú debes de ser Flor. Sigue el pasillo hasta donde está el guardia de la escalera, él te dejará bajar.

—Está bien, gracias.

—Y, Flor, por tu seguridad, no te acerques a las puertas de las habitaciones de los pacientes de este piso ni hagas contacto visual con nadie.

«Ah, mierda».

Enfilé el largo pasillo silencioso. Pasé por delante de varias puertas, que eran muy diferentes a las de nuestro piso, parecían de metal grueso. Algunas tenían una pequeña ventana cuadrada de vidrio grueso y otras ni siquiera tenían esa ventana.

Un viento frío atravesaba las ventanas a un lado del pasillo. Miré hacia el exterior, observando nubes oscuras y niebla. Tragué con dificultad, asustada. Ese lugar era demasiado solitario. Los únicos sonidos que podía oír eran los de mis propios pasos. Me abracé y empecé a caminar más deprisa.

Oí algo detrás de mí y me giré rápidamente...

Nada...

Entonces escuché una voz suave y delicada, pero llena de seguridad.

—¿Por qué tienes tanta prisa?

«¿De dónde viene esa voz?».

Me detuve y giré la cabeza para mirar a la puerta que tenía a mi lado.

—No tienes nada que temer, estamos bien encerrados.

«No debo responderle».

—Te llamas Flor, ¿no?

«¿Cómo diablos sabe mi nombre?».

—No tengas miedo, no puedo hacerte daño.

La curiosidad movió mi cuerpo y di un paso hacia la puerta, lo suficiente para poder mirar por la pequeña ventana.

Había un chico de cabello negro alborotado sentado al otro lado del cuarto. Tenía puesta una camisa de fuerza, y una venda negra cubría sus ojos. Estaba completamente inmovilizado. ¿Era legal tener a un paciente así?

—¿Cómo sabes mi nombre?

Sonrió.

—Sé muchas cosas sobre ti. Eres la chica que ha sobrevivido al asesino que nadie ha logrado atrapar aún. Es un honor conocerte. Lástima que no pueda verte, apuesto a que debes de ser muy guapa.

—¿Cómo sabes todo eso?

—Las enfermeras hablan, los doctores hablan, creen que nunca estoy escuchando, que estoy en mi propio mundo, pero no es así. Yo siempre estoy en este mundo, es insultante cómo me subestiman.

—Aun así, ¿cómo has podido saber que era yo con solo escuchar mis pasos?

Esa sonrisa llena de seguridad apareció de nuevo en sus labios mientras ladeaba su cabeza.

—Tus amigos hablaban al pasar por este pasillo, dijeron tu nombre y enseguida lo relacioné con el brutal asesinato del que tanto habló el personal de este lugar. Ahora, al escuchar unos pasos vacilantes, llenos de miedo, imaginé que eras tú, y estaba en lo cierto, tal como me acabas de confirmar.

Mis ojos se movieron hacia el pequeño soporte de metal que había al lado de la puerta donde había una tarjeta con el número de paciente y su nombre: Mason Stevens. Debajo de su nombre vi un círculo de color rojo. ¿Qué significaba?

—Debo irme.

—No, espera —se apresuró—. No todo es lo que parece, Flor. —Otra sonrisa—. Él va a venir a por ti.

—¿Él?

Mason se lamió los labios.

—El asesino.

Mi corazón se aceleró y mi boca se quedó seca.

—¿Por qué piensas eso?

—Porque es lo que yo haría.

Di un paso atrás, ya no podía verlo, pero aún podía escucharlo.

—Tú... ¿también eres un asesino?

—No. —Solté un suspiro de alivio que no me duró mucho—. Soy peor que eso.

Me congelé. Escuché su risa.

—Es una lástima que esté encerrado, sería divertido quitarle su objetivo a otro psicópata. Ah, muy divertido.

Eso fue lo único que necesité oír para salir corriendo de ahí.

Solo me detuve cuando llegué donde estaba el guardia, mi corazón estaba amenazando con salirse de mi pecho. Mi respiración era desigual y mi cabeza palpitaba sin control. Cuando finalmente entré en mi habitación, apoyé la espalda en la pared. El cuarto estaba en penumbras debido a la ausencia de sol. Vi un movimiento delante de mí y grité con todas mis fuerzas. Una mano fría me tapó la boca.

—Chis, eres tan cobarde. —La voz arrogante de Pierce me relajó.

Lo empujé.

—¿Qué diablos haces aquí? ¡Me has asustado! —exclamé caminando hacia la mesilla de noche para encender la lámpara.

—Estaba aburrido. Estás muy pálida, ¿te encuentras bien?

—Sí, pero deberías dejar de acosarme.

—Ya quisieras tú que te estuviera acosando.

—Pues la verdad es que eso es lo que estás haciendo. ¿Cómo sabías que iba a venir aquí?

Pierce me miró fijamente, sus ojos grises me pusieron nerviosa. Inclinó su cabeza a un lado.

—Estás diferente.

—¿Qué? —Fruncí el ceño.

—Algo ha cambiado, hay un brillo en tus ojos que no había visto antes.

Empecé a sonrojarme y miré hacia otro lado.

—No sé de qué estás hablando —mentí. Era imposible que supiera que estaba un poco más motivaba para vivir ahora. Sentí su cálida mano acariciándome la mejilla, obligándome a mirarlo.

Tragué saliva mientras lo miraba a los ojos; definitivamente me podría perder en ellos.

—Me debes algo —susurró en un tono ronco.

Luché para no saltar sobre él y besarlo. Me había engañado dos veces. Dios, pero sus labios se veían tan provocativos y húmedos. Sentí una de sus manos acariciándome suavemente el brazo y luego bajó a mi muñeca, enviando una sensación de hormigueo a través de mi cuerpo.

—Pierce... —murmuré tratando de recuperar mi autocontrol.

Me moría de ganas de besarlo, de saborear sus labios. Su nariz tocó la mía, burlándose de mí, aumentando la necesidad que tenía de sus labios.

De repente, retrocedió, dejándome sin aliento. Me crucé de brazos.

—¿Qué? —me preguntó sonriéndome—. Te mueres por besarme, Fleur.

—No, claro que no.

—Sí, claro que sí. —Levantó su mano y vi algo dorado colgando de sus dedos.

—Ese es mi...

—«Para mi bicho raro con amor». —Leyó la inscripción y se echó a reír.

—¿Cómo...? ¿Cuándo...? —Me acordé de que un momento antes lo había sentido acariciando mi brazo y luego mi muñeca. Era un bastardo tan listo—. ¡Devuélvemelo ahora mismo!

Me sacó la lengua.

—No quiero.

—Pierce...

—Es un brazalete caro, debes de gustarle mucho —dijo evaluándolo.

No sabía por qué sentía la necesidad de aclarar las cosas.

—Solo es mi amigo.

—Claro.

—¿Eso es sarcasmo? —Me sacó la lengua de nuevo. Fruncí el ceño—. Eres tan infantil.

Me guiñó el ojo y se encaminó hacia la puerta.

—¿Adónde crees que vas? ¡Espera!

Él me ignoró y agarró el pomo de la puerta. No podía dejarlo ir con mi brazalete. Envolví mis brazos alrededor de él por detrás. Lo oí gruñir.

—¡No es gracioso, devuélvemelo!

Sacudió la cabeza y con un movimiento rápido me empujó y mi rostro se estampó bruscamente contra la puerta de madera. Mis pechos estaban presionados contra ella dolorosamente. Podía sentir el cuerpo definido de Pierce detrás de mí. Su cálido aliento rozaba mi oreja.

—Estás atrapada de nuevo —susurró, provocando que un escalofrío recorriera mi espina dorsal. Su olor me envolvió, siempre olía tan bien. No sabía cómo iba a escapar de esta, pero sabía que me gustaba tenerlo tan cerca.

꧁ 15 ꧂

«Sus ojos lucían hermosos, hipnotizantes como los de un ángel caído, disfrazando la crueldad que se esconde detrás de ellos».

FLEUR DUPONT

—Pierce... —susurré sintiéndolo detrás de mí.

Estaba atrapada; un lado de mi cara presionada contra la puerta. No podía moverme, no estaba segura de querer hacerlo. El cuerpo bien formado de Pierce estaba contra el mío. Traté de darme la vuelta, pero él me mantuvo en mi lugar. Su aliento me acariciaba la parte de atrás del cuello, lo cual produjo una sensación de hormigueo por todas mis extremidades.

—Pierce, suéltame.

—¿Por qué? —me habló directamente al oído.

Tragué con dificultad.

—Me estás haciendo daño —mentí.

—Eso no es cierto —contestó, rozando el lóbulo de mi oreja con sus cálidos labios.

—Pierce...

—¿Sí? —Sonaba divertido.

—Suéltame. —Sorprendentemente, sentí que retrocedía y me liberaba. Me di la vuelta confundida y lo encontré mirándome fijamente. Esos ojos grises que podrían enloquecer a cualquiera. Al instante, me ruboricé—. ¿Qué?

—Eres tan fácil de leer, Fleur. —Me sonrió y caminó hacia mi cama para sentarse en ella.

—¿Qué estás haciendo? No puedes quedarte aquí. —Me crucé de brazos.

—Estoy aburrido. —Suspiró y se dejó caer en mi cama.

—¡Oye! Levántate de mi cama.

—Oblígame. —Respiré hondo—. Tus abuelos parece que tienen mucho dinero.

Era inútil preguntar cómo tenía información acerca de mis abuelos. Pierce parecía conocer cada paso que daba. Él se puso las manos detrás de la cabeza, inclinándose hacia atrás contra la cabecera de la cama. Puse los ojos en blanco y le lancé una mirada asesina. Una sonrisa torcida se formó en sus labios.

—¿Por qué siempre estás tan a la defensiva conmigo?

—Porque solo vienes a incordiarme, tú mismo me lo has dicho varias veces.

—Cierto —admitió—. Pero también vengo a asegurarme de que estés bien.

Eso me tomó por sorpresa.

—¿Por qué harías eso?

—La primera vez que te vi estabas a punto de saltar de este edificio —me recordó, no podía creer que lo dijera tan despreocupadamente—. Digamos que solo me aseguro de que no vuelvas a intentarlo.

—¿Por qué?

Él alzó una ceja.

—¿Necesito una razón para evitar que alguien se suicide?

Me quedé en silencio unos segundos.

—Estoy bien, no te sientas obligado a cuidarme.

—No es una obligación para mí, disfruto bastante haciéndote rabiar.

—Claro.

Él subió los pies a la cama.

—¿Cómo te fue con el psiquiatra?

—Bien..., fue... —No podía contarle mucho sin revelarle el motivo por el que estaba internada aquí.

—¿Difícil? —terminó él por mí—. Hablar con un completo desconocido sobre tus debilidades puede llegar a ser complicado.

—Suenas como si hubieras pasado por eso.

Se rio. Su risa ronca y varonil me hizo sentir cosquillas en el estómago.

—Por supuesto que he pasado por eso, pareces olvidar que también soy un paciente aquí.

Eso despertó mi curiosidad. Lo observé con cuidado, no quería incomodarlo, pero la pregunta salió de mis labios antes de que pudiera controlarla.

—¿Por qué te han internado?

Su sonrisa se desvaneció, una expresión seria invadió su pálido rostro.

—No quieres saber eso, Fleur.

«Sí quiero... Quiero saber más de ti... Porque, aunque ni yo misma lo entienda, me gustas».

Ese pensamiento me hizo apartar la mirada, sentí el calor en mis mejillas. Necesitaba dejar de pensar esas cosas. Pierce no podía gustarme, no debía gustarme.

—¿En qué estás pensando? —Lo miré por el rabillo del ojo—. Estás roja como un tomate.

Meneé la cabeza.

—En nada.

—No te creo —dijo levantándose de la cama.

Al instante di un paso atrás. ¿Por qué me ponía tan nerviosa tenerlo cerca? «Porque te gusta, idiota».

Pierce caminó hasta que quedó frente a mí.

—¿Acaso estás pensando en el beso que me debes?

Mi corazón dio un salto.

—Claro que no.

Tomó mi rostro entre sus manos y su olor me envolvió.

—¿Sabes por qué aún no me he cobrado el beso que me debes? —Pasó su pulgar por mi labio inferior. Sus ojos seguían el movimiento con mucha atención y dejé de respirar—. Porque quiero que tú me pidas que te bese.

No podía formular una sola palabra, estaba perdida en su mirada, en su cercanía.

—Quiero que estés completamente segura de que eso es lo que quieres, porque una vez que me dejes probar tus labios, no descansaré hasta reclamar cada parte de ti.

«Por Dios Santo...».

Pierce se inclinó hacia mí y me dio un beso en la mejilla, para luego soltarme y pasar por mi lado dirigiéndose a la puerta.

—Nos vemos, Fleur.

No sé cuánto tiempo me quedé ahí parada, sin moverme, con la mirada perdida en un punto fijo.

Pierce iba a volverme loca.

Bueno, más loca de lo que ya estaba.

Me senté en mi cama, frotándome las sienes. La cabeza aún me dolía un poco y pensar tanto tampoco ayudaba, así que me acosté, intentando relajarme y no pensar en nada. Sin embargo, mi mente era terca, seguía dándole vueltas a todo: Pierce; ese extraño chico llamado Adam; Lucas; el paciente del tercer piso: Mason.

«Él va a venir a por ti...».

Sus palabras daban vueltas en mi cabeza una y otra vez. ¿Cómo sabía tanto sobre mí? Me había explicado que había escuchado hablar de mi historia a doctores y enfermeras, y que había atado la información cuando Dana y Lucas pasaron por el pasillo hablando de mí, pero me parecía imposible.

¿Y si Mason conocía al asesino?

¿Podía ser eso posible?

No podía creer que estuviese considerando volver a hablar con él. Imaginaba que era peligroso y que por ello lo tenían encerrado en una celda de alta seguridad. Sin embargo, no me resultaría fácil volver a hablar con él porque el tercer piso estaba muy bien custodiado y no había manera de entrar sin autorización.

Se me ocurrió una idea y me apresuré a pedir una cita de urgencia con el psicólogo. El doctor Newman no se molestó en ocultar su sorpresa cuando me vio entrar en su consultorio.

—Flor. —Me sonrió—. Debo admitir que me sorprendió saber que querías verme.

—Hay algo de lo que quiero hablarle.

—Me alegra ver tu entusiasmo por venir a terapia. —Me ofreció el asiento frente a su escritorio—. El doctor Altman me informó sobre lo que te ocurrió la otra noche.

Sabía que se refería al desmayo que había sufrido.

—Sí, pero no es de eso de lo que vengo a hablarle.

Se sentó y colocó ambas manos sobre el escritorio.

—Soy todo oídos.

—Hay... Cuando estuve en observación en el tercer piso, hablé con uno de los pacientes que están ingresados allí. —Me detuve, esperando su reacción.

—Continúa.

—Ese... paciente me dijo algunas cosas... Parecía tener información sobre el asesino de mis padres. Me preguntaba... si podía volver a hablar con él una vez más.

El doctor Newman se enderezó en su asiento.

—Flor, la mayoría de los pacientes del tercer piso se consideran un peligro para sí mismos y especialmente para los demás.

—Lo sé, pero...

—No, no lo sabes, Flor —me interrumpió—. Como tu psicólogo, prefiero que no tengas ningún tipo de contacto con pacientes tan inestables.

—Pero él puede saber algo.

—O tal vez solo esté jugando contigo.

—Por favor, doctor Newman, solo una vez, quiero averiguar si tiene información que nos pueda ayudar.

—Voy a llamar al doctor Altman, creo que lo vi por esta planta hace un rato. Como psiquiatra encargado del tercer piso, quizá pueda ayudarnos a decidir si puedes hablar con ese paciente.

Al cabo de un rato, Altman entró sonriente en la consulta.

—Hola, ¿cómo sigues, Flor?

—Estoy mucho mejor, gracias.

El doctor Newman le estrechó la mano al sonriente doctor.

—Lamento haberte hecho venir, pero es que necesito hacerte una consulta.

—Está bien, estaba en esta planta de todas formas. ¿En qué puedo ayudar?

—Al parecer, Flor interactuó con uno de los pacientes del tercer piso.

Noté cómo la expresión del doctor Altman se tornaba un poco seria. Newman continuó:

—Por lo que ese paciente le dijo, Flor cree que puede saber algo sobre el asesino de su familia y quiere volver a hablar con él.

Altman me miró.

—¿Cuál es el nombre del paciente?

Me aclaré la garganta.

—Mason Stevens.

El doctor Altman no parecía sorprendido.

—Flor, Mason es un paciente altamente peligroso, no podemos dejar que te acerques a él. Sería un riesgo que no podemos tomar.

—Solo una vez —supliqué—. Puedo hablar con él a través de la puerta, usted puede estar a mi lado supervisando. Por favor, doctor, si sabe algo que pueda ayudarme a encontrar a ese monstruo, quiero averiguarlo.

Altman se sentó en la silla a mi lado y se giró hacia mí.

—Flor, probablemente Mason te dijo lo que te dijo para hacerte volver a él. La manipulación es uno de sus fuertes, puede meterse en tu cabeza, jugar contigo, así es como obtiene satisfacción.

Manipular...

Satisfacción jugando con las personas...

¿Psicópata?

Recordé cuando investigué ese término para mi clase de orientación en la escuela secundaria.

—¿Es un psicópata?

Altman compartió una mirada con Newman.

—No puedo responderte eso debido a la confidencialidad que les debemos a nuestros pacientes; solo puedo decirte que Mason es muy peligroso, no por lo que pueda hacer físicamente, sino por la forma en la que puede meterse en tu cabeza y jugar contigo.

—No estaré en peligro si usted está conmigo. Además, Mason está inmovilizado y encerrado.

El doctor Altman suspiró.

—Eres bastante testaruda, Flor.

Hice un gesto de disculpa.

—Lo siento, solo quiero saber si tiene información sobre el asesino de mi familia, eso es todo.

—¿Qué opina usted, doctor Newman?

—Creo que es muy peligroso.

Sabía que me iban a decir que no, así que opté por otra forma de presión.

—Si llamo a la policía y les digo que Mason puede saber algo, seguro que conseguirán una orden para interrogarlo, ¿no?

Ambos doctores se quedaron en silencio.

—Pero no quiero llamar a la policía, porque sé que Mason no querrá hablar con ellos ni revelarles nada, sin embargo, tal vez sí esté dispuesto a hablar conmigo. Por favor, doctores, pónganse en mi lugar.

—Deja que lo pensemos. Te diremos qué hemos decidido en tu próxima cita —me dijo el doctor Altman.

Salí de la consulta algo esperanzada. Tal vez estaba loca por intentar hablar con Mason, pero no tenía nada que perder. Había algo que me decía que sabía algo.

De nuevo en mi habitación, me metí debajo de las sábanas para dormir. Me miré las manos, deseando que mis padres estuvieran ahí. Desde el momento en que supe que se habían ido, me sentí miserablemente sola.

Mis padres me hacían sentir segura, un sentimiento que echaba mucho de menos. Tenía dieciocho años y me sentía demasiado joven para sobrevivir sin ellos, pero sabía que tenía que intentarlo. Me sentía presa de muchos sentimientos cuando pensaba en ellos: ira, tristeza, amor, culpabilidad... Era una combinación muy fuerte de emociones. Las lágrimas asomaban a mis ojos, pero las retuve. No quería llorar porque sabía que, si empezaba, no podría parar.

Camille...

No me di cuenta de lo mucho que quería a mi hermana pequeña hasta que la perdí. Cuando nació, estaba muy celosa de ella porque recibió toda la atención de mis padres, pero luego se convirtió en mi pequeña mejor amiga. Era tan guapa. Una lágrima escapó de mis ojos y rodó lentamente por mi mejilla. La limpié enseguida. No podía llorar, no lloraría. Solo necesitaba cerrar los ojos y dormir.

—Fleur. —*Su dulce voz llenó mis oídos*—. On va jouer!

—Je ne peux pas, Camille —*le dije que no podía jugar con ella. Tenía muchos deberes que hacer.*

Ella cruzó sus pequeños brazos sobre su pecho.

—Je le sais, Camille —*respondí, sabiendo que no se rendiría.*

Me alejé del ordenador y caminé hacia ella, que me sonrió y me dio su muñeca favorita. Suspiré y empecé a jugar con ella.

—¿Flor? —Alguien me sacudió por los hombros con suavidad.

—*No, Camille..., je ne vais pas...* —susurré débilmente.

—¿Flor? —La voz de Dana me arrastró fuera de mis sueños.

Abrí los ojos muy despacio. Se me encogió el corazón al darme cuenta de que todo había sido un sueño. Camille no estaba allí pidiéndome que jugara con ella, lo había soñado.

—¿Estás bien? —Asentí y me senté—. Siento haberte despertado, solo quería asegurarme de que te encontrabas bien. Ya es mediodía.

—Estoy bien —dije frotándome los ojos.

Dana me miró como si me estuviera evaluando.

—¿Quién es Camille?

El dolor me invadió por un momento.

—Solo... Ella es... —Tragué saliva, tenía la garganta seca— una amiga.

—Oh, ¿la echas de menos?

El dolor en mi pecho creció como un fuego amenazador.

—Sí.

Dana le echó un vistazo a mi muñeca.

—¿Te gustó el regalo de Lucas?

Oh, Dios..., el brazalete...

—Vaya, yo no...

Pierce me lo había quitado y me había olvidado por completo de hacer algo para recuperarlo.

—¿Te lo quitaste? —me preguntó frunciendo el ceño—. ¿No te gustó?

—No, me encantó... Solo es que... me lo quité para guardarlo. No quiero perderlo.

Pierce iba a pagar por esto. Odiaba las mentiras.

—¿En serio? —Dana entornó los ojos.

—De acuerdo, lo perdí, pero lo encontraré.

—¿Qué? ¿Cómo...? ¿Dónde lo perdiste?

—Lo encontraré, confía en mí.

Me pareció que Dana quería decir algo más, pero al final me lanzó una mirada de desaprobación y se quedó en silencio.

—Lo siento...

—Espero que lo encuentres. Lucas se va a sentir muy herido si no lo haces.

—Lo haré —dije segura.

Después de que Dana se fuera, decidí ordenar mi habitación y estaba haciéndolo cuando oí que alguien llamaba a la puerta suavemente.

—¿Quién es? —pregunté acercándome.

Pensé que tal vez era Dana de nuevo, pero no obtuve respuesta. Un pequeño trozo de papel se deslizó por bajo la puerta. Fruncí el ceño, me agaché para tomar la nota y enseguida abrí la puerta, pero no había nadie allí. Cerré y leí lo que habían escrito: «Nos vemos en la azotea a medianoche».

No estaba firmada. ¿Se suponía que debía adivinar de quién era? ¿Pierce? Él y yo nos habíamos conocido en la azotea, pero nos habíamos visto el día anterior. ¿Por qué querría volver a verme? ¿Sería de Adam? ¿De Lucas? ¿Y si era del asesino?

Me estremecí de miedo. No podía ir sola.

Caminé hasta la ventana y miré fuera. Estaba oscureciendo. El cielo tenía ese color gris que solía alcanzar cuando llegaba la noche. Las nubes oscuras cubrían las pocas estrellas y hacían que el bosque se viera completamente negro.

Un suave viento movía un poco las ramas de los árboles. No necesitaba abrir la ventana para saber que hacía mucho frío afuera. Me abracé y deseé tener una taza de chocolate caliente entre mis manos. Algunas personas prefieren café, pero yo no era fan de la cafeína.

Después de algunas horas de descanso, me quedé en mi habitación, no tenía que ir a terapia porque me habían dicho que me lo tomara con calma durante unos días después de lo del desmayo. Podía oír las gotas de lluvia golpeando la ventana, pero no presté atención y me quedé abrazada a mi almohada. Mis pensamientos daban vueltas sobre las mismas cosas, las mismas personas que habían invadido mi mente durante los últimos días.

℘ 16 ☙

«El temor agudiza los sentidos. La ansiedad los paraliza».

Kurt Goldstein

¿Era lunes?

¿O martes?

La verdad es que no importaba; en el psiquiátrico, todos los días eran tan iguales, tan repetitivos...

Camille y yo solíamos odiar los lunes porque teníamos que ir a la escuela. Recordé los berrinches de mi hermana para no ir a clases o que a veces fingía estar enferma. Una sonrisa triste invadió mis labios al recordarla.

Mi mirada estaba fija en la ventana que había a un lado de nosotros. La terapia de grupo fluía como siempre. Éramos seis mujeres contando nuestros progresos, siendo motivadas a compartir lo que sentíamos. La habitación parecía demasiado grande para nosotras solas y la psicóloga. El edificio del psiquiátrico era antiguo, pero estaba bien cuidado.

Me acomodé en la pequeña silla de madera, observando cómo el frío hacía que las ventanas se empañaran. El clima de esta parte de Canadá siempre era tan deprimente, tan gris, tal vez esta no era la mejor ubicación para un psiquiátrico.

—Flor. —La psicóloga captó mi atención—. ¿Hay algo que quieras compartir hoy?

Mis ojos pasaron por los rostros del resto de pacientes y se detuvieron en Lory, que me miraba con curiosidad.

Meneé la cabeza.

—No, no estoy lista.

La psicóloga me ofreció una sonrisa reconfortante.

—Todo lleva su tiempo. Estoy segura de que pronto te sentirás cómoda para hablar con nosotras. —Luego su atención cayó sobre Lory—. ¿Lory?

Ella suspiró.

—Llevo cuarenta y seis días sin cortarme.

Todas aplaudimos, incluida la psicóloga.

—Me alegra mucho escuchar eso, tu progreso ha sido increíble. Sé que todas estamos muy orgullosas de ti.

Lory nos sonrió y, antes de que pudiera controlar mi boca, pregunté:

—¿Por qué? —Mis ojos se cruzaron con los de ella—. ¿Por qué lo hacías? ¿Por qué te cortabas?

La psicóloga se tensó.

—Flor...

Lory no parecía molesta o irritada por mi pregunta. Tal vez intuyó que no la hacía con mala intención, solo quería entenderla, porque para mí herirte de esa forma no tenía sentido, no solucionaba nada. Yo había intentado suicidarme porque el suicido significaba acabar con todo, terminar el dolor, pero cortarte era añadir más sufrimiento, agregar más dolor. Entonces, ¿por qué lo hacía?

Tras unos segundos de silencio, la psicóloga se aclaró la garganta:

—Lory, no tienes que responder si...

—Está bien —la interrumpió, poniéndose un mechón de cabello detrás de la oreja, sin que sus ojos abandonaran los míos—. Cuando el dolor se volvía insoportable, cuando no podía manejarlo, cuando... —se detuvo— era demasiado, exteriorizarlo cortándome me ayudaba a sobrellevarlo. Suena estúpido, pero a mí me funcionaba, el dolor físico me ayudaba a aliviar el dolor emocional; era como mi vía de escape.

Le mostré una sonrisa genuina.

—Gracias por responderme.

Ella me devolvió la sonrisa.

—No hay problema, espero que pronto te sientas cómoda para hablarnos de ti.

La psicóloga terminó la sesión después de eso.

La semana pasó sin que sucediera nada relevante. No vi a Pierce, lo que me pareció bastante raro. Tenía que admitir que lo echaba de menos. Tampoco vi a Lucas. ¿Qué esperaba? No podía estar en el área de las mujeres de todos modos.

—¿Flor? ¿Me estás escuchando? —La voz de Dana me sacó de mis pensamientos.

—¿Eh?

La miré. Sacudió la cabeza; nos dirigíamos a nuestras habitaciones.

—Dios, nunca me escuchas —se quejó y siguió caminando.

—Lo siento, ¿qué decías?

—Lucas me pidió que te dijera que se verán esta noche.

—Oh. —Me invadió un destello de emoción y sorpresa. Había estado aburrida—. ¿Dónde?

—Él vendrá a buscarte.

—¿Qué quieres decir? ¿Dónde me llevará?

—No lo sé.

—Oh, entiendo.

Llegué a mi puerta.

—Nos vemos. —Dana agitó una mano—. Ah, Flor, ¿encontraste el brazalete?

—Sí —mentí y entré en mi habitación. Cerré la puerta rápidamente antes de que Dana pudiera preguntarme algo más.

El brazalete...

Oh, ¿cómo iba a enfrentarme a Lucas? Podría pensar que no me había gustado el brazalete si no me lo veía puesto. Desde luego, Pierce sabía cómo complicarme la vida. Me llevé la mano a la frente dramáticamente.

—Mentirosa.

—¡Ah! —grité.

Pierce estaba apoyado despreocupadamente en la ventana con una gran sonrisa plasmada en su hermoso rostro.

—¡Me has asustado! Necesito que dejes de aparecer así. —Me había llevado las manos al pecho.

Pierce tenía las suyas en los bolsillos de los pantalones del uniforme del psiquiátrico. Sus ojos grises me miraban con tanta intensidad como de costumbre, pero no podía ver parte de su rostro debido a la oscuridad de mi habitación. Ese chico me ponía muy nerviosa, aunque debía admitir que una parte de mí estaba muy feliz de verlo.

—No está bien mentirle a tu mejor amiga.

Ignoré su comentario.

—Tienes que dejar de entrar en mi habitación de esta forma.

—¿Por qué? —Había cierta malicia en su tono.

—Porque... es raro.

¿Por qué me alteraba tanto cuando estaba cerca de mí? ¿Era porque me resultaba muy atractivo, porque me gustaba la confianza que tenía en sí mismo? ¿O porque su cabello oscuro se veía desordenadamente sexy? ¿O era por esos labios tan provocativos que tenía?

—¿Ya has acabado de admirarme? —Su voz ronca me arrancó de mis pensamientos. No pude evitar enrojecer rápidamente.

—Yo... no estaba...

—Claro que estabas —me interrumpió, caminando hacia mí.

Di un paso atrás, olvidando que la puerta estaba justo a mi espalda. Cuando la luz que entraba por la ventana iluminó por completo su rostro, noté un moretón debajo de su ojo izquierdo. ¿Se había metido en una pelea?

—¿Qué te ha pasado? —pregunté, ocultando la preocupación de mi voz.

—¿Qué crees tú?

—¿Una pelea?

—Tal vez.

—¿Sabes?, podrías usar «sí» o «no» para contestarme.

—Sí, lo sé —respondió fríamente.

—Entonces no vas a contarme qué te ha pasado.

Un atisbo de diversión cruzó su rostro.

—No.

—¿Por qué?

—¿Por qué quieres saberlo?

—Porque eres...

Levantó una de sus oscuras cejas.

—¿Soy?

—Eres mi amigo.

No podía creer que lo hubiera dicho, pero bueno, él me había salvado la vida. Y habíamos compartido muchos momentos y charlas, así que Pierce era como un amigo para mí.

Se echó a reír y me dio la espalda para volver a la ventana. Estaba oscureciendo a cada segundo que pasaba.

—Ahora soy tu amigo, pensé que me odiabas.

—Nunca dije... —Me detuve. En realidad, le había dicho que lo odiaba varias veces. La luz que entraba por la ventana reflejaba algo que brillaba en la muñeca de Pierce. El brazalete...—. ¿Por qué llevas puesto mi brazalete? Devuélvemelo.

—Es mío ahora.

Le dirigí una mirada asesina.

—No, no es tuyo. Quiero que me lo devuelvas. —Crucé los brazos.

—¿Por qué? —Sus ojos se centraron en la ventana.

—Porque es mío.

—Respuesta equivocada, sé por qué quieres que te lo devuelva.

—¿Qué quieres decir?

—Solo lo quieres para ponértelo esta noche en tu cita con ese chico rubio.

Sabía que se refería a Lucas.

—En primer lugar, no es una cita, y en segundo, ¿cómo sabes que he quedado con él? —Me sentí como una tonta después de terminar mi pregunta. Pierce parecía saberlo todo sobre mí. No respondió y permaneció en silencio. Ninguno de los dos dijimos nada durante un rato, él parecía perdido en lo que había más allá de la ventana. Cuando habló de nuevo, su voz era suave.

—¿Cómo te va con el psicólogo?

Su pregunta me tomó por sorpresa.

—Bien.

—¿Tu medicación?

—Todo está bien —respondí confundida—. Cualquiera diría que te preocupas por mí.

Pierce bajó la mirada y luego volvió su cara hacia mí para mirarme directamente a los ojos.

—Tal vez me preocupo.

Dejé de respirar. No sabía qué decir.

—¿Has mejorado expresando lo que sientes? —continuó.

—Eso creo.

—Bien. —Se pasó la mano por el pelo y dejó de mirarme para volver a centrar su atención en la ventana—. Ignorar el dolor, fingir que no está ahí, solo te hará más daño.

Dolor...

Noté una punzada en el pecho al escuchar esa palabra. Fue en ese momento de silencio cuando me di cuenta de lo grande y desabrido que era el dolor que guardaba dentro de mí.

—Sé que es más fácil ocultarlo. —Pierce hizo una pausa—. Pero tarde o temprano te devastará.

—No sabes de lo que estás hablando. —Apreté los puños en un inútil intento de impedir que las lágrimas asomaran a mis ojos.

Pierce empezó a caminar en mi dirección y se detuvo cuando estuvo junto a mí.

—Sé exactamente de lo que estoy hablando. —Agarró el pomo de la puerta—. He pasado por eso. —Me di la vuelta, pero ya se había ido.

Me quedé mirando la puerta durante un buen rato, la oscuridad llenó mi habitación.

«He pasado por eso...».

«¿Qué te pasó, Pierce? ¿Cuál es el origen de la tristeza y la frialdad de tus ojos?».

Me quedé procesando la conversación con Pierce durante un buen rato.

Salí de mi habitación, ya habían pasado varios días desde que les había propuesto a los doctores hablar con Mason, así que me dirigí a la oficina del psicólogo. Tenía consultas con él todos los martes y viernes. Pero cuando fui el martes me dijo que aún no tenía una respuesta, que esperara hasta el viernes.

Hoy...

Después de llamar a la puerta y escuchar un «Adelante», entré tímidamente en la oficina del doctor Newman, el cual me recibió con una sonrisa.

—Bienvenida.

—Gracias.

Tomé asiento. Me di cuenta de que estaba aprendiendo a sentirme cómoda en este lugar.

—¿Cómo ha ido tu semana?

—Bien —admití—. Aunque... hay cosas que aún me confunden.

El doctor apoyó los codos sobre su escritorio, dispuesto a escucharme con toda su atención.

—¿Como cuáles?

—El otro día estaba pensando en mi familia... —respiré hondo; cada vez me resultaba un poco más fácil hablar de mis padres y mi hermana— y por alguna razón... no pude recordar casi nada de los tres meses que vivimos en las montañas antes de aquella terrible noche. —No sabía cómo explicarlo—. Todo lo vivido durante ese tiempo aparece borroso en mi mente, no puedo recordarlo con claridad, como si mis recuerdos desde que nos mudamos aquí se hubieran desvanecido. Y no tiene sentido, entiendo que no pueda recordar los sucesos de la noche de los asesinatos por lo traumática que fue, pero ¿por qué no recuerdo bien nada de lo que ocurrió durante un período tan largo antes de esa noche? ¿Estoy loca?

El doctor Newman meneó la cabeza.

—No estás loca... Y te recuerdo que habíamos acordado que no usaríamos esa palabra.

—Lo sé, pero es que no tiene sentido.

El doctor entrelazó los dedos sobre el escritorio.

—Flor, la mente humana es muy compleja. Llevamos siglos estudiándola y aún existen muchas cosas de ella que no entendemos. Sin embargo, creo que tu cerebro solo se está protegiendo, y para ello bloquea todo aquello que considera doloroso para ti. ¿Por qué bloqueó un período tan largo antes de la fatídica noche en que mataron a tu familia? Tal vez porque lo relaciona de alguna forma con esa noche.

Suspiré.

—Es tan... No poder recordar las cosas bien... me hace sentir perdida, vulnerable.

—Es completamente normal que te sientas así. —El doctor Newman me mostró una sonrisa gratificante—. Flor. —Lo miré—. Has hecho un gran progreso y has sido muy fuerte, creo que necesitas darte más crédito por todo lo que has logrado. Pasaste por algo muy traumático, sobreviviste y sigues luchando cada día.

Sus palabras llegaron a mi corazón. Era la primera vez que alguien reconocía mi constante batalla para seguir adelante.

—Gracias.

Me sonrió.

—Solo digo la verdad.

El ambiente era cómodo y agradable, así que aproveché para preguntar:

—¿Ya han considerado mi petición?

Asintió y esperé su respuesta.

—Sí. A pesar de los riesgos, el doctor Altman y yo hemos decidido dejarte hablar con Mason una vez más. —No pude evitar sentir alivio—. Solo una vez. Mason estará completamente inmovilizado, habrá dos guardias y el doctor Altman también estará presente. Debes seguir el protocolo de seguridad o se cancelará el asunto de inmediato.

—Muchas gracias.

—Y si en algún momento cambias de opinión o te sientes incómoda, solo tienes que decirlo y olvidaremos el asunto. Tu seguridad y tu bienestar son nuestra prioridad.

—Está bien.

Salí de la consulta sonriendo. Me parecía que aquello era una locura, pero estaba segura de que Mason sabía algo y podría aclarar alguna de las dudas que teníamos. El lunes siguiente subiría al tercer piso y hablaría con él. Me preguntaba si Mason esperaba que volviera.

Enfilé el pasillo de las habitaciones pensando en la sesión que acababa de tener con el doctor cuando escuché una voz en la distancia que pronunciaba mi nombre perfectamente.

—Fleur.

No podía ser..., tenía que ser obra de mi imaginación.

Levanté la mirada para encontrarme con la última persona que esperaba ver.

17

«El mayor consuelo en la desgracia es encontrar corazones compasivos».

MENANDRO

Mi corazón latía desbocado dentro de mi pecho. Mi respiración estaba atrapada en mis pulmones. No podía creer que estuviera allí, no podía estar allí; me lo estaba imaginando. Intenté hablar, pero ninguna palabra salió de mi boca. Las lágrimas empañaron mi vista rápidamente y volvieron borroso su rostro tan familiar.

—Fleur —pronunció mi nombre perfectamente. Su voz fue como un disparo directo al dolor que guardaba en mi pecho, abriéndolo, desatándolo.

Quería decir algo, pero no podía. Cuando respiré de nuevo, tan solo pude ahogarme al inhalar aire.

Mi mejor amiga estaba frente a mí, la persona que más quería después de a mi familia, la que siempre había estado ahí, la que hacía meses que no veía.

—*Fleur, je n...* —Levanté la mano como señal para que ella no hablara. Las palabras no eran necesarias. Sus ojos también estaban llenos de lágrimas, sus manos temblorosas a sus costados, lo que significaba que lo sabía todo.

Ella sabía lo que había pasado. Me llevé la mano al pecho y exhalé un poco de aire. No podía respirar bien; tenía un nudo en la garganta.

—Jazmine... —Su nombre salió de mis labios en un susurro—. *Je...*

—*Je le sais.* —Sabía cómo me sentía.

Mis piernas cedieron y caí de rodillas al suelo, notando cómo se abría y expandía el agujero en mi pecho. Jazmine corrió hacia mí sollozando.

—Fleur.

Se arrodilló frente a mí y me abrazó con fuerza.

—Lo siento tanto.

Un grito dejó mis labios mientras las lágrimas comenzaban a correr libremente por mis mejillas. Me aferré a la parte de atrás de su camisa. De alguna forma, verla lo hacía todo tan real.

Se habían ido...

Papá...

Mamá...

Camille...

Los tres se habían ido.

Me habían dejado sola, a mí, que ni siquiera sabía qué hacer con mi vida. ¿Qué haría sin las reprimendas de mamá, sin las sabías palabras de papá, sin la dulce sonrisa de Camille?

El dolor era insoportable, estaba quemándome. Jazmine lloró conmigo, enterré mi cara en su hombro y lloré. No pude contener los gritos.

—Oh, Fleur... —La tristeza en su tono era genuina, ella era prácticamente parte de mi familia.

Camille...

Siempre recordaría su sonrisa brillante. ¿Cómo podía estar muerta? Ella era tan joven y estaba tan llena de energía.

Papá...

Sus bromas poco graciosas solían alegrarme el día. Era una persona tan agradable..., siempre buscando justicia. Recordé lo orgullosa que estaba de él. Cuando estaba en la escuela, siempre decía que era mi héroe.

—Jazmine... —La apreté, sollozando, acercándola a mi tembloroso cuerpo mientras ella me acariciaba el pelo.

—Lo sé.

Mamá...

Había sido la mujer más amable que había conocido: era dulce y cuidaba de nosotros todo el tiempo. ¿Por qué...?

—¿Por qué? —grité separándome de mi amiga—. ¿Por qué, Jazmine? ¿Por qué ellos? Ellos... —Mi voz se quebró—. No eran malas personas. —Mi labio inferior temblaba mientras hablaba—. Ellos... lo eran todo para mí.

Sus ojos estaban rojos, las mejillas empapadas de lágrimas.

—Lo sé, Fleur. Lo siento mucho. —Sostuvo mi rostro con ambas manos—. No tienes idea de cuánto lo siento.

Cerré la mano en un puño y me golpeé el pecho ligeramente.

—Duele tanto... que es difícil respirar.

Puso su mano sobre el puño en mi pecho.

—Estoy aquí, ya no tienes que lidiar con el dolor tú sola, estoy aquí —repitió, apretándome el puño—. No estás sola, Fleur.

Me ayudó a ponerme de pie y, pasando un brazo por mi cintura, me ayudó a entrar en mi habitación y a acostarme en mi cama, para luego sentarse a mi lado. Descansé la cabeza sobre su regazo.

—Llora... *Tu peux pleurer, Fleur. Je suis ici* —me dijo, y comencé a llorar desconsoladamente mientras ella me acariciaba el pelo. Lloré hasta que me quedé dormida.

Abrí los ojos lentamente, sintiendo algo caliente detrás de mí. Me volví para ver qué era y vi a Jazmine. Estaba durmiendo de lado.

—Jazmine —la llamé, empujando su hombro, pero no obtuve respuesta. La agarré por el hombro, tirando de ella para que pudiera volverse hacia mí, pero cuando lo hizo, vi sangre en su cara y sus ojos... estaban vacíos. Grité tan fuerte como pude.

—No... ¡No! —Me levanté de la cama, pero pisé algo, me resbalé y caí sentada en el suelo. Levanté las manos; estaban cubiertas de un líquido carmesí.

Sangre...

—No... no... —Esto no podía ser real. Traté de levantarme, pero seguí resbalando una y otra vez—. No... —Vi movimiento bajo mi cama y me quedé paralizada. Me arrastré hacia atrás asustada. Una figura empezó a salir de la oscuridad bajo mi cama—. No...

—Fleur. —Su voz me hizo empezar a hiperventilar. Una mano pálida me agarró el tobillo y tiró de mí hacia la oscuridad—. ¡No! —Algo pesado estaba encima de mí. Me quedé atrapada bajo él—. ¡No!

—Chis, no queremos que nos oigan, ¿verdad? —dijo mientras empezaba a tocarme.

—¡No, no, no! —Su lengua mojada lamió mi cuello de manera lujuriosa.

—Hueles muy bien.

—Detente, por favor —supliqué entre sollozos. Me tapó la boca y continuó—. ¡No!

—¡Fleur!

La voz de Jazmine me despertó. Me senté en la cama, respirando pesadamente. Gotas de sudor rodaban por mi frente y por mi cuello.

—Eh..., era solo un sueño —dijo mi amiga colocando su mano en mi hombro, pero instintivamente la aparté de forma brusca—. Eh, soy yo. Estás a salvo.

—Él... él es... él... —No podía hablar con claridad. El sueño había sido tan real.

—Estás a salvo —repitió Jazmine, acariciándome la espalda de manera reconfortante.

—Lo siento. ¿Te he despertado? —le pregunté, respirando hondo.

—Todavía tienes esa horrible costumbre de disculparte por cosas por las que no eres culpable —respondió Jazmine sonriendo—. Además, ya está amaneciendo. No he dormido mucho por la diferencia horaria.

—¿Qué estás haciendo aquí?

—Bueno, me cansé de intentar contactar contigo durante las últimas semanas. Sabía que algo andaba mal, podía sentirlo, así que vine aquí. Hablé con tus abuelos y me contaron lo que había pasado. Lo siento mucho, Fleur.

—Pero estás perdiendo días de clase.

—Los estudios pueden esperar, mi mejor amiga no. —Me regaló una cálida sonrisa. Le cogí la mano y la apreté.

—Gracias, en realidad me siento mejor después de haber podido llorar.

—No tienes que darme las gracias —dijo sonriendo con dulzura—. ¿Estás bien? Y quiero una respuesta honesta.

—No lo sé.

—¿Te acuerdas de lo que pasó esa noche? —Sacudí la cabeza—. ¿Ni siquiera un poco?

—Yo... no quiero recordar. Cada vez que pienso en esa noche, lo único que puedo ver es sangre.

Jazmine me miraba con tristeza.

—Lo sé. No puedo imaginar lo que has pasado... Siento mucho no haber venido antes...

—No —la interrumpí—. Elegí no decírtelo. No te sientas culpable de nada.

—¿Por qué no me lo dijiste?

—No sé cómo explicarlo; era como si el hecho de que tú lo supieras hiciera que todo fuera real.

Nos quedamos en silencio un momento.

—Hablé con tu psicólogo. —Fruncí el ceño—. También hablé con la policía. Me preguntaron algunas cosas. Dijeron que era rutina.

—¿Qué te preguntaron? ¿Por qué?

—Bueno, yo siempre he tenido una relación muy estrecha contigo y con tu familia. Y tú y yo siempre nos mantuvimos en contacto cuando os mudasteis. Querían saber si sabía algo o si tú me habías dicho alguna cosa durante los meses que viviste en las montañas.

—Entiendo... ¿Y de qué hablaste con mi psicólogo?

—Me explicó cuál era tu estado. Me dijo que intentarían hacer una terapia de hipnosis para ayudarte a recordar.

—Ya no estoy segura de querer recordar.

—Lo sé, y nadie te está obligando a hacerlo. Pero tienes que considerarlo.

Suspiré.

—Yo creo que recordar te ayudará a superar todo lo que ha pasado; tener esos recuerdos reprimidos no puede ser bueno.

—Tengo miedo... miedo de lo que pueda recordar.

Jazmine me apretó la mano.

—Estoy aquí. No tienes que hacer frente a esto sola. —Me dedicó una mirada suave y continuó—: Esa noche, temprano, estábamos hablando por el chat de Facebook. ¿Te acuerdas de eso?

El chat de Facebook...

Un recuerdo se desencadenó en mi mente.

Mi cuerpo estaba empezando a dolerme porque llevaba mucho tiempo sentada delante del ordenador. Echaba mucho de menos a Jazmine y el chat de Facebook era nuestro medio predilecto para comunicarnos últimamente, ya que llamar por teléfono era demasiado caro.

Eché un vistazo a la ventana: estaba muy oscuro afuera. Dios mío, ¿ya era de noche? Definitivamente había pasado mucho tiempo delante del ordenador.

Le dije a Jazmine que iba a estirarme un poco y me puse de pie. Caminé hasta la ventana y miré afuera. Mi habitación estaba en la segunda planta de la casa, así que podía ver nuestro patio trasero claramente. Me quedé perdida, observando la blanca nieve que cubría nuestro patio y parte del bosque. Había nevado el día anterior y al parecer esa noche tendríamos un poco más de nieve.

Me gustaba mucho esa casa, estábamos rodeados por un bosque increíble, pero era un lugar muy solitario, muy diferente de mi pueblo en Francia. Me abracé y me quedé así por un tiempo. Me parecía extraño que mi madre no hubiera venido a sacarme de delante del ordenador. También era raro que Camille no se hubiera irrumpido en mi cuarto. ¿Dónde estaban? Quizá abajo, viendo la televisión o preparando chocolate caliente.

Me acerqué de nuevo al ordenador para continuar hablando con Jazmine cuando la luz se fue.

En un segundo, me quedé sumergida en un mar de oscuridad. Parpadeé, tratando de acostumbrarme a la negrura. Me puse de pie con cuidado y caminé hacia donde pensaba que estaba la puerta de mi habitación.

—¿Mamá? —llamé a mi madre nerviosa, no era realmente una entusiasta de la oscuridad—. Maman? *—Salí al pasillo que llevaba a las escaleras.*

Mis manos tocaron la pared que tenía al lado para guiarme. Al final del pasillo pude ver una gran ventana. La luz de la luna se colaba por las cortinas y delineaba la silueta de un hombre.

Él...

Iba todo de negro y llevaba la cara cubierta con ese pañuelo atado en la nuca que solo dejaba ver sus ojos.

—Fleur. —No era la voz de mi padre.

Retrocedí un paso.

—Qui es-tu? —le pregunté.

Dio un paso hacia mí.

—Tu es si belle.

Retrocedí de nuevo. ¿Quién era ese tipo? ¿Por qué decía que yo era hermosa?

—Fleur... —Su voz sonaba tranquila, suave, como si fuera incapaz de hacer daño a alguien.

No podía moverme.

Comenzó a acercarse a mí y yo solo podía observarlo, mis piernas no me respondían. Mientras se aproximaba, la luz de la luna hacía contraluz con su cuerpo y me dejaba ver la sangre oscura goteando de sus manos y cayendo al suelo.

Un grito ensordecedor llenó mis oídos, venía de abajo.

—¡¿Mamá?! —grité preocupada, pero no me atreví a dar un paso hacia las escaleras.

—¡Fleur, corre! —Nunca había oído una desesperación tan profunda en la voz de mi madre. Sin pensarlo, volví a entrar en mi cuarto y cerré la puerta, respirando pesadamente. ¿Qué estaba pasando? ¿Dónde estaba todo el mundo? ¿Estaban bien?

—Fleur... —Jazmine seguía llamándome.

Sacudí la cabeza, volviendo a la realidad.

—¿Estás bien? —me preguntó mi amiga acariciándome el hombro.

—Sí, solo es que... recordé algo.

—¿Qué era? —Sonaba preocupada. Le conté lo que había recordado y me recomendó llamar a la policía. Ella también quería que detuvieran a ese bastardo.

Un policía llegó al cuarto de visitas al cabo de unas pocas horas. Jazmine y yo acabábamos de desayunar. Le conté al agente todo lo que había recordado hasta ahora.

—¿Viste su rostro? —me preguntó escribiendo en un papel.

—Llevaba puesto un pañuelo que cubría la mitad de su cara, hasta su nariz.

—¿Pudiste verle los ojos?

—No, estaba demasiado oscuro.

El oficial de policía parecía estar escribiendo todo lo que decía.

—¿Podrías describir su voz?

—¿Su voz...?

—¿Sonaba joven o viejo?

—Joven, creo.

—Te habló en francés, ¿verdad? —Asentí con la cabeza—. ¿Su pronunciación era buena? ¿Tenía acento? ¿Cómo sonaba?

—No tenía acento francés, sonaba poco natural.

Y las preguntas continuaron: sobre su altura, su complexión... Al final de la conversación, estaba ya muy cansada. Antes de marcharse, el agente me dijo que lo llamara si recordaba algo más.

—Estoy cansada —dije sentada en mi cama.

—¿Ese recuerdo te ha asustado? —me preguntó Jazmine.

—No quiero seguir hablando de eso.

—Está bien, lo entiendo —dijo sonriéndome—. Hablemos de cosas más alegres... ¿Cómo te van las cosas por aquí? —Sabía que estaba tratando de distraerme.

—Oh, en este sitio todo es un poco... loco.

Jazmine alzó una ceja.

—¿A qué te refieres?

—Bueno, yo... —Desvié la vista.

—¡Conozco esa mirada! —exclamó señalándome—. Te gusta alguien.

—Algo así.

—Y te gusta mucho —afirmó sonriendo.

Me tomó un tiempo decirle todas las cosas que habían pasado. Le hablé de Dana, Lucas, Trent, Lory y Pierce.

—Parece que tienes nuevos amigos, estoy celosa.

—Son geniales, te los presentaré.

Fuimos a almorzar juntas. Jazmine se sentó a mi lado y se quedó mirándome con mucha atención.

—¿Qué?

—Me estoy asegurando de que comas.

Suspiré.

—Deja de preocuparte por mí.

Un gran silencio se adueñó de la cafetería. Sabía lo que eso significaba. Pierce caminó entre las sillas y mesas. Oí suspiros y susurros. Iba despeinado, como de costumbre. Sus ojos grises tenían el brillo habitual. Jazmine lo miró fijamente y él le devolvió la mirada frunciendo el ceño, antes de desaparecer por la puerta de la cafetería rápidamente.

—Ese es Pierce, ¿no? —Sonaba tan segura.

—¿Cómo lo sabes?

—Lo sé.

—Sí, es él.

—Es guapo, pero demasiado pálido para mi gusto.

Me reí.

—¿Pálido?

—Sí, parece un vampiro.

—Pensé que te gustaban los vampiros —dije confundida.

—Solo en los libros —respondió ella tomando un sorbo de zumo.

—De acuerdo, tengo que ir a terapia de grupo. ¿Estarás bien sin mí?

Asintió. Aún me sorprendía que estuvieran dejando a Jazmine quedarse aquí un tiempo a pesar de que no fuera paciente; al parecer mi psicólogo convenció a la directora de que me ayudaría a recordar.

Salí de la cafetería y me dirigí a la sala de terapia grupal. La presencia de Jazmine definitivamente me hacía bien. Oí pasos detrás de mí, pero no les presté atención. Debía de ser otra paciente.

Pero de repente, alguien me tapó la boca con una mano y me empujó hacia una habitación del pasillo. Una vez allí, me liberó y al darme la vuelta me quedé frente a mi atacante.

—¿Pierce?

—¿Qué? ¿A quién esperabas? ¿A Santa Claus?

—¿Qué estás haciendo?

—Solo quería incordiarte un poco. Hace mucho que no lo hago.

—Nos vimos ayer —le recordé.

—Parece que hayan pasado siglos —dijo poniendo cara triste. Lo miré fijamente, conteniendo una sonrisa. Parecía divertido—. Ven conmigo, necesito mostrarte algo.

—Llego tarde a la terapia de grupo, no puedo.

—No te lo estaba preguntando.

Él se acercó a mí y me cogió en brazos.

—¡Pierce! ¡Déjame en el suelo! ¿Qué estás haciendo?

—Vienes conmigo, te guste o no —dijo sonriendo.

Oh, Pierce ...

Definitivamente sabía cómo complicarme la vida.

Pero me encantaba la forma en la que me hacía sonreír sin intentarlo.

18

«Una sonrisa es una pequeña curva que endereza muchas cosas».

Zig Ziglar

—¡Pierce! ¡Bájame! —le ordené. Ya no me llevaba en brazos, me había echado por encima de su hombro como un saco—. ¡Pierce!

—Deja de lloriquear. —La diversión en su voz era obvia. Miré la parte de atrás de sus pies mientras él cargaba conmigo tan tranquilo.

¿Adónde me llevaba?

Hice un esfuerzo para levantar la cabeza y mirar alrededor, pero el cuello empezó a dolerme. Además, ir boca abajo comenzaba a provocarme dolor de cabeza.

—Pierce, me duele la cabeza. —Se detuvo, me puso suavemente en el suelo y sostuvo mi cara entre sus manos.

—¿Estás bien?

—¿De verdad? —le pregunté con sarcasmo, mirándolo a los ojos.

Me sonrió burlón y no pude evitar quedarme mirando con descaro sus gruesos labios. Su sonrisa se hizo más grande y se inclinó hacia mí.

—¿Has terminado de admirarme?

—Yo no estaba haciendo tal cosa.

—Claro.

—¡Que no!

—Algún día lo admitirás.

—No hay nada que admitir. —Me crucé de brazos.

—Ya hemos llegado.

Me hizo un gesto para que mirara detrás de mí y, cuando lo hice, vi que estábamos frente a una vieja puerta de madera.

—¿Qué hay dentro?

—Abre y lo verás.

—Pierce, tengo cosas que hacer.

—Solo abre la puerta —dijo él empujándome hacia ella un poco.

Suspiré derrotada y obedecí. Entré y fruncí el ceño al ver lo que había dentro. Era una habitación muy iluminada. Dos ventanas grandes me dejaban ver las copas de los árboles de fuera. Había un gran sofá frente a las ventanas y muchos libros alrededor. Las paredes eran azules como el cielo. Esta habitación transmitía una sensación de paz, aunque estaba parcialmente vacía.

—¿Qué es este lugar? —pregunté caminando hacia el sofá. Pierce pasó junto a mí y se tiró en el sofá, poniendo las manos detrás de su cabeza. La luz del sol hacía que su piel luciera más pálida y sus labios más rojos.

—Aquí es donde vengo cuando estoy aburrido —me explicó—. Siéntate. —Señaló a su lado.

Obedecí, pero dejé un espacio entre nosotros.

Miré al exterior a través de las ventanas. La vista era impresionante. Estábamos probablemente en el tercer piso, porque podía ver la parte superior de los árboles y las montañas detrás de ellos.

—Es tan... —No encontré las palabras para describirlo—. Me siento tan relajada. —Pierce se levantó y abrió una de las ventanas; el aire fresco acarició mi cara. Olía a naturaleza. No pude evitar cerrar los ojos. Sentí a Pierce sentarse, pero no me molesté en hablar.

—Fleur.

—¿Sí?

—Abre los ojos.

—¿Por qué?

—Estás fea con ellos cerrados.

Los abrí y le dirigí una mirada asesina. No pude evitar sentirme herida, pero no pensaba dejar que él lo supiera.

—¿Estás diciendo que soy guapa cuando los tengo abiertos?

—No —respondió rápidamente, pero pude sentir mi victoria y le sonreí. Una brisa fría hizo que el pelo me viniera a la cara. Lo aparté con la mano y volví a mirar las ventanas.

—¿Por qué estamos aquí?

—Bueno, pensé que te gustaría este lugar.

—Sí, sorprendentemente tenías razón. —Era un sitio tranquilo. Me preguntaba si Pierce venía mucho aquí. Si yo hubiera sabido de la existencia de este lugar, habría venido todos los días.

—Vengo aquí todos los días. —Lo miré sorprendida. ¿Me leía la mente? Estaba mirando la ventana distraídamente—. Yo pinté esta habitación.

—¿De verdad?

—Sí.

—¿Aquí es donde vienes después de cruzar la cafetería a la hora del almuerzo? —No pude evitar ser curiosa.

Asintió con la cabeza. Me di cuenta de que lo estaba mirando descaradamente. Se veía tan solo. ¿Cómo podría alguien tan atractivo estar tan solo?

—¿Tienes amigos en el centro?

—No.

—¿Qué hay de mí? —Fingí sentirme herida.

—No eres mi amiga —dijo muy serio.

—¿Qué soy entonces?

No respondió y se humedeció los labios.

—¿Cómo está Jazmine? —preguntó de repente. ¿Cambiando el tema? Espera... ¿Cómo...?

—¿Cómo sabes el nombre de mi amiga? —Como de costumbre, lamenté mi pregunta. Pierce parecía saberlo todo sobre mí. Se recostó en el sofá y puso las manos detrás de la cabeza.

—Lo sé.

—Debes dejar de hacer eso.

—¿De hacer qué?

—¿Qué es lo que no sabes de mí, acosador? —Me sonrió y juro que mi corazón se disparó. Se veía tan diabólicamente sexy.

—No te estoy acosando.

—Claro.

Le dirigí una mirada cansada. De repente, sentí un agarre en mi muñeca. Pierce había invadido el cómodo espacio que había entre nosotros. Ahora estaba a mi lado.

—No hagas eso.

—¿El qué? —tartamudeé, nerviosa.

Sus dedos acariciaron mi muñeca y sentí cómo su contacto me quemaba. Intenté liberarme, pero me agarró con más fuerza.

—Mirarme de ese modo burlón.

Tragué saliva y traté de alejarme, pero él puso su mano libre en mi cintura forzándome a quedarme quieta.

—Pierce... —protesté.

Sus ojos grises atravesaron los míos y me quitaron el aliento. Estaba demasiado cerca para mi gusto.

—¿Qué? —Me lanzó una sonrisa pícara. Intenté liberar mi muñeca, pero no funcionó.

—Suéltame.

—¿Por qué? —preguntó haciéndose el tonto. Se inclinó hacia mí hasta que su aliento me rozó el oído—. ¿Me tienes miedo? —Un escalofrío me recorrió la espina dorsal. Necesitaba escaparme.

—N-no.

—Estás tartamudeando, ¡qué encanto!

Sus labios rozaron el lóbulo de mi oreja. Mi corazón martilleaba dentro de mi pecho. Tragué saliva y traté de levantarme, pero no pude.

—Pierce...

—Me debes algo —susurró contra mi cuello.

—¿Eh? —Era difícil pensar cuando estaba tan cerca.

—Un beso.

Oh..., sí. Pensé que lo habría olvidado. Me besó el cuello suavemente y dejé de respirar durante un momento.

—¿Cuándo me vas a pedir que te bese, Fleur? Mi autocontrol tiene un límite.

—Yo...

19

«Hay sonrisas que hieren como puñaladas».

William Shakespeare

Mis palabras no parecían salir de mí.

El suave olor de la colonia masculina de Pierce me invadió la nariz haciéndome aún más consciente de su cercanía. Su mejilla rozó la mía y su boca bajó para darme un breve beso en el cuello.

—Pierce...

Se echó hacia atrás, rompiendo todo contacto entre nosotros. Mi cuerpo protestó, yo lo quería cerca de mí. Sus ojos grises se encontraron con los míos y sentí calor en mis mejillas. Pierce sonrió burlón y puede ver sus dientes blancos perfectamente alineados.

«Dios, tiene una sonrisa preciosa».

—Te estás sonrojando.

—No. —No sabía por qué negaba lo obvio, era demasiado vergonzoso.

—¿Entonces?

—No voy a besarte —dije apartando la mirada. Sus ojos eran demasiado intensos para mirarlos durante mucho tiempo. Su mano sostuvo mi barbilla, haciéndome quedar frente a ellos de nuevo.

—¿Por qué no?

Recordé sus palabras con claridad: «Quiero que estés completamente segura de que eso es lo que quieres, porque una vez que me dejes probar tus labios, no descansaré hasta reclamar cada parte de ti».

—Porque... —Sentí como si sus ojos pudieran ver a través de mí—, yo... —Pierce arqueó una ceja esperando que completara la frase—. Debería irme —dije levantándome y comenzando a caminar hacia la puerta. Pero sabía que no me escaparía con tanta facilidad. Pierce se apresuró a bloquear mi camino. Inmediatamente, di un paso atrás.

—Quítate. —Traté de sonar seria, pero fracasé.

—¿Por qué? ¿Te he puesto nerviosa?

—No.

—Es solo un beso. No decías que no la otra noche cuando estábamos en el baño del edificio de los hombres. —Recordé ese momento incómodo cuando pensé que Pierce iba a besarme y cerré los ojos como un idiota. Me sentí presa de la ira.

—De ninguna manera voy a besarte —repliqué, mirándolo fijamente.

—¿Eso es un reto?

—Lo que sea. —Puse los ojos en blanco y pasé junto a él. Tomé el pomo de la puerta, pero este no giró. Por supuesto, había cerrado con llave. Estúpido psiquiátrico y sus puertas con cerraduras de llaves en ambos lados—. ¿Por qué no estoy sorprendida? —Me volví hacia él. Estaba sonriendo a pocos pasos de distancia.

Pierce alzó la mano izquierda y sacudió las llaves riéndose como un tonto.

—¡No puedes seguir haciendo esto! —exclamé frustrada.

—¿El qué?

—Esto. —Hice un círculo con mi dedo, señalando toda esta situación.

—No puedo evitarlo —respondió y se tiró en el sofá—. Vuelve aquí.

—Pierce...

—Vamos, no te voy a hacer daño. —Trató de sonar amable y yo suspiré derrotada. Caminé despacio hasta el sofá y me senté lo más lejos posible de él.

—No puedes mantenerme aquí para siempre —me quejé mirando al exterior. Pierce susurró algo que no pude entender—. ¿Qué?

—Nada —respondió fríamente. Nos quedamos en silencio durante unos minutos. Lo miré mientras él se concentraba en lo que había fuera. Sus ojos tenían tanta tristeza.

—¿Por qué no hablas, Pierce? —pregunté con curiosidad.

—Estoy hablando contigo —dijo con indiferencia.

—Quiero decir, con otras personas.

—Ninguna razón especial.

—¿Qué te pasó?

Me miró por el rabillo del ojo.

—¿Por qué te importa?

—Solo quiero saber.

—¿Por qué?

—Quiero saber más de ti.

—No es importante, Fleur. —Mi nombre siempre sonaba tan bien en su voz.

—Es importante para mí.

—¿Por qué?

—Para.

—¿Que pare qué? —Me miró.

—Deja de pregùntar «por qué» cada vez que te pregunto algo.

—Quiero saber por qué quieres saberlo. Eso es todo.

Me pasé los dedos por el pelo. No era fácil tratar con Pierce. Obviamente, se negaba a hablar sobre él.

—Esto no es justo —me quejé.

—¿El qué?

—Tú pareces saberlo todo sobre mí y yo apenas sé algunas cosas sobre ti —le contesté. Pierce no dijo nada por un momento—. ¿Qué te pasó? ¿Por qué dejaste de hablar? —Sabía que probablemente no obtendría ninguna respuesta, pero tenía que intentarlo.

—Lo sabrás pronto.

—¿Qué quieres decir?

—Cuando llegue el momento adecuado, lo sabrás.

—¡Arg! —exclamé frustrada y me recosté en el sofá—. ¿Por qué tienes que ser un rompecabezas?

—¿Por qué tienes que ser tan curiosa? —De nuevo con el «por qué» como respuesta.

—¿En serio?

Él rio entre dientes y me pellizcó la nariz. Inmediatamente, me ruboricé.

—Te has vuelto a sonrojar.

—¡Cállate! —exclamé golpeando su hombro.

—¡Ay! —Se echó hacia atrás en el sofá. ¡Oh, vamos! No le había dado un puñetazo tan fuerte.

—¡Cuentista! —Sacudí la cabeza.

Pierce se sostuvo el hombro y fingió estar sufriendo.

—Golpeas muy fuerte.

Lo miré burlona. Pierce se enderezó y se acercó a mí, obligándome a inclinarme hacia atrás.

—Te dije que no hicieras eso.

—Eh, estás invadiendo mi espacio personal.

Me sonrió y se levantó. Se apoyó en el marco de la ventana y se quedó en silencio por un momento.

—¿Te has preguntado alguna vez por qué la vida se ha vuelto tan superficial hoy en día?

—¿Qué quieres decir?

—Hay gente que simplemente no parece apreciar la vida, no la valora. Solo se preocupan por el dinero, por lo que la gente piense de ellos... —Eso me sorprendió. Nunca pensé que Pierce pudiera pensar en ese tipo de cosas—. Es como si se olvidaran de lo afortunados que son por el simple hecho de estar vivos. —No sabía qué decir. Sin darme cuenta, me lo quedé mirando como una tonta. Noté la tristeza en sus ojos—. Ojalá... —No terminó la frase.

—¿Qué?

—No importa.

—Por favor, dímelo —casi le supliqué. Me gustaba cuando me dejaba saber lo que pasaba por su cabeza.

—Ojalá mi madre no fuera así.

—¿Es superficial? —pregunté sorprendida.

—Ella está más allá de eso, me he preguntado muchas veces si en realidad es humana. —Era evidente que eso le entristecía.

—Por lo menos todavía tienes a tu madre. —Las palabras abandonaron mis labios sin que yo me diera cuenta. Pierce me miró; había entendido muy bien lo que había querido decir.

—Lo siento —sonó honesto.

Me limité a sonreír con tristeza. Sus palabras significaban mucho para mí.

—Está bien —mentí, tratando de no pensar en mi madre. No quería echarme a llorar delante de él.

—Estarás bien —aseguró suavemente—. Y, Fleur...

Había un brillo en sus ojos que no pude descifrar.

—¿Sí?

—Sin importar lo que pase, quiero que sepas que nunca ha sido mi intención hacerte daño.

Sus palabras me confundieron.

—¿A qué te refieres?

Sonrió, sin pronunciar palabra.

Nos quedamos en silencio unos momentos; no era incómodo, era solo silencio.

Pierce sacó algo de su bolsillo. Mis ojos se agrandaron cuando vi en sus manos el brazalete que Lucas me había regalado.

—Oye, eso es mío.

—Lo sé.

—Dámelo entonces.

—Bésame.

—¿Qué? —Hice una mueca levantándome. Se quedó quieto, apoyado en la ventana.

—Si lo quieres, bésame.

—No.

—Entonces el brazalete se queda conmigo —dijo metiéndolo en su bolsillo.

—Eres... eres...

Levantó una ceja, divertido.

—¿No puedes encontrar un insulto adecuado?

Respiré hondo. Tenía que ser inteligente si quería recuperarlo.

—No..., en realidad... —Caminé hasta quedarme enfrente de él. Pierce frunció el ceño—. En realidad, quiero besarte.

No era mentira. Pierce me ojeó cauteloso. Le rodeé el cuello con mis brazos y su cuerpo se puso rígido. Me lamí el labio inferior.

—¿Quieres que lo haga ahora? —pregunté lentamente.

Pierce se sorprendió. Apoyé una mano en su hombro y deslicé la otra hacia abajo. Sus ojos estaban fijos en los míos. Nuestras respiraciones se mezclaban. Le di un beso suave en la mejilla y, mientras lo hacía, saqué el brazalete de su bolsillo junto con las llaves. Me incliné hacia atrás y me sorprendió encontrar sus mejillas un poco rojas. Estábamos muy cerca. Rápidamente, corrí hacia la puerta. La abrí y me atreví a mirar a Pierce, quien seguía inmóvil junto a la ventana, mirándome divertido. Le sonreí, saboreando mi victoria.

—Esto no ha terminado —señaló.

Le lancé las llaves. Las atrapó y me sonrió.

—Ha terminado por ahora. —Le guiñé un ojo y salí.

☙ 20 ❧

«Con qué facilidad una vida puede desequilibrarse,
en un segundo, hacia la locura».

Pierre Lemaitre

—¿Estás segura de esto? —La preocupación en la voz del doctor Altman era evidente.

—Sí. —No titubeé a la hora de responder. Sabía que si notaba la más mínima duda en mí, cancelaría todo el asunto.

Estábamos frente a la puerta de metal que nos separaba de Mason. Había dos guardias de seguridad a nuestro lado.

Altman repasó todos los procedimientos de seguridad conmigo una vez más:

—No te acerques... No caigas en sus juegos...

La intensidad de advertencia en su tono de voz me hacía sentir nerviosa e insegura.

—¿Está todo claro? —Asentí—. ¿Segura?

Sí, segura —mentí.

El doctor Altman le hizo una señal al guardia, el cual procedió a sacar la llave y a meterla en la cerradura de la puerta.

El crujido del metal resonó por todo el pasillo. Los guardias abrieron con precaución y uno de ellos entró, bloqueando la vista del interior de la habitación. Traté de ver algo por encima de su hombro, pero era demasiado alto.

Después de revisar la sala, el alto guardia se giró hacia nosotros.

—Todo en orden.

El doctor Altman me dirigió una última mirada, haciéndome saber que podía abandonar mi idea de hablar con Mason e irme en ese mismo momento; sin embargo, no dije nada. Él se aventuró dentro y yo lo seguí, con el corazón latiéndome de forma errante y descontrolada. Una cosa era haber hablado con él separados por la puerta de metal y otra muy diferente entrar en su territorio.

Lo primero que noté fue el aire helado de la habitación. Instintivamente, me abracé a mí misma y froté mis brazos. Lo segundo que noté fue lo blanco y vacío que estaba todo. No había nada, solo un pequeño colchón sin sábanas. ¿Era legal tener a alguien así?

El doctor Altman se detuvo en medio de la habitación frente a mí. Yo di un paso a un lado para ver lo que él estaba viendo.

Mason.

Estaba en una esquina de la pequeña habitación, sentado en el suelo, con las rodillas contra el pecho y los brazos envueltos en una camisa de fuerza. Su cabello negro estaba desordenado como la última vez, sus ojos seguían cubiertos por una venda negra, color que contrastaba con la palidez de su piel. Sin la barrera de la puerta entre nosotros, podía verlo con más detalle.

No parecía frágil, pero sí muy joven. ¿Cuántos años debía de tener? ¿Mi edad? ¿Qué había hecho para terminar aquí, de esta forma? Tenía la cabeza inclinada hacia el pecho, no se movía. ¿Estaba dormido? Era imposible saberlo teniendo los ojos vendados.

Como si quisiera responder a mi pregunta, levantó la cabeza lentamente. Una sonrisa torcida se formó en sus labios.

—Bienvenidos —dijo con voz ronca.

—Mason —comenzó el doctor Altman—, estamos aquí porque...

—Sé por qué están aquí —lo interrumpió—. Hummm. —Levantó la nariz, olfateando—. Nunca había tenido una visita femenina. —Se lamió los labios—. Hueles muy bien, Fleur.

Altman habló de nuevo.

—Mason, este no va a ser uno de tus juegos. Ella solo quiere hacerte unas preguntas. Apreciaremos tu colaboración, pero si no te comportas, ya sabes lo que pasará.

Mason ladeó la cabeza.

—Tengo toda la intención de colaborar.

El doctor relajó sus hombros.

—Me parece muy sensato por tu parte.

—Con una condición.

—No, sin condiciones. —La voz del doctor Altman se tornó cortante—. No estás en posición de exigir nada.

La sonrisa de Mason creció y unos hoyuelos aparecieron en sus mejillas.

—Entonces no hablaré.

El doctor Altman se giró hacia mí.

—Bien, vámonos, Fleur.

—¿Qué quieres? —pregunté—. ¿Cuál es tu condición?

—Flor... —El doctor Altman protestó.

Mason no dudó al responder.

—Quiero que me quiten la venda de los ojos; quiero verte, Fleur.

Esa petición me hizo sentir escalofríos, ¿por qué quería verme? Antes de que el doctor pudiera protestar, Mason continuó:

—Y quiero hablar a solas con ella.

El doctor Altman se cruzó sus brazos.

—Esas son dos condiciones y sabes bien que no podemos dejarte solo con ella.

La sonrisa de Mason no vaciló ni un segundo.

—¿Por qué no? Estoy atado y ustedes estarán ahí en la puerta, observando, no voy a hacerle nada, tiene mi palabra.

—¿Tu palabra? ¿Por qué debería confiar en tu palabra?

—Está bien, trato hecho —dije yo, sintiendo la mirada sorprendida del doctor sobre mí.

—Flor..., no...

—Sé lo que va a decir, doctor. Pero ya estamos aquí, dudo que Mason intente algo sabiendo que ustedes están ahí mismo. Estaré bien.

—¿Estás segura?

Asentí.

—De acuerdo. Mantendremos la puerta abierta y los guardias y yo estaremos ahí, solo tienes que llamarnos.

Mason bufó.

—No soy un monstruo.

—¿Y la venda de sus ojos? —pregunté.

El doctor suspiró.

—Sus ojos están vendados por una razón. No vamos a quitarle la venda.

Mason no dijo nada. El doctor Altman me dirigió una última mirada antes de salir. La puerta quedó entreabierta.

Estaba sola con Mason.

Mason era un paciente del tercer piso completamente inmovilizado. Tragué saliva con dificultad, apretando las manos a mis costados. Había una distancia prudente entre nosotros. Mason ya no sonreía, pero conservaba esa expresión juguetona en sus labios.

—Te ofrecería asiento, pero, como verás, no cuento con las comodidades básicas en este lugar.

—Sí, eso veo. —La curiosidad me venció—. ¿Por qué te han vendado los ojos?

Inclinó la cabeza hacia atrás, recostándola en la pared blanca detrás de él.

—Porque me tienen miedo.

—No entiendo.

—Soy muy bueno leyendo a las personas, observándolas, descifrándolas... Les da miedo esa habilidad.

—¿Por eso querías verme? ¿Para descifrarme?

Negó con la cabeza.

—No, ya te he descifrado.

—¿Cómo has podido descifrarme si nunca me has visto?

Las comisuras de sus labios se levantaron en una sonrisa.

—¿Quién ha dicho que nunca te he visto?

Un escalofrío recorrió mi columna.

—¿Tú... me has visto?

Se quedó en silencio unos segundos.

—¿Por qué no me hablas de la razón que te ha traído aquí?

Me aclaré la garganta.

—¿Tú sabes algo del asesino de mi familia?

—Sí.

Su breve respuesta me dejó sin aire.

—¿Qué sabes?

—¿Por qué tendría que decírtelo?

—Por favor. —No me importaba suplicar; si Mason sabía algo, suplicaría cuanto fuera necesario para que me lo dijera.

Ladeó la cabeza de nuevo.

—Quítame la venda de los ojos y responderé una de tus preguntas.

—No creo que esa sea una buena idea.

—Entonces no me apetece responderte —dijo despreocupado—. Verás, Fleur, me aburro con facilidad, necesito alguna motivación para hacer las cosas, incluso las más simples.

—No soy estúpida, eres peligroso, te han vendado los ojos por alguna razón.

—Si quisiera hacerte daño, ya te lo habría hecho —replicó, sonando seguro—. No es de mí de quien debes tener miedo.

—Entonces, ¿de quién?

No respondió, sabía que estaba esperando a que le quitara la venda. Consideré mis opciones, tendría que acercarme demasiado a él para poder quitársela. El doctor Altman me había hecho prometer que me mantendría siempre alejada de Mason.

—Estás perdiendo un tiempo muy valioso considerándolo, hazlo y ya está. —Su voz seguía siendo calmada y fría.

—No puedo arriesgarme tanto.

—Qué lástima, entonces deberías irte.

Apretando los puños a mis costados, eché un vistazo a la puerta, los guardias seguían ahí, se asomaban de vez en cuando para comprobar que todo iba bien. Sabía que no me quedaba mucho tiempo.

Decidida, me acerqué a Mason. No podía controlar el temblor de mis piernas mientras me arrodillaba frente a él para estar a su nivel.

—No te muevas. Si lo haces, llamaré a los guardias y me iré.

—Tienes mi palabra.

Traté de controlar el temblor de mis dedos cuando extendí mis manos hacia su rostro.

«Definitivamente, estoy fatal. No sé qué clase de loco es Mason. ¿Y si me ataca? ¿Y si me muerde? Estoy arriesgando demasiado».

Mis dedos hicieron contacto con la correa que mantenía la venda sobre sus ojos, la palma de mi mano rozó su mejilla y me quedé paralizada cuando noté que enterraba su nariz en mi piel.

—Mason, no te muevas.

—Lo siento, hueles muy bien. —Sonaba honesto, pero eso no apaciguaba mi miedo.

Con mucho cuidado, desabroché las correas y la venda cayó al suelo.

Mason mantenía los ojos cerrados. Tenía un rostro muy atractivo, largas pestañas y cejas gruesas. Abrió los ojos y me sorprendió lo que vi.

Eran de colores diferentes: el derecho era de color miel claro y el izquierdo era una combinación de miel con azul. ¿Cómo era eso posible?

Mason debió de notar mi sorpresa.

—Se llama heterocromía. Es una anomalía ocular. Interesante, ¿no?

No dije nada. Paseó su mirada por mi rostro con mucha lentitud y luego recorrió mi cuerpo, para acabar de nuevo centrándose en mi cara. La intensidad de su mirada era abrumadora.

—Eres más bonita de lo que me esperaba.

Incómoda, bajé las manos. Estábamos demasiado cerca.

—Gracias, supongo.

Comencé a levantarme, pero él protestó.

—No, quédate aquí, así podemos hablar mejor.

«Pero tengo miedo...».

Solo tenía que preguntarle lo que quería saber e irme.

—¿Qué sabes del asesino de mi familia?

Sus ojos evaluaban cada uno de mis movimientos.

—Te dije que vendría a por ti. Quizá ya esté aquí.

—¿Cómo sabes eso?

—Esa no es la pregunta que deberías hacerme.

Sabía que tenía razón. No era importante saber cómo sabía tanto, sino descubrir qué era lo que él sabía.

—¿Sabes quién es el asesino?

Mason no parecía sorprendido por mi pregunta.

—Tal vez.

—Esa no es una respuesta. Si lo sabes, dímelo.

—Dime algo, Fleur, ¿tú llegaste a ver su rostro la noche del asesinato?

Eso me pilló desprevenida.

—Yo... no lo sé, no recuerdo esa noche.

Mason soltó una risa llena de diversión.

—Esto es más entretenido de lo que esperaba.

—¿De qué estás hablando?

—Ahora estoy seguro de que el asesino debe de estar aquí —respondió—. Debe de estar divirtiéndose mientras se acerca a ti, ya que no eres capaz de reconocerlo. ¿Tienes nuevos amigos, Fleur? Debes tener cuidado, él podría ser uno de ellos.

Nuevos amigos...

Pierce...

Dana...

Lucas...

Adam...

Lory...

—No... Un asesino no podría entrar aquí.

Mason se inclinó sobre mí.

—En eso te equivocas. Este lugar está lleno de asesinos. —Su miraba brillaba con burla—. Estás frente a uno en estos momentos.

No retrocedí, sus ojos eran fascinantes.

—Estás tratando de asustarme.

Una sonrisa torcida se dibujó en sus labios.

—¿Eso hago? —Se acercó aún más, me tensé, su nariz rozó la mía—. Tal vez solo quiero distraerte.

—¿Para qué?

Todo pasó tan rápido que apenas pude procesarlo. Mason estampó sus labios contra los míos, mis ojos se abrieron exageradamente, lo sentí sonreír sobre mi boca y tomar mi labio inferior entre sus dientes para morderlo lo suficiente como para romper la piel. Lo empujé con todas mis fuerzas, alejándolo y estampándolo contra la pared.

Me levanté, poniendo distancia entre nosotros. Mi labio palpitaba, pasé mis dedos, notando la sangre en ellos. Mason sonreía de oreja a oreja, se pasó la lengua por los labios, lo miré despectivamente.

—Dijiste que no me harías daño.

—Solo estoy haciéndote un favor.

—¿De qué diablos estás hablando?

—Le estoy enviando un mensaje a tu asesino —lo dijo tan despreocupado—. Te puedo asegurar que vendrá a mí.

Sus palabras solo me confundieron más.

—¿Morderme es un mensaje? ¿Te estás escuchando?

—Tú no entiendes la mente de un psicópata. El asesino de tu familia actúa como un psicópata obsesivo... Está obsesionado contigo porque fuiste la única superviviente de tu familia. ¿Por qué crees que te dejó con vida? No creo que haya sido un error, simplemente tiene otros planes para ti. Verte con la marca de otro hombre en los labios le va a molestar mucho.

—No tiene que saber que fue otro hombre, puedo decir que me mordí yo misma.

—Subestimas su inteligencia. Nunca lo subestimes, Fleur.

—Estás loco.

—«Hay un cierto placer en la locura que solo el loco conoce» —murmuró.

—¿Citando a Pablo Neruda? —Mi labio ardía—. Eso sí es inesperado.

Su sonrisa creció.

—Cuando no estoy siendo un peligro para la sociedad, me gusta leer.

—Debo irme —murmuré, buscando una manera de cubrir mi labio, no quería darle explicaciones al doctor—. Tengo que ponerte la venda de nuevo. Si intentas algo, gritaré, te lo juro.

Asintió. Con cautela, me arrodillé frente a él y le volví a poner la venda lo más rápido que pude. Con sus ojos cubiertos, me atreví a mirar sus labios, la imagen fugaz de su boca contra la mía pasó por mi mente.

Meneé la cabeza, alejando ese pensamiento.

—No hagas eso. —Su voz me sorprendió. Era seria, todo rastro de sonrisa se había esfumado de su rostro.

—¿El qué?

—Darle significado a algo que no lo tiene —respondió—. Solo te besé para conseguir llamar la atención del asesino; eso es todo.

Eso me molestó.

—Lo sé, no estoy dándole significado a nada.

—Bien.

Me levanté.

—Ahora sí me voy.

—Ya sabes, cuídate de tus amigos, porque entre ellos, disfrazado, está el monstruo de tus pesadillas.

—Lo haré. —Lamiendo mi labio roto, me di la vuelta—. Adiós, Mason.

—Adiós, labios suaves.

Ignoré sus palabras y salí. Le expliqué al doctor lo que había pasado a medias y, luego de una larga charla y regaño, me dejó ir. Tenía demasiada información que procesar y por alguna extraña razón no podía borrar de mi mente esos ojos de diferentes colores.

ꟊ 21 ꟊ

«Hay labios tan finos que en vez de besar cortan».

Paul Charles Bourget

Hay algo relajante en ver la lluvia caer.

Observar cada gota chocar contra el vidrio de mi ventana y deslizarse lentamente hasta unirse con otras gotas y crear formas transparentes.

Me desperté con el sonido de un fuerte trueno. No me sorprendió la lluvia, era primavera después de todo, pero no sabía cuánto tiempo había pasado desde que me había sentado al lado de la ventana. No tenía ganas de salir de mi habitación, así que me quedé cubierta con una sábana, sentada ahí, admirando la vista de la fuerte lluvia.

Deseé poder abrir la ventana y sacar la mano para sentir las gotas caer sobre mis dedos, pero las ventanas estaban selladas y, además, todas tenían rejas. Nadie quería que los inestables escaparan de este lugar.

Me preguntaba a qué hora volvería Jazmine. Estaba durmiendo en una habitación para familiares o algo así, porque al parecer no se podía quedar conmigo todo el tiempo. Habían hecho una excepción las primeras noches para hacerme sentir mejor.

Me lamí el labio inferior, que ardió al contacto.

Mason...

Un par de ojos de diferentes colores llegó a mi mente al pensar en él. No podía evitar sentir curiosidad. ¿Por qué estaba internado? Debía de sufrir un trastorno grave para estar en el tercer piso e inmovilizado de esa forma. ¿Era violento? Los pacientes del tercer piso se consideraban peligrosos para sí mismos o para los demás. ¿Cuál sería el caso de Mason?

Recordé su sonrisa llena de seguridad y los hoyuelos que se formaban en sus mejillas. Mason era atractivo, no se podía negar; sin embargo, su comportamiento, su encanto, la forma en la que conseguía las cosas..., todo era un juego para él. Me recordaba demasiado a un diagnóstico que investigué poco después de la muerte de mis padres y de mi hermana.

Psicopatía.

¿Era un psicópata? Meneé la cabeza, el hecho de haber leído unos cuantos casos y perfiles de psicópatas en Google no me daba la autoridad ni el conocimiento para diagnosticar a alguien. Sus palabras hacían eco en mi mente.

«Ahora estoy seguro de que el asesino debe de estar aquí. Debe de estar divirtiéndose mientras se acerca a ti, ya que no eres capaz de reconocerlo. ¿Tienes nuevos amigos, Fleur? Debes tener cuidado, él podría estar entre ellos».

¿Y si Mason tenía razón? ¿Y si el asesino estaba en el psiquiátrico, hablándome, fingiendo ser mi amigo porque yo no podía reconocerlo?

Cerré los ojos y respiré hondo. ¿Por qué no podía recordar nada?

Me frustraba, me dolía no poder ser útil en la investigación del crimen de mi familia. Yo era la única superviviente de las cuatro familias a las que había matado, y mi testimonio era clave para hacer justicia y dar consuelo a quienes querían a todas esas víctimas. Aquí estaba, como un recipiente vacío, sin poder ayudar en nada. Por primera vez, me permití pensar en mis padres y mi hermana abiertamente, en la casa de las montañas, en la sonrisa de Camille... El dolor invadió mi pecho, pero apreté los ojos, manteniéndolos cerrados. No sabía si funcionaría, pero tenía que intentarlo. Traté de esforzarme en encontrar qué era lo último que recordaba de los pasados meses.

Nos mudamos...

Recordaba muy bien el día de la mudanza; la emoción de Camille brincando por todos los lados porque tendría su propia habitación; papá diciéndonos que viviríamos en una casa con escaleras y que tendríamos que tener cuidado, especialmente Camille... Agarré mi pecho, aguantando.

«Duele...».

«Tú puedes, Fleur».

«Pero duele tanto».

Nieve...

Mucha nieve...

No llevábamos ni dos días en la nueva casa cuando cayó una fuerte nevada. Recordé a Camille rogándole a papá que la dejara salir a hacer un muñeco de nieve. En Francia habíamos visto nevar, pero no en esas cantidades. Nunca había caído nieve suficiente para poder jugar con ella, así que eso era nuevo para mi hermana, incluso para mí.

—*Fleur! Il y a beaucoup de neige!* —Camille había brincado y corrido a mi alrededor anunciándome que había mucha nieve, con sus ojos llenos de emoción, de inocencia.

Lágrimas silenciosas se escaparon de mis ojos cerrados y se deslizaron por mis mejillas hasta caer al suelo desde mi mentón. Mis labios temblaron, pero seguí tratando de pensar en aquellos días, tal vez esos recuerdos me ayudarían a desencadenar otros.

Camille, con su pijama, metiéndose en la cama conmigo.

—*Qu'est-ce que tu fais ici?* —le había preguntado—. *Tu as déjà ta propre chambre.*

Camille me sonrió mostrando sus encías. Se le habían caído los dientes frontales y estaba esperando a que le salieran los nuevos. Se acurrucó a mi lado susurrando:

—*Je t'aime, ma soeur.*

—Yo también te quiero mucho —murmuré. Notaba las mejillas mojadas por las lágrimas—. Lo siento tanto, mi pequeña, tú... —Mi voz se quebró—. Tú tenías toda una vida por delante... Lo siento mucho, Camille... Lamento no haber podido protegerte.

Los sollozos dejaban mi cuerpo sin control, era muy doloroso, pero no quería detenerme.

«Tengo que recordar, tengo que hacerlo».

Mamá estaba preparando chocolate caliente.

—De ahora en adelante, hablaremos en inglés en esta casa, tenemos que acostumbrar a Camille a la nueva lengua —se giró hacia mí—. Sobre todo tú, Fleur. No creas que no te he escuchado hablando en francés con tu hermana.

Camille y yo compartimos una mirada cómplice.

Abrí los ojos mientras seguía apretando mi pecho con fuerza.

«No puedo respirar».

Me levanté, dejando caer la sábana, y caminé por la habitación alzando los brazos en el aire y tratando de contar mentalmente. Pero el aire no entraba en mis pulmones... Caí sobre mis rodillas, hiperventilando.

«No puedo respirar, ayuda».

Sentí una sensación de hormigueo en mis extremidades, en mi cara... Quería pedir ayuda, pero no salía ninguna palabra de mis labios. En la distancia, escuché la puerta abrirse. Un par de botas negras aparecieron frente a mí. Tenía la vista borrosa por las lágrimas, estaba aterrada.

«Me voy a morir».

Él se arrodilló delante de mí.

—Fleur.

Su voz era tan familiar, me hacía sentir tan segura.

—No... puedo respirar.

Sus manos sostuvieron mi rostro.

—Fleur, mírame.

—¡No puedo respirar! —grité, tomando grandes bocanadas de aire, desesperada porque se quedaban en mi garganta y no llegaban a mis pulmones.

—Fleur, mírame. —La voz de Pierce sonó más demandante esta vez, lo obedecí y me encontré con sus ojos grises—. Estás bien, estás teniendo un ataque de pánico, vas a estar bien.

—Me voy a morir —murmuré, aterrada.

—No te vas a morir, trata de controlar tu respiración.

—Es que no puedo respirar. —Me agarré el pecho con fuerza.

«Me voy a morir, me voy a morir, no siento las piernas, no puedo respirar, pronto mi corazón se detendrá, sufriré un paro respiratorio...».

Esos pensamientos se repetían en bucle, aterrorizándome.

—Estás hiperventilando, no te vas a morir —me aseguró Pierce, sosteniendo mi cara con cuidado—. Esto va a pasar, vas a estar bien.

«Mentira, mentira. Miente, te vas a morir».

La seguridad que vi en sus ojos me calmó un poco, pero no era suficiente para detener los pensamientos repetitivos que me hacían temblar de miedo.

«Me estoy mareando».

Pierce apretó sus labios.

—Fleur —dijo muy serio—, te vas a desmayar si no controlas tu respiración. No te va a pasar nada, solo estás hiperventilando.

Sus palabras perdían sentido en mi mente, confusa en una espiral de pensamientos ansiosos y dominados por el miedo. Pierce maldijo por lo bajo mientras pasaba los pulgares por mis mejillas, limpiando las lágrimas que se me habían escapado. Mi vista se estaba tornando negra.

Y entonces el chico de los ojos grises se inclinó sobre mí sin dejar de sostener mi cara entre sus manos... Mi mundo se detuvo cuando presionó sus labios contra los míos suavemente.

Dejé de respirar por completo, mis ojos bien abiertos mirando el rostro de Pierce pegado al mío... Sus labios eran suaves y estaban húmedos. Su boca presionaba la mía sin moverse. La espiral de pensamientos se rompió. Pierce había captado toda mi atención al acercarse para besarme.

Se separó de mí y respiré de nuevo. Mis hombros subían y bajaban agitadamente mientras trataba de recuperar un ritmo normal de respiración. Sus manos soltaron mi rostro y nuestras miradas se encontraron. No sabía qué decir. Mi mente era un desastre, pasé del terror absoluto a la sorpresa, y finalmente, a la confusión. Mi mano subió a mis labios.

Pierce me había besado.

Mi respiración estaba volviendo a su ritmo regular, pero mi corazón había empezado a latir descontrolado.

—¿Por qué? —le pregunté susurrando, aunque sabía la respuesta.

Pierce ladeó su cabeza.

—Necesitabas una distracción.

Solo eso...

A pesar de esperar esa respuesta, me dolió. No lo hizo porque quisiera hacerlo, sino para ayudarme a detener mi ataque de pánico. Aun así, no pude parar la sensación de mariposas revoloteando en mi estómago; sentir sus labios había sido muy agradable.

—¿Estás bien? —preguntó, preocupado.

Bajé la mirada. Notaba el calor en mis mejillas.

—Sí, eso creo.

Pierce tomó mi mentón, obligándome a mirarlo, y su pulgar acarició mi labio inferior.

—¿Qué te ha pasado en el labio?

Oh, mierda, había olvidado por completo lo del mordisco de Mason. Sin saber qué decir, lo tomé de la muñeca y bajé su mano.

—Nada.

Pierce apretó la mandíbula y vi que se le tensaban los músculos del cuello.

—¿Nada?

Meneé la cabeza, levantándome y dándole la espalda. No podía mentirle mientras lo miraba. Pierce me tomó del brazo, girándome hacia él de nuevo. Sus ojos derrochaban rabia.

—¿Que te ha pasado en el labio, Fleur?

Traté de soltarme, pero no pude.

—Ya te he dicho que nada.

—No me mientas —gruñó, estampándome contra la fría ventana que había detrás de mí. Nunca lo había visto enojado—. ¿Quién te hizo eso? ¿Mason?

Fruncí el ceño.

—¿Cómo sabes...? —Me detuve, sintiéndome estúpida. Me había delatado.

Pierce apretó los puños contra la ventana a los lados de mi cara.

—No debiste acercarte a él. ¿Por qué no seguiste las normas de seguridad?

—Yo... —No sabía qué decir. Pierce estaba muy enfadado.

—¿O es que ese tipo te gusta? —Su tono de voz era frío, hiriente—. No sabía que tu camino de autodestrucción llegaría tan lejos como para que te gustara un loco como él.

Golpeé su pecho, tratando de alejarlo de mí.

—Estás comportándote como un idiota. Suéltame.

Me tomó de las muñecas para presionarlas contra la ventana.

—No vuelvas a acercarte a él.

—Suéltame. —Luché para liberarme—. Tú no tienes derecho a decirme lo que tengo que hacer.

—¿Eso es lo que tú crees? —Presionó su cuerpo contra el mío, enterrando su cara en mi cuello, y sus labios rozaron mi oreja—. Ni él ni nadie va a tenerte, Fleur. Tú eres mía.

Sus palabras me provocaron escalofríos por todo el cuerpo. Sus palabras me asustaban, pero me emocionaban al mismo tiempo. ¿Qué me estaba pasando?

Cuando levantó el rostro de mi cuello, sus ojos grises, llenos de determinación, bajaron a mis labios.

Antes de que pudiera protestar, estampó sus labios sobre los míos y esta vez no de la manera suave de hacía unos minutos.

ɛ 22 з

«Y que un beso..., uno solo, puede más que el olvido
si se juntan dos bocas en un beso prohibido».

José Ángel Buesa

Demasiado...

Lo que Pierce me hacía sentir era demasiado, esa sensación electrificante que recorría mi cuerpo era tan desconocida para mí... Había pasado mucho tiempo desde la última vez que había vivido algo así, algo tan bueno, tan positivo. Mis sentidos estaban abrumados, sus labios se movían con firmeza sobre los míos, reclamando y entregando a la vez. Su beso no solo era posesivo, estaba lleno de emociones.

¿Él había sentido todo eso por mí, todo este tiempo?

La desesperación en su beso debilitó mis piernas, volviéndolas débiles y temblorosas. Labios mojados, respiración acelerada, sus manos sobre mi cara, acariciándome, sosteniéndome como si supiera lo frágil que me sentía emocionalmente.

«Alguien me quiere, alguien se siente atraído por mí».

Esos pensamientos trajeron lágrimas a mis ojos, no sabía por qué, pero significaba tanto para mí importarle a alguien. Pasé mis manos alrededor del cuello de Pierce acercándolo más a mí, no estábamos lo suficientemente cerca, tal vez jamás lo estaríamos, pero lo intentaría.

Sus pulgares acariciaron mis mejillas mojadas y me dio un último beso breve antes de separarse de mí. Puso su frente sobre la mía mientras que sus ojos grises indagaban en los míos en silencio. Quería hablar, quería decirle que no era su beso lo que me hacía llorar, que eran todas las emociones positivas que me abrumaban, el sentirme querida y deseada; pero temía que al abrir la boca solo salieran sollozos.

Pierce besó mi frente y me abrazó.

—Está bien, lo entiendo.

Enterré mi rostro en su pecho. Olía tan bien, él era un lugar seguro. Dejé las lágrimas fluir de manera silenciosa, probablemente mojando su uniforme del psiquiátrico. Sin embargo, no me importaba, sabía que él no me juzgaba, nunca lo había hecho, ni siquiera cuando me encontró a punto de saltar de la azotea.

Besó un lado de mi cabeza.

—Ya no estás sola, Fleur.

«Lo sé...».

Después de un rato, nos separamos, me limpié las lágrimas con el dorso de las manos y le sonreí.

Él me devolvió la sonrisa, y vi cómo su preciosa cara se iluminaba.

—Es la primera vez que una chica llora cuando la beso. ¿Beso tan mal?

Su broma me hizo soltar una risita.

—Bastante mal.

—Tengo que irme —comentó, dirigiéndose a la puerta. Sin embargo, antes de salir, al pasar por mi lado, se detuvo y sus ojos se posaron sobre mí. La seriedad que vi en ellos me sorprendió—. Estaba hablando en serio.

—¿A qué te refieres?

—Mantente alejada de Mason.

Mason era peligroso, eso no era un secreto, aun así, me preguntaba cómo había terminado en el tercer piso.

—¿Por qué? ¿Sabes qué fue lo que hizo?

Se giró hacia mí por completo.

—¿Confías en mí?

—No se trata de confianza, solo quiero saber por qué todo el mundo insiste tanto en que me aleje de él.

—Si hay tantas personas advirtiéndote lo mismo, ¿no crees que debe de haber una razón?

—Solo quiero saber cuál es esa razón. ¿Por qué Mason está en el tercer piso? ¿Cuál es su diagnóstico?

Pierce apretó los puños a sus lados.

—¿Por qué quieres saberlo? ¿Por qué estás tan interesada en saber cosas sobre él?

—No estoy interesada en él —repliqué—, solo me gustaría saber las razones que hay detrás de tanta advertencia.

Pierce me acarició la mejilla.

—Ya tienes suficientes cosas con las que lidiar, olvídate de él. —Se inclinó hacia mí y dejó un beso suave en mi mejilla—. No importa si no me escuchas, no te dejaré acercarte a él.

Tras decir eso, desapareció detrás de mi puerta.

Dejando salir un largo suspiro, me senté en el extremo de la cama. ¿Por qué Pierce sabía algo de Mason que yo no sabía? Mi mente comenzó a atar cabos. ¿Y si Pierce había revisado el expediente de Mason? Era el hijo de la directora del psiquiátrico, después de todo. ¿Tendría acceso a los expedientes de todos los pacientes? ¿Había leído mi expediente? Sin dejar de dar vueltas a todo ello, me dejé caer hacia atrás sobre la cama y me quedé mirando el techo fijamente, pero mi mente seguía divagando, pensando, analizando.

El grupo de terapia se había vuelto soportable, ya no me sentía rodeada por desconocidas. Después de haber escuchado todas sus historias, sentía que conocía más de ellas que muchas de las personas en sus vidas. No era fácil exponer tus debilidades, tu vulnerabilidad delante de todas esas personas; no obstante, el hecho de que todas tuviéramos nuestras propias cargas, que estuviéramos librando nuestras batallas, nos convertía en un público más fácil para hablar.

Ese día el grupo y la charla habían comenzado como cualquier otro.

Pero algo había cambiado.

En mí.

Por primera vez, sentí la necesidad de hablar, de devolver un poco de la honestidad y la liberación que ellas me habían brindado. No levanté la mano, no llamé su atención, hubo un momento de silencio y hablé.

—Mi familia fue asesinada y yo fui la única superviviente.

Silencio.

Decirlo en voz alta me liberó un poco del peso. Lory me mostró una sonrisa reconfortante.

—Lo siento mucho.

Sus palabras me dejaron sin aire, trasladándome al día del entierro de mi familia. Esas palabras eran todo lo que la gente decía a mi alrededor, aún podía recordar las miradas de lástima, los susurros sobre mí.

Respirando hondo y soltando el aire despacio, relajé los hombros. La psicóloga me dedicó una mirada de aprobación.

—Buen trabajo, Flor.

Las chicas que estaban a mi lado me apretaron los hombros de manera reconfortante.

—Lo sentimos mucho. Gracias por contárnoslo.

Lory suspiró.

—Ahora me siento como una tonta, mis problemas no son nada comparados con lo que tú has pasado.

Meneé la cabeza.

—Nuestras cargas pueden ser de diferentes magnitudes, pero siguen siendo cargas, siguen pesando en nuestras almas.

La psicóloga asintió.

—Bien dicho, Flor.

La terapia grupal terminó y salí estirando los brazos.

—Flor.

Me giré para ver a una chica del grupo. Llevaba unas gafas muy grandes para sus lindos ojos negros.

—Hola, Yang-mi.

—Solo quería decirte que eso ha sido muy valiente y que me has inspirado a seguir adelante. —Sus palabras me tomaron por sorpresa—. Si tú puedes, yo puedo.

Mi corazón se arrugó. Yang-mi era de familia inmigrante. Su padre los había abandonado cuando las cosas se habían puesto difíciles y su madre había recurrido a la prostitución, lo que la llevó a las drogas y a la mala vida. Yang-mi acabó cayendo en una fuerte depresión que la llevó a atentar contra su vida dos veces. No pude evitar sonreírle y tomar su mano.

—Claro que podemos.

Ella apretó mi mano. Otra mano se unió a nuestro pequeño enlace y Lory apareció a nuestro lado.

—Por supuesto que podemos, lo que no te mata te hace más fuerte.

La miré como diciendo «¿En serio?», boquiabierta por su humor negro, pero para mi sorpresa Yang-mi se echó a reír.

Lory se llevó las manos a la cintura.

—¿A alguien le apetece un chocolate caliente? Yo invito.

Puse los ojos en blanco.

—En la cafetería lo dan gratis.

Lory gruñó.

—No arruines el momento.

Al entrar en la cafetería, busqué una mesa mientras Lory y Yang-mi iban a por el chocolate caliente. Me senté, apoyando la barbilla sobre las palmas de las manos. Paseé la mirada por la parte donde servían la comida y me sorprendió ver una cara muy familiar.

Sus ojos verdes se encontraron con los míos, y me di cuenta de lo mucho que lo había echado de menos. Lucas le dijo algo a la persona que estaba a su lado y caminó hacia mí. Llevaba puesto el uniforme de la cafetería y un gorro que parecía de chef.

—Hola, bicho raro —me dijo al llegar a la mesa.

Estaba muy guapo con ese informe.

—Hola, qué agradable sorpresa.

—Sí, tengo un nuevo trabajo para entretenerme. Mi psicólogo lo llama «terapia de choque», exponerme a mis temores. —Se detuvo un momento—. Ya sabes, hay muchos gérmenes y contacto en la cocina.

—Oh, no sabía que existía una terapia como esa.

Lucas se encogió de hombros.

—Yo tampoco, esperemos que funcione. —Sus ojos se detuvieron en el brazalete—. Veo que te ha gustado mi regalo.

Acaricié el aro, recordando cómo tuve que seducir a Pierce para recuperarlo.

—Por supuesto, es precioso.

Me sonrió y me miró con sus brillantes ojos verdes.

—Te he echado de menos.

Le devolví la sonrisa.

—Yo también, bicho raro.

Por un segundo, su mirada cayó sobre mi labio inferior y detecté una expresión de confusión en su rostro, pero no me preguntó nada.

Relajé los hombros.

—¿Y cuál es tu trabajo aquí?

—Digamos que soy algo así como el chef.

—¿De verdad? No sabía que cocinabas.

—Es una de mis muchas cualidades.

Alcé una ceja.

—¿Ah, sí?

Lory y Yang-mi se nos unieron, poniendo una taza de chocolate frente a mí en la mesa. Saludaron a Lucas y se sentaron. Pasamos el resto de la tarde conversando y olvidándonos de nuestros problemas y aflicciones por un rato.

Como mi madre solía decir, «no hay nada que una taza de chocolate caliente no alivie».

MASON STEVENS

Pasos apresurados...

Una sonrisa se formó en mis labios, mientras escuchaba voces y luego la puerta de mi habitación abrirse; el metal chirriaba, quejándose de años de uso.

Aquí venía...

Un golpe seco me hizo girar la cara a un lado. Probé mi propia sangre dentro de mi boca y la escupí, recuperando mi sonrisa.

—Mantente alejado de ella. —Su voz fue oscura, determinada. A pesar de lo acelerada que estaba su respiración porque estaba tratando de controlarse.

—Ella vino a verme a mí —respondí, enderezando la cabeza.

—No sé a qué mierdas estás jugando, pero será mejor que pares.

—¿Por qué debería parar?

—No quieres meterte conmigo, Mason.

—Sabes bien que no puedes asustarme, nada puede.

—¿Asustarte? —La burla en su tono imitó la mía—. ¿Por qué me molestaría en asustarte cuando puedo matarte?

—No vas a matarme —dije con seguridad.

—Tú no sabes de lo que soy capaz.

—Oh, no, no. —Meneé la cabeza—. No estoy diciendo que no seas capaz de matarme, solo digo que no lo harás porque se te arruinaría tu juego con la princesa roja.

—No la llames así.

—¿Por qué no? Me parece muy apropiado. —Mi sonrisa se ensanchó—. Escuché que cuando la policía la encontró estaba cubierta de sangre de la cabeza a los pies. ¡Ah, cómo me habría gustado haber estado ahí y verla! Te envidio.

—Eres un enfermo.

—Ambos lo somos, tú un poco más descarado que yo. —El lado de mi cara donde me había golpeado palpitaba dolorosamente—. Estar a su lado, aprovechando que no recuerda nada; eso es muy cruel.

—¿Qué es lo que quieres, Mason? Tú no haces nada sin un motivo.

—¿Y cómo sabes eso? —Me detuve un instante—. Ah, claro, porque eres igual que yo y sabes cómo pienso.

—Tú y yo no somos iguales.

—¿Te estás divirtiendo con ella? Tiene unos labios muy suaves.

—¡Cállate!

—¿Ya te la has follado?

Otro golpe me estrelló contra la pared que había detrás de mí. Dolió, pero me reí un poco. En su frustración me golpeó de nuevo, esta vez fue mi nariz la que recibió el impacto. La sangre bajó por mis labios, manchando mi aún intacta sonrisa.

Lo escuché alejarse.

—¿Cuánto tiempo piensas jugar con ella? ¿Hasta que se enamore de ti?

—No estoy jugando con ella.

—Eso es lo que quieres que piensen, pero ambos sabemos que sí lo estás haciendo —afirmé, escupiendo más sangre—. No puedes evitarlo, ¿eh? Necesitas la adrenalina, la diversión.

—Ya te he dicho que tú y yo no somos iguales.

—No veo la diferencia. —Me encogí de hombros—. Por lo menos yo soy honesto al respecto.

—No dejaré que vuelva a verte, no hay mucho que puedas hacer aquí encerrado.

—¿Y crees que estaré encerrado aquí por mucho tiempo?

Una pausa.

—¿A qué te refieres?

Sonreí.

—Estos golpes dejarán unos morados bastante feos, y la sangre sobre mi camisa de fuerza... —Meneé la cabeza—. Un pobre paciente indefenso que fue golpeado mientras estaba inmovilizado de esta forma es lo único que necesita mi abogada para presentar una demanda.

Silencio...

Mi victoria se sentía en el aire, así que continué.

—Te aseguro que pronto estaré fuera del tercer piso, tal vez me trasladen al segundo o quizá al primero, cerca de tu preciada Fleur.

—No dejaré que salgas de aquí.

—No puedes evitarlo... Gracias por los golpes. —Le sonreí.

—No vas a salir, Mason, y esta es mi última advertencia: acércate a ella de nuevo y sabrás de lo que soy capaz.

Oí pasos alejándose y luego un portazo. ¡Qué mal humor! Recosté la cabeza contra la pared y me dispuse a esperar la visita de mi abogada.

«Pronto saldré de aquí, princesa roja».

Pronto.

ꕤ 23 ꕤ

«Los recuerdos, incluso los amargos, son mejor que nada».

Jennifer L. Armentrout

—¿Dónde estás? —La voz suave del doctor Newman hacía círculos en mi mente. La sesión de hipnosis había comenzado hacía un rato, no podía recordar cuánto. Después de tomarme una pastilla, había hecho una serie de ejercicios de relajación, guiada por el psicólogo.

Me sentía confusa, como si estuviera entre dormida y despierta, pero el doctor me había explicado que ese era el objetivo, ponerme en un estado de relajación tan profundo que pudiéramos acceder a mi subconsciente.

—Estás muy relajada, estás a salvo. —Pronunciaba cada palabra despacio, el sonido de su voz sonaba muy lejano—. No pienses en nada, solo imagina todo blanco a tu alrededor, vacío.

—Blanco..., vacío... —murmuré.

—Ahora quiero que pienses en algo de manera positiva —comenzó—. Vas a recordar la hermosa casa de la montaña que compró tu padre. ¿Te gustaba esa casa?

—Sí.

—¿Cómo era?

—Muy grande, con escaleras y suelo de madera. —Sonreí—. Lo que más me gustaba eran sus grandes ventanas.

—Te gustaba mucho... Ahora quiero que vayas a esa casa, yo estoy aquí contigo, estás segura.

Respiré hondo.

—De acuerdo.

Abrí los ojos y estaba frente a la gran cabaña de mis padres. Era de noche, el frío me hizo estremecer.

—Frío...

—¿Frío? ¿Estás ahí, Fleur?

—Sí.

—¿Qué ves?

—Está oscuro y hace mucho frío. —Bajé la mirada. Mis pies descalzos estaban semienterrados en la nieve helada—. Hay nieve. —Noté el fino camisón que llevaba puesto—. No estoy vestida apropiadamente para el frío, estoy temblando.

—¿Cómo se ve la casa?

—Oscura, no hay ninguna luz encendida.

—¿Puedes entrar?

—Puedo intentarlo. —Tenía los pies tan helados que me quemaban—. Pero está muy oscuro.

—Está bien, estás a salvo, estoy aquí contigo.

—De acuerdo.

El viento helado azotaba la piel desnuda de mis brazos y piernas. Temblando, caminé hacia la puerta principal.

—Tengo miedo. Algo no va bien. Siento que debo alejarme de la casa.

—No va a pasarte nada, te lo prometo.

Cuando él terminó la frase, todo a mi alrededor cambió. Ahora estaba en mi habitación, dentro de la casa. Me mareé un poco.

—Estoy en mi habitación... No hay electricidad, todo parece... —Mi cama estaba revuelta, el ordenador portátil sobre la mesilla de noche y un reloj automático marcaba la hora: 23.36. A través de la ventana podía ver la nieve caer sin control—. Es casi medianoche, todo está... tan silencioso.

—Tal vez los demás están dormidos.

—No, es sábado por la noche —recordé—. Mamá dijo que veríamos una película antes de irnos a dormir.

—¿Dónde están tus padres ahora?

—Abajo, viendo la película, aunque ahora no hay luz, papá debe de estar buscando la manera de arreglarlo.

—¿Por qué no estás con ellos?

—Estaba hablando con Jazmine por el chat de Facebook cuando la luz se cortó. —Caminé hacia la puerta, mi cuerpo se movía solo, era como si estuviera viviendo el recuerdo otra vez—. Tengo miedo.

—No va a pasarte nada. ¿Vas a salir de tu habitación?

—Sí.

—Bien, sigue sola, tú puedes, y veas lo que veas, recuerda que estás a salvo, Flor.

Tragando con dificultad, abrí la puerta de la habitación. Solo había oscuridad. Avanzaba tocando la pared para llegar a las escaleras cuando un ruido detrás de mí captó mi atención. Me giré ligeramente y, delante de la ventana, vi la figura de un hombre. Iba vestido de negro con un pañuelo cubriendo su rostro.

—Fleur...

No era la voz de mi padre.

Retrocedí, alarmada.

—*Qui es-tu?*

—*Tu es si belle.* —Por su acento, me di cuenta de que no era francés.

Dio un paso hacia mí y luego otro. Yo solo podía mirarlo, paralizada por el miedo. Era muy alto y tenía un cuchillo en la mano izquierda, de la cual goteaba un líquido que no podía ver claramente en la oscuridad, pero que estaba segura de que era sangre.

—¡Fleur! —El grito ensordecedor de mi madre aumentó más mi miedo—. ¡Corre!

Él me miró, y con una voz profunda pero suave, me dijo:

—Ni lo pienses.

No lo pensé dos veces y me di la vuelta para correr escaleras abajo mientras escuchaba sus pasos pesados detrás de mí. Salté dos o tres escalones, mi respiración descontrolada, mi corazón al borde del colapso.

Justo al final de las escaleras, un par de brazos fuertes me agarraron desde atrás, presionándome.

—¡No!

—Chis —susurró él en mi oído.

Mis ojos se encontraron con los de mi madre, que estaba en la sala, atada a una silla.

—¡Fleur! ¡No, por favor! ¡Déjala! —Sus súplicas resonaban en mi cabeza. Mis ojos se dirigieron al suelo, debajo de ella, y pude ver un charco de sangre. ¿Estaba herida? La sangre parecía venir de un lado de ella... ¡Oh, por Dios! ¿Papá? ¿Camille?

El hombre me puso un trapo blanco sobre la boca y la nariz.

«No puedo respirar... No...».

Luché, pateé, traté de arañarle los brazos, pero nada funcionó. Empecé a ver borroso y lo último que escuché fue a mi madre diciéndome que me quería.

—¡Flor! —Abrí los ojos, sin dejar de dar golpes y patadas a todo lo que había a mi alrededor—. ¡Flor! —La voz del doctor Newman sonaba muy lejana—. Estás a salvo, estás a salvo, chis.

Chis.

—¡No! ¡Suéltame! ¡Mamá!

El doctor me soltó. Yo estaba temblando sin control, lágrimas gruesas bajaban por mis mejillas.

—No... —murmuré.

Luché para calmarme, para respirar con normalidad, pero no fue nada fácil. Por momentos, me quedaba atrapada entre el recuerdo y la realidad. Newman me ofreció una infusión relajante, que tomé con manos temblorosas.

—¿Estás bien? —me preguntó, preocupado.

—Sí.

—Lo siento, Flor, te advertí que esto podía ser muy doloroso y que podría desestabilizarte.

—Lo sé —respondí con voz ronca por haber llorado—. Lo entiendo, pero funcionó.

—¿De verdad?

—Pude recordar mucho más de lo que esperaba.

—Muy bien. ¿Quieres que haga pasar al agente Foster?

El doctor y yo habíamos informado al agente encargado del caso de lo que estábamos haciendo, para poder trabajar juntos y, entre todos, lograr encajar las piezas. El policía prometió traer información para ver si me ayudaba a recordar.

Lo dejamos entrar y nos sentamos los tres en la zona de la consulta donde el doctor tenía un tresillo y una mesa baja de café.

—¿Cómo te ha ido?

El agente Foster me caía bien. No era de ese tipo de personas que actúan como si fueran tus amigas solo para conseguir lo que les interesa. Él iba directo al grano.

—Digamos que bien, pude recordar algo más, aunque no es muy útil.

—Cualquier cosa es útil, Flor.

—Pude recordar la hora a la que empezó todo —dije—. Nos quedamos sin luz a las once y media, yo salí de mi habitación como diez minutos después de eso. Había estado esperando que la electricidad volviera, eso a veces pasaba.

Foster estaba anotando en su libreta.

—Bien, eso nos da una mejor estimación del tiempo.

—Vi al asesino, tenía un cuchillo en la mano izquierda...

—¿Izquierda? —El agente me interrumpió—. ¿Es zurdo?

—Supongo —continué—. Escuché el grito de mi madre y corrí escaleras abajo, pero él me alcanzó. Durante unos segundos pude ver a mi madre; estaba atada a una silla y había sangre debajo, pero no parecía ser de ella.

El agente asintió.

—Debía de ser de tu padre. —Sentí como si me apuñalaran en el pecho—. Tu padre murió desangrado.

Las lágrimas brotaron de mis ojos y el doctor Newman suspiró.

—Agente, le agradecería un poco más de sensibilidad.

Foster me dedicó una mirada apenada.

—Lo siento, Flor. Pensé que querías tener la máxima información.

—Y así es. —Me limpié las lágrimas—. No se preocupe por mí, estaré bien, sigamos.

El policía revisó la carpeta que había traído.

—Con esto hemos establecido oficialmente la hora de los asesinatos. La electricidad fue cortada a las once y media según lo que has dicho, pero no fue hasta diez minutos después que decidiste bajar y tu madre ya estaba atada, lo que quiere decir que el asesino entró y sometió a tu familia en ese período de diez minutos. Tu padre fue el primero en morir. El forense ha señalado que debió de morir, aproximadamente, a las doce y treinta y seis, casi una hora después de que vieras el charco de sangre debajo de la silla donde estaba tu madre, lo cual tiene sentido, ya que la autopsia reveló que su herida no era mortal, pero, al no tratarla, finalmente se desangró.

¿Mi padre estuvo desangrándose y sufriendo durante una hora?

Aguantando un sollozo, dejé las lágrimas rodar por mis mejillas.

—¿A qué hora murieron mi madre y Camille?

El doctor Newman y el agente compartieron una mirada.

Me limpié las lágrimas de nuevo.

—Estaré bien.

El agente suspiró mientras revisaba el archivo.

—Tu madre murió alrededor de la una cuarenta y cinco y tu hermana a las dos y cinco minutos de la mañana.

—¿Causa de muerte?

—Flor, para, hay una diferencia entre obtener información del caso y torturarte —me advirtió Newman muy serio.

—¿Qué pasó conmigo? —pregunté.

—No lo sabemos, pero por el estado en el que te encontramos por la mañana, creemos que estabas despierta cuando tu madre y tu hermana fueron asesinadas, que lo presenciaste todo.

—¿Por la mañana?

El agente siguió con su explicación.

—La llamada al 911 no fue hecha hasta las seis cuarenta de la mañana.

Recordé que se había cortado el suministro de electricidad en mi casa y que había dejado mi móvil en mi cuarto.

—¿Cómo logré hacer esa llamada?

—Oh, no la hiciste tú.

—Entonces, ¿quién?

—Un chico.

Fruncí el entrecejo. Si vivíamos en medio de la nada, los vecinos más cercanos estaban a más de tres kilómetros.

—¿Un chico? Pero... ¿cómo?

El agente Foster leyó el informe que tenía delante.

—Un chico, el hijo de tus vecinos. Parecía estar muy unido a ti.

¿Un vecino? ¿Y estaba unido a mí? Pero si yo no recordaba a nadie. Mi confusión era evidente, así que el agente Foster suspiró.

—El doctor Newman me explicó que no lo recuerdas y que estaban esperando a que estuvieras un poco más estable para mencionarlo. No creo que sea el indicado para decírtelo, pero ese chico fue muy valiente, Flor, se enfrentó al asesino para ayudarte, recibió dos puñaladas en el pecho, pero afortunadamente sobrevivió.

¿Qué?

—Ese chico es la razón por la que aún respiras y estás aquí ahora. Es una lástima que no lo recuerdes para poder darle las gracias.

Estaba hecha un lío. Sentía mi corazón latiendo como loco en mi pecho. ¿Quién me había salvado? Y... ¿por qué no podía recordarlo?

ꟸ 24 ꟹ

> «No es que me aterrorizara contemplar cosas horribles, sino que me aterraba la idea de no ver nada.»
>
> Edgar Allan Poe

Mis pasos resonaban por el largo pasillo del segundo piso. Ya me sentía cómoda pasando por aquí para ir a mi habitación cuando salía del despacho del doctor Newman. Esta planta se parecía mucho a la primera y desde luego no era escalofriante como la tercera. Había pacientes caminando libremente, pero también había algunas puertas cerradas como en el tercer piso. Supuse que algunos pacientes serían más estables que otros.

Después de pasar al lado de una chica esquelética y cabello grasiento que murmuraba a las paredes, levanté la mirada al frente y me detuve en seco.

Mason.

Dejé de respirar al verlo caminar hacia mí, sin camisa de fuerza, sin restricciones. Me sorprendió lo alto que era. Estaba delgado, pero no esquelético, y su cabello negro seguía luciendo desordenado, como si se pasara las manos por él constantemente. La diferencia en el color de sus ojos siempre me sorprendería. Sin embargo, su rostro me hizo fruncir el ceño: tenía un gran morado debajo del ojo izquierdo y el labio inferior partido. ¿Qué le habría pasado?

Recordé su brusco beso y sus palabras: «Le estoy enviando un mensaje a tu asesino, te puedo asegurar que vendrá a mí».

¿Acaso...?

No podía ser. ¿El asesino había ido a verlo? ¿Le había hecho eso? ¿Cómo era posible?

Los ojos de Mason se encontraron con los míos y una sonrisa torcida se formó en sus labios, mostrando el hoyuelo de esa mejilla.

Mi mente iba a mil cuando se detuvo frente a mí. Tuve que echar la cabeza hacia atrás para mirarlo a la cara. Noté que había un guardia detrás de él, siguiéndolo.

Su voz sonó grave y profunda, tal y como la recordaba.

—Nos encontramos de nuevo, bonita.

Tragué con dificultad.

—¿Bonita?

Su sonrisa creció.

—Eres bonita. No eres mi tipo, pero sin duda eres muy guapa.

—Pareces estar de buen humor.

—Oh, ¿es tan obvio?

—¿Qué te ha pasado en la cara? —pregunté mirando sus heridas.

—Tú ya lo sabes.

Me llevé la mano al pecho.

—¿Él... fue a por ti?

Mason soltó un suspiro dramático.

—Siempre haciendo tantas preguntas.

—Y tú siempre ignorándolas.

Soltó una risita.

—Bueno, tú tienes preguntas y yo respuestas, pero en el momento en el que te dé todas las respuestas que necesitas, me echarás a un lado, y digamos que no quiero que eso pase todavía.

—¿Por qué?

Sus ojos vacilaron por un segundo.

—Porque es muy divertida esta relación.

—Tú y yo no tenemos ninguna relación.

Mason se inclinó hacia mí, tuve la sensación de que sus ojos quemaban los míos.

—Lo sé, me refiero a tu relación con el asesino.

Mi corazón se detuvo. Mason se enderezó mostrando una gran sonrisa. Yo me quedé sin palabras.

Dio un paso a un lado y otro al frente, de manera que nuestros cuerpos quedaron en direcciones opuestas, con su hombro casi rozando el mío.

—Los lobos se disfrazan de ovejas, bonita. Sé inteligente o terminarás siendo devorada.

Silbando, comenzó a alejarse, dejándome completamente helada.

¿Mi relación con el asesino?

¿Acaso... quería decir que yo tenía una relación con el asesino? ¿De amistad? A mi mente llegaron las imágenes de Lucas, Trent... ¿Amorosa? Pierce...

La desconfianza hizo presa en mí. Ahora sospechaba de todo el mundo. Me iba a volver una paranoica... No, Mason tenía que darme más respuestas.

Me di la vuelta y me apresuré a seguirlo. Cuando lo alcancé, me puse delante de él para impedir que siguiera caminando.

—No puedes decir eso e irte. Necesito una explicación.

Mason suspiró.

—Qué impaciente.

—¿Tú sabes quién es? —Él no respondió—. Por favor, dímelo.

Mason volvió a inclinarse hacia mí y susurró en mi oído. Su aliento me hizo cosquillas.

—Mañana, después de la cita con tu psicólogo, veámonos en mi habitación, número veintiocho. Podremos hablar con más privacidad, sin mi estúpida sombra. —Sabía que se refería al guardia.

—¿Cómo sé que no me harás daño?

—No lo sabes.

Hice una mueca.

—Eso no es muy tranquilizador.

—Ya te lo he dicho, no es de mí de quien debes protegerte.

Tras decir eso, me dedicó una última sonrisa y luego siguió su camino.

Yo seguí el mío, dirigiéndome al primer piso, a mi habitación. Sentía los ojos pesados después de haber llorado, pero continuaba dándole vueltas sin parar a todo lo que ahora sabía, tratando de colocar las piezas que faltaban para completar el puzle. Me estaba comenzando a doler la cabeza. A medida que me acercaba a mi habitación, alejé mis pensamientos de las palabras de Mason y recordé mi encuentro con el doctor Newman y el agente Foster.

«Ese chico es la razón por la que respiras y estás aquí ahora. Es una lástima que no lo recuerdes para poder darle las gracias».

Punzada en mi cabeza. ¿Quién era ese chico? ¿Un vecino? ¿Y por qué no podía recordarlo?

«Un chico, el hijo de tus vecinos. Parecía estar muy unido a ti».

¿Unido a mí? ¿Cómo podía olvidar a alguien que había sido importante para mí? Eso no podía ser posible.

Cuando pedí explicaciones, que me dijeran el nombre del chico, que quería ver a ese chico, la respuesta del doctor Newman me sorprendió: «Él está aquí, esperando pacientemente a que lo recuerdes».

Él estaba aquí y yo no tenía ni idea de quién era. El doctor Newman le había asignado a Jazmine la tarea de contármelo todo sobre ese chico. Había esperado a que yo estuviera lo suficientemente estable para hacerlo y, según él, ya lo estaba, así que mi amiga estaba autorizada a contármelo todo.

Mientras caminaba hacia mi habitación, donde me esperaba Jazmine con respuestas, apreté las manos a los costados. No podía evitar estar nerviosa y asustada, pero a la vez sentía mucha curiosidad. Los últimos meses de mi vida habían estado llenos de agujeros negros, lagunas vacías sin recuerdos, sin explicaciones.

Me detuve frente a la puerta. Mientras respiraba hondo, estiré la mano hacia el pomo, pero unos dedos fuertes tomaron mi muñeca. Seguí ese brazo para encontrarme con Pierce, parado a mi lado. Sus ojos grises brillaban con algo que no podía descifrar. Una sensación de hormigueo me invadió el estómago. Llevaba puesta una chaqueta encima del uniforme. ¿Venía de algún lado?

—¿Quieres escapar conmigo? —preguntó con su voz ronca.

—¿Escapar? ¿Escapar adónde? —Me aclaré la garganta.

—Afuera —dijo sin dejar de mirarme. Sentí la necesidad de cerrar la distancia entre nosotros y besarlo como si no hubiera un mañana. Negué con la cabeza, intentando recuperar mi autocontrol.

—¿Ahora?

Tenía curiosidad. ¿Adónde quería llevarme? Él se limitó a asentir.

Pero entonces recordé para qué había ido a mi habitación: Jazmine me estaba esperando.

—Lo siento, pero ahora no es un buen momento. —Pierce me sonrió—. ¿Qué? ¿Qué es tan gracioso?

—Todavía pareces no conocerme —dijo dando un paso hacia mí.

—¿Por qué dices es...? —Se agachó y me agarró de las piernas para lanzarme sobre su hombro.

—No estaba pidiéndote permiso.

Comenzó a caminar por el pasillo. Podía imaginarme la gran sonrisa que se dibujaba en su cara en ese momento.

—¡Suéltame! —grité, sin poder ver más que el suelo y la parte de atrás de sus pies.

—No.

—¡Pierce! —grité frustrada.

—¿Sí? —preguntó en tono burlón.

—¡Suéltame! ¡Tengo algo muy importante que hacer! Jazmine me...

—Bla, bla, bla —me cortó.

—Eres tan inmaduro.

—Lo sé. —¿Ni siquiera iba a negarlo? Dios mío, qué arrogante era.

—¡Suéltame! Juro que si no me bajas, voy a... —traté de sonar seria.

—¿Vas a qué? —bromeó y se rio entre dientes.

—Voy a hacer algo muy malo a... —Mi voz se apagó al tiempo que me quedaba mirando su magnífico culo. Nunca me había fijado en él antes.

Pierce tenía un buen culo. Él siguió caminando como si no estuviera pasando nada.

Ni siquiera parecía cansado por estar cargando conmigo.

—Pierce, si no me dejas en el suelo ahora mismo, voy a gritar tan fuerte que haré que tus oídos sangren.

—¿En serio? —Podía oír la diversión en su voz mientras me daba una nalgada suave, sorprendiéndome.

—¡Pierce! —exclamé, notando el calor en mis mejillas. ¿Acababa de darme un azote? ¿En serio?

—Grita y haré algo peor que eso. —Un escalofrío me recorrió todo el cuerpo. Abrí la boca para decir algo y la volví a cerrar—. Eso está mejor —dijo triunfal.

Cruzamos una puerta de madera y salimos del edificio. Hacía un poco de frío. Yo no llevaba el mejor atuendo para estar fuera. Vi el suelo pedregoso mientras Pierce parecía adentrarse en el bosque. Podía sentir la sangre bajando a mi cabeza.

—Pierce, sangre cabeza... —susurré.

Se detuvo y me cambió de postura. Aterricé en sus brazos y cargó conmigo al estilo pareja de recién casados. Levanté la vista hacia él y me lo encontré mirándome. Me sentía tan bien en sus brazos. Me sentía segura.

—Bájame, puedo caminar —le dije luchando un poco. Me sonrió y comenzó a andar de nuevo—. Pierce, estoy segura de que puedo caminar.

—¿Qué pasa si te escapas? No puedo correr ese riesgo. —Claro, como si pudiera escapar de él. Probablemente me atraparía en unos pocos segundos.

—No voy a huir, te lo prometo. —Lo miré, suplicante. Sus ojos siempre me deslumbraban. Podría perderme en ellos. Me mostró su atractiva sonrisa torcida.

—Lo siento, princesa, no puedo correr ese riesgo.

—¿Princesa? —No podía creer que acabara de llamarme así. Se rio en mi cara.

—Tendrías que verte la cara.

—No eres divertido —dije conteniendo una sonrisa. Estaba tan atractivo cuando se reía.

—Sabes que sí lo soy.

Me guiñó un ojo y mi respiración quedó atrapada en mi garganta. Sin duda, sabía cómo ser sexy. Sabía que, si hablara, se convertiría en un rompecorazones excepcional. Pierce no solo estaba bueno, sino que también emanaba confianza en sí mismo, un aura que volvería locas a las chicas. No podía evitar sentirme afortunada de estar en sus brazos, de ser la única con la que él quería hablar.

Se detuvo haciéndome volver a la realidad. Me puso en el suelo y miré frente a nosotros sorprendida. Estábamos en el acantilado de una pequeña montaña rocosa. No era muy alto, pero la vista era impresionante. Estaba atardeciendo y el cielo naranja se veía inmenso sobre los árboles y contrastaba con las nubes pálidas.

—Esto es increíble.

Había mucha paz en ese lugar. Pierce se subió a una roca grande y se sentó sobre ella.

—Ven aquí. —Me llamó y negué con la cabeza—. No seas tan gallina.

—No, gracias; me gustaría mantener todos mis huesos en perfecto estado por ahora. —Negó con la cabeza riéndose—. ¿Qué? —Me crucé de brazos. Se bajó de la roca y se sentó en el borde del acantilado. Él tocó un punto a su lado, haciendo un gesto hacia mí para que me sentará allí. Suspiré y lo obedecí.

Me senté junto el, manteniendo una distancia prudente entre nosotros. Una brisa fría rozó mi piel y temblé un poco.

—¿Tienes frío?

—Estoy bien —mentí.

—Fleur.

—¿Eh?

—No me mientas. Siempre puedo saber cuándo estás mintiendo —lo dijo con arrogancia.

—¿En serio? —Levanté una ceja.

—Sí —dijo quitándose la chaqueta.

—Pierce..., no tienes que hacer eso.

Me la ofreció.

—Ni se te ocurra decir que no, a menos que quieras otra nalgada.

Abrí los ojos al oírlo decir eso y me sonrojé.

—Cállate —le pedí agarrando la chaqueta y poniéndomela.

Giré la cabeza hacia él y por unos segundos los dos nos quedamos mirándonos fijamente a los ojos sin parpadear. Se humedeció los labios y eso rompió mi concentración. Parpadeé y aparté la mirada, derrotada.

Pierce se rio y negó con la cabeza.

—Las caras que pones son tan divertidas.

—Claro.

Me centré en el paisaje, relajándome un poco. Lo miré varias veces por el rabillo del ojo; tenía tantas preguntas que hacerle, sabía tan poco de él. Tal vez esta era mi oportunidad de conocerlo un poco más.

—Pierce, ¿puedo hacerte una pregunta? —Seguía mirando hacia delante, no quería ver su reacción.

—Claro.

—¿Por qué dejaste de hablar? ¿Por qué solo hablas conmigo? —No pude evitar mirarlo esta vez y noté cómo se tensaba.

—¿De verdad quieres saberlo? —preguntó con frialdad.

—Sí —respondí con honestidad.

—No es una historia bonita, ni con final feliz.

—No espero que lo sea. —Me lo quedé mirando, él miraba el paisaje, pero su mente estaba en otro lado.

—Sucedió hace dos años —comenzó—. Una semana después de cumplir dieciocho años, fui a una fiesta en la piscina con unos amigos. Mi padre y mi hermano pequeño fueron a buscarme cuando acabó la fiesta para llevarme a casa. Mi hermano estaba en el asiento de atrás, jugando con su robot de Transformers. De repente, mi padre paró el coche en medio del camino y se bajó. Le pregunté qué estaba haciendo y él simplemente me tiró las llaves y me dijo: «Conduce tú». Yo estaba tan sorprendido que no me moví durante unos segundos. —Se quedó callado un momento, sonriendo con tristeza—. Desde que había cumplido la mayoría de edad, le había pedido muchas veces que me dejara conducir y siempre me había dicho que no y, de pronto, esa tarde estaba dispuesto a confiar en mí. Yo estaba tan contento que no me lo pensé dos veces y me senté delante del volante.

Hizo una pausa, mirando hacia el cielo, y esperé con paciencia.

—Debí de haberle dicho que había tomado un par de tragos de tequila en la fiesta, pero estaba tan emocionado que se me olvidó. Además, era de día, pensé que iba a tenerlo bajo control. —Había tanta tristeza en su voz—. Pero pensé mal, un camión se atravesó en nuestro camino, traté de esquivarlo con poco éxito, y todo sucedió muy rápido. El camión golpeó el coche en el lado derecho, aplastando el asiento del copiloto. Todo se volvió negro para mí. —Respiró hondo, yo estiré la mano y la puse sobre la suya—. Cuando me desperté, estaba en el hospital. Mi padre había muerto, mi hermano pequeño estaba en terapia intensiva y yo tenía solo tres costillas rotas y una contusión. —Su voz cambió del tono triste a la rabia—. Mi padre murió, mi hermano pequeño estaba luchando por su vida y yo solo tenía tres costillas rotas y una contusión —repitió.

—Pierce...

Le apreté la mano.

—Yo no podía hablar después de eso, mi padre lo era todo para mí. Nunca me he llevado bien con mi madre, es como una extraña para mí, pero mi padre era... increíble. Era más un hermano mayor que un padre. La culpa no me dejaba hablar, no importaba lo mucho que lo intentara. Peter, mi hermano pequeño, sobrevivió, pero la fractura que sufrió en la columna vertebral probablemente no le permita volver a caminar. —Las lágrimas llenaron mis ojos. Me sentía tan mal por él; podía ver la expresión de dolor en su rostro mientras hablaba—. No vi ninguna razón para hablar. ¿Para qué? Nadie me entendía, incluso cuando decían que podían. Mi madre ni siquiera me mira a los ojos. Sé que me culpa, y tiene razón. Maté a mi padre y le arruiné la vida a mi hermano.

—Pierce..., no fue culpa tuya.

—Sí, lo fue. Tal vez, si hubiese estado completamente sobrio, podría haber parado el coche o esquivado el camión. Fue culpa mía. Cada vez que veo a Peter, me siento como una mierda. Es tan joven para estar pasando por todas esas terapias físicas dolorosas. Después de eso, me acostumbré a no hablar... —Se detuvo y me miró—. Hasta que tú llegaste.

Limpió las lágrimas que bajaban por mis mejillas.

—¿Por qué yo?

—Cuando te vi en la azotea, me vi reflejado en ti. En realidad, me intrigabas porque tenías la fuerza para acabar con tu vida, mientras que yo ni siquiera había podido intentarlo durante estos dos años. No pude evitar sentir curiosidad sobre ti, así que busqué tu archivo. —Estábamos mirándonos a los ojos fijamente. Nunca me había sentido tan conectada a alguien en mi vida—. Cuando descubrí lo que te pasó, me sentí débil y patético porque tú habías pasado por algo peor que yo y, aun así, te las arreglabas para caminar, hablar y vivir —dijo sonriendo tristemente—. Tu fuerza me llamó la atención, y cuanto más tiempo pasaba contigo, más me gustabas y te admiraba. —Otra lágrima se me escapó de los ojos y me corrió por la mejilla. Pierce la limpió suavemente—. Eres increíble.

—No lo soy. —Mi voz se quebró.

—Sí, lo eres. Eres asombrosa, Fleur Dupont.

Bajé la mirada, intentando contener las lágrimas. Sus palabras resonaban en mi cabeza.

—No soy fuerte.

—Sí, lo eres. —Me tomó de la barbilla, obligándome a mirarlo de nuevo. Me encontré con esos ojos grises que me parecían tan maravillosos. Estaban llenos de honestidad—. Y sé que piensas que te salvé la vida esa noche en la azotea, pero en realidad tú salvaste la mía.

ꕤ 25 ꕤ

«La memoria del corazón elimina los malos recuerdos y magnifica los buenos, y gracias a ese artificio logramos sobrellevar el pasado».

GABRIEL GARCÍA MÁRQUEZ

Las palabras de Pierce resonaban en mi cabeza.

Podía perderme en esos ojos grises, tan profundos. No podía creer que él pensara que yo era fuerte, nunca me había considerado una persona fuerte. Pierce me acarició la mejilla suavemente, utilizando el pulgar para limpiar mis lágrimas.

—No llores —susurró. Su voz sonaba tan suave—. No me gusta verte llorar, Fleur.

—Yo... solo ... —No terminé la frase; mi voz era débil.

—Chis. —Me atrajo hacia él, me abrazó y enterré mi cara en la curva entre su cuello y su hombro. Al instante, su olor me calmó. Me sentí segura y protegida en sus brazos. Ni siquiera sabía por qué estaba llorando. Nunca nadie me había entendido como lo hacía Pierce.

Su historia era muy triste. Sabía que se había enfrentado a mucho dolor y mucha culpa, como me había pasado a mí.

Su voz me relajaba.

—Todo va a mejorar, Fleur. Sé que sientes que este dolor va a ser eterno y que nunca podrás ser feliz del todo, pero sí lo serás, te lo prometo. —Me besó el pelo.

No sé por cuánto tiempo nos quedamos así; simplemente no me quería mover, quería mantenerlo cerca de mí. Me hacía sentir a salvo y eso era algo que pensé que nunca volvería a sentir después del asesinato de mi familia.

¿Qué era ese sentimiento dentro de mí? ¿Esa sensación de paz y tranquilidad que él me producía?

Pierce no solo era un chico que me gustaba mucho, era más que eso, cosa que me asustaba un poco. Me eché hacia atrás, rompiendo el abrazo, mis sollozos al fin se habían detenido. Pierce se me quedó mirando en silencio.

Todavía no podía creer que me hubiera contado lo que le pasó para que decidiera dejar de hablar.

—Gracias —le dije con sinceridad.

Me sonrió.

—¿Gracias? Yo estaba esperando algo como... —Se inclino un poco hacia mí—. Un beso.

—¿Un beso?

No pude evitar una sonrisa.

—Sí, aunque tal vez... —Sus labios rozaron los míos—, puedo robártelo. —Me dio un breve beso y se echó hacia atrás satisfecho—. No te puedes resistir a mí, ¿verdad?

—Oh, no, el idiota ha vuelto —dije con fingido horror.

Se rio y me pellizcó la nariz.

—Tonta.

—No soy tonta, deja de llamarme así —dije cruzándome de brazos.

—Y yo no soy idiota, así que deja de llamarme así.

—Pero sí eres un idiota —afirmé levantándome.

Pierce me imitó, poniéndose de pie también.

—Entonces tú eres una tonta.

—Dios mío, eres tan infantil.

Me alejé del borde del acantilado, no me gustaba estar tan cerca ahora que ya estaba oscureciendo.

Pierce me rodeó con sus brazos desde atrás haciendo que me sobresaltara.

—¿Adónde crees que vas? —preguntó.

Su aliento rozó mi oído y no pude evitar temblar y sonrojarme. Puso sus manos en mi cintura y me dio la vuelta con facilidad. Me sonrió.

—Te gusto mucho, ¿no?

—¡Ufff! ¡Por supuesto que no! —Negué con la cabeza exageradamente.

Pierce rio, y me di cuenta de que me encantaba el sonido de su risa. Dios, de verdad me gustaba mucho.

Hizo un mohín.

—Bueno, qué mal entonces... —Me soltó y me dio la espalda.

—¿Por qué? —pregunté curiosa.

—No importa.

Fruncí el ceño.

—Dime.

Se puso las manos en la cabeza, de espaldas a mí, mirando cómo se iba desvaneciendo la tarde. El cielo ya estaba tornándose gris, anunciando la oscuridad.

Suspiré derrotada.

—Deberíamos irnos.

Comencé a caminar, alejándome de él y esperando que me siguiera.

Una fuerte mano tomó mi muñeca y me detuvo. Ni siquiera me dio tiempo a darme la vuelta hacia él cuando Pierce habló:

—Quédate conmigo esta noche.

Me quedé paralizada, no me atrevía a girarme, a enfrentarme a él. ¿Lo había oído bien?

Su agarre en mi muñeca no vacilaba, su voz se tornó suplicante.

—Por favor, Fleur, quédate conmigo.

Lentamente me giré hacia él, la vulnerabilidad en su rostro me sorprendió.

«¿A qué le tienes miedo, ojos grises?».

—¿Por qué?

Mi pregunta no parecía sorprenderlo.

—Porque quiero pasar más tiempo contigo.

—Podemos seguir viéndonos durante el día, además...

—Solo esta noche, ¿vale? Por favor.

Sentí la necesidad de aclarar las cosas.

—No voy a acostarme contigo.

Pierce se echó a reír.

—No te estoy pidiendo que lo hagas. —Se detuvo—. Solo quiero que compartamos una noche de chocolate caliente y conversaciones tontas.

—Es una oferta muy tentadora, pero Jazmine está esperándome, no quiero que se preocupe por mí.

—No te inquietes por ella, ya le hice saber que no irías a dormir esta noche.

Me solté de él.

—¿Tan seguro estabas de que aceptaría?

—No, sabía que esa sería tu única excusa para decir que no.

Me crucé de brazos.

—¡Ja! Tal vez simplemente no quiero.

Esa sonrisa torcida que le quedaba tan bien hizo acto de presencia.

—Estás preciosa cuando intentas mentir.

—Bien, pero si me meto en problemas, te culparé a ti.

—De acuerdo.

—Y si intentas algo...

Alzó las manos en señal de paz.

—No lo haré, tienes mi palabra.

Entorné los ojos.

—De acuerdo, acepto.

Pierce sonrió de oreja a oreja y tomó mi mano, guiándome de vuelta al psiquiátrico. No pude evitar sonrojarme; además, me sentía más cercana a él después de nuestra conversación.

Me llevó al mismo lugar de la vez pasada: esa habitación tan grande con dos ventanas inmensas que dejaban ver el exterior claramente, aunque ahora ya estaba algo oscuro. Me senté en el sofá, y Pierce salió a buscar el chocolate caliente. No podía dejar de pensar en la tranquilidad que las paredes azules de esta habitación me transmitían. Era un lugar tan vacío, pero a la vez tan extrañamente lleno de buenas sensaciones.

Me acerqué a una de las ventanas, viendo mi reflejo en el cristal. Un par de ojos de colores diferentes invadieron mis pensamientos, junto a su sonrisa arrogante, esos hoyuelos que se formaban en sus mejillas y esa seguridad y confianza que emanaba. ¿Quién era Mason? ¿Cuál era su historia? ¿Por qué estaba internado aquí? ¿Por qué quería ayudarme? Me intrigaba, despertaba mi curiosidad. Esos morados en su rostro... ¿Lo había golpeado el asesino?

Una taza humeante de chocolate apareció frente a mí. Me giré un poco para ver a Pierce, que me sonreía.

—¿En qué pensabas?

«En un paciente peligroso e inestable...».

—En nada.

Nos sentamos y hablamos durante horas de las cosas más triviales del mundo, y me sentí muy bien. Me sentí normal, sin preocupaciones, sin miedos. Me permití olvidar todo lo que había pasado, el dolor, la tristeza... En ese momento, no era la paciente con todos esos deprimentes diagnósticos, era solo una chica, teniendo una amena conversación con el chico que le gustaba.

Ya era más de medianoche cuando el sueño comenzó a vencerme. Estábamos los dos frente a frente, nuestros costados apoyados contra el sofá, nuestras cabezas recostadas.

La intensidad de la mirada de Pierce me dejaba sin aliento.

—¿Tienes sueño?

Asentí bostezando.

—Solo un poco.

—¿Puedo preguntarte algo?

—Claro.

—¿De verdad no recuerdas nada de esa noche?

Me tensé. A veces me olvidaba de que había leído mi informe.

—No mucho.

—¿No recuerdas nada del asesino?

Meneé la cabeza.

—No, solo tengo vagos recuerdos del principio de esa noche, nada más.

Pierce no me hizo ninguna otra pregunta sobre la muerte de mi familia y se lo agradecí; ese no era mi tema de conversación favorito.

—Hora de dormir entonces. —Se levantó y fue a un pequeño armario que estaba en la esquina de la habitación. Cuando volvió, traía una sábana gruesa.

Abrió el amplio sofá cama y me lanzó una almohada. Entré en pánico cuando lo vi acostarse a mi lado, mientras nos arropaba con la sábana.

—¿Vamos a dormir juntos? —le pregunté nerviosa.

Me mostró una sonrisa pícara.

—Sí.

Quería discutírselo, pero el sueño me ganaba, apenas podía mantener los ojos abiertos.

—Bien, confío en ti.

Sus ojos se abrieron por la sorpresa.

—¿De verdad?

Le sonreí.

—Sí.

Una expresión que no pude descifrar cruzó su rostro.

Me acosté, dándole la espalda, casi quedándome dormida al instante.

—¿Fleur?

—¿Hummm?

—¿Puedo abrazarte?

El corazón comenzó a latirme desbocado en el pecho.

—Eh... Sí.

Lo sentí moverse y luego el calor de su cuerpo sobre mi espalda, uno de sus brazos me tomó de la cintura, pegándome a él. Mi respiración se tornó pesada y de verdad esperaba que no pudiera escuchar mi corazón. La punta de su nariz rozó mi nuca.

Al notar su aliento acariciar mi piel, una corriente eléctrica me atravesó.

—Fleur, ¿quieres estar conmigo?

Tragué con dificultad.

—¿A qué te refieres?

—No quería preguntarlo así —susurró—. Pero supongo que es la única forma. ¿Quieres ser mi novia?

Dejé de respirar ahí mismo.

—¿Estás hablando en sueños? —bromeé.

Su mano tomó la mía y la apretó.

—Estoy hablando en serio.

No dije nada, no sabía qué decir, no me esperaba esa pregunta.

—Tengo mucho sueño, mañana hablamos —me excusé. Estaba demasiado nerviosa para darle una respuesta coherente.

Al parecer, Pierce no dormiría sin obtener una respuesta, me tiró del hombro hasta darme la vuelta y tenerme frente a él; nuestros rostros quedaron tan cerca que su respiración acariciaba mis labios.

—Respóndeme.

Esos ojos grises brillaban con determinación, me lamí los labios inquieta y él se acercó, tomando mi labio inferior entre sus dientes y mordiendo suavemente.

Jadeé en sus brazos, y él liberó mi labio, pero su nariz rozó la mía.

—Necesito una respuesta esta noche.

—¿Por qué?

—Porque soy un cobarde que teme que alguien llegue y te arrebate de mis brazos.

Acaricié su mejilla.

—Eso no va a pasar.

—No quiero arriesgarme.

Sintiendo la necesidad de asegurarlo, le respondí:

—Sí, sí quiero ser tu novia.

Antes de que pudiera pensar algo más, Pierce me agarró del cuello y estampó sus labios contra los míos. Su boca se movía ágilmente sobre la mía, su cuerpo presionaba el mío, despertando sensaciones que hacían que mi mente quedara en blanco. El roce de nuestros labios era húmedo, suave. Besarlo me hacía sentir maravillosamente bien. Nuestras respiraciones se volvieron pesadas y sus manos mandaban pequeños hilos eléctricos por todas mis terminaciones nerviosas mientras me acariciaban la espalda. Podía sentirlo en todos los lados.

Pierce me empujó ligeramente hasta que quedé sobre mi espalda, se subió encima de mí y separó mis piernas con las suyas. Sus labios abandonaron los míos para dejar un rastro de besos húmedos por mi cuello.

«Fleur...».

Me quedé paralizada. La mano de Pierce acarició mi pierna, sus labios chuparon la piel sensible de mi cuello.

«No..., suéltame».

No podía encontrar mi voz para decirlo.

«Por favor...».

Unas lágrimas se me formaron en los ojos, volviendo el techo borroso.

«Fleur...».

Recuerdos de unas manos fuertes tocándome en contra de mi voluntad, súplicas, una risa burlona y cruel.

Pierce notó que me había quedado paralizada y levantó su rostro para mirarme.

—¿Fleur? —No sabía qué había visto en mi cara para parecer tan preocupado—. ¿Estás bien? ¿Qué he hecho?

Me ayudó a sentarme. Estaba casi hiperventilando, agarré mi pecho con desesperación.

—¿Fleur? ¿Qué pasa? ¿Te he hecho daño?

Meneé la cabeza, tratando de calmarme.

—No, estoy bien, solo... —Alejé esa sensación tan desagradable de mi mente, no quería tener que explicárselo a Pierce—. Solo... me asusté un poco.

—Pareces aterrorizada —comentó y extendió su mano para acariciarme la mejilla, pero instintivamente me alejé. Frunció el ceño y dejó caer la mano—. Lo siento, me dejé llevar, no quise... no quise hacerte daño ni asustarte de esta forma.

—No, no tú no hiciste nada que yo no quisiera que hicieras, es solo... —No terminé la frase.

—¿Quieres que duerma en otro lado?

—No, no. —Tomé su mano y lo obligué a acostarse junto a mí y lo abracé, enterrando mi cara en su cuello—. Solo... quédate conmigo, solo... hazme sentir segura.

Pierce me besó la frente.

—No voy a dejar que te pase nada.

Aguanté las lágrimas que amenazaban con desbordarse.

—Lo sé.

Cerré los ojos con fuerza, alejando todo pensamiento de mi mente, centrándome en la sensación de estar en los brazos de Pierce, en su olor, repitiéndome una y otra vez en mi mente que estaba a salvo. Él me acarició el cabello suavemente, relajándome, y después de lo que pareció una eternidad, me quedé dormida.

Risa burlona...
Labios crueles sobre mi piel...
Sollozos, súplicas, dolor.
Manos con guantes tocándome, sintiéndome...
Gruñidos, gemidos...
Palabras soeces...

Respiraba agitadamente. Abrí los ojos, pero la luz del sol me obligó a entrecerrarlos y a parpadear hasta que me acostumbré. Por las grandes ventanas se colaban los rayos del sol con facilidad. Ya era por la mañana.

Sentí algo pesado en mi cintura y, al bajar la mano, me encontré el brazo de Pierce sobre mí. Sonreí, relajándome. Tomé su mano, abriéndola para entrelazarla con la mía. Mi sonrisa se desvaneció cuando vi sus nudillos. Tenían morados que parecían estar desapareciendo ya, había un corte en uno de ellos que pronto terminaría de sanar.

Dejé de respirar y mi corazón empezó a latir descontrolado.

«Es divertido observar tu relación con el asesino».

Recordé los morados en la cara de Mason, su sonrisa llena de ironía cuando dijo esas palabras.

«No, no; me estoy imaginando cosas. Pierce jamás... Él... no podría, no sería capaz...», pensé.

Mi miedo creció cuando me di cuenta de que era su mano izquierda.

Mi mente viajó a esa noche cuando vi al asesino sosteniendo el cuchillo con la mano izquierda.

«Los lobos se disfrazan de ovejas, bonita. Sé inteligente o terminarás siendo devorada».

No, no, Pierce no podía ser el asesino de mi familia.

¿O sí?

☙ 26 ❧

«Eres mi mejor amigo. No me digas la verdad, consuélame».

Omar Sy

Estaba tan confundida.

No paraba de dar vueltas a las mismas ideas, de hacer preguntas, de asumir cosas para luego desecharlas porque no tenían sentido... Mi cabeza palpitaba con un ligero pero creciente dolor. Mis pasos resonaban por todo el pasillo mientras me apresuraba a mi habitación. Había huido de Pierce después de ver sus nudillos. No tuve valor para quedarme, para despertarlo e interrogarlo. Tenía demasiado miedo de sus respuestas.

También estaban esos leves recuerdos de sensaciones desagradables, de haber sido tocada en contra de mi voluntad, y no entendía nada. ¿Eso había pasado?

Nunca me había sentido tan frustrada por no poder recordar, pero de alguna forma había llegado a mi límite, ya no podía seguir perdida en la oscuridad de las cosas. Tenían que darme respuestas.

Y la primera persona tenía que explicarme cosas era Jazmine.

Entré en mi habitación, cerré la puerta detrás de mí y vi a mi mejor amiga durmiendo plácidamente con las manos sobre el abdomen, recta. Siempre le había dicho que dormía como una muerta en un ataúd.

Me acerqué y la sacudí ligeramente.

—Jazmine.

Se despertó en segundos y se sentó mientras se frotaba los ojos.

—Oh, ya has llegado... ¿Qué hora es?

«Muy temprano, pero tarde para todas las preguntas que tengo que hacerte».

—Lamento despertarte así —dije sentándome en el extremo de la cama.

Ella me sonrió.

—Tranquila, ¿te lo has pasado bien?

Recordé los nudillos de Pierce.

—No quiero hablar de eso.

Jazmine frunció el ceño.

—¿Entonces? Pensé que me habías despertado porque no podías esperar para contarme tu noche.

—No, Jazmine —comencé seria—. El doctor Newman me dijo que tú me contarías cosas sobre el chico que me ayudó y al que no puedo recordar.

La boca de Jazmine formó una O.

—Ah, eso.

—No te estoy culpando por no habérmelo contado antes. Sé que tenías instrucciones específicas de mi psicólogo y de mi psiquiatra para no decirme nada hasta que ellos lo consideraran apropiado.

Ella soltó un suspiro.

—Sí, los doctores hablaron conmigo. ¡Por fin! Estaba deseando contártelo, no tienes ni idea de lo mal que me he sentido estos días, jamás te había ocultado nada.

—Lo sé y, como ya te he dicho, no te estoy culpando —le aseguré—. Cuéntame todo lo que sepas.

Jazmine respiró hondo.

—Dos semanas después de que te mudaras, empezaste a hablarme de él. Lo conociste cuando fue con sus padres a darles la bienvenida al vecindario. Te quedaste hechizada por él desde el primer momento en que lo viste, era de lo único de lo que me hablabas.

—No puedo creer que no recuerde nada de eso.

—Lo sé, yo tampoco —continuó—. Con el paso del tiempo, ustedes empezaron una especie de relación, se veían en el bosque, hablaban hasta el anochecer, traté de decirte que te tomaras las cosas con calma, pero eras un desastre de emociones y hormonas y, honestamente, parecías tan feliz que solo me quedó animarte.

—Puedo imaginarlo.

—Estabas tan enamorada de él que...

Jazmine me dirigió una mirada cautelosa.

—¿Que qué?

Parecía apenada.

—Perdiste la virginidad con él.

Me levanté de un salto.

—¡¿Qué?!

Torció sus labios un poco incómoda.

—Lo sé, lo sé; demasiada información...

—Eso no puede ser verdad... yo... —Estaba horrorizada—. ¿Ya no soy virgen?

Mi amiga meneó la cabeza.

Me había acostado con alguien por primera vez y no lo recordaba; mi vida era una mierda.

Jazmine me miró con ternura.

—Lo siento, no me imagino cómo debes de sentirte, pero quiero que sepas que fue una decisión de la que nunca te arrepentiste, de verdad estabas loca por él.

Él...

Él...

¿Quién?

Me agarré la cabeza intentando detener el dolor que sentía dentro de ella, hice la pregunta de la cual ya sabía la respuesta.

—¿Él está... aquí?

—Sí.

—¿Lo he visto?

—Sí.

—Ah, mierda —gemí, frotándome la frente.

—No tienes ni idea de lo difícil que ha sido para él no decirte nada.

—¿Quién es?

Jazmine apretó los labios un segundo. La miré directamente a los ojos.

—¿Quién es, Jazmine?

Su boca enunció cada letra con cuidado, pronunciando el nombre que menos me esperaba.

Ignorando el caos de mi mente después de la revelación de Jazmine, entré en la consulta del doctor Newman, donde sabía que él y el agente Foster me esperaban. Había pedido esta reunión hacía unas horas, necesitaba respuestas; ya estaba cansada de verdades a medias.

Me senté a un lado de la mesa, con el doctor a mi lado, y el agente Foster tomó asiento frente a nosotros.

—Iré directa al grano. —Sonaba más segura de lo que en realidad estaba—. He estado teniendo... recuerdos breves muy perturbadores a los que solo les he encontrado una explicación y necesito saber si de verdad es lo que creo.

Los dos hombres compartieron una mirada y fue el policía quien habló.

—Está bien, trataré de responder tus preguntas.

Me tomó unos segundos reunir el valor necesario para hacer la siguiente pregunta.

—¿El asesino... me violó?

La sorpresa en la cara del agente me hizo pensar que no estaba preparado para esa pregunta, sus ojos buscaron en los del doctor algún tipo de apoyo o señal. Newman se aclaró la garganta.

—Flor, no creo...

—Basta —lo corté—. Basta de excusas sobre mi estabilidad emocional. ¿Cómo me ayuda el no saber nada? Me estoy volviendo loca tratando de pensar y recordar sin ningún éxito.

El doctor Newman miró al agente y asintió. Foster comenzó.

—No, según las leyes de esta provincia.

Eso me confundió.

—¿Qué quiere decir? —Él vaciló y yo hablé de nuevo—. Por favor, soy capaz de soportar la verdad. Hable sin rodeos.

Mi corazón amenazaba con colapsar, pero no lo demostraría. El agente habló de nuevo.

—La ley de esta provincia lo definiría más como un asalto sexual que como violación porque no hubo... penetración fálica.

Unas lágrimas brotaron en mis ojos, pero las contuve porque sabía que si me derrumbaba frente a ellos no me contarían nada más.

—No hubo... eso. —No podía decir esas palabras—. Pero ¿sí me hizo otras cosas?

El doctor Newman protestó.

—Flor...

Mis labios temblaron, era tan difícil no romper a llorar. Foster asintió y empezó a buscar algo en el archivo.

—Según la evaluación de la unidad de cuidados de víctimas de crímenes sexuales, el asesino usó sus dedos, pero al parecer llevaba puestos guantes, porque fue imposible encontrar muestras de ADN.

Una lágrima rebelde escapó, rodó por mi mejilla y cayó desde mi mentón.

—¿Yo... no dije nada cuando me encontraron?

El agente Foster sacudió la cabeza.

—No, cuando te encontramos estabas en estado de shock y delirabas... Estabas en otro lugar y no podíamos traerte de vuelta a la realidad. Tuvimos que sedarte y el psiquiatra recomendó una cura de sueño. Estuviste dormida tres días y, cuando despertaste, bueno..., eso lo ya lo sabes, no recordabas nada.

—De acuerdo —murmuré, luchando para que mi voz no fallara—. Gracias por venir, agente.

Foster me sonrió, levantándose.

—No hay problema, estoy para ayudar.

Se despidió y salió. El lugar se quedó sumido en un silencio asfixiante. Jugué con las manos sobre mi regazo, no podía dejar de temblar.

El doctor Newman puso su mano gentilmente sobre mi hombro.

—¿Estás bien?

Apreté los labios intentado que dejaran de temblar y meneé la cabeza.

—No.

El doctor me apretó el hombro.

—Puedes dejarlo salir, está bien, llora, Flor.

Empecé a sollozar tapándome la boca con la mano mientras me cruzaban olas y olas de dolor. Unas gruesas lágrimas rodaron por mis mejillas.

—Yo... —Mi voz se rompió y me abracé a mí misma—. Ya no quiero llorar más... Estoy cansada de tanto dolor.

Newman pasó su brazo hasta mi otro hombro, dándome un abrazo de lado.

—Lo sé.

—Yo... ¿Por qué, doctor? Yo nunca he sido una mala persona... Mi familia era... tan buena... ¿Por qué? ¿Por qué he tenido que pasar por todo esto? ¿Por qué mi vida tuvo que destruirse así?

—Quisiera tener una respuesta que tuviera sentido —susurró—, pero solo sé que a mucha gente buena les pasan cosas malas; la vida no hace distinciones.

Lloré desconsolada hasta que pensé que me había quedado sin lágrimas. Al salir de la consulta del doctor, tenía los ojos tan hinchados que me ardían.

Mi cuerpo se movía solo, mi mente no estaba ahí, el camino hacia mi habitación se me hizo largo. Me dolían los ojos, pero nada comparado con el asfixiante dolor en mi pecho. Sentí la necesidad de tomar un baño largo y limpiarme. El hecho de que no pudiera recordar lo que me había pasado hacía que todo fuera aún peor.

¿Qué me hizo? ¿Cómo lo hizo? Debí haber estado tan asustada, debí haber llorado tanto. ¿Vale la pena seguir viviendo así? ¿Con tanto sufrimiento?

Por primera vez desde aquella noche fría de abril, la idea del suicido cruzó mi mente de nuevo. Sabía que era una tonta por pensar en ello otra vez, pero era tan difícil seguir viviendo con este dolor, con esta incertidumbre que me destruía y lo arruinaba todo.

Espanté esos pensamientos levantando la mirada. Me detuve en seco. Frente a la puerta de mi habitación estaba él...

El chico del que estuve enamorada, aunque no lo recordaba.

Al que le di todo, mi virginidad, mi corazón.

Una expresión de genuina preocupación invadió su rostro cuando me vio y entonces me di cuenta. ¿Cómo no pude notar antes el amor en sus ojos? Me miraba como si fuera la cosa más maravillosa que hubiera visto en la vida.

¿Por qué no puedo recordarte?

¿Por qué?

27

«Quizá la podredumbre son los recuerdos».

PAUL BETTANY

Al ver a ese chico a unos cuantos paso de mí, mi cabeza palpitó de dolor y un leve recuerdo se reveló en mi mente.

Estaba llevando una caja a la cocina, no podía creer que aún tuviéramos cajas por abrir dos semanas después de habernos mudado. Bueno, parte de la culpa era de la compañía encargada del traslado; en vez de mandarnos todas nuestras cosas en un solo envío, llegaban por partes.

Puse la caja encima de la mesa de la cocina soltando un largo suspiro. Las cuatro estaciones *de Vivaldi se oían por toda la casa, mis padres eran fanáticos de la música clásica.*

El sonido del timbre me sorprendió. Nadie había ido a visitarnos todavía y los envíos generalmente llegaban por las mañanas y ahora ya casi estaba atardeciendo.

Salí a la sala y me encontré a mis padres con la misma expresión de extrañeza que probablemente tenía yo. El timbre sonó de nuevo y todos caminamos hacia la puerta. Mi padre se asomó por los vidrios transparentes que había a un lado de la misma.

Cuando abrió la puerta, nos encontramos a tres personas con abrigos, gorros y guantes. Una señora mayor nos sonrió.

—Hola, somos sus vecinos. Solo queríamos darles la bienvenida.

—Oh, qué amables. —Mi padre le devolvió la sonrisa—. Pasen, se deben de estar congelando ahí afuera.

Una vez que los señores pasaron, pude ver al chico que iba detrás de ellos. Mi corazón comenzó a palpitar como loco, incluso con toda esa ropa cubriéndolo, podía ver su hermoso rostro claramente, nunca había visto a alguien que me pareciera tan atractivo en mi vida.

Como si hubiera sentido mi mirada, sus ojos se encontraron con los míos y bajé la cabeza sonrojándome. Ya en la sala, después de presentarnos todos, mi madre les ofreció una bebida caliente y la señora le dio una bandeja.

—Les hemos traído lasaña. Es mi especialidad o, bueno, eso me hacen creer estos dos. —Señaló a su marido y a su hijo.

El chico no había pronunciado palabra desde que entró, solo nos había dedicado sonrisas amables. Mi madre parecía muy contenta de tener visita. Siempre había sido una persona de muchos amigos y muy buena socializando.

—Por favor, denme sus abrigos. Los colgaré.

El matrimonio le pasó sus abrigos y el chico también. Llevaba una camisa blanca con los primeros botones desabrochados y se veía que tenía unos brazos bien definidos. Cuando se quitó el gorro y su cabello desordenado quedó a la luz, me sentí desvanecer; era demasiado guapo para ser real. ¿Estaba soñando?

Sus ojos volvieron a encontrarse con los míos, y me sonrojé de nuevo... Ah, me había vuelto a pillar mirándolo como una boba.

—¿Fleur? —La voz de mi madre me sacó de mis pensamientos.

—¿Sí?

—Te dije que fueras a por un vaso de agua para este señor —me dijo mamá—. Estás muy distraída.

—Lo siento, ya vuelvo.

«Necesito calmarme, no es la primera vez que veo a un chico atractivo... Bueno, en realidad, nunca había visto a uno tan atractivo como este. Pero, igualmente, necesito mostrarme calmada y tranquila».

Estaba tan concentrada lavando el vaso que no escuché los pasos detrás de mí, hasta que sentí una respiración caliente en la parte de atrás de mi cuello.

Me giré rápidamente, lo cual fue un grave error, porque el chico estaba tan cerca que tuve que echar la cabeza hacia atrás para mirarlo. El sonido del agua cayendo en el fregadero era lo único que se escuchaba.

Tragué saliva con dificultad.

—¿Necesitas algo?

Esos ojos tan bonitos brillaron y una sonrisa torcida apareció en sus labios, pero no dijo nada.

Quería empujarlo, pero mis manos estaban llenas de jabón y su camisa era blanca, no quería ensuciarlo o mojarlo. Mi madre me mataría, así que me aclaré la garganta.

—Estás invadiendo mi espacio personal.

Él se echó a reír y su risa resonó por toda la cocina. Dios, tenía una risa tan sexy. Retrocedió con una expresión divertida.

—Lo siento, parecía tan fácil hacerte rabiar.

Le dediqué una mirada de pocos amigos... ¿Así que estaba tratando de hacerme rabiar?

—Tú sí que sabes cómo empezar una buena relación con tus vecinos.

Él dejó de reírse, pero esa estúpida expresión divertida seguía en su rostro.

—Y tú sí que sabes cómo violar con la mirada a tu vecino.

Bufé exageradamente.

—¡Ja! Por favor, ya veo que eres un arrogante.

—Y tú una virgen mojigata.

Abrí la boca al oírlo decir esas palabras.

—Eres un idiota maleducado.

Se encogió de hombros.

—La verdad duele, ¿no?

—Claro que no, para tu información —lo señalé con mi dedo lleno de jabón—, he tenido mucho sexo.

¿Por qué diablos dije eso?

Levantó una ceja.

—¿Ah, sí?

«Cállate, Fleur, cállate».

—Mucho, en todas las posiciones que te puedas imaginar.

—Nombra una.

—Eh... —Mi mente no podía fallarme en ese momento—. No me sé los nombres.

Se echó a reír de nuevo y se acercó a mí, obligándome a retroceder hasta que mi espalda chocó con el fregadero.

—Creo que tú y yo nos vamos a divertir mucho.

Alcé una ceja.

—Oh, no, no lo creo, conozco a los tipos como tú y no voy a caer en eso.

Él se hizo el confundido.

—¿Los tipos como yo?

—Sí, los que usan todo eso —señalé su cara y cuerpo— para engatusar a las chicas y llevarlas a su cama.

Se lamió el labio inferior.

—No sé qué está pasando por esa cabecita, pero me refería a divertirnos como amigos. Vivir en las montañas puede llegar a ser muy aburrido.

Podía sentir mis mejillas calientes ante la vergüenza.

—Pues tu manera de hacer amistades apesta.

Dio un paso atrás.

—¿Tú crees? —Levantó las manos—. Mis disculpas, mi sentido del humor es un poco pesado. ¿Empezamos de nuevo? —Me ofreció la mano.

La tomé cautelosa.

—Está bien.

Me sonrió.

—Mucho gusto, Fleur, mi nombre es...

Con cada paso que daba hacia él, la sensación de familiaridad crecía. Cómo había podido olvidar estos sentimientos, el vago recuerdo de su risa y la forma apasionada en la que me contaba historias en ese bosque que se convirtió en nuestra guarida, en nuestro escondite del mundo, en el lugar de tantas fogatas y besos robados. Solo pude obtener recuerdos vagos y desordenados, pero era suficiente para saber que yo estuve enamorada de este chico, locamente enamorada de él.

Me detuve a solo unos pocos pasos de él, apretando las manos a mis costados. Su expresión pasó de preocupación a confusión y finalmente a entendimiento.

—Ya te lo han contado —dijo rompiendo el silencio.

Asentí. Notaba el corazón en la garganta.

—Yo... —No sabía qué decir, no sabía por qué tenía tantas ganas de disculparme—. Lo siento.

Una sonrisa triste se dibujó en su rostro.

—No tienes que disculparte, tú no elegiste olvidarme. —Pude sentir cómo me evaluaba con su mirada—. ¿Estás bien?

¿Por qué todos seguían haciéndome esa pregunta cuando sabían la respuesta?

Bajó la cabeza un segundo.

—Es una pregunta estúpida, ¿no?

Sin poder evitarlo, puse mis manos alrededor de su cintura y lo abracé, enterrando mi cara en su pecho, olía muy bien.

—Aún no puedo recordarte del todo, solo sé quién fuiste en mi vida, y lamento mucho hacerte pasar por esto.

—Esto no es nada comparado con lo que estás viviendo, Fleur, estaré bien —susurró, besando mi pelo—. Además —se separó, sosteniendo mi cara con ambas manos—, ¿no habías dicho que jamás te disculparías con un idiota irrespetuoso como yo?

Me las arreglé para sonreír ligeramente.

—Eso sí lo recuerdo.

Teniéndolo así de cerca, pude notar lo atractivo que era: su piel suave, sus labios tentadores y esos ojos infinitos en los que cualquiera podría perderse, en los que yo solía perderme. Sus pulgares acariciaban mis mejillas con mucha suavidad, como si yo fuera algo frágil, fácil de romper. En esos momentos lo era.

Observé como sus ojos bajaron a mis labios y leí en ellos que quería besarme. Puse mis manos sobre las suyas sosteniendo mi cara.

—Adam...

Me soltó, dando un paso atrás.

—Lo siento, no quise molestarte.

Abrí la boca para decirle que no pasaba nada cuando una voz muy familiar me interrumpió.

—Buenas, buenas.

Me giré. Era Pierce. Llevaba las manos en los bolsillos del pantalón del uniforme del psiquiátrico. Su boca simulaba una sonrisa, pero no parecía genuina.

—¿Interrumpo algo?

Pude sentir a Adam tensarse detrás de mí.

—No —respondí, incómoda.

Pierce...

Lo había olvidado por completo con toda esta información nueva que estaba recibiendo.

—Pierce. —Adam dijo su nombre como saludo.

—Adam.

Yo los miré extrañada.

—¿Ustedes se conocen?

—Sí. —Pierce fue el que respondió—. Mi madre me asignó la tarea de hacer que Adam se sintiera bienvenido cuando llegó, ¿verdad, Adam?

—Pero creo que a Pierce no se le da muy bien hacer ese tipo de cosas. —Por su tono parecía algo molesto.

—Oh, ¿estás diciendo que no te he tratado bien? —dijo Pierce dramáticamente, llevándose una mano al pecho.

Antes de que las cosas empeoraran, intervine.

—Creo que voy a acostarme un rato.

Pierce me miró. Parecía enfadado.

—Necesito hablar contigo.

—Ahora no es el momento. —Me giré hacia Adam—. Nos vemos.

Él asintió.

Di un paso hacia la puerta, pero Pierce me agarró del brazo.

—Fleur, tenemos que hablar.

Adam le golpeó en el brazo para que yo pudiera liberarme.

—Déjala tranquila, ha dicho que necesita descansar.

Pierce le dirigió una mirada asesina.

—Esto no es asunto tuyo, es algo entre ella y yo.

Sentí la necesidad de meterme entre ellos.

—Basta.

Pierce no le quitaba los ojos de encima a Adam.

—No me iré hasta hablar contigo.

Adam lo retó.

—Sí te irás, ella no quiere hablar, así que sí que te irás. ¿O quieres que te arrastre? Puedo hacerlo sin problemas.

—Inténtalo. Te acabo de decir que este es un asunto entre mi novia y yo.

Los ojos de Adam se abrieron sorprendidos.

—¿Novia?

Pierce le mostró una sonrisa triunfal.

—Sí, mi novia.

Yo me pasé la mano por la cara, no tenía ni la energía ni la fuerza necesaria para lidiar con esto.

Adam se echó a reír.

—Estás mintiendo.

Pierce seguía sonriendo.

—Oh, no, pregúntaselo a ella.

—¿Fleur? —Adam clavó los ojos en mí.

—Es... complicado.

—¿Complicado? —dijo Pierce alzando una ceja—. A mí me parece muy claro.

—Deja de presionarla —le espetó Adam empujándolo.

Pierce le devolvió el empujón.

—Y tú deja de meterte en cosas que no te incumben.

—Todo lo que tenga que ver con ella me incumbe —contestó Adam, que apretaba con fuerza los puños.

Pierce bufó.

—Ya no, tú eres su pasado, yo soy el presente.

Eso despertó las alarmas en mi mente y me giré hacia él.

—¿Tú sabías quién era Adam en mi vida?

Pierce pareció darse cuenta de lo que había dicho; por su rostro pasaron una serie de emociones.

—Yo...

Mi corazón se rompió.

—¿Tú lo sabías?

La sensación de traición agregó fuego al ya palpitante dolor que sentía en mi pecho. Pierce no decía nada.

—Tú sabías quién era él, sabías que no lo recordaba, ¿y aun así me dejaste enamorarme de ti?

Una expresión herida cruzó el rostro de Adam.

—¿Enamorarte de él?

Pierce bajó la cabeza.

No sabía si era porque ya no tenía lágrimas o porque ya había llorado demasiado, pero aunque tenía ganas de llorar, mis ojos estaban secos.

—Oh, por Dios, por eso insististe tanto en que pasara la noche contigo, por eso me pediste que fuera tu novia antes de que hablara con Jazmine.

Pierce estiró su mano hacia mí.

—No, Fleur, yo...

Adam alejó la mano de Pierce de mí.

—No la toques.

Pierce me miró suplicante.

—Fleur.

Meneé la cabeza.

—Vete.

—Fleur...

—¡Que te vayas! —le grité, sorprendiéndolos a ambos. Yo no era el tipo de persona que gritaba—. ¡Vete!

Jazmine me oyó y salió de la habitación.

—¿Qué pasa? —Y por tercera vez ese día, la misma pregunta—: Fleur, ¿estás bien? —Pasó su brazo por mis hombros—. Vamos dentro, necesitas descansar.

La dejé guiarme dentro e intenté cerrar la puerta, sin embargo, Pierce puso su mano, deteniéndome.

—Para, Pierce, por favor —murmuré, y vi como su rostro se contrajo por el dolor antes de que quitara la mano y me dejara cerrar la puerta. Se veía tan perdido, tan herido, que tuve que apartar la mirada.

«¿Por qué lo hiciste, ojos grises?».

꧁ 28 ꧂

«Los recuerdos son como anclas que amarramos
con hilos invisibles y que nos mantienen aferrados
a un lugar, a una gente, a un tiempo».

Care Santos

«No quiero pensar más. ¿Existirá una forma de apagar mi cerebro? ¿De dejar mi mente en blanco?».

Me sentía completamente abrumada, ya tenía suficiente con todo lo que había pasado, con mi depresión, con mis traumas, como para agregarle complicaciones amorosas. Había entrado en un triángulo amoroso sin querer, sin la más mínima intención y no tenía ni idea de cómo manejarlo.

Pierce...

Él sabía quién era Adam, era consciente de cómo me complicaría la vida si seguía metiéndose en ella y no se detuvo hasta que logró meterse en mi corazón. Eso fue increíblemente egoísta por su parte. Él sabía todo lo que yo había pasado. ¿Por qué no evitó complicarme más las cosas?

Recordé su expresión cuando había cerrado la puerta. Tal vez no lo hizo de mala fe, tal vez solo se dejó llevar por sus emociones... De todas maneras, no podía evitar sentirme traicionada, burlada. Jazmine, Adam, Pierce...; todos lo sabían todo, y la única que caminaba en las sombras de la ignorancia era yo.

Adam...

Esos ojos negros que podían llegar a ser tan profundos y atrayentes me perseguían desde que supe la verdad. Recordaba cómo lo conocí y las charlas en el bosque, pero aún no recordaba nada más.

«Perdiste la virginidad con él», me había dicho Jazmine.

Podía sentir el calor subiendo a mis mejillas, él y yo habíamos... Dios, ni siquiera podía pensarlo. No podía creer que hubiera olvidado por completo a Adam. ¿Por qué? Aún podía escuchar la explicación del doctor Newman claramente: «Adam te salvó del asesino, él estuvo contigo esa noche, tu cerebro debe relacionarlo con el trauma porque él formó parte de esa situación».

¿Formó parte de esa situación?

La confusión que sentía tras saber quién era Adam hizo que me olvidara de mi principal objetivo: encontrar al asesino, recordar su cara para que pudiera pagar por lo que le hizo a mi familia y a todas las demás familias.

Según el agente Foster, Adam estuvo allí esa noche y luchó con el asesino. ¿Eso no lo convertía en testigo también? ¿Es que él no había visto su rostro? ¿Yo le había revelado algo antes de que llegara la policía?

Para no olvidar todas esas preguntas, tomé un papel y empecé a anotarlas. La próxima vez que viera a Adam, tendríamos mucho de que hablar.

Estaba empezando a dudar de la seguridad del psiquiátrico.

Acceder a la segunda planta para ver a Mason no había sido difícil, solo tuve que esperar a que el guardia situado al final de la escalera fuera al baño, lo cual no tardó en suceder después de verlo tomarse una lata de Pepsi.

Tal vez había tenido demasiadas expectativas con este lugar. Aunque, en realidad, esto era un psiquiátrico, no una prisión. La seguridad del tercer piso sí que era mayor, pero en la primera y segunda planta los pacientes teníamos más libertad.

Mientras me apresuraba por el pasillo, comencé a arrepentirme de lo que estaba haciendo. No había nadie y el silencio era un poco perturbador. Pasé por varias puertas cerradas y eché un vistazo a las ventanillas, pero solo pude ver oscuridad.

Luces apagadas tan temprano, ¿eh?

Mis ojos buscaban el número de habitación que Mason me había dicho: veintiocho. Pasé por la veinticuatro, luego por la veinticinco... Mi garganta comenzó a secarse. Apreté las manos a mis costados, reuniendo la fuerza que necesitaba... Veintiséis, veintisiete y... veintiocho.

«Mason Stevens».

Y ahí también tenía ese círculo rojo debajo. ¿Qué significaba?

Me asomé por la pequeña ventanilla de la puerta y lo vi.

Mason estaba sentado en una esquina de la habitación, con sus largas piernas estiradas frente a él. Tenía un libro en las manos y parecía estar completamente atrapado en él. Su cabello seguía siendo un desastre, pero no le quedaba mal.

Con manos indecisas, giré el pomo de la puerta y abrí. Di un paso inseguro dentro. Mason levantó la mirada por encima del libro y me miró con sus particulares ojos. Mi corazón latió un poco más rápido en mi pecho; estaba algo asustada.

Mason me sonrió.

—Bienvenida.

Le sonreí yo también, sin saber qué decir. Él cerró el libro y lo puso sobre su regazo.

—Cierra la puerta.

—Prefiero no hacerlo.

Suspiró.

—Qué desconfiada. —Levantó la mano derecha, mostrando una especie de muñequera conectada a una cadena. ¿Lo tenían encadenado como a un perro?—. No puedo alcanzarte, tranquila. Estaba encadenado así que cerré la puerta.

—¿Es legal tenerte así?

Se encogió de hombros.

—Probablemente no, pero no pueden permitirse pagar un guardia que me vigile durante la noche, así que... —Sacudió la muñeca, haciendo sonar la cadena.

—¿Por qué te inmovilizan?

Sus ojos brillaron con diversión.

—Porque soy peligroso.

—¿Peligroso? —La curiosidad me impidió detener mis preguntas—. ¿Por qué hay un círculo rojo debajo de tu nombre? —Señalé hacia afuera.

—Vaya, vaya. —Su sonrisa creció y aparecieron los hoyuelos en sus mejillas—. ¿A qué viene tanta curiosidad sobre mí, Fleur?

—Solo quiero saber si no debería volver a verte.

—Hummm, eso quiere decir que ya estás pensando en volver a verme. —Abrí la boca para responder, pero él continuó—: Por ahora, concentrémonos en que estás aquí, ya nos preocuparemos por nuestro próximo encuentro luego.

—¿Por qué siempre evades mis preguntas? —comenté frustrada—. Siempre buscas la manera de no darme respuestas.

—No te debo respuestas —respondió con un tono de voz frío y cortante—. Aclaremos algo, bonita. Yo no te debo nada, solo me divierte darte migajas de la información valiosa que tengo sobre ti y tu patética vida.

Eso me dolió.

—Si mi vida te parece tan patética, ¿por qué no me dejas en paz?

—¿Por qué sigues viniendo a verme?

Apreté la mandíbula, molesta.

—Porque tú no terminas de decirme lo que sabes.

—Te lo diré al ritmo que yo quiera y como yo quiera.

—¿Esto es un juego para ti?

Ni siquiera titubeó al responder.

—Todo es un juego para mí.

—Entonces me voy y no volveré a verte.

Me di media vuelta y tomé el pomo de la puerta.

—Ambos sabemos que no podrás cruzar esa puerta. Aunque reunieras el valor para hacerlo, la duda de saber si fue el asesino de tu familia quien me golpeó seguirá torturándote hasta que vuelvas a mí.

Apreté con fuerza el pomo; tenía razón. Me giré de nuevo hacia él, seguía ahí sentado en el suelo, mirándome fijamente con sus ojos bicolor.

—¿Él vino a por ti?

Mason ladeó la cabeza, pero no dijo nada.

El silencio reinó durante unos segundos que me parecieron eternos, su mirada comenzaba a intimidarme.

—¿Mason?

—¿Por qué no te sientas? —Señaló un punto frente a él. No pude evitar recordar la vez que me acerqué a él y me besó. Al parecer me leyó la mente—. No voy a besarte, no te preocupes.

Torcí los labios.

—¿Hasta dónde llega tu cadena?

Él se echó a reír, su risa ronca resonó en la blanca habitación.

—No voy a hacerte nada.

Me crucé de brazos sin moverme.

—Eso dijiste la vez que me... La otra vez.

Levantó una ceja.

—¿La vez que te besé y te mordí ese suave labio que tienes?

Me sonrojé sin decir nada. Por su expresión, ere evidente que se estaba divirtiendo. Suspiró.

—Bien, si te hace sentir más tranquila... —Levantó la muñeca con la cadena y me mostró hasta dónde llegaba, como a unos tres pasos frente a él, y allí fue donde me senté.

Estando más cerca, podía verlo mejor. Era un chico muy atractivo, loco, pero atractivo. Si lo hubiera conocido en otras circunstancias, hasta me podría haber gustado. Meneé la cabeza; nada de gustar, nada de esas cosas. Mi vida amorosa ya era lo suficientemente complicada. Por alguna razón, me inquietaba estar tan cerca de Mason, tal vez era el miedo o la adrenalina de estar al borde del peligro.

Me gustaban sus ojos, el azul combinado con miel de su ojo izquierdo y lo claro que era el color miel de su ojo derecho.

Mason ladeó su cabeza.

—¿Te gustan mis ojos?

Aparté la mirada.

—No, solo son... —«fascinantes»— diferentes.

—Diferentes... —Mason pronunció la palabra lentamente como si evaluara algo.

Bajé la mirada y pude ver el libro que descansaba sobre su regazo: *Cien años de soledad* de Gabriel García Márquez.

—Un clásico, ¿eh?

Mason levantó la novela.

—Te dije que me gustaba leer.

—No pensé que dijeras la verdad.

Alzó una ceja.

—¿Acaso te he mentido alguna vez?

Sostuve su mirada.

—No lo sé.

Una sonrisa burlona cruzó su rostro.

—¿Por qué desconfías tanto de mí y, sin embargo, te muestras tan confiada con los que te rodean? —Meneó la cabeza—. Si sigues así, vas a terminar muerta antes de que yo acabe de leer este libro.

Ya me había cansado de tanta conversación.

—¿Quién te golpeó?

—Sabes perfectamente quién lo hizo. ¿O es que no recuerdas mi plan?

Me costó pronunciar lo siguiente.

—El asesino. —Mason no dijo nada—. ¿Sabes... quién es?

—Sí.

꧁ 29 ꧂

«Nuestros fantasmas siempre son más espantosos que la realidad».

Alicia Giménez Bartlett

Miedo...

El miedo es traicionero, te confunde, te mueve como si fueras una marioneta. Siempre pensamos que reaccionaremos de una manera determinada a una situación.

Si yo presenciara un accidente de auto, ayudaría.

Si alguien se desangra delante de mí, lo atendería y pediría ayuda.

Como si de verdad tuviéramos algún tipo de control sobre nosotros mismos en una situación crítica, cuando en realidad no tienes ni idea de cómo reaccionarás, de qué forma te moverá tu cerebro al sentirse amenazado o presionado por una situación de estrés.

Como una marioneta...

Culpé al tiempo por hacerme olvidar lo que es sentir miedo y lo impredecible que podía volverme.

Qué idiota.

En el momento en que Mason dijo «sí», confirmando que conocía la identidad del asesino que acabó con la vida de las personas que más amaba, en el segundo que supe que estaba a una pregunta de saber quién era, hubo un instante de debilidad, de distracción que él supo aprovechar.

Todo pasó tan rápido...

Mason se acostó de lado, estirándose hacia donde yo estaba, y con su mano libre me agarró por el cuello de la camisa del uniforme y tiró de mí. Me inmovilizó debajo de él, colocando la cadena unida a su muñeca sobre mi garganta y presionando lo suficiente para que doliera.

Miedo...

Si alguien me atacara así, yo pelearía...

Gritaría, haría lo que fuera para defenderme.

¿Lo hice?

No.

Estaba paralizada, ni siquiera encontraba la voz para gritar.

Como ya he dicho, cuando el miedo nos domina, nos convertimos en marionetas de un cerebro que se siente amenazado.

No podía moverme.

Estaba congelada debajo de Mason. Sus peculiares ojos eran todo lo que podía ver, ahí, a unos centímetros de los míos. Su aliento acariciaba mis labios, olía a gelatina de fresa de hospital. Los latidos de mi corazón vibraban en mis oídos, en mi garganta. Me faltaba el aire, pero no era por la cadena en mi cuello, era porque había olvidado respirar. Tomé una gran bocanada de aire para llenar mis angustiados pulmones y empecé a inhalar y a exhalar rápidamente, casi hiperventilando.

—Mason...

—Chis. —Puso su dedo índice sobre mi boca y me dedicó una sonrisa torcida—. No tengas miedo.

—Por favor...

—Podría matarte ahora mismo si quisiera. —Presionó la cadena contra mi cuello e hice una mueca de dolor—. ¿Lo entiendes? —Asentí, temblando—. No, necesito palabras, bonita.

—Sí lo en-entiendo —tartamudeé.

—Bien. —Parecía satisfecho. —Solo quiero mostrarte lo frágil que es tu situación, lo fácil que sería para el asesino acabar contigo. Así que deja de jugar a tener una vida normal, a que todo en tu existencia ha vuelto a la normalidad, porque mientras él esté ahí afuera, intentando cazarte, tú no estás viviendo, bonita, estás sobreviviendo.

La frialdad de sus palabras me sorprendió. Sonaba muy honesto. Me quitó la cadena del cuello y la reemplazó por su mano, apretando lo suficiente para mantenerme bajo control. La profundidad de sus ojos me hizo darme cuenta de algo y lo dije en voz alta.

—Tú no vas a hacerme daño.

Sonrió de oreja a oreja, los hoyuelos apareciendo en sus mejillas.

—Yo no, pero hay alguien que sí, bonita, y por eso necesitas empezar a actuar como una superviviente; sé cuidadosa, no confíes en nadie y nunca estés sola.

En el momento en que me relajé, cuando el miedo disminuyó, me volví consciente de la cercanía entre los dos: su cuerpo estaba prácticamente sobre el mío, nuestros rostros a escasos centímetros.

Me aclaré la garganta.

—Ya me lo has dejado claro, ¿podrías...?

Mason meneó la cabeza.

—Yo estoy muy cómodo.

—Yo no. —Tragué—. Acabas de intentar matarme.

—De simular que intentaba matarte —aclaró.

—¿Tienes idea de lo jodido que es esto?

Fingió pensar.

—No.

—Mason, suéltame. —Mis manos reaccionaron y las puse sobre su pecho para empujarlo, pero, por supuesto, era como empujar una roca.

—Debo admitir que me gusta mucho tenerte debajo de mí, bonita.

Mis ojos se abrieron exageradamente.

—¡Suéltame! O te juro que gritaré. —Lo empujé de nuevo.

Me miró divertido.

—Lo siento.

—¿Por qué? ¿Qué vas a...?

La mano sobre mi cuello subió para cubrirme la boca, Mason enterró su cara en mi cuello y grité, pero mi voz quedó atrapada en su mano. Noté que chupaba con fuerza sobre mi piel y me retorcí debajo de él. Cuando se separó de mí, sus labios estaban más rojos de lo normal. Me movió la cabeza a un lado para mirar mi cuello.

—Perfecto.

Y entonces me soltó y se apartó. Me levanté tan rápido que me mareé, pero aun así corrí a la otra esquina de la habitación, donde sabía que no podía alcanzarme, para recuperar el aliento. La única razón por la que no me fui era porque aún no me había dicho quién era el asesino de mi familia.

Mi cuello palpitaba, lo toqué y dolió.

—Déjame adivinar —dije con amargura—. ¿Otra marca para provocar al asesino?

Mason aplaudió.

—Estás aprendiendo.

—Si ya sabes quién es, ¿para qué necesitas provocarlo de nuevo? Dime su nombre.

—¿De qué sirve saber quién es si no tienes ninguna prueba en su contra?

—¿De qué estás hablando?

—Tienes tanto que aprender. —Meneó la cabeza—. ¿Crees que puedes culpar a alguien de ser un asesino en serie sin ninguna prueba?

—Pero sí tenemos pruebas... El asesino vino a por ti después de ver mi labio, ¿recuerdas?

—¿Y cómo probaríamos eso, bonita? ¿Con el testimonio de un paciente inestable como yo?

Abrí la boca para decir algo, pero de inmediato la cerré. Tenía razón. Mason estiró los brazos.

—Si tienes alguna intención de sobrevivir, has de ser inteligente y pensar con la cabeza fría.

—Aunque no pueda acusarlo, necesito saber quién es para protegerme de él.

Mason volvió a menear la cabeza.

—Cabeza fría, bonita. Piensa: en el momento en que sepas quién es, le tendrás miedo y cambiarás tu actitud hacia él. Y si sospecha que sabes que es el asesino, te matará antes de que puedas conseguir pruebas contra él.

—Entonces, ¿no hago nada? ¿Me limito a seguir haciendo lo de siempre, hablando con el que mató a toda mi familia sin saberlo?

—La ignorancia puede ser una bendición o, en tu caso, tu salvavidas.

—¿Cómo puedes analizar todo esto tan bien? ¿Cómo puedes saber lo que va a hacer?

Mason suspiró.

—Porque es lo que yo haría.

—Mason...

—No. —Su mirada se encontró con la mía—. Algún día te contaré mi historia, cuando hayamos eliminado a tu cazador y estemos fuera de este lugar.

—¿Eso es una promesa?

—No soy un hombre de promesas, solo digo lo que haré y punto.

—Es bueno saber que tienes tanta convicción en atrapar al asesino. —Me crucé de brazos—. Pero ¿por qué? ¿Por qué me estás ayudando, Mason? ¿Qué consigues tú con esto?

—Aparte de la diversión de observar este juego entre tú y el asesino, espero conseguir un trato con la fiscalía que me metió aquí.

—¿Un trato?

—Sí, cuando colaboras en un caso como este, en el que está en juego atrapar a un asesino en serie, puedes pedir cosas a cambio.

—Pero la policía no sabe que me estás ayudando.

—¿Quién ha dicho eso?

Me dejó perpleja.

—¿Qué?

—Bueno, se hace tarde. —Me hizo un gesto de despedida—. Ve a dormir. Mañana será otro día para sobrevivir.

Caminé hacia a la puerta, pero cuando estaba a punto de cruzarla, eché un vistazo a Mason por encima del hombro. Estaba colocando la cadena alrededor de su muñeca, la cual ya le había hecho algunos cortes en la piel. Por un momento, pude ver lo vulnerable y solo que se veía en esa esquina.

«¿Qué hiciste para terminar así en este lugar?».

Mason pareció sentir mi mirada y sus ojos se encontraron con los míos. Leyó la pregunta en mi cara y me sonrió.

—Algún día, bonita, algún día te lo contaré.

Le devolví la sonrisa y salí de la habitación.

Frío...

Mis pies están helados, la nieve apuñala cada nervio con frialdad. Bajo la mirada, llevo puesto un vestido blanco muy elegante, ajustado en la cintura y con una falda vaporosa de princesa. Aunque es precioso, la sangre que lo mancha en diferentes lugares le da un toque siniestro.

«¡Corre! Va a atraparte... ¡Corre!».

En segundos, estoy corriendo, adentrándome en el bosque. Está más oscuro de lo que esperaba, ya que, debido a la tormenta de nieve, no se ve la luna. Los copos de caen sobre mí, acariciándome los hombros desnudos mientras corro. Ya no siento parte de mi rostro y he dejado de temblar. Estoy tan helada que mi cuerpo ya no reacciona al frío.

Me detengo, apoyando la espalda contra un árbol, con la respiración agitada.

«Ayuda..., por favor...».

Y entonces lo escucho... Un silbido siniestro, burlón.

«Oh, Dios, no».

Me despego del árbol para seguir huyendo, para seguir alejándome de él.

«Por favor, Dios, no permitas que me atrape de nuevo, por favor. Que alguien me ayude».

Sé que mi única esperanza son los vecinos. Aunque su casa está muy lejos, tengo que correr, esforzarme. Mis pulmones arden, obligándome a respirar el aire parcialmente helado. Mi corazón late tan fuerte que retumba por todas mis extremidades, o así lo siento.

Escucho pasos apresurados detrás de mí y me atrevo a echar un vistazo por encima del hombro.

Un grito escapa de mis labios cuando lo veo. Él no corre, se limita a caminar rápido, sus largas piernas le ahorran el esfuerzo de tener que correr. En la oscuridad del bosque, es casi imposible distinguirlo con sus ropas negras.

Él...

El demonio que se lo ha llevado todo.

Mi cazador.

Sigo intentando huir porque no tengo otra opción, aunque en el fondo sé que él va a atraparme.

Cuando lo siento justo detrás de mí, me doy la vuelta levantando una rama caída que había recogido en el camino para defenderme.

—¡No te acerques!

Ladea la cabeza.

—Fleur.

Mis brazos tiemblan, pero sostengo firme la rama.

—Por favor, basta. —Un sollozo escapa de mis labios—. Déjame ir, por favor. Ya lo ha destruido todo, ha... acabado con mi familia. ¿Acaso no es suficiente?

—No.

Da un paso hacia mí y yo le golpeó con la rama con todas mis fuerzas, pero él la agarra, me la arranca de las manos y la lanza a un lado.

Indefensa, intento darme la vuelta, pero él me empuja y caigo sobre mi espalda, así que aprovecha para sentarse a horcajadas sobre mí. Grito tan fuerte que me duelen los oídos, pero a él no parece incomodarle.

Sabe que nadie puede escucharme.

Lucho para escapar, le golpeó en el pecho, en los brazos, pero no consigo nada. Toma mis muñecas con una mano, sosteniéndolas por encima de mi cabeza y enterrándolas en la nieve.

—No, por favor, suéltame. —Prometí no rogar, pero es lo único que puedo hacer.

—Chis, Fleur.

Su mano libre desciende hasta el bajo del vestido y luego comienza a subir deslizándose por mis piernas. Su respiración se acelera. Mis súplicas entre lágrimas, miedo, repulsión e impotencia no parecen afectarle.

Cuando su mano llega a mis muslos, me retuerzo.

¡No!

Salté y me desperté sentada en mi cama. El sudor me bajaba por la cara y me empapaba el pijama. Mi pobre corazón estaba al borde del colapso.

Otro recuerdo...

Tomé un sorbo del vaso de agua que tenía en la mesita de noche. El reloj marcaba las 4.45. ¿Por qué esa hora? Siempre tenía pesadillas alrededor de esa hora de la madrugada. ¿Por qué?

Dejando eso a un lado, me di cuenta de que, en todos los retazos de recuerdos que había podido rescatar hasta ahora, el asesino siempre llevaba la cara cubierta, como en la pesadilla de la que acababa de despertarme.

¿Y si nunca vi su rostro?

Las palabras de Mason resonaban en mi mente: «Si tienes alguna intención de sobrevivir, tienes que ser inteligente y pensar con la cabeza fría».

Tal vez nunca lo vi. El asesino no podía saber que me resultaría imposible recordar su cara debido a un trastorno de estrés postraumático y por ello siempre la llevó cubierta. Quizá tampoco esperó nunca que yo sobreviviera...

«No te vi, ¿verdad, monstruo? No me mostraste tu cara en ningún momento y por eso ahora puedes estar cerca de mí... ¿Quién eres?».

≈ 30 ≈

> «Te he dicho que yo no sentía miedo respecto a mi propia muerte, ni siquiera un prejuicio contra el suicidio. Pero sentía inmensa consideración por la vida de los demás».
>
> Anne Rice

—Bueno, ha llegado el momento.

Jazmine no se molestó en ocultar la tristeza en su voz y no la culpaba. Yo luchaba con el nudo de mi garganta.

Ambas nos detuvimos frente a la puerta principal del psiquiátrico, ahí afuera la esperaba un taxi para llevarla al aeropuerto. Ella había insistido en quedarse un poco más, pero ya había perdido un mes de clases y no quería complicarle la vida de esa forma, jamás me lo perdonaría.

Soltó un largo suspiro.

—Fleur, yo...

Levanté la mano.

—Estaré bien, no insistas en quedarte.

Apretó sus labios, con los ojos llenos de lágrimas.

—No quiero dejarte sola.

Tragando el nudo de mi garganta, forcé una sonrisa.

—No estoy sola y te prometo que hablaremos todos los días. Te llamaré. —Le recordé el acuerdo con el doctor Newman: me dejarían hacer una llamada diaria si así lo necesitaba.

Sus labios temblaron y dos gruesas lágrimas se escaparon de sus ojos. Quería llorar con ella, pero sabía que si lo hacía debilitaría mi convicción de dejarla ir y le pediría que se quedara, y no quería ser egoísta. Ella ya había hecho suficiente al venir aquí.

Me abrazó con fuerza. Era uno de esos abrazos que te hacen sentir que todo estará bien, no importa lo jodida que estés. Solo mis padres, Pierce y ella habían sido capaces de hacerme sentir eso.

Cuando nos separamos, Jazmine sollozaba. Ver su nariz roja y sus mejillas húmedas me rompió el corazón y se me escaparon unas lágrimas silenciosas. Las limpié rápidamente.

—Vete antes de que no pueda dejarte ir.

Ella tomó mi rostro entre sus manos.

—*Je t'adore, Fleur. Tu le sais, ce n'est pas?* Nunca —dijo con determinación—, nunca te sientas sola, nunca pienses que no le importas a nadie, porque hay una persona en el mundo que te adora, y que está dispuesta a cruzar el Atlántico por ti cuando lo necesites.

Presioné mi frente contra la suya.

—Lo sé.

—Ahora todo es muy doloroso y debe de ser muy difícil para ti entender por qué te ha pasado algo tan horrible, pero tengo fe en que el tiempo te ayudará. No a olvidar, porque estas cosas no se olvidan, pero sí a sanar, a seguir con tu vida.

—¿Tú... de verdad lo crees? —Mi voz se rompió un poco—. A mí... me parece tan imposible ahora.

—Y seguirá pareciéndotelo durante mucho tiempo, pero pasará.

Ambas sonreímos con tristeza y dijimos al unísono:

—Esto también pasará.

Separándonos, Jazmine se limpió las lágrimas.

—Ahora sí me voy, no más tristeza.

Comenzó a caminar hacia la puerta, tirando de su maleta de ruedas y sentí que se me encogía el corazón.

—Jazmine.

Se detuvo y se giró hacia mí.

—Te quiero mucho —le dije conteniendo las lágrimas.

Ella me dedicó una sonrisa triste.

—Yo también te quiero, tonta.

La vi desaparecer por la puerta, luchando para no correr detrás de ella y decirle que se quedara un día más, solo un día más. Di un paso hacia delante, pero entonces sentí dos manos sobre mis hombros.

A mi izquierda, Dana me sonreía.

—Estarás bien.

A mi derecha, Lory me apretó el hombro.

—De verdad, no estás sola.

Ambas me abrazaron de lado e hicieron que despedirme de Jazmine no doliera tanto. Nos quedamos ahí mirando la puerta en silencio, ellas descansando sus cabezas sobre mis hombros.

Éramos tres chicas con trastornos mentales que la sociedad consideraba defectuosas, pero en ese momento pensé que éramos perfectamente imperfectas.

Lory insistió en que tomáramos un chocolate caliente. Me había acostumbrado a su sentido del humor negro, tenía su encanto. La cafetería estaba vacía a esas horas de la mañana. Casi siempre estaba llena durante el almuerzo y la cena, pero los pacientes del primer piso no parecían ser de los que se despertaban temprano. Y no podía culparlos, en este lugar a veces uno perdía la noción del tiempo. Lory tenía razón, aunque el chocolate caliente no lo solucionaba todo, sí ayudaba. Dana se recogió su cabello rojo en una cola.

—¿Tienen planes para las vacaciones de primavera?

Lory bufó.

—Hablas como si estuviéramos en la universidad y no en un psiquiátrico.

Dana puso los ojos en blanco.

—Lo sé, pero ya sabes que la mayoría de los pacientes se van esa semana para visitar a sus familiares.

—Si su doctor lo autoriza y cree que es conveniente para su recuperación —aclaró Lory.

Miré alrededor y descubrí a Yang-mi, la chica del grupo de terapia, sentada en una mesa sola.

—¿Les molesta si la llamo?

Dana y Lory se giraron para mirar por encima de sus hombros.

—Claro que no.

Buscando su mirada, levanté la mano para hacerle señas de que se sentara con nosotras. Tímida, Yang-mi llegó a nuestra mesa e hizo una pequeña inclinación de cabeza a modo de saludo.

—Buenos días.

Me pareció extraño que conservara esa costumbre de saludo asiático, después de todo, había vivido en Canadá la mayor parte de su vida, pero no me molestaba, era su cultura y la respetaba.

Cuando se sentó, pude notar que no estaba acostumbrada a interactuar mucho con la gente, así que hice lo que pude para hacerla sentir cómoda.

—Yang-mi, disculpa mi ignorancia, pero ¿eres china, coreana o japonesa?

Lory me miró sorprendida.

—Qué sutil, Flor.

Yang-mi nos sonrió.

—Está bien, prefiero que me pregunten a que se limiten a asumir que soy china. Mi padre era japonés y mi madre es coreana.

La cara de Dana se iluminó.

—¿Hablas coreano? —Yang-mi asintió tímidamente—. ¿Me enseñas? Me encantan los dramas coreanos, mi sueño es poder verlos sin subtítulos algún día.

Puse los ojos en blanco.

—Eso mismo dijiste del francés: «Quiero ver las películas clásicas en francés sin subtítulos». ¿Dónde quedó eso?

Dana me sacó la lengua.

Lucas apareció a un lado de nuestra mesa.

—Señoras.

Yang-mi bajó la cabeza, sonrojándose. Era tan tierna.

—Señor, ¿qué lo trae a esta humilde mesa?

Lucas me dedicó una de sus encantadoras sonrisas.

—He preparado unos *brownies* y me preguntaba si querrían probarlos.

Lory alzó una ceja.

—Nunca preparan *brownies* aquí.

Lucas se cruzó de brazos, satisfecho.

—No, pero los hice secretamente para ustedes.

Dana le golpeó el brazo, juguetona.

—Ay, cómo nos malcrías.

Lucas se fue y volvió con una bandeja de *brownies*. Al verlos se me hizo la boca agua. Él se sentó con nosotras, al lado de Yang-mi, quien estaba tan roja que parecía un tomate. ¿Tenía un pequeño rollo con Lucas?

Noté que él no llevaba puestos los guantes y una sonrisa se formó en mis labios porque eso significaba que estaba mejorando. Me alegraba mucho por él. Lory dijo alguna tontería de las suyas y todos nos echamos a reír.

En ese momento, era como si todo estuviera pasando a cámara lenta. Estas personas habían compartido su vulnerabilidad conmigo y yo sentía que podía ver más allá de ellas. Podía ver la vacilación de Dana al darle un mordisco al *brownie*, la manera en la que Lory se colocaba las pulseras asegurándose de que las cicatrices de sus cortes no se vieran, a Yang-mi temiendo hablar por miedo a nuestra desaprobación o al rechazo, a Lucas luchando por permanecer sin guantes. Podía verlo todo, pero eso no evitaba que sus sonrisas fueran hermosas, aún más cautivadoras que las de una persona sin trastornos mentales. Sonreír después de haber pasado tanto tenía una cierta magia, una majestuosidad que no podía entender, pero me sentía muy afortunada por poder presenciar algo así.

Después de darle un mordisco a mi *brownie*, levanté la mirada y entre los hombros de Yang-mi y Lucas, ambos frente a mí, pude verlo en la distancia.

Pierce.

Estaba en la puerta de la cocina de la cafetería. Me gustaría decir que mi corazón no se aceleró, que no se me olvidó cómo tragar y que mis manos no se sintieron sudorosas, que no sentí nada al verlo.

Pero mentiría.

Pierce tenía las manos metidas en los bolsillos de esa sudadera que tanto le gustaba usar, la misma que llevaba puesta el día que traté de suicidarme. Sus ojos grises miraron directamente a los míos, no podía leer su expresión. Había recuperado ese aire de frialdad que lo caracterizaba cuando lo conocí.

¿Por qué?

«¿Por qué tienes otra vez esa mirada helada? ¿Esa aura cerrada y fría a tu alrededor? ¿Es porque te aparté de mí? Tú no me dejaste opción».

Pierce apretó los labios, se dio la vuelta y desapareció detrás de la puerta.

—Flor. —La voz de Lucas me trajo a la realidad—. ¿Qué te ha pasado en el cuello?

Me había cubierto el gran chupetón que Mason me había dejado con una gasa y esparadrapo. No quería andar por ahí luciéndolo.

—Creo que... me picó una araña o... —Me lamí los labios— algún otro bicho, pero ya se me está curando.

Lory me miró con asco.

—¿Una araña? Ah, esa es una de mis fobias.

Los ojos grises de Pierce me perseguían. Traté de sacármelo de la cabeza, sobre todo porque pronto vería a Adam, que se suponía que era mi novio, y me sentía mal por no poder dejar de pensar en Pierce. Esta situación no podía ser más confusa e incómoda.

No me apetecía enfrentarme a Adam después de que Pierce dijera delante de él que éramos novios y que yo estaba enamorada de él. Sin embargo, tenía una lista de preguntas que hacerle; necesitaba respuestas.

Últimamente, mi vida era eso: confusión y búsqueda de respuestas. Era como si el asesino me hubiese dejado muerta en vida, no podía vivir mi vida por completo, no con tanta incertidumbre. Recordé las palabras de Mason: «Tú no estás viviendo, bonita, tú estás sobreviviendo».

Me despedí de mi grata compañía y salí de la cafetería.

El pasillo me recibió con su usual soledad, con esos tonos grises de las paredes y la sobriedad fuera de esas ventanas. El sol no era muy común por aquí. Recordé haber leído algo sobre las estadísticas de depresión en Canadá por el clima y la constante oscuridad, y lo podía entender perfectamente. Daría lo que fuera por un poco de sol, por sentirlo en mi piel. A pesar de ser primavera, casi siempre estaba nublado y llovía mucho.

Giré en la esquina y me dirigí a la sala de visitas. A pesar de que Adam era también un paciente, como él estaba en el edificio masculino, el único lugar donde nos dejaban vernos era en la sala de visitas, donde había un guardia siempre. Las mesas eran tan grises como las paredes. ¿Por qué el psiquiátrico tenía que ser así? ¿Por qué no usar colores alegres? Cosas que pudieran alentar a las almas atormentadas de este lugar.

El guardia asintió al verme y me hizo un gesto para que pasara.

Adam estaba sentando de espaldas a la puerta. La silla parecía muy pequeña para él, solo podía ver la parte de atrás de su cabello. Mientras me lamía los labios, encontré el valor para pasar por su lado y sentarme frente a él, dejando la mesa entre nosotros.

Esos ojos negros encontraron los míos y tragué con dificultad. Adam era un chico muy atractivo, de eso no cabía duda. Me sorprendió la sensación de hormigueo en mi estómago y el temblor de mis manos; mi cuerpo aún reaccionaba al verlo.

Su piel parecía suave y perfecta. Tenía unas pestañas interminables que me causaron envidia. Me sonrió como saludo. Se veía cauteloso, casi molesto.

Tragué.

—Gracias por venir.

No dijo nada.

La tensión creció. Noté que me evaluaba con sus ojos oscuros.

Saqué de mi bolsillo la hoja con las preguntas. Mi mano temblaba un poco y me di una bofetada mental.

«Vamos, Fleur, contrólate».

—¿Cómo estás? —No tenía ni idea de por qué le pregunté eso; supongo que porque cualquier cosa era mejor que el silencio.

Adam ladeó su cabeza.

—Ve al grano, sé que tienes muchas preguntas.

¿Por qué se mostraba tan frío?

Lo dejé pasar.

—¿Puedes contarme algo de esa noche? ¿Cómo llegaste a mi casa y... lo que ocurrió después?

Adam suspiró.

—No había podido dormir en toda la noche, así que salí al balcón a tomar un poco de aire fresco. Ya casi estaba amaneciendo, e intuí que algo estaba mal. Me pareció escuchar a alguien gritar en el bosque que separaba nuestras casas. Al principio pensé que era mi imaginación, pero eso no calmaba la sensación de que algo iba muy mal. Esperé a ver si escuchaba más gritos, pero solo hubo silencio. Decidí llamarte, asegurarme de que estabas bien. No me respondiste, llamé entonces al teléfono de tu casa y sonaba desconectado. En ese momento, las alarmas en mi mente se encendieron. Tomé una chaqueta y salí corriendo hacia tu casa. Ni siquiera me dio tiempo de decirle a mis padres.

—Pero había más de tres kilómetros entre nuestras casas.

—Soy un buen corredor, además, nevaba mucho y me hubiera sido imposible sacar el coche. Cuando llegué a tu casa, las luces estaban apagadas, y no se escuchaba nada, como si estuviera abandonada. Quise llamar a la puerta, pero algo en el ambiente me advertía que no lo hiciera, así que me asomé por la ventana. —Adam bajó la cabeza; cuando la levantó, respiró hondo—. Nunca olvidaré lo que vi.

—Lamento hacerte revivir esto, de verdad.

Se pasó la mano por la cara.

—Había demasiada sangre, tanta que apenas podía ver el suelo de la sala... Todo estaba cubierto de sangre, también los cuerpos de tus padres y de Camille... —Apretó los labios y sentí que se me llenaban los ojos de lágrimas—. Estaban ahí en el suelo y, en medio de esa masacre, estabas tú, atada a una silla, con un vestido blanco todo manchado de sangre. Y fue entonces cuando lo vi. El asesino estaba detrás de ti, caminando de un lado a otro, con una pistola con silenciador en la mano, como si estuviese decidiendo algo. Tú no parabas de llorar.

Las lágrimas escaparon de mis ojos, pero luché para mantenerme centrada.

—¿Una pistola? Pensé que solo había usado un cuchillo.

—También tenía una pistola. Usó el cuchillo con tu familia, tal vez a ti quería darte una muerte rápida. Yo quería entrar y salvarte, pero sabía que tenía que ser inteligente. En el momento en que él notara mi presencia o se sintiera amenazado, no sabría lo que te haría. Me alejé de la casa y llamé a la policía, me dijeron que tardarían unos quince minutos en llegar, y ese era un tiempo que tú no tenías.

—Fuiste muy inteligente —le dije, limpiándome las lágrimas.

—Me fui a la puerta de atrás, entré en la cocina e hice ruido para desviar su atención de ti. Funcionó porque lo siguiente que escuché fueron sus pasos dirigiéndose hacia la cocina. Sabía que vendría con el arma preparada, así que me puse a un lado de la puerta y le golpeé en el brazo para que soltara la pistola. Luego luchamos, pero yo no sabía que también tenía un cuchillo y me apuñaló dos veces. Estaba a punto de acabar conmigo cuando escuchamos las sirenas a lo lejos. Desapareció después de eso.

—Yo...

Era demasiada información.

Sin pensarlo, me levanté. Adam observó cada uno de mis movimientos con cuidado. Me puse frente a él, me incliné y, tomando su rostro entre mis manos, lo besé. Se tensó, pero luego se levantó y me agarró del cabello para responder a mi beso.

Esa sensación de familiaridad volvió. Sus labios se movían rápidamente sobre los míos, la desesperación era clara en cada roce de nuestros labios. El sabor salado de mis lágrimas se mezcló en nuestro beso. Cuando nos separamos, nuestras respiraciones estaban ligeramente agitadas.

Lo miré a los ojos.

—Gracias —susurré—. Arriesgaste tu vida por mí. —Acaricié su mejilla—. Fuiste tan valiente, debías de quererme mucho.

Él besó mi frente y me abrazó.

—Aún te quiero, Fleur.

Su olor me calmó.

—Lo sé.

—No voy a darme por vencido —dijo con determinación—. No me importa cuánto tenga que esperar o lo que tenga que hacer, voy a recuperarte.

Enterré mi cara en su pecho, no quería pensar más, solo quería quedarme así, disfrutando de esta sensación de familiaridad. No quería romper la magia de ese momento. Porque sabía que en el instante en que eso ocurriera, tendría que admitir que no había sentido los fuegos artificiales que sentí cuando me besó Pierce, ni tampoco las otras miles de cosas que experimenté con él y que no había experimentado con Adam. No había pasado un solo segundo en el que esos ojos grises no invadieran mi mente.

Pierce...

«¿Qué me hiciste, ojos grises?».

ꟾ 31 ꟾ

«No podemos amarnos; aunque el deseo palpite en tu pecho y en el mío, aunque solo con verte todo mi cuerpo dibuje una sonrisa..., no hay posibilidad para este amor imposible».

María Díaz

Hogar...

Ese lugar seguro adonde siempre puedes regresar, donde estás a salvo, donde está esa cama a la que te amoldas perfectamente después de años de usarla. Ese lugar ya no existía para mí.

Ya no me sentía parte de nada, como si todos mis vínculos y conexiones se hubieran desvanecido aquella noche y solo me quedara deambular, flotar sin tener nada que me sostuviera a la tierra. Mi único consuelo habían sido Jazmine, mis abuelos y las personas que había conocido aquí, pero ahora tenía que dudar de esas personas.

Porque había un asesino entre ellas.

Un lobo vestido de oveja.

¡Qué injusto!

Después de haberlo perdido todo, debería poder disfrutar de estas nuevas amistades sin tener que dudar de ellas. ¿Qué clase de vida era esta?

Sentí la necesidad de enfrentarme al asesino y preguntarle: «¿Qué más quieres de mí? Ya lo tomaste todo, me dejaste rota. ¿Acaso no es suficiente?».

Tal vez no sería suficiente para él hasta que yo estuviera muerta.

Mi mente no paraba de analizar a todos mis nuevos amigos una y otra vez, pero había un pensamiento que seguía en mi cabeza: los morados en los nudillos de Pierce que aparecieron el mismo día que Mason fue golpeado. ¿Casualidad?

Sin embargo, me dolía sospechar de él. Pierce me importaba mucho. No podía imaginarme a alguien tan cruel como para fingir todo este tiempo.

«Estás hablando de una persona que asesinó a tu hermana pequeña —me recordó mi consciencia—. Mentirte es mucho más fácil y menos cruel que eso».

Recordé esos ojos grises que tanto me gustaban. No podía ser él.

Suspirando, abrí la puerta de mi habitación y entré. La noche ya había caído, así que estaba completamente a oscuras. Maldije entre dientes, debí haber dejado una lámpara encendida, pero no pensé estar tanto rato hablando con Adam.

Cerré la puerta detrás de mí y crucé la habitación para encender la lámpara. Un chillido se me escapó de los labios al ver una figura en la esquina. La pequeña luz de la lámpara se reflejó en esos ojos grises en los que venía pensando.

—¡Pierce! Deja de asustarme así —le rogué llevándome las manos al pecho.

Estaba sentado en la única silla de mi habitación, inclinado hacia delante, con los codos sobre sus rodillas y las manos entrelazadas frente a él. Las apretaba tanto que los nudillos se estaban volviendo blancos. Su pelo estaba despeinado como si se hubiera pasado los dedos por él muchas veces y tenía los ojos ligeramente entornados. Se veía muy molesto.

Y entonces recordé que él no debía estar aquí y todo lo que había pasado.

—¿Qué haces aquí?

Silencio.

El chico de los ojos grises no hablaba, no se movía, solo me miraba, y eso era suficiente para ponerme nerviosa.

—¿Pierce?

No tenía ninguna razón para estar molesto conmigo, yo era la que tenía que estar enojada.

Apoyó el mentón sobre sus manos entrelazadas y me preguntó con voz firme, pero helada.

—¿Lo has recordado?

Fruncí el ceño.

—¿De qué estás hablando?

Él apretó su mandíbula.

—¿Te acuerdas ya de Adam?

—No exactamente —respondí, sintiéndome como una idiota. No le debía ninguna explicación—. Pero ese no es tu problema.

Pierce sonrió con amargura.

—¿No es mi problema?

Tragué. La tensión en la habitación nublaba mi mente.

—No lo es.

Se pasó el dedo pulgar por el labio inferior.

—¿Es así como crees que funcionan las cosas?

No sabía qué responder, así que me quedé callada.

Pierce meneó la cabeza, con esa sonrisa torcida aún en sus labios.

—¿Adam aparece y lo que sientes por mí se desvanece? ¿Así como así?

—Me mentiste, Pierce, tú sabías que...

—Sabía que no lo recordabas, que él era parte de tu pasado, de ese doloroso pasado que quieres dejar atrás.

—Él es una parte buena de mi pasado.

Pierce se rio, su risa era descarada y poco genuina.

—¿Y cómo sabes eso, Fleur? ¿Porque él te lo dijo?

—No, Jazmine me lo contó todo, y yo recuerdo algunas cosas.

—Claro, y si es tan bueno, ¿por qué lo habías olvidado?

Apreté los labios.

—Porque lo relaciono con esa terrible noche.

Fingió sentirse sorprendido.

—Oh, claro, él estuvo ahí, en el momento justo, ¿no? Qué oportuno.

—Sea lo que sea que estés insinuando, será mejor que pares.

Se levantó.

—Solo quiero que sepas una cosa, Fleur. —Caminó lentamente hacia mí, con pasos calculados—. Ningún fantasma del pasado logrará que olvides lo que sientes cuando estás conmigo.

Mi corazón ya se había desbocado y latía como loco. Retrocedí, la parte de atrás de mis rodillas chocó con la cama. Pierce se detuvo justo frente a mí y se me quedó mirando con sus ojos grises con tanta intensidad que luché para no bajar la mirada. Su dedo índice se deslizó por mi cuello hasta la mitad de mis pechos, donde presionó sobre la ropa.

—Yo ya estoy aquí, Fleur.

Mi respiración estaba descontrolada y hacía que mi pecho se presionara aún más contra su dedo cuando inhalaba. Apenada, agarré su muñeca y aparté su mano.

—Para.

Él alzó las manos.

—¿Qué estoy haciendo?

—Creo que deberías irte —le dije sin mirarlo.

—¿Por qué? ¿Te da miedo no poder controlarte y serle infiel al fantasma?

Lo empujé, pero me agarró de las muñecas.

—Suéltame.

—¿Qué te pasó en el cuello?

No esperaba esa pregunta. Pierce ladeó la cabeza, levantando una ceja.

—¿Fleur?

Me lamí los labios.

—Me ha picado una araña.

—Oh, está bien.

¿Se iba a conformar con esa respuesta?

Como si quisiera contestarme, Pierce tomó mis muñecas con una sola mano y usó la otra para arrancarme la gasa sujeta con esparadrapo. Intenté esconderle el chupetón, pero su mano libre me tomó del mentón e inclinó mi cabeza a un lado con facilidad. Pierce tensó la mandíbula.

—Déjame adivinar. —Su voz derrochaba ira—. ¿Mason?

Mi silencio fue su respuesta. Me soltó y se quedó dándome la espalda.

—¡Maldita sea! —Se pasó las manos por la cabeza con rabia—. ¿Por qué mierdas te sigues acercando a él?

La dureza de su voz me hizo estremecer.

—Eso no es asunto tuyo.

Se giró hacia mí.

—¿Te gusta?

—Claro que no.

—Te gusta volverme loco, ¿no?

—¿Qué?

—¿Te gusta volverme loco de celos?

—No, eso no es lo...

Se acercó a mí tan rápido que dejé de respirar, sus manos tomaron mi rostro y sus ojos se quedaron indagando los míos.

—La intensidad de lo que me haces sentir me está volviendo loco, Fleur. No me digas que no sientes lo mismo, no me mientas.

—¡Suéltame! —Me esforcé por liberarme de él, sin ningún éxito.

—Respóndeme, ¿sientes lo mismo?

Dudé, porque decirle que sí me complicaría la vida y decirle que no le rompería el corazón. No quería responderle, así que evadí su pregunta.

—Pierce, suéltame, por favor.

Él torció los labios, sosteniendo mi cara con delicadeza.

—Respóndeme, Fleur.

No podía decir nada, las palabras se me quedaban en la garganta. Ese gris infinito de sus ojos parecía tragárselo todo. Debería ser un delito tener unos ojos tan deslumbrantes. Mis manos estaban sobre sus muñecas en un estúpido intento de liberar mi cara, podía sentir lo tensos que estaban sus músculos.

Pierce se lamió sus labios.

—Bien, no respondas, tu silencio es suficiente.

Antes de que pudiera decir algo, estampó sus labios contra los míos, sorprendiéndome. Luché contra todos mis instintos y lo empujé para separarlo de mí.

—No.

Pierce tomó mi cara de nuevo y me giró para estamparme contra la pared a un lado de la cama. Su boca encontró la mía otra vez y me resistí tanto como pude, empujando, no respondiendo, pero había un límite para lo que podía soportar. El roce de sus labios suaves sobre los míos era delicioso, no pude aguantar más y me rendí.

Pierce me besaba de forma apasionada, nuestros labios se encontraban perfectamente una y otra vez, parecían estar sincronizados. Sin poder evitarlo, puse mis manos alrededor de su cuello, manteniéndolo cerca de mí, pero no era suficiente, necesitaba más. Me agarré de su cabello, podía sentir su suavidad en mis dedos. Él suspiró sobre mis labios y su mano viajó a la parte baja de mi espalda, dejando una sensación de calor allí donde tocaba. ¿Cómo podía hacerme sentir tanto con solo un beso?

Mi corazón latía desbocado y todo mi cuerpo estaba alerta y despierto. Pierce se separó un poco y apoyó su frente en la mía; nuestras respiraciones se habían vuelto agitadas.

—Pierce... —dije con voz ronca. Agradecía que se hubiera detenido porque sabía que mi autocontrol había desaparecido por completo.

Me acarició las mejillas lentamente con sus pulgares.

—No te atrevas a decir que no sientes nada después de besarme así.

Su cálido aliento se mezcló con el mío, su hermoso rostro estaba a centímetros del mío y no pude contenerme. Lo besé de nuevo con desesperación, saboreando sus deliciosos y adictivos labios, y él me respondió con la misma ansiedad mientras bajaba sus manos a mis caderas y me pegaba a él. Un leve gemido salió de mis labios. Nunca podría haber imaginado que un beso podía hacerte sentir tan bien.

Pierce besaba de una manera increíble. Me mordisqueó el labio inferior y un estremecimiento descendió por mi columna vertebral y se extendió por todo mi cuerpo. Mis pechos estaban apretados contra su tórax. Sin ser consciente de lo que hacía, me estaba frotando contra él. Pero nuestra ropa parecía ser un obstáculo. Pierce dejó mis labios para bajar, besando mi barbilla y luego mi cuello. Dejé caer mi cabeza hacia atrás.

Él dejó un reguero de besos húmedos por mi cuello. Me mordí los labios, disfrutando. Me mordió y chupó la piel, me dolió un poco, pero estaba demasiado sumergida en ese mar de sensaciones como para que me importara. Sin dejar de besarme, me levantó y yo le rodeé la cintura con las piernas. Nuestros besos ya se habían vuelto aún más lujuriosos y apasionados. Me llevó hasta la cama y los dos caímos sobre ella, yo de espaldas y él sobre mí, besándome como si no hubiera un mañana.

Sus manos recorrieron mi cuerpo, encendiendo cada parte de mí. Tal vez estaba tomando una mala decisión, pero ya no me importaba. Estaba cansada de analizarlo todo, de querer saberlo todo, solo quería disfrutar esa noche.

Solo quería sentirme amada.

℘ 32 ℘

«Si quisiera empezar a matar, no quedaría ni uno solo de ustedes».

Charles Manson

Quisiera decir que me detuve, que recuperé mi autocontrol, que reaccioné al darme cuenta de que esta era una peligrosa decisión, pero no lo hice. Pierce, sin embargo, sí.

Con la respiración fuera de control se separó de mí sin dejar de sostener mi cara con ambas manos.

—Lo siento, Fleur... Yo...

No podía ocultar mi confusión, no sabía qué decir. Los ojos grises de Pierce indagaban los míos mientras hablaba de nuevo.

—Tú no quieres hacer esto.

—¿De qué estás hablando?

Se quitó de encima de mí y se quedó al pie de la cama. Me apoyé en los codos para mirarlo, se veía perdido.

—No he sido sincero contigo, no me merezco que te entregues a mí ciegamente.

Lo que me estaba diciendo activó todas las alarmas en mi mente. Recordé sus puños morados, recordé que lo sabía todo de mí...

Me senté en la cama y me tragué el miedo a saber.

—Entonces sé sincero conmigo.

Lo vi vacilar, pasándose la mano por la cara.

—Quiero serlo, pero no es lo mejor para ti.

No sabía qué decir, de alguna forma estaba segura de que las cosas cambiarían para siempre cuando él hablara. No estaba lista, pero necesitaba conocer la verdad.

—Te prometo que seré sincero contigo, pero dame tiempo.

Abrí la boca para protestar, pero él salió de la habitación antes de que pudiera decir nada, dejándome aún más confundida que antes. Considerar la posibilidad de que Pierce hubiera asesinado a mi familia me provocaba ganas de vomitar y una marea de sentimientos desagradables: culpa por sentir algo por él y por haberlo dejado jugar conmigo así, y terror por lo que planeaba hacerme.

«No te apresures, Fleur. No saques conclusiones precipitadas».

Hecha un lío, como de costumbre, me acosté, tratando de conciliar el sueño.

Lágrimas...

Rabia...

Decepción...

Gritos...

Adam...

Está de pie frente a mí, pasa su mano por su cara en frustración.

—¿Cómo pudiste? —Mi voz es apenas un susurro y me da rabia, porque no quiero sonar tan débil frente a él.

—Fleur...

Extiende su mano hacia mí, pero la apartó.

—¡No me toques!

—Fleur, lo siento, yo...

—¡Cállate! Deja de hablar... —Mi voz se rompe, mi corazón arde, herido y golpeado—. Yo... solo te he dado amor, lo mejor de mí. ¿Por qué?

Adam se lame los labios.

—Estaba borracho, sé que no es excusa, pero fue un error. Jamás quise hacerte daño.

—¿Un error? —Me duele hablar, le muestro su teléfono—. Si fue un error, ¿por qué sigues hablando con ella?

—Fleur...

Gruesas lágrimas ruedan por mis mejillas.

—Estoy perdiendo el tiempo aquí.

Le lanzo el teléfono y tomo mi abrigo.

—Fleur, espera... —Me sigue hasta la puerta de su casa—. No te vayas así, espera.

Me toma del hombro y me gira hacia él, pero yo lo empujo.

—¡Que no me toques! ¡Lo nuestro se acabó!

Él niega con la cabeza.

—No, tú no vas a terminar conmigo.

—Ya lo he hecho.

Tomo el pomo de la puerta, pero Adam me agarra del brazo y me estampa contra ella.

—¡Suéltame!

—Tú eres mía, Fleur. —La determinación de su voz me asusta—. Siempre vas a ser mía.

Sus labios encuentran los míos y lucho contra la sensación de familiaridad para rechazarlo. Muevo mi cara a un lado, esquivándolo.

—Basta, para, Adam.

Me agarra el mentón con fuerza.

—¿Que pare? Eso no es lo que me dices cuando te follo y pides más.

Le doy una bofetada tan fuerte que le giro la cara. Llorando abro la puerta y salgo corriendo de allí.

Cuando me desperté, estaba sollozando sin control. Las imágenes del sueño me quemaban el corazón. ¿Cómo había podido olvidar todo eso? De alguna manera, sabía que ese no era solo un sueño, era un recuerdo.

Adam me había roto el corazón, había tenido sexo con una compañera de su universidad en una de esas fiestas de fraternidades. Cuando le pedí explicaciones, culpó al alcohol. ¿Por qué Adam no me contó esto cuando hablamos? ¿Por qué actuó como si en el pasado todo hubiera estado bien entre nosotros? Jazmine tampoco me había dicho nada, pero sé que ella no lo sabía, me avergonzaba contarle que el chico al que se lo había dado todo me había traicionado tan cruelmente.

Todo el mundo me mentía...

Todo el mundo omitía información, era como si quisieran mantenerme en la oscuridad de las cosas a propósito.

Ese recuerdo también desató otros: recordé como Adam empezó a suplicar perdón todos los días después de eso y que yo quería creerlo porque lo amaba, sin embargo, nada me aseguraba que no lo haría otra vez.

Me cubrí la cara con las manos, cerrando mis ojos.

«¿Qué más he olvidado?».

Sin querer pensar más, me levanté para comenzar mi rutina.

Las vacaciones de primavera dejó el psiquiátrico casi vacío y aún más deprimente. Quedamos muy pocos pacientes y aún menos personal médico. No había clases, así que no había nada que hacer en este lugar oscuro y vacío. Mi único consuelo eran mis amigos: Lory, Yang-mi, Lucas y Dana me hacían olvidar dónde estábamos. Nos divertíamos juntos, logramos recuperar un juego de mesa que uno de los guardias había tirado a la basura y pasábamos el tiempo.

No había visto a Adam ni a Pierce, pero no me importaba. Esos dos lo único que hacían era revolver mi cabeza y mis emocionas, así que disfruté de unos días de tranquilidad.

Estábamos en el sótano, sentados en el suelo, comiendo dulces que Lucas había traído y hablando de nuestras vidas, bueno, de las partes oscuras y dolorosas de nuestras vidas. Había tanta confianza entre nosotros y nos sentíamos tan cómodos unos con otros que ya podíamos hablar de lo que fuera. Era liberador poder hablar de estas cosas delante de alguien.

Lory se sacó la piruleta de fresa de la boca.

—Esto es mejor que la terapia.

Dana sonrió, echándose el cabello rojo a un lado de la cara.

—Sí, y mucho más efectivo.

Yang-mi asintió tímidamente.

—Y los dulces están ricos. Gracias, Lucas.

Lory compartió una mirada conmigo.

—¿Soy solo yo o suena supersexy cuando Yang-mi dice el nombre de Lucas?

Él se echó a reír.

—No empieces, Lory.

Dana se puso la mano en el mentón, pensativa.

—Lory tiene razón.

Yang-mi se puso roja y le di una palmada en la espalda.

—No les hagas ni caso.

Ella asintió. Lucas se la quedó mirando unos segundos antes de girarse hacia mí.

—Es tu turno en la Dulce-Terapia, Flor.

—Bueno. —Solté un largo suspiro.

—Ya les hablé sobre Adam, la verdad es que no sé cómo sentirme respecto a él.

Lucas apretó la mandíbula.

—¿Vas a hablar de Adam otra vez?

—¿Te molesta si lo hago?

Lory golpeó el hombro de Lucas.

—No, claro que no le molesta. Lo bueno de este grupo es que podemos hablar de lo que queramos, ¿verdad, Lucas?

Él puso los ojos en blanco.

—Vale, me voy al baño.

Molesta, lo seguí.

—Enseguida vuelvo.

Cuando subimos las escaleras y salimos al solitario pasillo, le pregunté sin rodeos:

—Bien, ¿cuál es tu problema?

Se encogió de hombros.

—No tengo ningún problema.

—¿Ah, no? Pues a mí me parece que hay algo que quieres decirme.

—Bien. ¿Quieres oírlo? —comenzó—. Me molesta que aún sigas hablando de ese idiota después de todo lo que te hizo, y no solo eso, se aprovechó de que no recordabas nada para llegar aquí y actuar como el novio perfecto. No entiendo por qué puedes siquiera pensar en él. Debes olvidarte de ese capullo y seguir adelante.

—No es tan fácil.

—Yo lo veo muy fácil, Flor: olvídate de él, punto.

—¿Crees que no me gustaría hacerlo? Pero estoy hecha un lío, confundida por culpa de sus mentiras, y, además, sé que lo quería mucho... Si fuera tan fácil controlar los sentimientos, la vida sería mucho más sencilla.

—¿Y qué consigues hablando de él constantemente?

—Logro desahogarme. —Apreté mis manos a mis costados—. ¿Tienes idea de lo que me costó poder hablar de mis emociones, de lo que me pasó? Estás siendo egoísta, tengo todo el derecho del mundo a desahogarme. El hecho de que te moleste o te aburra el tema no te da derecho a no dejar que me exprese.

Lucas relajó los hombros.

—Lo siento, tienes toda la razón. Lo siento, Fleur.

Fruncí el ceño: acababa de pronunciar mi nombre perfectamente. Me miró confundido.

—¿Qué?

—Has pronunciado mi nombre en francés superbién.

—Ah. —Lucas se rascó la parte de atrás de la cabeza—. Dana me enseñó.

Eso me alarmó aún más.

—Dana tampoco sabe pronunciarlo.

Lucas abrió la boca para hablar, pero Lory apareció en la puerta.

—¿Van a volver o no?

Él me sonrió antes de bajar y a mí solo me quedó seguirlos. A pesar de todo, esa noche me fui a dormir con una sonrisa en la cara. Los últimos días habían sido tranquilos y habían estado llenos de paz.

Un grito desgarrador me despertó.

Me senté, abrazándome a mí misma. Mi pecho subía y bajaba rápidamente. Traté de mirar el reloj en la mesilla de noche, pero todo estaba en completa oscuridad. Me extrañó, ya que siempre dejaba la lámpara encendida. Busqué a tientas el botón de encendido y lo presioné varias veces, pero nada.

Fue entonces cuando me di cuenta de que hacía frío, la calefacción tampoco estaba funcionando. ¿Se había ido la luz? ¿Y qué había sido ese grito?

¿Lo había imaginado? Esperé escuchar algo más, pero solo había silencio. Debió de ser mi imaginación.

Estaba a punto de acostarme cuando un ruido de pasos apresurados resonó en el pasillo y se detuvo frente a mi puerta. Tragué con dificultad y aparté la sábana para levantarme y buscar algo con que defenderme. Sin embargo, la puerta se abrió y se cerró antes de que pudiera encontrar algo. Estaba lista para gritar cuando vi que era Dana. La luz que entraba por la ventana apenas me dejó identificarla. Llevaba puesto el pijama y estaba sudada y pálida. Iba a hablar, pero ella se llevó el dedo índice a los labios para hacerme callar. Sus manos temblaban por el pánico.

Algo muy malo estaba pasando.

Escuché pasos lentos y calculados en el pasillo. No sabía quién era, pero no parecía ser nadie bueno. La sombra de alguien se vio pasar por la rendija de debajo de la puerta y los pasos siguieron de largo por el pasillo.

Dana se acercó a mí cautelosamente.

—Flor, Flor. —Estaba temblando—. Hay... tenemos que salir de aquí.

—¿Qué ha pasado?

—Mucha sangre... mucha... —murmuraba cosas que no tenían sentido—. Mucho rojo...

Se tapó la boca para llorar en silencio.

Mi corazón estaba al borde del colapso.

—Dana, ¿qué pasa?

Trató de calmarse.

—Las enfermeras... están muertas.

Dejé de respirar de nuevo.

—¿Qué?

—Me levanté... porque me dolía mucho el estómago y fui al puesto de enfermeras para que me dieran algún analgésico... y ellas... él... les disparó. Él...

—Dana, necesito que respires y trates de hablar. ¿Quién les disparó?

—No lo sé..., no pude ver su cara... Estaba todo de negro.

Bum, bum, bum... Mi corazón me resonaba en la garganta.

—Tenía una máscara... No pude ver su cara. Solo corrí... y me escondí.

Me esforcé para calmar mi respiración, para no entrar en pánico.

—Estaremos bien, estoy segura de que alguien escuchó los disparos y habrá llamado a la policía.

—Los disparos no sonaron... Su arma tiene algo que hace que sean muy silenciosos.

«Mierda. Él está aquí... Viene a por mí».

—Vamos a salir de aquí, juntas, Dana. —La tomé de la mano y la guie a la puerta. La abrí lentamente y revisé el pasillo. Estaba vacío—. Vamos —susurré.

Caminamos con cautela, casi de puntillas pasillo abajo, pero entonces pasó... Él apareció al final del pasillo, tal como lo describió Dana, todo de negro con una máscara también negra sobre el rostro.

Ahí, en medio de la noche, me enfrenté al asesino de mi familia por segunda y quizá última vez.

℘ 33 ☙

«Es más fácil soportar la muerte sin pensar en ella
que soportar el pensamiento de la muerte».

Blaise Pascal

No se movió, solo se quedó ahí, mirándonos desde la lejana oscuridad; todo de negro con su cara cubierta por una máscara de tela, sus brazos a los costados, uno luciendo más largo que el otro debido al arma que sostenía en el izquierdo.

«Asesino...».

Podía sentir la intensidad de su mirada sobre mí, aunque no pudiera verle los ojos.

«Finalmente, estás aquí».

No más vivir con miedo, no más sobrevivir, había llegado el momento decisivo, y aunque estaba aterraba, una parte de mí necesitaba que todo esto terminara, para bien o para mal.

«Sobrevivir no es suficiente, quiero vivir».

El asesino ladeó la cabeza, un movimiento ligero y apenas visible en la oscuridad. Sabía que necesitaba moverme, correr, gritar, pero mi cerebro no parecía reaccionar.

Sin embargo, Dana me sacó de mi estado cataléptico tomándome del brazo.

—Mierda, mierda, tenemos que salir de aquí.

Di un paso atrás con ella y el asesino enderezó la cabeza y levantó el arma hacia nosotras.

—¡Corre!

Dana me tiró del brazo y corrimos pasillo abajo, con el corazón en la boca, la garganta seca y nuestras respiraciones fuera de control. Nuestros pasos apresurados hacían eco por todo el pasillo. Recé en silencio para que no disparara, casi podía sentir el dolor de una bala en mi espalda. Miré por encima del hombro y lo vi caminando lentamente hacia nosotras.

¿Por qué estaba tan seguro de que no escaparíamos? No se veía preocupado.

Llegamos a la puerta que daba a la entrada principal, y corrimos hacia el edificio masculino a pedir ayuda. Alguien cerró la puerta a nuestra espalda.

—No, no... ¡No! —Dana la pateó una y otra vez.

Desesperada, vi las escaleras que llevaban al segundo piso a un lado y sin pensarlo dos veces tomé la mano de Dana y la llevé conmigo escaleras arriba. Subimos los escalones de dos en dos lo más rápido posible.

Mi corazón estaba al borde del colapso cuando llegamos al solitario segundo piso. ¿Dónde estaba todo el mundo?

—No puedo respirar. —Dana se llevó una mano al pecho—. No puedo...

Tomé su rostro entre mis manos.

—Vamos a salir vivas de aquí. —Mi amiga seguía hiperventilando—. Dana, mírame. —Sus ojos anegados en lágrimas se encontraron con los míos—. Vamos a estar bien, solo necesitamos un lugar para escondernos.

Aunque no creía en mis propias palabras, necesitaba calmarla. Cruzamos el pasillo y fuimos intentando abrir cada puerta, pero todas estaban cerradas con llave.

—Flor —susurró Dana. Me estaba señalando el suelo—. Hay un rastro de sangre hasta las escaleras del otro lado, como si...

—Como si hubieran arrastrado a alguien herido.

Seguimos el rastro de la sangre en silencio porque no teníamos otra opción, no había ningún lugar para esconderse en este piso. Tendríamos que bajar de nuevo, pero lo haríamos por las escaleras del otro lado. Tragando saliva con dificultad, miré por encima de la barandilla hacia abajo. No había nada, pero el rastro de sangre seguía, escalón tras escalón.

Bajamos lentamente, teniendo más cuidadoso a cada paso. Al llegar al final, ambas nos cubrimos la boca para ahogar un grito.

Ahí estaba Mason, en el suelo. Tenía manchada de sangre toda la parte derecha de su uniforme. Estaba pálido, con los ojos cerrados, y su mano se hallaba sobre lo que parecía una herida en la pierna.

«Dios, que no esté muerto, que no esté muerto».

Me agaché frente a él.

—Mason, Mason, despierta.

Dana estaba llorando.

—Está muerto.

Meneé la cabeza, poniendo mi mano debajo de su nariz.

—No, aún respira; ligeramente, pero aún respira. —Golpeé su mejilla con suavidad—. Mason, despierta, por favor.

Mi voz era apenas un susurro, pero él abrió los ojos con una lentitud agonizante. Esa mirada bicolor se encontró con la mía y una media sonrisa se formó en sus labios.

—Bonita.

—Loco.

Mason hizo una mueca de dolor.

—Ah, había olvidado cómo se siente el dolor.

—¿Qué te ha pasado?

Mason me dedicó una mirada cansada.

—Creo que no soy el favorito de tu cazador.

—¿Te arrastraste hasta aquí solo?

—No quería morir desangrado en una habitación oscura.

Sin poder evitarlo, comencé a hablar.

—Él está aquí, viene a por mí. No sé qué hacer, tengo mucho miedo. —No tenía ni idea de por qué le estaba contando todo lo que sentía a Mason.

—Él siempre ha estado aquí —me aclaró—. Que ahora esté mostrando sus verdaderos colores es otra cosa.

Dana caminaba de un lado a otro.

—Lamento interrumpir, pero creo que tenemos cosas más importantes de que hablar. ¿Qué carajos vamos a hacer? Hay un asesino con un arma caminando por ahí, buscándonos. Creo que necesitamos centrarnos en sobrevivir.

Mason apretó su sangrante pierna.

—Tienen que salir de aquí.

Dana bufó.

—Gracias, señor obvio.

—Tenemos que llamar a la policía, necesitamos una ambulancia —pensé en voz alta—. En el puesto de enfermeras hay un teléfono que podemos usar.

Dana se pasó la mano por la cara.

—¿El teléfono funciona sin electricidad?

—Algunos sí —respondí.

Mason sonrió.

—Excelente idea, pero ¿de verdad creen que ese tipo cortó la luz y no las líneas telefónicas? Olvídense de llamar a la policía y salgan de aquí.

—¿Cómo? —preguntó Dana, cansada—. La puerta que lleva al pasillo principal está cerrada y apuesto a que cerró con llave muchas más.

Asentí.

—Sí, cuando nos perseguía no parecía preocupado por la posibilidad de que pudiéramos escapar, como si supiera que no podríamos salir.

Mason intervino.

—Que no puedan salir por las puertas no quiere decir que no puedan salir, existen otras maneras.

—¿Como cuáles? ¿Podrías ser un poco más directo? —le preguntó Dana y luego, dirigiéndose a mí, añadió—: ¿Siempre habla así?

Yo asentí.

Mason nos miró de mala gana, y mi cerebro recordó algo útil entre tanto caos.

—Sé por dónde salir.

Dana se cruzó de brazos.

—Si estás pensando en las ventanas, te recuerdo que están selladas después de que una chica rompiera una para cortarse con el vidrio.

—Lo sé —respondí—. Pero hay una ventana en el baño de chicas que no funciona bien. Trent se metió una vez por ahí para verse con Lory.

La expresión de Dana se oscureció.

—¿Trent? ¿Mi Trent?

Mierda.

—No, claro que no. ¿Crees que tu Trent es el único Trent en el mundo? —No podía lidiar con eso ahora, antes de que Dana pudiera indagar más, seguí hablando—: Vamos. —Le ofrecí mi mano a Mason.

—Muy tierno, bonita, pero me temo que tendrán que hacerlo solas.

Dana gruñó.

—Oh, no... Tú no vas a hacer esa mierda del *Titanic*, no serás Jack, tú te vienes con nosotras.

Mason siguió sonriendo.

—De verdad aprecio su gesto de querer salvar a un loco como yo, pero he sangrado demasiado y mis probabilidades de sobrevivir son muy bajas; solo sería una carga para ustedes.

—Cállate —le ordené y me sorprendió la determinación de mi voz. Lo agarré de ambos brazos y lo obligué a levantarse.

—Tú te vienes con nosotras.

Dana tomó una escoba que había en la esquina de las escaleras y se la dio.

—Puedes usarla como bastón.

Mason meneó la cabeza.

—Están locas.

—No es un insulto viniendo de ti —le dijo Dana mientras echaba un vistazo afuera—. No hay nadie, tenemos que movernos rápido.

Ayudando a Mason, mientras él se apoyaba en la escoba, caminamos tan rápida y silenciosamente como pudimos. Me preguntaba si Pierce, Lucas y

Adam estarían bien. ¿Sabrían lo que estaba pasando? El edificio de chicos estaba lejos de aquí, pero parecía que la electricidad de todo el psiquiátrico se había ido.

Al cruzar el pasillo, me quedé paralizada. Vi la figura del asesino al final del pasillo, muy lejos de nosotros.

—¡Mierda!

—Está de espaldas —dijo Dana entrando en pánico y empujándonos dentro del baño—. Entren, entren, antes de que nos vea.

Dentro del baño, no lo pensamos dos veces y empezamos a movernos hacia la ventana. Aunque no nos hubiera visto, nada garantizaba que no nos hubiera oído y que en esos momentos no estuviera viniendo a por nosotros. Dana fue la primera en salir por la ventana y en ayudarme desde el otro lado con Mason.

Al salir, me sorprendió ver pequeños copos de nieve cayendo sobre la hierba. Hacía mucho frío.

—¿Nieve en mayo?

Dana ignoró mi pregunta.

—Tenemos que avisar a la policía.

—No tenemos cómo hacerlo, solo podemos alejarnos todo lo que podamos de aquí.

Dana refutó.

—¿Cómo? Estamos a varios kilómetros del pueblo más cercano, no podemos llegar caminando, y menos con esta estúpida nieve inoportuna.

Me di cuenta de que Dana era del tipo de persona que se volvía irritable en situaciones de vida o muerte.

Mason habló por primera vez en un rato.

—Debe de haber autos en el aparcamiento del psiquiátrico. El personal tiene que llegar aquí de alguna forma.

—No tenemos las llaves de ninguno.

—¿Para qué necesitarías llaves? —Mason nos dedicó una de sus características sonrisas burlonas.

—Ya nada me sorprende de ti —comenté mientras caminábamos por el césped. Aún no había caído suficiente nieve para cubrirlo.

Una vez en el aparcamiento, pasamos entre varios coches, todos estaban cerrados con llave, a excepción de un auto blanco. Con mi ayuda, Mason hizo algo con los cables debajo del volante.

—Pensé que eso solo era un truco de las películas —comenté, mirando hacia todos los lados, vigilando a nuestro alrededor. En mi mente, no paraba de imaginar sentir un disparo en mi espalda, una y otra vez.

El motor del coche rugió y el alivio llenó mi corazón, pero me duró poco. Mason tuvo que apoyarse contra el auto, a punto de perder el conocimiento. Lo ayudé a meterse en el asiento de atrás.

—Eh, eh, vas a ponerte bien.

Dana me miró preocupada.

—No creo que lo logre, Flor.

—Conduce —le dije, apresurándome a sentarme en el asiento del copiloto.

—¿Cómo se supone que voy a conducir en estas condiciones? Mis manos no dejan de temblar. —Sus ojos llenos de lágrimas se encontraron con los míos—. Tengo mucho miedo.

—Tienes que hacerlo. Mason necesita un hospital y tenemos que salir de aquí ahora. Tú puedes hacerlo, Dana. —Apreté su mano—. Confío en ti.

Limpiando sus lágrimas, salimos del aparcamiento. El camino se veía blanco con toda la nieve cayendo. Pasamos la entrada del psiquiátrico, la noche parecía aún más oscura.

Después de encender la calefacción del auto, me giré en mi asiento para echarle un vistazo a Mason. Sus ojos estaban cerrados y su mano colgaba ligeramente fuera del asiento.

—¿Mason?

No hubo respuesta.

—Mierda, no. —Tomé su mano, estaba muy fría—. ¿Mason? ¡Mason!

Nada.

—No, no, no...

Dana comenzó a llorar.

—Oh, Dios, no.

Puse mi mano debajo de su nariz.

—Dios, no respira, Dana. ¿Qué hago? ¡Mierda!

Dana no paraba de llorar.

—¡No sé! ¿Sabes hacer la maniobra de reanimación? ¡Ay, no sé! ¡Por Dios santo!

—¡No sé cómo hacer eso! —Las lágrimas brotaron de mis ojos también—. Mason, por favor, despierta.

Nada.

Su pálido cuerpo yacía sin vida en el asiento trasero. El sonido de mis sollozos se mezclaba con el del llanto de Dana, que se limpiaba las lágrimas constantemente para poder ver bien el camino.

Alguien más había muerto por mi culpa. Si Mason no se hubiera entrometido en mi vida, si no hubiera provocado al asesino, aún seguiría vivo. La muerte me perseguía, lloré en silencio, nadie merecía morir así, y Mason había sido bueno conmigo.

Seguimos conduciendo por aquella oscura carretera. La gasolinera más cercana quedaba a unos cuarenta minutos, lo recordaba porque cuando mis abuelos me habían traído, lo comentaron varias veces al sorprenderles lo solitaria que era esta zona.

Mientras más nos alejábamos del psiquiátrico, más segura me sentía y más preocupada estaba por los demás, por Pierce... Sin embargo, la única manera de ayudarlos a todos era huir y avisar a la policía, nada podría haber hecho contra ese asesino armado.

—Para el auto.

La voz de Mason sonó como música para mis oídos. Estaba vivo, me giré para mirarlo, pero la escena que vi detuvo mi corazón. Mason estaba sentado y apuntaba con un arma negra al cuello de Dana.

—Mason... —Mi voz apenas salió en un ligero susurro.

—Para el auto —repitió, presionando la pistola contra el cuello de Dana, quien soltó un chillido aterrorizado—. ¡Ahora!

Dana frenó tan rápido que nuestros cuerpos se movieron hacia delante, casi estampándonos contra el salpicadero.

—Por favor, no dispares —le rogó.

Yo no podía hablar, no podía coordinar.

—Pero tú estabas herido... tú...

Mason no me miraba, no apartaba los ojos de Dana.

—Las dos, fuera del auto, ahora. Si intentan la más mínima estupidez, no dudaré en dispararles.

Temblando, nos bajamos del coche. Mason no dejó de apuntar a Dana en todo momento y nos hizo gestos para que nos situáramos en la parte de atrás del auto. Noté que él caminaba perfectamente. ¿Nunca había estado herido?

Dana no paraba de suplicar por su vida. Mason levantó su mano frente a mí para que me detuviera, mientras Dana seguía caminando. Luego presionó el arma contra la parte de atrás de su cabeza y le ordenó:

—Arrodíllate.

Ella lloraba sin control.

—No, por favor.

—Mason, por favor, Dana no ha hecho nada malo. Por favor, te lo ruego, no le hagas daño —supliqué.

Él se puso frente a ella, yo solo podía ver la espalda y los hombros de Dana temblando mientras lloraba. Los ojos de Mason se encontraron con los míos. Sollozando, le rogué:

—No, por favor, por favor.

Su voz sonaba fría y calculadora.

—No quiero testigos.

El sonido del disparo me hizo gritar tan fuerte que me dolieron los oídos. El cuerpo de Dana cayó al suelo, un charco de sangre se formó rápidamente debajo de su cabeza.

—¡No! ¡Por Dios! ¡Dana! ¡No!

«Mi amiga...».

Mi única amiga en el psiquiátrico... La sonrisa dulce de Dana invadió mi mente, había mejorado tanto con su trastorno alimenticio, hasta había engordado un poco y ella estaba tan feliz.

«Dana...».

Me arrodillé frente a ella, tomando su rostro lleno de sangre entre mis manos.

—No, Dana, no. Todo va a salir bien, yo te prometí que todo saldría bien. Te quiero mucho, Dana... Lo siento, lo siento.

Mason, que permanecía ahí de pie limpiando su arma, comenzó a silbar. Ese silbido que atormentaba mis pesadillas, mis recuerdos.

El silbido del asesino.

¡Qué idiota había sido! El asesino era él... Todas las cosas que me dijo cobraban sentido en ese momento...

—El asesino va a venir a por ti.

—¿Cómo lo sabes?

—Porque es lo que yo haría.

—¿Cómo has podido descifrarme si nunca me has visto?

—¿Quién ha dicho que nunca te he visto?

—¿Tú sabes quién es el asesino?

—Tal vez.

«Los lobos se disfrazan de ovejas, bonita. Sé inteligente o terminarás siendo devorada».

«Todo es un juego para mí».

«Si sigues así vas a terminar muerta antes de que yo termine este libro».

¿Cómo pude ser tan estúpida? ¿Cómo pude caer en su juego? Levanté la mirada para encontrarme con esos ojos que había llegado a admirar por su peculiaridad, pero que ahora serían parte de mis pesadillas.

Mason se agachó frente a mí.

—Levántate, bonita.

Lo miré con odio y asco.

—¿Cómo has podido...? Te odio, no tienes ni idea de cuánto te odio.

Mason sonrió.

—Creo que tengo una idea. Ahora levántate.

—Si vas a matarme, hazlo ya. ¿A qué demonios estás esperando? No voy a suplicarte por mi vida.

Mason ladeó su cabeza.

—¿Matarte? ¿Crees que planearía todo esto solo para matarte? —Meneó la cabeza—. Tú vas a venir conmigo, bonita.

Al ver que no obedecía, me agarró del cuello de la camisa y me obligó a levantarme. Lo empujé.

—¡No me toques! —le grité.

Mason suspiró y me agarró del cabello, forzándome a caminar hacia el auto. Gemí de dolor.

—No quiero hacerte daño, bonita, pero lo haré si es necesario.

Abrió el maletero y el miedo creció en mí. Dentro estaban los cadáveres de dos guardias del psiquiátrico. No pude contenerme y me incliné para vomitar. Mason me soltó del pelo para buscar algo en un bolso negro. Sacó un pañuelo blanco. Este auto... Él lo había planeado todo desde el principio.

—Tú... ¿Cómo es posible...? Yo vi al asesino cuando estábamos entrando en el baño... Tú...

Mason cerró el maletero y se giró hacia mí.

—Todo estaba planeado, bonita. Encontrarme era su única opción porque cerré con llave todas las otras puertas. No las perseguí, ¿no te pareció raro? Me quité la ropa del asesino, la colgué en una esquina del pasillo lo suficientemente oscura para que se confundiera con la figura del asesino de espaldas y me quedé con mi uniforme del psiquiátrico para jugar a la víctima en las escaleras. Pensaba guiarlas por una ventana que estaba rota, pero tú misma encontraste una y me ahorraste esa parte. Luego las guie hasta este auto, fue el único que dejé abierto y, *voilà!*, aquí estamos.

—¿No era más fácil apuntarnos y llevarme contigo?

—¿Dónde está la diversión en eso?

Mi corazón ardía cada vez que miraba a Dana en el suelo. Mason suspiró.

—Creo que es hora de que duermas un poco.

—No, aléjate de mí. —Di un paso atrás, pero él me tomó de la cintura y me tapó la boca con el pañuelo blanco. Luché, pero mis gritos se ahogaron en aquella tela.

Mason susurró en mi oído.

—Chis, está bien, no luches, solo descansa.

La oscuridad me recibió, lo último que escuché fue la voz fría de Mason susurrando:

—Todo estará bien, princesa roja, todo estará bien.

꧁ 34 ꧂

> «Cuando las mato, sé que me pertenecen.
> Es la única manera de poseerlas.
> Las amo y las deseo».
>
> Edmund Kemper

«Una pesadilla... Tiene que ser una pesadilla», rogué en silencio mientras recuperaba la consciencia. Abrí los ojos lentamente, esperando ver el techo de mi habitación en el psiquiátrico. Sin embargo, lo primero que vi fue un ventilador de techo que nunca había visto en mi vida. Noté una punzada de miedo ante la cruel realidad y sentí que se me revolvía el estómago.

«No es una pesadilla. No entres en pánico, no lograrás nada si te pones histérica. Dana...».

Unas lágrimas se formaron en mis ojos y cayeron por mis mejillas. Ay, Dana... No se merecía morir así, ella no había hecho nada malo, no podía dejar de pensar que su muerte era culpa mía. Si ella no hubiera tratado de ayudarme... Si yo no hubiera sido tan estúpida como para dejarme engañar por Mason, ella estaría viva.

Traté de calmarme y moví la cabeza a ambos lados para echar un vistazo alrededor. Estaba acostada sobre mi espalda en una cama amplia de sábanas blancas. Era una habitación inmensa, que tenía dos grandes ventanales con cortinas blancas. Me senté y vi que aún tenía puesto el uniforme del psiquiátrico. No estaba atada, lo cual me pareció extraño, pero bueno. Tenía que pensar con cuidado un plan para escapar. Aparté las sábanas lanzándolas a un lado y mis esperanzas de poder huir se esfumaron.

Había una cadena conectada a un aro de metal colocado alrededor de mi pie derecho. Tiré de ella para ver hasta dónde llegaba y vi que estaba unida a un gancho de metal que estaba en la pared opuesta. Me tenía encadenada como a un animal. Con el corazón en la boca, seguí evaluándolo todo. Había dos puertas a mi derecha y una a la izquierda. ¿Baño? ¿Armario? ¿Salida?

«¿Dónde estoy? ¿Qué es este lugar?».

Me levanté con cuidado y la cadena hizo ruido al dar contra el suelo de madera. Era lo suficientemente larga como para permitirme llegar a las puertas, pero no a los ventanales. Revisé ambas puertas a mi derecha, pero solo encontré el baño y el armario. Necesitaba algo con qué defenderme. Estaba segura de que Mason aparecería en cualquier momento.

Después de mirar dentro del armario y no encontrar nada, entré en el baño y busqué algún objeto que pudiera usar como arma, pero estaba vacío, solo había unas toallas y jabón.

—¿Buscando un arma, bonita?

Su fría voz me hizo saltar y girarme hacia la puerta del baño. Ahí parado estaba Mason, con los brazos cruzados despreocupadamente, con el aspecto de estar divirtiéndose, como si no hubiera destruido mi vida ni asesinado a sangre fría a Dana unas horas antes.

—No pierdas el tiempo. —Una sonrisa torcida se formó en sus labios y en una de sus mejillas apareció un hoyuelo—. No encontrarás ninguna.

¿Cómo podía estar tan tranquilo? ¿Cómo podía sonreír de esa forma?

«Es una persona que no siente nada...».

Recordé que Mason estaba loco, que era un psicópata, un asesino en serie muy buscado. Había hecho cosas horribles sin experimentar ningún sentimiento de culpa. Luchar contra él o hacerlo enojar no era lo más prudente en estos momentos, considerando mi situación. Tenía que ser inteligente si quería tener la más ligera posibilidad de sobrevivir.

A pesar de que todo en mí me empujaba para que lo golpeara y le gritara, tragué con dificultad y traté de sonar calmada.

—No buscaba un arma.

Él levantó una ceja.

—Entonces, ¿qué buscabas?

Mentirle no habría sido una buena idea.

—Una salida.

Eso pareció convencerlo.

—¿Tienes hambre?

«Síguele el juego, Fleur».

—¿Tú qué crees?

Dejó caer los brazos y dio un paso dentro del baño. Instintivamente, retrocedí hasta donde me dejó la cadena.

Mason suspiró.

—No tengas miedo, no voy a hacerte daño.

—¿Por qué debería creerte?

Sonrió para sí mismo.

—Si quisiera hacerte daño, ya te lo habría hecho hace mucho tiempo.

—Entonces, ¿qué quieres de mí?

Dio otro paso hacia mí.

—Siempre haciendo tantas preguntas.

—Y tú siempre evadiéndolas.

Sonrió de oreja a oreja y dio otro paso en mi dirección.

—Supongo que algunas cosas no cambian.

Mi espalda encontró la pared del baño que tenía detrás. Mason ya estaba frente a mí. La distancia entre nosotros no era mucha; si alzaba su mano, podía tocarme fácilmente. Me aterraba, pero no podía demostrárselo, algo me decía que solo disfrutaría si le mostraba mi miedo. Levantó una mano lentamente hacia mí y dejé de respirar. Sus dedos tomaron un mechón de mi cabello, sosteniéndolo y dándole vueltas.

—Eres muy guapa.

«Respira, Fleur, no llores, no lo empujes, mantén la calma».

—Dijiste que yo no era tu tipo. —Traté de sonar despreocupada, pero mi corazón estaba latiendo tan rápido que temía que él pudiera escucharlo.

Mason se inclinó aún más, de forma que tenía su rostro a escasos centímetros del mío.

—Mentí.

De cerca, sus ojos eran hipnotizadores como los de un ángel caído, sus bellas tonalidades eran el disfraz perfecto para esconder la crueldad que se escondía detrás de ellos. Estaba a punto de colapsar cuando él me soltó el mechón de pelo y se alejó.

—Date una ducha, hay ropa en el armario, vendré a por ti en veinte minutos.

—¿Qué te hace pensar que haré lo que dices? —Las palabras abandonaron mi boca antes de que pudiera controlarlas.

—No tienes que hacerlo —dijo con ese tono frío que ahora fluía de él con tanta naturalidad—. Estoy siendo un caballero al dejarte hacerlo sola, pero no me molestaría ayudarte a tomar una ducha y vestirte. Vuelvo en veinte minutos, bonita. ¿Estarás lista?

—Sí. —Había entendido el mensaje: o lo hacía yo sola o él me obligaría, y lo último que quería era que pusiera sus manos sobre mí.

—Bien.

Dicho esto, desapareció por la puerta del baño. En cuanto lo hizo, solté una larga respiración que no sabía que estaba aguantando y unas gruesas lágrimas rodaron por mis mejillas mientras me abrazaba a mí misma.

—Dios mío —murmuré, temblando. Estaba en sus manos, el asesino de mi familia había llegado a mí y quién sabía lo que iba a hacer conmigo.

¿Torturarme? ¿Matarme? ¿Violarme? ¿O tal vez todo eso y más?

Yo sabía todo lo que era capaz de hacer Mason y eso incrementaba mi miedo.

Mientras limpiaba mis lágrimas, decidí apresurarme. No sabía cuántos minutos habían pasado, pero no quería que Mason me obligara a hacer nada. Busqué ropa en el armario y se me revolvió el estómago cuando vi que toda la ropa era de mi talla. ¿Desde cuándo tenía todo esto planeado?

Escogí una camisa de manga larga y unos pantalones de lana. Parecía un pijama, pero no me importaba, quería cubrirme lo máximo posible. Mi ducha fue rápida, no me sentía segura estando desnuda en ese lugar, así que me vestí apresuradamente.

Con el cabello mojado, salí y me senté al pie de la cama a esperar. Detestaba obedecerlo, pero Mason tenía el control de la situación y no lograría nada llevándole la contraria.

—Me alegra que estés lista —dijo al entrar y se arrodilló frente a mí. Me cogió un pie y, estaba a punto de gritarle que no me tocara, cuando lo vi sacar una llave para abrir el aro de metal que llevaba alrededor de mi tobillo.

Fruncí el entrecejo. ¿Me estaba liberando?

Consideré darle una patada, aprovechando que estaba de rodillas, pero Mason era mucho más fuerte y alto que yo, tenía mucho que perder. Se puso de pie y me extendió la mano.

—Vamos, hora de desayunar.

Sin darle la mano, me levanté. Él bajó la mano meneando la cabeza.

—Siempre tan testaruda.

Lo seguí fuera de la habitación por un largo pasillo con puertas a ambos lados y luego por unas escaleras, cruzamos una sala y finalmente llegamos al comedor. Al observar el lugar, me di cuenta de que era exactamente igual que la cabaña de mi familia. Sabía que no era la misma, pero era como una réplica exacta.

Mason tenía una mesa preparada con todo tipo de opciones de desayuno: cereales, panqueques, huevos, pan tostado... Me preguntaba cuánto me costaría llegar a la puerta y correr si en algún momento él se distraía.

—No lo lograrías.

Su voz me sorprendió, se había sentado en el otro lado de la mesa, frente a mí.

—¿Qué?

—No lograrías escapar. Este lugar está bajo llave y solo yo tengo las llaves. Aunque llegaras a la puerta o a alguna ventana, no lograrías salir, así que no pierdas el tiempo y come.

—Yo no...

—No mientas, bonita. —Él se sirvió un vaso de zumo de naranja—. Nunca se te ha dado bien mentir y a mí se me da muy bien leer a las personas, ¿recuerdas?

Sus palabras me recordaron al psiquiátrico y todas las mentiras que me había dicho. Eso desató una marea de preguntas en mi mente.

—Me mentiste todo el tiempo, pero hay muchas cosas que no entiendo.

Él comenzó a untar mermelada sobre una tostada.

—A ver, estoy de buen humor, pregunta.

—¿Cómo aparecieron esos morados en tu cara? Dijiste que lo había hecho el asesino. ¿Te golpeaste a ti mismo?

Mason mordió su pan.

—No, tu amado me golpeó.

—¿Mi amado?

Mason tragó, sus ojos me miraron con curiosidad.

—Pierce. —Hizo una pausa, observándome con cautela—. ¿O debería decir el agente especial Pierce Ferguson?

«¿Qué?».

Dejé de respirar.

—¿Agente especial? ¿De qué estás hablando?

—Es muy temprano para arruinarte tu falsa historia de amor con ese idiota, pero qué se le va a hacer. —Mason se sacudió las manos y tomó un sorbo de zumo de naranja—. Pierce es un agente encubierto de la policía. Ellos sabían que yo trataría de ir a por ti, así que enviaron a un agente encubierto para que estuviera a tu lado. La única razón por la que se acercó a ti fue porque era su deber protegerte.

Mi corazón se hundió en mi pecho.

—Estás mintiendo.

Mason meneó la cabeza.

—No miento, bonita. ¿Acaso nunca sentiste que te ocultaba algo? ¿No notaste nada raro? —Bajé la mirada—. Tu cara dice que sí.

No quería darle a Mason la satisfacción de romperme el corazón, quería quitarle esa sonrisa de suficiencia que tenía en la cara.

—Puede que él no haya sido sincero sobre la razón por la que estaba en el psiquiátrico, pero sé que lo que siente por mí es real.

—¿Siente? —Mason levantó una ceja y se echó a reír, desconcertándome—. Ahí está el problema, bonita. Pierce no puede sentir, él es como yo. ¿De dónde crees que viene lo de «especial» en su título de agente? Psicópata, sociópata, llámalo como quieras, él es igual que yo. Solo que decidió estar del lado de la justicia para divertirse atrapando a otros como él.

No...

Pude sentir como la grieta en mi corazón se abría, rompiendo, ardiendo, quemando mi pecho. No, Mason tenía que estar mintiendo. Pierce... no... Mi mente comenzó a repasar cada momento, cada gesto, cada palabra.

Recordé todas las veces que había sido frío conmigo, todas las veces que me preguntó si recordaba algo de la noche del asesinato... Recordé la última vez que nos vimos, sus palabras...

«No he sido sincero contigo, no me merezco que te entregues a mí ciegamente».

No, no era posible. Pierce me había demostrado tantas emociones, en sus ojos, en sus expresiones...; eso no lo haría alguien que no sintiera nada.

Mi voz era apenas un susurro.

—Él... me demostró lo que sentía por mí, pude verlo en su rostro, él sí siente.

Mason ya estaba comiendo su segunda tostada.

—Nosotros podemos imitar las expresiones de emociones, copiarlas, pero eso no quiere decir que sean genuinas. —Suspiró—. Entiendo que saber que Pierce ha estado jugado contigo todo este tiempo te debe de doler y ser bastante impactante para ti.

—Tú también estuviste jugando conmigo.

—Bien visto, creo que ya puedes ver lo parecidos que somos, ¿no?

Luché contra las lágrimas; no podía llorar delante de Mason, no le daría el placer de saber que acababa de destruir mi corazón. Aunque mi prioridad en estos momentos no era mi vida amorosa sino sobrevivir, no podía negar que me dolía mucho lo que acababa de descubrir y que esperaba con todo mi corazón que Mason estuviera mintiendo.

«Por favor, no seas como Mason, ojos grises, por favor».

35

> «Y sus ojos tienen la apariencia
> de los de un demonio que está soñando.
> Y la luz de la lámpara que sobre él se derrama
> tiende en el suelo su sombra. Y mi alma,
> del fondo de esa sombra que flota sobre el suelo,
> no podrá liberarse. ¡Nunca más!».
>
> EDGAR ALLAN POE, *El cuervo*

AGENTE ESPECIAL JONES
División K, Columbia Británica Canadá
14.15 horas

—¡Mierda! ¡Mierda! ¡Mierda! —Golpeé la pared con toda mi rabia y frustración acumulada. No podía creerlo, no podía creer esta mierda—. ¿Alguien me quiere explicar cómo ha pasado esto?

Los cuatro agentes se miraron sin decir nada, así que mis ojos cayeron sobre el agente Ferguson, quien, aunque tenía la nariz fracturada y una tirita sobre ella, se veía calmado y masticando chicle. Eliminé las formalidades y le hablé directamente.

—Pierce, ¿qué carajos pasó?

Se encogió de hombros.

—Jefe, yo les había advertido sobre Mason, ¿o no?

El agente Miller se pasó la mano por la cara.

—Nunca tuvimos razones o pruebas para sospechar de él, tenía una coartada confirmada para la noche del asesinato. ¿Qué se supone que debíamos hacer?

Pierce se inclinó hacia atrás en la silla.

—Debieron confiar en mí.

Le lanzó una mirada incrédula a Pierce.

—¿Cómo puedes estar tan tranquilo?

Miller puso los ojos en blanco.

—¿De verdad acaba de preguntarle eso?

Suspiré.

—¿Alguien me quiere decir cómo es posible que un asesino estuviera ahí todo este tiempo delante de nuestras narices planeando toda esta mierda y no nos diéramos cuenta?

Miller miró a Pierce.

—Pregúntale al encubierto.

Pierce le devolvió la mirada.

—Yo se lo advertí y ustedes decidieron ignorar mi advertencia. Les hablé claramente de las características psicópatas violentas que observé en Mason, ¿y qué fue lo que respondieron? —Se puso la mano en el mentón como si pensara—. Que yo estaba celoso y que le guardaba rencor de cuando lo conocí en un psiquiátrico hace años.

—¿Lo conociste en un psiquiátrico hace años? —Miller alzó una ceja—. Le fracturaste tres costillas y le rompiste la nariz.

Pierce sonríe.

—Ah, sí, eso también.

—Pierce tiene razón, nos advirtió de Mason muchas veces y no le creímos porque ambos tenían asuntos pendientes, así que no es su culpa —expliqué—. Aun así, de verdad no entiendo cómo estás tan tranquilo. Mason asesinó a más de diez personas y se llevó a la chica... Sé que era solo tu trabajo, pero ¿no estás al menos algo preocupado por ella? Podría estar muerta ahora mismo.

Pierce apretó su mandíbula.

—Mason no va a matarla.

—¿Por qué estás tan seguro?

Pierce se levantó y se puso una chaqueta.

—Si hubiera querido matarla, ya lo habría hecho, ha tenido muchas oportunidades.

Miller intervino.

—Tal vez quería tener el ambiente perfecto para asesinarla, no sé. Quizá quiere matarla en un lugar parecido a la cabaña de la familia de Fleur.

Pierce meneó la cabeza.

—No, él cree que tiene sentimientos por ella, que ella es su salvación, no va a matarla.

Mi cabeza ató cabos.

—¿Quieres decir que nunca estuvo en sus planes asesinarla la noche en la que mató a su familia?

Pierce asintió.

—Exacto, y estoy seguro de que nunca dejó que viera su rostro esa noche para poder acercarse a ella en el psiquiátrico.

Abrí la boca para decir algo más cuando observé que Pierce hacía una mueca de dolor y se llevaba las manos a las costillas.

—¿Estás bien?

—Estoy genial, esto no es nada —respondió sonriendo. Pierce estaba durmiendo cuando fue atacado, golpeado y esposado a una silla de metal. Había luchado tanto por liberarse que cuando lo encontramos tenía las muñecas llenas de sangre.

El oficial de policía de la zona entró e informó con voz seria:

—Tenemos actualización en el reporte policial: once personas asesinadas, seis enfermeras y cinco guardias. Hay dos guardias desaparecidos y tres pacientes: Mason Stevens, Dana Jackson y Fleur Dupont.

Pierce frunció el entrecejo.

—Estoy seguro de que Dana no formaba parte de su plan, así que a estas alturas debe de estar muerta.

—Pierce —dije en tono de advertencia—, sé que la sensibilidad no es tu fuerte, pero inténtalo.

Pierce me dedicó una mirada cansada, el oficial de policía siguió con su informe.

—Encontramos un hoyo recién abierto a un lado del psiquiátrico. Había restos de pólvora en él, por lo que creemos que el asesino tenía las armas escondidas ahí.

—Bastardo inteligente —murmuré—. ¿Alguna noticia del auto que se llevó?

El oficial me pasó una carpeta; cuando la abrí vi una foto del vehículo.

Lo hemos encontrado abandonado a casi cien kilómetros del psiquiátrico, había dos cadáveres en él y una chica herida, no se han confirmado sus identidades aún, pero al parecer ellos son los guardias desaparecidos. Los están llevando al centro forense para hacerles la autopsia. Ella está en el hospital.

Me agarré el puente de la nariz en un intento de centrarme.

—Bien, hora de trabajar. Miller, quiero saber todo sobre Mason Stevens: propiedades, historial, antecedentes, informes médicos..., todo. Necesitamos crear un perfil, Baker. —El oficial moreno me miró—, encárgate de supervisar todos los interrogatorios. Recuerda que los primeros interrogatorios son los más importantes, si alguien cambia su historia en el segundo interrogatorio sabremos quién miente y que podría haber ayudado al asesino.

El agente Hudson habló por primera vez.

—No creo que haya tenido ningún cómplice en el psiquiátrico, es un asesino solitario, y si alguien lo ayudó, estoy seguro de que no lo dejaría con vida.

Pierce asintió.

—Estoy de acuerdo con él.

Hojeé el informe confidencial que nos dio la directora del psiquiátrico.

—Mason Stevens, veintitrés años. —Tuve que hacer una pausa, tan joven y tan destructor de vidas—. Internado por promover conductas violentas y de autolesión. Tras la última sesión que tuvieron, el psiquiatra anotó: mentiroso patológico, manipulador, con tendencias psicópatas violentas.

Miller torció los labios.

—¿Promover conductas violentas y de autolesión?

Pierce explicó.

—Manipula a las personas para que utilicen la violencia o se hagan daño a ellas mismas. Una chica se suicidó y lo acusaron de manipularla para que lo hiciera, pero como necesitaban más pruebas, lo internaron en el psiquiátrico para evaluaciones psicológicas.

—Pero pudo librarse de estar bajo extrema vigilancia gracias a tu temperamento —le acusé.

—Se merecía cada golpe que le di —replicó Pierce.

—De cualquier forma, parece que planeó lo del suicidio de esa pobre chica para que lo internaran en un psiquiátrico. Pero, de todos los psiquiátricos que existen en el país, ¿cómo es que terminó en este?

—Recomendación de su abogado —respondió Pierce.

—Bueno, necesitamos interrogar a ese abogado.

Miller meneó la cabeza.

—Di la orden, pero cuando llamé a la central me informaron de que ese abogado tomó un vuelo a Rusia hace dos días, sin billete de vuelta.

—¡Mierda! —gruñí—. ¿Y su coartada de la noche del asesinato de la familia?

—La misma historia, pero se fue a Grecia.

Solté una risa llena de ironía.

—El bastardo lo planeó todo muy bien. ¿Enviaron a alguien a revisar la cabaña donde mataron a la familia Dupont?

Hudson respondió.

—Sí, no hay nada, y no creo que se acerque a ese lugar.

El sonido de una notificación hizo eco por mi oficina. Pierce revisó una tableta que tenía sobre el regazo.

—Tenemos que movernos, Mason está cerca de la frontera con Estados Unidos —dijo Pierce con seguridad.

Lo miré con incredulidad.

—Pierce, me parece que hay algo que no nos estás contando.

Levantó la tableta.

—Aunque Fleur no lo sabe, lleva puesto un rastreador. No había emitido ninguna señal hasta este momento, pero ha sido leve y ya ha desaparecido; lo ha hecho cerca de la frontera con Estados Unidos, así que dejemos de perder el tiempo lamentándonos por lo que no hicimos bien y vamos a encontrarla.

—¡Mierda! ¿La frontera? Lo último que necesito son agencias internacionales metidas en esto. —Tomé mi chaqueta para ponérmela rápidamente.

En silencio, todos salimos de la oficina, preparados.

FLEUR DUPONT

Quisiera decir que Mason me había hecho daño o se había comportado de manera violenta, pero mentiría. Actuaba con total normalidad, como si esta situación no fuera de lo más extraña, como si yo no estuviera aquí en contra de mi voluntad o como si él no fuera un asesino en serie.

Después de desayunar, habíamos salido a caminar para disfrutar de las vistas, como él había dicho, pero creo que solo quería mostrarme lo desolado y apartado que era el lugar. ¿Dónde estábamos? No tenía ni idea. Había un espacio de diez o más horas desde el momento que perdí el conocimiento hasta que me desperté por la mañana. ¿Había conducido todas esas horas? Y si era así, ¿dónde habíamos llegado? ¿Nos habíamos dirigido al norte o al sur?

Pensé que ya no podía seguir fingiendo que no estaba asustada, la desesperación me estaba pasando factura, quería salir de aquí, alejarme de él, no volverlo a ver nunca más, y la impotencia de no poder hacerlo, de estar atrapada en esta situación de miedo constante, me llenaba de rabia y tristeza. Lo que más me molestaba era su actitud, que me hiciera sentir que esto era normal, que yo no estaba en peligro, aunque sí lo estuviera.

Caminamos en silencio durante un buen rato por un sendero muy limpio que cruzaba un terreno plano, pero lleno de hierba; el aire fresco me apartó el cabello de la cara. Me mantenía un paso por detrás de Mason, así que solo podía ver su espalda y su pelo negro desordenado, que hacía juego con la camisa negra que llevaba puesta. Era raro verlo sin el uniforme del psiquiátrico.

—Es muy tranquilo esto, ¿verdad? —rompió el silencio, echándome un vistazo por encima de su hombro.

Asentí con la cabeza, no quería hablar.

Había bloqueado por completo cualquier pensamiento relacionado con Pierce después de lo que me había dicho Mason sobre él. Sabía que no debía creerlo, que era un mentiroso, pero por alguna extraña razón sentía que no mentía respecto a Pierce.

Todos me mienten...

¿Acaso todos querían jugar conmigo?

Cogí hierba de un lado y empecé a juguetear con ella mientras seguía caminando, me sentía muy confundida. Cuando levanté la mirada de la hierba que tenía en las manos, salté de la sorpresa. Mason estaba frente a mí, mirándome con esos ojos que se veían aún más diferentes entre sí bajo la luz directa del sol.

—¿Estás bien?

Su pregunta me hizo soltar una risa sarcástica, pero él no sonrió.

—¿Es en serio?

Él no se movió y se mantuvo inexpresivo.

—Te he hecho una pregunta, quiero una respuesta, ahora.

—No, por supuesto que no estoy bien —le respondí—. Me ha secuestrado el asesino de mi familia y de una de mis mejores amigas. ¿Qué esperas?

La frialdad de mi voz nos sorprendió a ambos. Mason ladeó la cabeza, un gesto que me recordó a la noche del asesinato.

—Bien.

Fruncí el entrecejo.

—¿Bien?

Asintió.

—No espero que estés bien ahora. —Me sonrió y aparecieron los hoyuelos de sus mejillas—. Pero sé que pronto lo estarás.

Meneé la cabeza, con una sonrisa falsa llena de incredibilidad.

—Estás loco.

Me hizo una reverencia manteniendo esa sonrisa suya tan característica.

—Gracias.

Nos quedamos ahí de pie, observándonos el uno al otro, hasta que él me dio la espalda y se agachó frente a mí.

—Es hora de volver, súbete en mi espalda.

—De ninguna manera voy a hacer eso.

Lo oí suspirar.

—Fleur, estoy seguro de que no quieres hacerme enfadar.

No, no quería hacerlo enfadar, pero subirme en su espalda era demasiado, mi capacidad de seguir participando en ese teatro no llegaba tan lejos. Decidida, pasé por su lado en dirección a la casa.

—Olvídalo.

Solo había dado tres pasos cuando sentí la mano de Mason en mi brazo, girándome hacia él.

—¡Suelta...! —No pude terminar la frase. Me lanzó al suelo, donde aterricé de espaldas completamente desorientada. Rápidamente, se sentó a horcajadas sobre mí y sostuvo mis muñecas a ambos lados de mi cara con sus manos.

Me retorcí, tratando de liberarme.

—¡Suéltame!

—¡Escucha! —Su voz había adquirido ese tono frío y escalofriante que me aterrorizaba—. Cada vez que me desobedezcas tomaré algo de ti.

—¡No! ¡Quítate! ¡No me...! —Me besó interrumpiéndome, y apreté los labios con fuerza, tratando de impedírselo.

Él se separó.

—Bésame, Fleur.

Sus ojos indagaban los míos. Yo negué con la cabeza.

—Por favor...

—Bésame —ordenó—. Si me desobedeces de nuevo, esto puede ir mucho más allá de un beso robado, así que obedece y bésame.

Mi corazón iba a estallar, unas lágrimas se formaron en mis ojos, y en contra de todo mi ser, levanté la cara y lo besé.

⁂ 36 ⁂

«La supervivencia es el secreto. La mente cambia para sobrevivir. Todo puede convertirse en normal».

El inocente

Sobrevivir...

¿Qué harías por sobrevivir?

Había subestimado lo que yo misma era capaz de hacer por sobrevivir. Creo que todos lo hemos hecho alguna vez. Pero en el momento en el que tu vida está en riesgo, que todo tu cuerpo está alerta y tu instinto de supervivencia se activa, te conviertes en una persona diferente, tal vez en una persona que no reconocerías.

Y eso no siempre significa volverte más violento o agresivo, solo tienes que usar lo que puedas y sea más adecuado para la situación. En mi caso, era fingir y ganarme la confianza de Mason hasta que encontrara la oportunidad para escapar.

Así que hice lo mejor que pude para sobrevivir: fingí que no sentía repulsión mientras besaba a Mason. Sus labios eran suaves y, en diferentes circunstancias, tal vez habría disfrutado besándolo, pero definitivamente no en esa situación. Cerré los ojos con fuerza, obligándome a olvidar todo lo que había pasado, todo lo que él había hecho. Relajé mis músculos tensos. Tenía que sentirme relajada, como si de verdad estuviera disfrutando de ese beso.

Mason sabía lo que hacía, su boca se movía con suavidad sobre la mía, los roces de nuestros labios eran lentos y húmedos. Puse mis manos alrededor de su cuello para dejarle profundizar el beso, para volverlo más rápido y demandante.

Cuando nos separamos, me esforcé por parecer atónita, quería que él pensará que me había sorprendido lo mucho que me había gustado el beso.

«¿Se lo está creyendo?».

—¿Te ha gustado? —me preguntó en un tono arrogante mientras nuestras respiraciones se oían ligeramente aceleradas.

No le respondí, tampoco podía ser obvia. Él notaría algo raro si cambiaba tan abruptamente de actitud. Tenía que dejarlo fluir de manera gradual y casual.

Se levantó y me ofreció su mano para ayudarme a levantarme, la tomé de mala gana y, apenas estuve de pie, me solté.

—¿Ya podemos irnos a la casa?

Mason me dedicó una sonrisa torcida, sus labios estaban rojos por el beso.

—Por supuesto.

La noche cayó, inundando la casa con su oscuridad.

Mason me había enviado a la habitación para que me pusiera un vestido que había dejado sobre mi cama. Era rojo y muy ajustado. Odiaba cómo se apretaba debajo de mis senos, haciéndolos parecer más grandes y provocativos de lo que en realidad eran; lo último que quería era provocar a Mason. Pero desobedecerlo iba en contra de mi plan de ganarme su confianza, además, después de lo que había pasado esa tarde, sabía que habría consecuencias cada vez que intentara revelarme contra él.

Me arreglé el pelo de manera que cayera sobre mis pechos para taparlos un poco.

Al bajar las escaleras y entrar en el comedor, me sorprendió la luz amarilla alrededor de la mesa: velas. Mason había preparado una cena romántica para nosotros, con velas por todos los lados. Me preguntaba si causando un incendio lograría algo. Considerando todas las cerraduras que tenía la casa y que Mason era el que tenía el único juego de llaves, no sería una buena idea. Asfixiarme con humo o morir quemada no era algo que deseara.

Descansando mis manos sobre el arco de una silla, busqué por todo el lugar a Mason sin éxito. ¿Dónde estaba?

—¡Bu! —Salté al sentir su respiración en mi oído y me giré hacia él.

Cuando lo vi, a mi mente llegaron las palabras que mi abuela me había dicho una vez hace años cuando fuimos a misa: «Hija, recuerda que el diablo fue una vez un ángel, así que puede llegar a ser muy atrayente y hermoso».

Mason llevaba puesto un traje negro con una corbata azul que hacía juego con su ojo izquierdo. Su pelo húmedo estaba desordenado, pero no le quedaba mal. Una sonrisa torcida adornaba sus labios, haciendo aparecer un único hoyuelo y mostrando un solo lado de sus dientes. Sin duda alguna, Mason era muy atractivo. Si no supiera lo que sabía, si lo estuviera viendo por primera vez, jamás se cruzaría por mi mente la idea de que era un asesino despiadado.

Solo vería a un hombre joven con ojos peculiarmente preciosos y una cara bonita. Nunca pensaría que esas manos habían estado manchadas de sangre o que esos ojos se habían iluminado asesinando a alguien.

No pude evitar sonreír de oreja a oreja y reírme un poco; me estaba volviendo loca.

Mason levantó una ceja.

—¿Qué es tan gracioso?

—¿Alguna vez has escuchado eso de «las apariencias engañan»? —Él me dejó continuar—. Eres el puto amo de ese dicho, ¿lo sabías? —Lo señalé de la cabeza a los pies—. Tan atractivo por fuera y tan pero tan jodido por dentro.

Su estúpida sonrisa creció.

—¿Crees que soy «atractivo»?

Volteé los ojos.

—¿Eso es lo único que has entendido de lo que he dicho?

Se encogió de hombros.

—Es lo único que me importa.

Le dediqué una mirada de desprecio.

—Por supuesto.

Sus ojos recorrieron todo mi vestido y la satisfacción en su rostro era evidente. Se acercó a mí con pasos lentos y yo retrocedí hasta que la parte baja de mi espalda chocó con la silla que había detrás de mí.

—Te ves maravillosa, Fleur.

«Recuerda, fingir es sobrevivir».

Forcé mis labios a sonreír ligeramente.

—Gracias.

Él pasó por mi lado y se dirigió a la cabecera de la mesa, señalando el otro lado para que yo me sentara allí. Me extrañó que pusiera tanta distancia entre nosotros, pero desde luego no me quejé. Me senté y me sorprendió ver el plato que tenía frente a mí. Estaba perfectamente preparado y presentado; parecía uno de esos platos que te sirven en restaurantes caros.

Comenzamos a comer en silencio; todo estaba muy bueno.

—Está delicioso.

Sentí la mirada de Mason sobre mí.

—Siempre me ha gustado cocinar, mi madre me enseñó cuando era pequeño.

Levanté mi mirada.

—¿Dónde está ella ahora?

Lo vi tensarse, pero mantuvo su expresión calmada mientras seguía cortando su bistec.

—Muerta.

—Oh, lo siento. —Las palabras abandonaron mi boca antes de que pudiera detenerlas.

Él me sonrió.

—Está bien, estaba sufriendo mucho de todas formas.

—¿Qué le pasó?

«Mierda, Fleur. ¿A ti qué más te da?».

Mason siguió cortando su carne.

—La maté.

«Oh».

Sus ojos encontraron los míos de nuevo.

—Sé lo que estás pensando, pero estás equivocada. Yo quería a mi madre, jamás le hubiera hecho daño. —Suspiró—. Pero estaba loca. Una noche después de la cena de Acción de Gracias, asesinó a mi padre y a mis dos hermanas menores. Intentó apuñalarme a mí, pero luché con ella. Era su vida o la mía. Es increíble en lo que el instinto de supervivencia puede convertirnos.

No sabía qué decir.

Mason puso su cuchillo y su tenedor a ambos lados de su plato.

—Nuestro instinto de supervivencia es impresionante, ¿no crees?

Tragué con dificultad.

—Lo es.

Me miró directamente a los ojos.

—Sé lo que estás haciendo, Fleur. Estás actuando muy bien, y si yo fuera una persona con una inteligencia media, me lo habría creído, pero no me subestimes. Hay muchas formas de escapar de mí, pero ser más inteligente que yo no es una de ellas.

Sintiéndome descubierta y estúpida, también dejé de comer.

—Y, entonces, ¿qué quieres que haga? ¿Que te ataque? ¿Que grite? ¿Que te desobedezca?

—Por supuesto que no. —Meneó la cabeza—. Me parece muy bien que seas lo suficientemente lista como para entender que eso no te llevaría a ningún lado, pero quiero que te quede claro que sé que finges estar bien con todo esto; lo has hecho, por ejemplo, cuando me has dicho «gracias» tras decirte que estabas maravillosa. Sabré cuándo no estás siendo sincera, así que ni te molestes en seguir haciendo teatro.

Ya que me libraba de la necesidad de fingir, lancé mi plato contra la pared de al lado. El ruido del impacto hizo eco por todo el comedor.

Mason ni siquiera se movió.

—Eres un maldito enfermo —pronuncié cada palabra con el mayor desprecio que pude conjurar—. Y si crees que jugar a la pareja perfecta conmigo va a hacer que me olvide de eso, estás muy equivocado.

—¿Eso es todo? —Se echó a reír—. Esperaba más, bonita.

Su calma solo agregó fuego a mi rabia. Me levanté y le lancé el vaso, el cual se estrelló en su antebrazo cuando lo levantó para cubrirse la cara.

—¡No me alcanzan las palabras para describir lo mucho que te detesto! —Las lágrimas llegaron a mis ojos—. ¡Tú has destruido mi vida! ¡La has convertido en un infierno! ¿Cómo puedes sentarte ahí con tu cara lavada, como si esto fuera normal? ¡Estás es jodidamente enfermo!

Mason se inclinó hacia atrás en la silla, estirando los brazos a ambos lados.

—¿Algo más?

Sentí el impulso de golpearlo en su estúpida cara, de borrarle esa sombra de sonrisa que danzaba en sus labios.

Maldito psicópata.

Mi pecho subía y bajaba rápidamente, podía sentir mi corazón en mis oídos. Apreté los puños a mis costados.

—Si crees que con todo este teatro lograrás que sienta algo por ti, estás muy equivocado.

Mason dejó salir un largo suspiro y se levantó. Su altura hacía que el comedor pareciera pequeño.

—¿Crees que lo que quiero es despertar sentimientos en ti? —Comenzó a caminar a un lado de la mesa, pasando su mano por el borde mientras se dirigía a mí—. Pensé que ya te había quedado claro que los sentimientos no son algo que me interese, bonita.

Tragué con dificultad.

—Entonces, ¿qué es lo quieres?

—Doblegarte. —Llegó hasta mí, obligándome a soltar el borde de la silla y dar un paso atrás—. Doblegar ese carácter que tienes, romper tu mente, tus convicciones, hacerte mía.

Me hizo retroceder hasta que mi espalda chocó con la pared.

—Lo quiero todo de ti, y aunque te parezca imposible, lo tendré, Fleur. Yo seré lo único que tendrás a tu alrededor el resto de tu vida. Llegará el momento en el que te rendirás a mí; sabré esperar.

—Estás loco —me sentí estúpida al decir algo tan obvio.

Mason sonrió, descansado sus manos contra la pared a ambos lados de mi cara, capturándome.

—Esa rabia en tus ojos es muy tentadora.

Puse mis manos sobre su pecho y traté de empujarlo.

—Aléjate de mí.

Él pasó sus dedos por mi brazo lentamente hasta llegar a mi mano, la cual tomó con delicadeza y apretó, para que no me soltara.

—Quisiera decir que lamento que las cosas hayan ido así, pero mentiría; sentir remordimientos no es algo que haya experimentado.

Mis músculos estaban tensos, listos para pelear si era necesario, pero lo único que hice fue lanzarle la pregunta que llevaba atormentándome desde hacía mucho tiempo.

—¿Por qué yo?

Mason sonrió de oreja a oreja y sus ojos bicolor se iluminaron.

—«¿Por qué yo?» —repitió—. «¿Por qué estás haciendo esto?», «¿Por qué a mí?»... He escuchado esas preguntas tantas veces.

—¿Acaso... has hecho esto con otras chicas? —Necesitaba saber cuáles eran mis probabilidades de sobrevivir; si había habido otras y si estaban muertas.

Él meneó la cabeza.

—No, tú eres mi primera y mi única chica, bonita.

No dije nada, así que él siguió hablando.

—Pero esas son las preguntas que las personas suelen hacer antes de que las mate.

Traté de ignorar mi miedo al escucharlo decir eso tan despreocupadamente.

—Sigues sin responder a mi pregunta, ¿por qué yo?

—Evadir preguntas es lo que yo hago, hacerlas es lo que tú haces.

Su mano libre acarició mi mejilla y me estremecí de repulsión. Retrocedió un paso, obligándome a caminar detrás de él, ya que mantenía su otra mano entrelazada con la mía.

—Hora de ir a la cama, bonita.

Sentí una punzada de pánico en mi pecho, acortando mi respiración.

—No tengo sueño.

Me miró por encima del hombro.

—¿Quién dijo que vamos a dormir? —Su sonrisa torcida me dejó sin aire y noté que se me revolvía el estómago—. Vamos, princesa roja.

37

«Cuando quedas atrapado en la destrucción,
debes abrir una puerta a la creación».

Anaïs Nin

«Encadenada...».

Así me sentía y no solo me refería a la cadena alrededor de mi tobillo, sino también a sentirme atrapada psicológicamente.

Estaba sentada en la cama con los pies colgando a un lado y la cadena rozando el piso y haciendo un ligero ruido. No sabía cuántos días habían pasado, había comprendido que no valía de nada contarlos. Solo sabía que con el tiempo, la impotencia y la tristeza habían cedido paso a una sensación que me embargó muchas veces después del asesinato de mi familia: insensibilidad. No podía sentir nada por más que lo intentara. ¿De qué servía sentir si no podía cambiar nada, si no podía hacer nada que me sacase de esa situación?

La rutina había sido la misma cada día: levantarme, ducharme, desayunar con Mason, caminar con él, volver para almorzar, ver la televisión, cenar y dormir juntos.

La primera noche no pude dormir ni un solo segundo con él. Intentó mantener relaciones conmigo, pero al ver que yo no estaba dispuesta lo dejó estar. Con el paso de los días, él no volvió a tocarme y yo acabé acostumbrándome a dormir a su lado.

A veces me quedaba mirándolo mientras dormía, pensando en alguna forma de hacerle daño, consideré todas mis opciones: ahogarlo con la almohada, ahorcarlo con la sábana, golpearlo... Sin embargo, no era estúpida, sabía que en el momento en que intentara alguna de esas cosas, él se despertaría y, como tenía mucha más fuerza que yo, acabaría doblegándome.

Sin ánimos de nada más, decidí dormirme temprano, por lo menos mientras dormía podía escapar de mi cruel realidad.

Calor y frío...

Dolor y alivio...

Maldad y bondad...

Puedo ver mi respiración en el aire cuando sale de mi boca, estoy temblando, mis pies descalzos se entierran en la nieve con cada paso. Levanto mis manos, que están sorprendentemente calientes con este frío, y me doy cuenta de que es por la sangre que hay en ellas. Mi vestido tiene tantas manchas carmesíes que parece más rojo que blanco.

Muevo mis dedos lentamente frente a mí. ¿Por qué hay tanta sangre? No puedo dejar de temblar.

«Tienes que correr, Fleur».

No puedo.

Entonces escucho ese escalofriante silbido detrás de mí. No me atrevo a mirar atrás y corro hacia el bosque, la nieve cubre las rocas y las ramas del suelo y me tropiezo una y otra vez. Mis pies están tan adormecidos que apenas siento dolor.

Escucho los pasos detrás de mí, acechándome, cazándome. No tiene prisa, sabe que no tengo escapatoria.

Me tropiezo en una gruesa rama y caigo estrepitosamente sobre mis manos y rodillas. Tomo una rama del suelo, me levanto y me giro para enfrentarme a él.

—¡No te acerques!

Él ladea la cabeza.

—Fleur.

Mis brazos tiemblan, pero sostengo la rama con firmeza.

—Por favor, basta. —Un sollozo escapa de mis labios—. Déjame ir, por favor.

—No.

Da un paso hacia mí y lo ataco con la rama, pero él la agarra en el aire, me la arranca de las manos y me empuja. Caigo de espaldas y él se sube encima de mí. Grito tan fuerte que me duelen los oídos, pero a él no parece importarle, sabe que nadie puede escucharme. Lucho, le golpeo en los brazos, pero no consigo nada. Me toma de las muñecas con una mano sosteniéndolas encima de mi cabeza y enterrándolas en la nieve.

—Por favor, suéltame.

Se inclina hacia mí y me susurra al oído:

—Chis, Fleur.

Su mano libre desciende hasta el bajo de mi vestido y luego comienza a subir deslizándose por mi piel, acariciando mis piernas.

No.

Sus fríos dedos tocándome en contra de mi voluntad me recuerdan algo que he bloqueado, que no quiero recordar.

—*¡No! ¡Por favor!*

El recuerdo del olor a tabaco y licor, la sensación de una barba rozando mi cuello. ¿Qué es lo que no quiero recordar? ¿Por qué esta situación es familiar para mí? Esto no me ha pasado antes, ¿o sí?

Sus dedos llegan a mi ropa interior y me siento enferma.

Me desperté sobresaltada con una sensación nauseabunda revolviendo mi estómago. Corrí al baño y vomité la cena de la noche anterior. Sentada en el suelo, frente al inodoro, traté de calmarme. El sudor frío bajaba por los lados de mi cara.

«No, para ya, por favor...».

Una punzada en mi cabeza me hizo gemir de dolor. ¿Qué me estaba pasando? Tiré de la cadena y apoyé la espalda contra la pared mientras trataba de respirar profundamente. Me pasé las manos temblorosas por la cara.

«Respira, Fleur».

El recuerdo del olor a tabaco y licor de mi pesadilla me provocó otra ola de náuseas y vomité de nuevo. Me abracé a mí misma con fuerza mientras lágrimas gruesas se deslizaban por mis mejillas por el esfuerzo que hacía con cada arcada.

Entonces sentí una mano cálida sosteniendo mi cabello y otra acariciándome la espalda con suavidad. Mi nariz agradeció el aroma familiar y refrescante de su colonia. Quería empujarlo, pero no tenía fuerzas suficientes para hacerlo.

—Respira. —Su voz se había tornado suave—. Despacio.

Y lo hice, fui llenando mis pulmones de aire poco a poco. Mason me ayudó a levantarme sosteniéndome de la cintura y luego a lavarme la cara y la boca. Podía verlo detrás de mí a través del reflejo del espejo, podía ver como sus ojos miraban con preocupación cada uno de mis movimientos.

Cuando ya pude valerme por mí misma, lo empujé.

—No me toques.

Él retrocedió.

—¿Has tenido una pesadilla?

—Sí, he soñado contigo —dije con amargura, girándome hacia él—. He recordado lo que me hiciste en el bosque, que... —Me callé, tratando de ignorar una nueva oleada de náuseas—. Me das asco.

Mason pareció herido por un segundo.

—Eso... no es lo que tú crees.

—¿No es lo que yo creo?

—Hay tantas cosas que no sabes, bonita.

—¡No me llames así! No soy tu bonita ni tu princesa roja. —Aún me dolía la cabeza.

Él no dijo nada, así que me limité a pasar por su lado al volver al cuarto. Me senté en la cama y empecé a masajearme la cabeza. Mason me siguió y se quedó de pie frente a mí.

—¿Qué quieres desayunar? —preguntó con un entusiasmo que me dejó sin palabras. Estaba loco.

—No tengo hambre.

—Fleur, tienes que comer, sobre todo después de haber vomitado tanto. —Cualquiera que no lo conociera diría que estaba genuinamente preocupado.

—Estoy bien.

Se arrodilló frente a mí y me quitó la cadena del tobillo. En cuanto estuve libre, aparté el pie para evitar todo contacto con él.

Bajamos a desayunar y apenas toqué la comida. El día transcurrió como cualquier otro. Cuando cayó la noche, Mason estaba concentradísimo en una película de misterio. Con el tiempo, había descubierto lo mucho que le gustaban esas películas.

Estábamos en un sofá grande de tres plazas, él en una esquina y yo en la otra, manteniendo la distancia. Como siempre, me sorprendía lo normal que Mason parecía con sus pantalones de pijama y su camiseta blanca, tenía un bol de palomitas de maíz sobre el regazo y los pies apoyados en la mesa de centro. Me preguntaba si alguna chica había caído bajo su hechizo, si alguna había tenido sexo consentido con ese monstruo, ignorante de lo que era capaz. No las podía culpar, a simple vista era solo un hombre joven muy atractivo con aspecto peligroso. A muchas chicas les encantaba esa mierda. Lo que no sabían era lo realmente peligroso que era Mason.

Al notar mi mirada, sus ojos bicolor se encontraron con los míos. No dijo nada y siguió observándome sin dejar de masticar palomitas.

—Te estás perdiendo la película —dije, inquieta.

—Me entretiene más mirarte a ti.

—Claro, olvidaba que soy tu payaso.

Sonrió.

—Nunca he dicho eso.

—No hace falta que lo digas.

Terminó de masticar.

—No estás de buen humor hoy.

—¿Cómo podría estarlo?

—Ya te acostumbrarás, bonita.

Bufé.

—Dime, Mason, ¿qué se siente al tener a una persona como juguete? Imagino que debes de sentirte poderoso.

Quisiera decir que su semblante cambió, que se enojó o le molestó de alguna forma lo que dije, pero, en vez de eso, una sonrisa torcida se formó en sus labios.

—Me encanta cuando eres cínica —comentó—. No eres mi juguete, Fleur. Nunca lo has sido.

—Claro.

—¿O es que acaso quieres serlo?

Puso el bol de palomitas sobre la mesita y bajó los pies. No me gustaba la forma en la que me estaba mirando. La intensidad de sus ojos podía llegar a ser escalofriante.

Se movió tan rápido que apenas pude gritar. Me agarró de los tobillos y tiró de mí hacia él, obligándome a quedar acostada boca abajo en el sofá. Luego se subió encima de mí y se sentó en la parte de atrás de mis muslos, manteniéndome con la cara casi enterrada en el sofá. Tomó mis muñecas para sostenerlas en la parte baja de mi espalda. Luché, soltando quejidos de impotencia que se ahogaban en la suavidad del sofá.

Él me apretó las muñecas y con la mano libre me dio una palmada en el trasero. Grité tan fuerte como pude, casi ahogándome.

—Si fueras mi juguete —me dijo Mason al oído con su voz fría—, te daría unos cuantos azotes más y luego te follaría aquí mismo de tal forma que no podrías levantarte.

—¡Suéltame! —bramé, luchando—. ¡Por favor!

—¿Tienes idea de cuánto me ha costado contenerme, Fleur, durmiendo a tu lado cada noche, sabiendo que puedo tomarte cuando quiera? Me he contenido porque no eres un juguete para mí, y porque jamás te obligaré a hacer algo que no quieres.

—Por favor, suéltame... —rogué.

—No hasta que me digas que te ha quedado claro que no eres un juguete para mí.

—Sí... —traté de hablar, tragando con dificultad—. Me ha quedado claro... Por favor...

A través de mi visión borrosa, vi unos pantalones negros que aparecieron a mi lado. Luego la voz de lo que en esos momentos sentí que era un ángel emitió una sola palabra:

—Suéltala.

Escuché la risa sarcástica de Mason y levanté la mirada para ver al hombre que estaba a nuestro lado, apuntando con un arma hacia el chico que estaba encima de mí.

Pierce.

℘ 38 ℘

«Una mentira no tendría sentido si la verdad no fuera percibida como peligrosa».

ALFRED ADLER

Nadie se movió, nadie respiró, nadie habló.

Pasaron unos largos segundos de agonía y tensión.

Cualquiera esperaría que, al ser apuntado con un arma, Mason me soltaría rápidamente, pero no lo hizo. Su agarre sobre mis muñecas fue aún más fuerte.

En mi posición no podía ver bien la cara de Mason, pero parecía asustado.

—¿Quieres jugar con nosotros?

Pierce apretó la mandíbula.

—¿Quieres una bala atravesando tu cerebro?

Mason se rio un poco.

—Qué agresivo, oficial.

—No hay tiempo para tus juegos, Mason, suéltala —repitió Pierce, sin despegar sus ojos de él. Entendía que estuviera centrado en Mason, pero por alguna razón quería que me mirara, quería ver la seguridad en esos ojos grises que tanto me gustaban.

«Mírame, Pierce».

Había estado atrapada en un ciclo sin fin de vida cotidiana con el monstruo que asesinó a mi familia y, por fin, alguien había venido a salvarme. Por primera vez en semanas, la esperanza llenaba mi dolorido corazón. Unas lágrimas de alivio nublaron mi vista.

No pude evitar notar lo diferente que parecía Pierce con su uniforme negro. Se veía más maduro, más fuerte, más guapo.

Finalmente, Mason me soltó y no dudé en levantarme y alejarme de él tanto como pude. Quería abrazar a Pierce, hundirme en su pecho, pero me contuve. Seguía apuntando a Mason y no quería ser una distracción.

Pierce me echó una mirada rápida.

—Fleur, sal de la casa y espérame fuera.

Vacilé, con el corazón en la garganta.

—Pierce...

—Hazlo.

Mason me sonrió de oreja a oreja, la diversión en sus ojos era clara y perturbadora.

—Corre, Fleur, corre.

Con cuidado, me alejé de ellos. Al llegar a la puerta, la encontré abierta. No había señales de que la hubieran forzado, pero no le presté más atención y salí. No era que no me importara Pierce, pero no había mucho que yo pudiera hacer para ayudarlo; yo solo sería un estorbo.

«Por favor, Dios, no permitas que le pase nada».

En el momento en el que puse un pie fuera y la brisa golpeó mi rostro, me quedé paralizada un instante al ver a la persona que estaba al lado de una camioneta negra. Comencé a caminar hacia él con lentitud, las circunstancias me habían vuelto precavida.

—¿Adam?

Sus ojos oscuros se encontraron con los míos. Sin duda estaba aliviado al verme.

—Oh, Fleur. —Corrió hacia mí y me envolvió en sus brazos.

Su olor me tranquilizó al enterrar mi cara en su pecho. Cuando nos separamos, tomó mi rostro entre sus manos y me besó en la frente.

—¿Qué estás haciendo aquí? —le pregunté, confundida.

Adam abrió la boca para responder, pero me di cuenta de que eso no era lo más importante en esos momentos. La vida de Pierce corría peligro.

—Tienes que ayudar a Pierce, está dentro solo con ese loco.

—Fleur.

Quité sus manos de mi cara y me aferré a su camisa.

—Por favor, sé que no te llevas bien con él, pero tienes que ayudarlo, no dejes que le pase nada.

Adam miró con tristeza.

—Lo siento, Fleur.

Di un paso atrás.

—¿Lo sientes? ¿No vas a ayudarlo?

—Necesito que me escuches.

—Y lo haré, pero no ahora, no cuando Pierce está ahí dentro enfrentándose a Mason.

Adam tomó mi mano.

—Pierce no está en peligro.

Fruncí el ceño y me liberé de su agarre.

—¿De qué estás hablando?

Lo que dijo a continuación destruyó el mundo a mi alrededor y acabó con la esperanza que había sentido hacía unos minutos.

—Mason, Pierce y yo hicimos esto juntos.

MASON STEVENS

—Bonita arma —susurré sentándome en el sofá.

Pierce la bajó y la guardó en la funda, en su cintura.

—Es una Glock G43, edición especial.

Tomé el bol de palomitas.

—Les encanta darles nuevos juguetes en las fuerzas especiales, ¿eh?

—¿Qué se supone que estabas haciendo cuando entré? —me preguntó Pierce sentándose en el sofá de enfrente

—¿Celoso?

Bufó.

—No.

—¿Entonces?

Se encogió de hombros.

—Curiosidad. Además, prometiste no tocarla.

—Y no lo he hecho —mentí. Pierce alzó una ceja—. Solo un poco, pero nada traumático. De hecho, estoy orgulloso de mí mismo, he sido un buen chico.

—Si esperas una medalla, creo que vas a sufrir una desilusión.

Eso me hizo reír un poco.

—¿Cuándo vas a dejarme devolverte la paliza que me diste en el psiquiátrico?

—Te recuerdo que esa paliza fue la que te dejó en libertad.

—Tienes razón —asentí—. Tu actuación de ese día estuvo de primera.

—Quería asegurarme de que la cámara de seguridad lo captara todo y que el estúpido guardia que estaba afuera escuchara por si lo interrogaban, aunque no sirvió de nada, porque lo mataste después. —El reproche en su tono era claro.

—¡Uuups! —dije fingiendo estar arrepentido.

Pierce suspiró.

—¿Cómo está Fleur?

—Estable, aunque después de hoy, supongo que estará inestable de nuevo durante bastante tiempo. ¿Adam está afuera con ella?

Pierce asintió.

—Pensé que él era el más indicado para decírselo.

Lo señalé.

—O no tienes el valor de decírselo tú mismo porque sabes que va a odiarte.

—No me importa.

—Claro —contesté masticando palomitas—. ¿Y la policía?

—Creen que cruzaron la frontera, pero no quieren involucrar a agencias internacionales. El caso ya se está enfriando, a este paso lo cerrarán pronto.

—Te dejaron ir más rápido de lo que anticipamos.

—Nos dieron vacaciones temporales a todos los que trabajamos en el caso. Fueron meses de trabajo encubierto.

—Bien. —Tenía que preguntarlo—. ¿Cómo está la chica pelirroja?

—¿Dana? —Pierce alzó una ceja—. Se está recuperando, la bala le rozó la cabeza y afectó un área del cerebro, pero se recuperará. Nunca cometes errores al disparar, tu puntería es perfecta, así que si está viva es porque así lo quisiste. ¿Por qué?

Me encogí de hombros.

—Es alguien importante para Fleur, creo que ya ha perdido a suficientes personas queridas.

—Te estás ablandando, Stevens.

Sonreí, pero no dije nada.

—¿Qué le dirá Adam?

Pierce se pasó la mano por el cabello.

—La verdad. —Lo miré preocupado—. Bueno, casi toda la verdad.

—¿Por qué tengo la sensación de que quieres contárselo todo?

Pierce sacudió su cabeza.

—Estás equivocado.

—No quieres que Fleur te odie, puedo verlo claramente. —Suspiré—. Te dije que jugar a tener una relación con ella tendría sus consecuencias.

—Estoy perfectamente bien.

No me gustaba que me subestimaran.

—¿Crees que puedes mentirme?

—No me importa lo que pienses.

—Pero te importa lo que ella piense.

Él no dijo nada.

Sentí la necesidad de tranquilizarlo, lo último que quería era que perdiera el control y se lo contara todo a esa chica. Esa era la mayor diferencia entre Pierce y yo: él podía llegar a ser muy impulsivo.

—No te preocupes, ella nos odiará durante un tiempo, pero luego se le pasará, se acostumbrará a esta vida. Será nuestra y siempre estará a nuestro lado. Eso es lo que quieres, ¿verdad?

Pierce se quedó en silencio de nuevo.

—Ella no dejará de sentir lo que siente por ti. Relájate, Pierce, tu humor me está dando dolor de cabeza.

—No sé por qué sigues hablando, nada de eso me importa.

Claro...

Le ofrecí el bol.

—¿Palomitas?

Me miró con frialdad y yo puse los ojos en blanco. ¡Qué temperamento!

Adam entró con una expresión dolida que me molestó. ¿Es que acaso era yo el único que podía manejar esta situación dejando a un lado los sentimientos?

Pierce se levantó.

—¿Qué ha pasado?

Adam meneó la cabeza.

—Me golpeó y se fue corriendo.

Coloqué el bol de palomitas en la mesa de centro.

—¿Y has dejado que se fuera?

Lo que sea que Fleur le dijo a Adam lo dejó increíblemente dolido. Frustrado, dio un puñetazo en la pared y la sangre empezó a bajar por sus nudillos.

—¡Mierda!

Miré a aquellos dos idiotas que tenía frente a mí.

—¿Alguien va a ir a por ella?

Sin respuesta.

Me sacudí las manos para eliminar la sal de las palomitas y me puse de pie.

—Siempre tengo que hacer el trabajo sucio.

Caminé hacia la puerta.

—No le hagas daño —me suplicó Adam detrás de mí.

Me reí.

—No me digas qué tengo que hacer.

¿De verdad acababa de decirme eso? Si hubiera querido hacerle daño, se lo habría hecho hacía mucho tiempo. La había tenido para mí solo todos estos días.

Salí de la casa y pude verla correr por el largo camino desolado. Si ella supiera cuánto disfrutaba cazándola y atrapándola, no lo intentaría.

Sonreí como un tonto.

«Hora de atraparte, princesa roja».

꙳ 39 ꙳

«No estoy loco, soy voluntariamente indiferente a la racionalidad convencional».

JARED LETO

Seis meses antes

MASON STEVENS

Sus lágrimas...

Eso fue lo primero que llamó mi atención, no su atuendo, ni la forma en la que su cabello rubio caía rebelde a los lados de su cara. Era bonita, pero no era mi tipo, demasiado perfecta para mi gusto.

Bueno, no tan perfecta. Acababa de salir llorando del consultorio del psiquiatra más reconocido de este lugar, tan consumida en sus lágrimas que ni siquiera me vio sentado en las escaleras. Pasó por mi lado como si yo fuera invisible y tal vez en su pequeño mundo lo era.

Aburrido, me levanté y decidí salir detrás de ella. El frío del invierno me recibió implacable, así que me metí las manos en el abrigo, chupando el caramelo de menta que había cogido del bol que tenía en el mostrador la recepcionista, Lisa, quien, a pesar de tener unos cuarenta años, parecía que tuviera sesenta.

No me malinterpreten. La chica no era nada del otro mundo, pero estaba aburrido y no estaba de humor para otra sesión con mi psiquiatra. Me había resultado interesante al principio, pero en el momento en el que pude manipularlo fácilmente, perdí todo mi interés por él.

La chica sollozaba quedamente, pero aun así podía oírla debido a que aquella era una calle silenciosa y solitaria.

«¿Por qué lloras, bonita?».

Sentía curiosidad por saber qué cosas podrían estar pasando en la vida de alguien que parecía tan normal, tan perfecta, para que tuviera que visitar a un psiquiatra y salir de su consulta de esa forma.

«¿Depresión? ¿Ansiedad? ¿Estrés? ¿Algún trastorno alimenticio? ¿Cuál es tu problema?».

Estaba caminando tan cerca detrás de ella que su perfume, algo floral, me hizo respirar hondo. Me sorprendía que no se hubiera dado cuenta de mi presencia. Quería hablarle, comenzar una conversación estúpida con un «¿estás bien?». Sin embargo, disminuí la velocidad porque, por el rabillo del ojo, vi una camioneta negra siguiéndome despacio desde la calle.

Me detuve en seco, la camioneta frenó. Me giré y me dirigí hacia el vehículo. La ventanilla tintada del copiloto bajó despacio. Reconocí al hombre uniformado del asiento del conductor. Con tono cansado, le pregunté:

—¿Ahora me sigues?

Él sonrió burlonamente.

—Tan egocéntrico como siempre.

—¿He cometido algún delito, oficial? —No podía ocultar la burla en mi voz.

Pierce siguió sonriéndome cínicamente.

—No estaba siguiéndote a ti. —Su mirada viajó a la figura de la chica que continuaba caminando calle abajo.

—¿La estás siguiendo a ella? Vaya, vaya. —Esa chica definitivamente se estaba volviendo interesante.

—¿Es una criminal?

Pierce suspiró.

—No, Adam me pidió que la vigilara durante unos días.

Fruncí el entrecejo.

—¿Adam? ¿Y por qué mi preciado hermano que clama que te odia te pediría algo así?

—¿No lo sabes? —Pasó su mano por el volante de la camioneta—. Es su chica.

—¿Su chica? Pero él está...

—Saliendo con la nueva vecina.

—¿Esa chica es nuestra nueva vecina?

—Al parecer no te has ocupado por conocer a la nueva conquista de tu hermano.

—¿Por qué tendría que haberlo hecho? No me gusta malgastar el tiempo.

Pierce me miró con cautela.

—¿Y tú por qué la estabas siguiendo?

Me encogí de hombros.

—Iba a matarla.

—No lo creo, no es tu tipo.

Le sonreí.

—Me conoces muy bien.

Desearía no hacerlo.

—Oh, vamos, somos prácticamente hermanos. Criarnos juntos en el orfanato fue muy divertido, hasta que me adoptó esa familia de descerebrados.

—Esa familia te cuidó y te alimentó, no seas desagradecido.

Puse los ojos en blanco.

—¿Qué es lo siguiente? ¿Me dirás que debo quererlos y honrarlos?

—No, no puedo pedirte lo imposible y francamente no me importa.

—Ahora tengo curiosidad. ¿Por qué Adam te ha pedido que la sigas?

—Al parecer, algo va mal en su vida. Adam no sabe explicarlo, pero cree que está pasando algo en esa casa y ella no dice nada.

Esto se estaba volviendo aún más interesante.

—Salió llorando de la consulta, tal vez el doctor sepa alguna cosa.

—Si crees que el doctor va a violar el secreto profesional, no lo conoces bien.

—Puede que lo haga si le muestras una orden judicial.

Pierce ladeó la cabeza.

—¿Y de dónde se supone que sacaré una orden falsa?

—¿En serio? ¿Vas a hacer ese estúpido numerito de hombre bueno conmigo?

Pierce se rio con ganas.

—Bien, conseguiré la orden.

—Mantenme informado.

—¿Y por qué iba a hacerlo?

—Tú hazlo, será como en los viejos tiempos.

Pierce sacudió su cabeza, le hice un saludo militar mientras subía la ventanilla del auto.

No esperaba volver a ver a la chica de las lágrimas tan rápido.

Apenas habían pasado unos días cuando Adam la trajo a casa. Me había pedido que no saliera de mi habitación porque no quería presentármela. Al parecer, mi hermano adoptivo me tenía un poco de miedo y no lo culpaba por ello.

Verán, Adam era un chico común, pero muy inteligente. Cuando llegué a esta casa a mis dieciséis años, no le tomó mucho tiempo darse cuenta de que yo no era normal, que mis demostraciones de afecto hacia sus padres no eran genuinas y que mi frialdad iba más allá de un asunto de rebeldía adolescente. No diría que nos llevábamos mal, pero sí manteníamos cierta distancia entre nosotros y, para ser sincero, no me importaba.

Me quedé en mi habitación, observando desde la ventana cómo él y su chica jugaban en la nieve, construyendo un muñeco de nieve y lanzándose bolas de vez en cuando. Parecían la pareja de un anuncio de ropa de invierno, estaba a punto de alejarme de la ventana cuando observé algo que llamó mi atención.

Adam la besó y luego la abrazó y empezó a besarle el cuello. La expresión de la chica se tornó incómoda y por un momento sus ojos se enrojecieron. Parecía que tuviera ganas de empujar a mi hermano lejos de ella. Adam, que no podía ver lo que yo veía, siguió besándole el cuello y apretándola contra él mientras ella no pudo evitar hacer una mueca de desagrado. Pero cuando él se separó un poco para mirarla, ella adoptó una expresión de alegría.

«Algo pasa aquí».

Mi teléfono vibró en la mesilla de noche, lo tomé y me lo coloqué en el oído sin despegar los ojos de la chica.

—Callejón Trece, detrás del bar del centro. Te veo allí en veinte minutos. —Pierce colgó antes de que yo pudiera decir nada.

Siempre tan encantador.

Entré y me senté en la camioneta negra del oficial especial Ferguson sin tan siquiera molestarme en saludarlo. No teníamos que perder tiempo con formalidades que a los dos nos traían sin cuidado.

Pierce me pasó un informe y leí el nombre en la parte de arriba.

—Fleur Dupont, bonito nombre.

La primera hoja contenía su información personal, dirección, teléfono y una foto. Hojeé los documentos, incluidas las notas que tomaba el doctor durante las sesiones.

—¿Qué te parece?

La psicología era mi fuerte, no la de Pierce. Sabía que él necesitaba saber lo que yo deducía de todas las notas del doctor. Las leí con cuidado, prestando atención a cada detalle, cada connotación que era relevante para entender qué le ocurría a esa chica.

Pierce no era una persona paciente.

—¿Y bien?

Suspiré, devolviéndole el informe.

—Definitivamente es un trastorno disociativo.

—Eso lo sé, pero ¿de qué tipo?

—No lo sé, pero creo que sé la causa.

Pierce frunció el ceño.

—¿Ah, sí?

—Adam la llevó a casa hoy y pude observarla durante un rato. Se notaba a leguas que no se sentía nada cómoda cuando él la tocaba, pero aun así lo dejó hacer, como si estuviera acostumbrada a...

—Ser tocada en contra de su voluntad y no luchar.

—Sí, vi la resignación en sus ojos.

—¿Crees que ha sido víctima de violencia o abuso sexual?

Lo pensé por un momento.

—Abuso sexual. No actuaba asustada o inquieta, solo incómoda, como si no tolerara que la tocaran.

—¿Adam?

Meneé la cabeza.

—No lo creo.

—¿El padre?

—Tal vez, pero no podría decirlo con certeza.

Pierce se pasó la mano por la cara.

—Y eso no es todo, hay más.

Lo observé con curiosidad.

—¿Más?

Pierce me pasó unas fotos de una cámara de seguridad de lo que parecía una tienda de armas.

—Estas fotos son de hace unos días, las pedí después de seguirla y verla entrar en esa tienda. —Fleur aparecía comprando una pistola y un cuchillo de caza—. En las fotografías no se puede apreciar, pero en la grabación se veía jodidamente diferente a la chica que he seguido estos días, mucho más segura de sí misma, muy cortante y fría, como si fuera una persona diferente.

—Trastorno de identidad disociativo —dije finalmente. Había estado dándole vueltas a ese diagnóstico desde que había leído su informe.

Pierce asintió.

—Pensé lo mismo.

—Tiene sentido. Por los frecuentes períodos de amnesia que el doctor registró en sus notas, diría que tiene por lo menos una o dos personalidades que se están manifestando de vez en cuando.

Pierce suspiró.

—Bueno, sea cual sea la personalidad que adquirió esas armas, tengo el presentimiento de que no son para cazar animales.

Una sonrisa se extendió en mi rostro.

—Va a matarlo.

—¿Al padre?

Asentí.

—Mierda, esto se ha vuelto jodidamente interesante.

—No conviertas esto en otro de tus juegos, Mason —me pidió Pierce.

—¿Cómo no hacerlo? Nunca había conocido a nadie que tuviera entre una de sus personalidades múltiples a una asesina.

—No es una asesina, por lo menos, no todavía.

—Créeme, lo será —seguí sonriendo—. No es mi tipo, pero me está empezando a gustar.

«El juego de la muerte es mi favorito, espero que sepas jugar, bonita».

꧁ 40 ꧂

> «Tengo una pregunta que a veces me tortura:
> ¿estoy loco yo o los locos son los demás?».
>
> ALBERT EINSTEIN

La noche del asesinato

PRINCESA ROJA

La familia perfecta...

Eso éramos delante de los demás. Mi padre, un prestigioso abogado; mi madre, un ama de casa que se mantenía en forma, y mi hermanita, una dulce niña de sonrisa brillante. Dondequiera que íbamos, nos elogiaban y recibíamos todo tipo de cumplidos.

En esa realidad vivía Fleur, en esa puta realidad tan falsa.

En cambio, yo lidiaba con lo que pasaba a puerta cerrada. Lo que pasaba cuando las luces se apagaban, cuando el silencio de la noche ahogaba la impotencia y el dolor. Yo era la que emergía cuando mi padre entraba en mi habitación en medio de la noche para abusar de mí.

Aún recordaba con claridad el momento en el que cobré vida en la mente de Fleur. Ella tenía ocho años y fue la primera vez que su padre la golpeó y la tocó violentamente. Su mente no podía lidiar con ese trauma, así que aparecí yo, que fui la que se encargó de vivir los abusos de mi padre. Lo llaman trastorno disociativo: mientras Fleur vivía en el falso mundo de la familia ideal, yo consumía la cruel realidad.

Muchas veces habían rodado lágrimas de impotencia por mis mejillas mientras la barba de mi padre me rozaba el cuello y sus gemidos hacían eco en mi oído. Pero no se detuvo ahí; con el paso del tiempo, su lado enfermo se acentuó y no solo entraba en mi habitación, sino que también se metía en la ducha y me obligaba a hacer cosas que me marcaron de por vida. Mi madre lo sabía todo, pero no hacía nada. Creo que estaba más enferma que él.

Mi padre nos mantenía aisladas a mi hermana y a mí. Dejamos la escuela y, cuando la gente preguntaba por qué no íbamos, él decía que nos educaban en casa.

No pasó mucho tiempo hasta que comenzó a abusar también de Camille. Me enfrenté a él al principio, lo amenacé con denunciarlo, pero me ignoró. Colocó un cuchillo en el cuello de mi hermana y me dijo que nos mataría si iba a la policía. Nos mudamos a Canadá después de eso, la cabaña que compró estaba aún más aislada que nuestra casa de Francia.

Ser abusada desde tan temprana edad me había hecho creer al final que no había nada que pudiera hacer al respecto, que todo era culpa mía y que no tenía derecho a pedir ayuda porque estaba sucia, dañada, defectuosa. Pensé que solo yo podía resolverlo, nadie más.

Y había llegado el momento de resolverlo.

«Frío...».

La helada nieve congelaba mi espalda; tenía adormecida toda la parte de atrás de mi cuerpo, pero no me importaba. Mis ojos estaban centrados en el oscuro cielo que se veía a través de las ramas de los árboles. Copos de nieve danzaban lentamente en el aire antes de caer sobre mí.

Mi padre estaba encima de mí, tocándome, metiendo su mano dentro de mi pijama. A pesar del frío, había hecho correr a Fleur por el bosque que había al lado de nuestra casa para atraparla. Y en ese momento aparecí yo para lidiar con este enfermo.

«Él entierra su cara en mi cuello para susurrar en mi oído: "Chis, Fleur". Su mano libre desciende hasta el bajo de mi vestido y luego comienza a subir deslizándose por mis piernas».

Pobre Fleur. Me preguntaba cómo su mente cambiaría ese recuerdo para que pudiera mantenerse en su mundo feliz. Aunque no podía negar que me parecía bien que se quedara con algún retazo de lo que yo tenía que vivir.

Quisiera decir que rogué que parara o mostré algún tipo de expresión de desagrado, pero no fue así. Los años que llevaba sufriendo abusos estaban comenzando a pasarme factura, ya no podía sentir nada. Veía borroso el cielo nocturno porque las lágrimas silenciosas empañaban mi vista y luego caían a ambos lados de mi cara.

El idiota de mi padre se dio cuenta de que tal vez violarme al aire libre, con temperaturas bajo cero, no era lo más inteligente si quería conservar sus extremidades, así que se limitó a usar sus dedos con los guantes de piel puestos. Como he dicho, cada vez estaba más enfermo.

Cuando no pudo con el frío, se levantó y me ofreció la mano. No la acepté. Él sonrió, encendió un cigarro y caminó de regreso a casa.

Yo volví a mi habitación, busqué debajo de mi almohada y saqué el cuchillo de caza que había comprado de manera ilegal. Deslicé mi dedo por la hoja, estaba tan afilada que me corté un poco. Succioné la sangre rápidamente para detener el sangrado.

Una sonrisa de liberación se formó en mi rostro: ya no más.

No más de esta mierda, no más dolor, no más abusos.

Sabía que mi padre estaría en su enferma rutina de jugar con mi madre. Siempre pasaba a la misma hora, a medianoche, en el salón. No les importaba si Camille y yo bajábamos y los encontrábamos en plena faena.

Bajé las escaleras en silencio. Podía ver a mi madre en el sofá, con solo los pantalones y el sujetador. Mi padre estaba frente a ella, de espaldas a mí. La cabeza de mi madre bajaba y subía, así que sabía lo que le estaba haciendo.

El asco me revolvió el estómago, apreté el cuchillo en mi mano. Me acerqué con mucho sigilo y me quedé justo detrás de él.

—Papá.

Al escucharme se giró hacia mí y lo ataqué rápidamente. Me esquivó, pero logré enterrar la mitad del cuchillo en el lado izquierdo de su pecho, cerca de su hombro. La sangre emanó de la herida en segundos.

Mi padre soltó un alarido de dolor y mi madre gritó mientras se levantaba.

—¡Fleur! ¡¿Qué has hecho?!

Él se tambaleó hacia mí.

—¡Maldita puta! —Me golpeó con el dorso de la mano derecha tirándome al suelo y entonces me agarró del pelo y me estrelló contra la pared—. ¡Desagradecida!

Mi visión se llenó de puntos negros y noté que mi mejilla y mi cabeza palpitaban.

—Cariño, ¿estás bien? —oí a mi madre a lo lejos preguntarle a mi padre—. ¡Oh Dios, cuánta sangre!

Con horror y rabia, vi a mi padre sacarse el cuchillo, gruñendo de dolor mientras mi madre ponía un trapo en la herida para detener la sangre. Él la empujó a un lado y se abalanzó sobre mí.

—¿Quieres jugar, zorra?

Me agarró del cuello, me levantó y me estampó contra la pared.

—¿Es que acaso no te he follado lo suficiente? ¿Es eso?

—Debe de estar celosa —gruñó mi madre, que nos miraba desde cierta distancia.

Mi padre apretó su mano alrededor de mi cuello, cortándome la respiración.

—No... —Le arañé la mano, luché como pude para encontrar algo de aire. Me ardían los pulmones mientras, desesperada, movía los pies en el aire.

Quisiera decir que tenía miedo, que no quería morir, pero mentiría. Una vida como la que llevaba no era la vida en la que me quería quedar. Quería que esa noche cambiaran las cosas, para bien o para mal.

Quería desaparecer...

O quería que ellos desaparecieran.

Cualquiera de las dos opciones era buena para mí.

Y sabía que no era la decisión más sabía, pero era mi decisión.

Mi desesperada decisión.

Estaba a punto de perder el conocimiento cuando escuché una voz que me sonó como la de un ángel.

—Detente.

La mano de mi padre se aflojó en mi cuello y me las arreglé para tomar un poco de aire. Mis ojos se desviaron hacia un lado. Alguien vestido de negro, con un arma y un silenciador, apuntaba a mi padre. Llevaba puesta una máscara que no me dejaba ver su rostro; yo a duras penas podía distinguir sus ojos, pero me resultaba imposible saber su color.

Mi padre me soltó y levantó las manos en un gesto de rendición.

—¿Qué es esto? ¿Quién eres? ¿Policía? —preguntó al desconocido, que no le respondió.

Mientras tanto, yo tosía como una loca tratando de normalizar mi respiración. Miré hacia mi madre. Estaba a unos pasos de mi padre y había otra persona enmascarada detrás de ella, amenazándola con un cuchillo.

«¿Qué mierda está pasando? ¿Quiénes son estos extraños?».

Había una tercera persona en la puerta. También iba de negro, pero su rostro estaba descubierto. Era el chico con el que Fleur salía... ¿Adam? Parecía muy preocupado.

—¿Estás bien, Fleur? —preguntó—. Estamos de tu lado, no tengas miedo.

—¿Quiénes son ustedes? —preguntó mi madre con voz temblorosa, apenas respiraba para evitar que el cuchillo rozara su cuello. Cuando identificó a Adam, pude ver la rabia en sus ojos—. Oh, tú..., sabía que eras una mala influencia.

Mi padre apretó la mandíbula y me miró a los ojos.

—Veo que has conseguido ayuda. ¿Cómo lo has hecho? ¿También te los follas, zorra? —Apenas terminó la frase, el enmascarado con el arma lo golpeó con la culata y lo tiró al suelo. Se subió encima de él y empezó a golpearlo una y otra vez. La cara de mi padre, llena de cortes y toda ensangrentada, era un completo desastre.

Noté que la satisfacción me calentaba el pecho.

—¡Eh! —El chico que vigilaba a mi madre lo llamó—. Basta, es suficiente.

—Tiene razón —dijo Adam dando un paso adelante—. Para ya.

¿Por qué no se llamaban por sus nombres? Era como si no quisieran que yo los supiera. El enmascarado que atacaba a mi padre se detuvo, pero lo agarró del cuello para gritarle en la cara:

—No sabes cómo disfruto asesinando a los tipos como tú. —Su voz era fría y suave a la vez.

«Asesinando...».

Estos dos enmascarados eran peligrosos, pero ¿por qué estaban en mi casa? ¿Adam los había traído? ¿Por qué me ayudaban?

Decidí dejar de preocuparme por trivialidades; estaban de mi lado y eso era lo único que me importaba.

El hombre de negro que estaba encima de mi padre se levantó sin dejar de apuntarle con el arma. Mi padre estaba casi inconsciente por todos los golpes que había recibido. Apenas se movía.

—¡No! —gritó mi madre desesperada.

—Chis —susurró el hombre que estaba detrás de ella presionando el cuchillo aún más contra su cuello.

El enmascarado de la pistola giró su cara hacia mí.

—¿Quieres que le dispare?

Me sorprendió que me lo preguntara. Meneé la cabeza.

—No.

El que controlaba a mi madre habló por primera vez.

—Quieres matarlos tú misma, ¿verdad? —me preguntó, claramente disfrutando de forma anticipada del espectáculo que estaba a punto de presenciar.

Sonreí.

—Sí.

El hombre del arma la bajó y se la puso en la parte de atrás del cinturón.

—¿Cómo podemos ayudarte?

No lo pensé dos veces.

—Amárrenlos a esas sillas. —Mi voz sonaba igual de fría que las de ellos.

No me esperaba que me obedecieran tan rápido, pero cuando lo hicieron, no me quejé. Una vez atados, mis padres parecían tan vulnerables y asustados. Me detuve frente a ellos, francamente complacida de verlos así. Los enmascarados y Adam se quedaron a un lado sin intervenir; no me importaba que estuvieran ahí, me parecía bien tener público.

—Fleur —comenzó a decir mi madre—, nosotros te queremos. Todo lo que hemos hecho ha sido por amor.

Mi padre, con toda la cara ensangrentada, apenas hablaba.

—Yo te quiero, Fleur.

Levanté mi mano con el cuchillo y le corté la cara. Su sangre me salpicó.

—¡Cállate!

Mi padre soltó un chillido de dolor y mi madre se echó a llorar.

—Fleur, por favor.

—Fleur... Fleur... Fleur... —Las lágrimas inundaron mis ojos—. Ustedes destruyeron a Fleur, ustedes me crearon a mí... Yo... —Miré mi camisón de princesa que tanto me gustaba, el que mi padre había ensuciado tantas veces con su perversión. Estaba salpicado de sangre por todos los lados—. Soy la princesa roja ahora.

El enmascarado que usaba siempre un tono burlón dijo:

—Princesa roja... Hummm, me gusta.

—¿De qué estás hablando? ¡Estás loca! Mira lo que le has hecho a tu padre. —Mi madre aún lo defendía en su situación tan vulnerable.

Enfermos.

Me incliné hacia mi padre y cogí su cara entre mis manos.

—¿Quieres que te desabroche los pantalones como siempre, papá?

Me alegraba tanto ver el miedo y la impotencia en su rostro... Le desabroché el cinturón, le bajé la cremallera de la bragueta de los pantalones y con el cuchillo apunté a sus genitales.

—Solo quiero preguntarte una cosa. ¿Por qué? ¿Por qué destruirme y dañarme hasta convertirme en esto?

—Porque tu vagina es jodidamente deliciosa. —Escupió en mi cara y le clavé el cuchillo en la entrepierna mientras lo veía retorcerse de dolor. Se lo clavé una y otra vez. La sangre manaba de él y caía sobre mí.

—¡Maldito enfermo! —grité y seguí apuñalándolo, destrozando sus genitales. Sus gritos de dolor y las súplicas de mi madre sonaban lejanos. El poder de herirlo, de acabar con su miserable existencia, llenaba mi pecho de satisfacción.

Años de pesadillas, de lágrimas silenciosas, de dolor, de sensación de suciedad y aislamiento me motivaban. Sabía que Fleur jamás saldría de su burbuja falsa, nunca estaría lista para lidiar con lo que yo había lidiado y tampoco la culpaba por ello. Nos complementábamos de alguna forma jodida y enferma.

Mi padre se desmayó de dolor. La sangre brotaba de sus heridas y goteaba creando un charco en el suelo.

Levanté la mirada. Adam me observaba con una expresión de sorpresa muy obvia, pero los dos enmascarados parecían muy tranquilos.

Me enfrenté ahora a mi madre. Me puse en cuclillas delante de ella y le hablé en tono sarcástico:

—Mamá...

Ella no podía dejar de temblar.

—Fleur, por favor.

—No soy Fleur, vieja enferma. —Levanté frente a ella el cuchillo que aún goteaba sangre—. ¿Cómo pudiste? ¿Dónde está tu consciencia? Somos tus hijas.

—Él las quiere, esa es su forma de expresarlo —dijo. La rabia me invadió y noté que las lágrimas se deslizaban por mis mejillas mientras apretaba los puños. Levanté la mirada y busqué al hombre enmascarado que siempre hablaba con un tono burlón, no sabía por qué tenía la sensación de que él sabría la respuesta mi pregunta:

—¿Cuál es la forma más dolorosa de matarla?

Él se echó a reír y su risa resonó por toda la sala.

—Puedo mostrarte dónde cortar para que se desangre dolorosamente.

Caminó hacia mí mientras mi madre vociferaba súplicas y sollozaba, se arrodilló a mi lado y, con sus manos enguantadas, tomó mi mano y la guio al muslo de mi madre.

—Por aquí pasa la arteria femoral. Es una de las grandes, perderá mucha sangre rápidamente, pero tardará en morir y lo sentirá todo.

Sus ojos se encontraron con los míos y vi como el reflejo de la ligera luz que se colaba por la ventana los iluminó.

¿Eran de colores diferentes o me lo estaba imaginando?

Apartó la mirada antes de que pudiera verlos bien y se levantó para volver a donde estaba, al lado del otro enmascarado.

Mi madre no dejaba de llorar, sus sollozos me molestaban, le agarré la pierna y corté profundamente donde aquel hombre me había indicado. Hice una mueca al oír el grito de madre. La cantidad de sangre que salió de su herida me dejó sin palabras. Jamás hubiera pensado que alguien podría tener tanta sangre.

En el suelo, justo debajo de mí, se había formado un charco rojo con la sangre mezclada de mis padres. Mi vestido estaba tan manchado que parecía ser rojo con manchas blancas.

La cabeza de mi padre colgaba a un lado, dudaba que despertara de nuevo. Mi madre se estaba poniendo pálida rápidamente y tenía los ojos entornados.

Los observé mientras se desangraban, no despegué mi mirada de ellos hasta que sus cuerpos se volvieron inmóviles y fríos al tacto.

«Muertos...».

Lo que acababa de hacer había liberado mucha adrenalina en mi cuerpo. Tener el poder de acabar con una vida me hizo sonreír de oreja a oreja; me sentía emocionada, incluso excitada. Caminé hacia Adam y antes de que él pudiera decir algo, tomé su rostro con ambas manos y lo besé. Le dejé la cara manchada de sangre, pero no me importó; seguí besándolo apasionadamente, moviendo mi boca sobre la suya con rapidez. Con la respiración acelerada, me separé de él. Aunque mi mano aún acariciaba su mejilla, mi mirada recayó sobre el enmascarado burlón que estaba al lado de Adam. Se acerco y cerré los ojos.

—Quítate la máscara, prometo no mirar —dije.

Escuché algo y lo siguiente que sentí fueron sus labios sobre los míos. Su beso fue mucho más agresivo que el de Adam. Sus labios eran suaves, pero besaba de una forma que te hacía querer hacer cosas sucias con él. Chupé su labio inferior y lo mordí lo suficientemente fuerte como para hacerlo sangrar. Él gimió en mi boca, y cuando nos separamos, susurró:

—Te devolveré ese mordisco, princesa roja.

Evité mirarle la cara hasta que se puso la máscara y me dirigí al otro enmascarado, el último. Me lamí los labios anticipando el placer que me esperaba.

—¿Quieres que cierre los ojos?

Él negó con la cabeza.

—Tú no me interesas.

Fruncí el ceño.

—¿No?

Su voz se tornó aún más fría.

—Me interesa Fleur, no tú.

El hombre burlón bufó detrás de mí.

—No seas idiota.

Me reí descaradamente, enfrentándome a él.

—Mentira.

Él ladeó la cabeza.

—No me importa lo que pienses, eres solo una personalidad que desaparecerá cuando Fleur reciba tratamiento.

Este sí que era interesante.

—¿Quieres decir que te interesa Fleur, la que no vive en la realidad?

Él asintió.

—Sí.

—No te creo —me acerqué a él—. ¿Quieres decirme que tu corazón no se aceleró, que no te excitaste al verme asesinarlos? —Mi mano acarició su máscara, pero él me tomó de la muñeca y tiró de mí, poniéndome contra la pared. Estaba tan cerca de mí que su respiración rozaba mi boca.

—¿Quieres saber si quiero subirte ese vestido y follarte aquí mismo? Sí, quiero hacerlo, pero después de eso, no querría ni mirarte, esta personalidad me disgusta. En cambio, Fleur me interesa de verdad.

Grises...

El color de sus ojos era hipnotizador, nunca había conocido a nadie con los ojos grises.

Me liberó, tenía los ojos clavados en algo o alguien que había detrás de mí. Me giré para enfrentarme a Camille. Llevaba puesto su pijama y tenía su oso de peluche favorito contra su pecho. Era una niña pequeña, pero al ver a nuestros padres muertos, la sangre en mi ropa y el cuchillo en mi mano ató cabos. Era inteligente a pesar de que solo era una cría.

—¿Qué has hecho? —El horror en su rostro era difícil de soportar—. ¿Mami? ¿Papi?

—La pequeña tiene que morir —dijo el del tono burlón y se sentó en el sofá.

Lo miré aterrada. Ojos Grises comentó detrás de mí:

—No puedes tener testigos o te incriminarán.

Adam intervino.

—¿De qué mierda hablan? Es solo una niña.

Los dos enmascarados tenían razón, no podía haber testigos que pudieran inculparme. Definitivamente, no había planeado todo esto bien. Los pequeños ojos de Camille se llenaron de lágrimas y entonces pasó.

Me vi reflejada en ella, mi padre ya la había tocado, la había dañado. Miré mis manos llenas de sangre. Ella ya estaba arruinada, sucia, no quería que se convirtiera en una asesina como yo, que viviera una vida de trauma y miseria; nadie se merecía algo así.

Nadie se merecía crecer como yo lo había hecho; Camille tampoco.

Sabía que matarla devastaría a Fleur, pero tenía que hacerlo. Miré al hombre en el sofá.

—Quiero que sea rápido y que no sufra.

Él asintió.

—¿Quieres que lo haga yo?

Asentí con la cabeza y me di la vuelta. No podía mirar, no quería hacerlo. Yo no le tenía mucho afecto a Camille, pero sabía que Fleur sí, y de alguna forma sus emociones me afectaban. Ojos Grises se quedó frente a mí, sin moverse, pasaron unos minutos silenciosos y cuando me volví, Camille estaba en el suelo inconsciente. No necesitaba acercarme para saber que estaba muerta.

¿La había asfixiado? Bueno..., eso no importaba.

Adam apareció a mi lado.

—Deberías cortarle el cuello o alguna otra parte del cuerpo para que la policía piense que la ha matado a puñaladas la misma persona que ha asesinado a tus padres.

—Sí, si queremos que culpen al asesino en serie que anda suelto —añadió Ojos Grises— tienes que hacer las cosas bien.

—¿De qué están hablando?

—Verás, princesa roja, no somos tan torpes y poco organizados como tú —contestó el del tono burlón—. Aunque admiro tu coraje, debo decir que no planeaste esto nada bien. Si no hubiéramos llegado, estarías muerta o te habrían violado de nuevo. —Hice una mueca incómoda; debía admitir que tenía razón—. Si queremos que atribuyan estas muertes al asesino en serie de familias que está actuando últimamente, tienes que hacer que parezca que lo ha hecho él.

Ojos Grises me quitó el cuchillo y cortó el cuello de Camille con un movimiento rápido. Luego le lanzó el cuchillo al de los ojos bicolor, que lo atrapó en el aire. ¿Por qué todos tenían puestos guantes? Él comenzó a limpiar el cuchillo con un trapo y un líquido extraño mientras Ojos Grises colocaba el cuerpo de Camille de cierta forma.

—¿Qué están haciendo? —pregunté confundida.

Adam me sonrió.

—Arreglando la escena del crimen.

Eso no me ayudó a salir de mi confusión. Ojos Diferentes tenía razón, yo no había planeado qué haría después de matar a mis padres. Pensé que, cuando la policía llegara, me llevarían presa. Yo era la que los había matado, aunque ellos tres fueran mis cómplices.

Ojos Grises se acercó a mí.

—Necesito que dejes que Fleur vuelva a tomar el control, voy a apuñalar a Adam frente a ella. Fleur necesita ser una víctima más de todo esto, la víctima de un asesino. Tiene que actuar de forma genuina o la policía sospecharía de ella.

—No tienes que preocuparte —suspiré—. Ella no recordará nada o simplemente cambiará los recuerdos, siempre lo hace.

Ojos Grises no dijo nada, pero entendí que insistía en que Fleur regresara, así que accedí.

—Bien, lo haré, subiré a su habitación y la dejaré volver.

—¿Puedes dejarla volver a tu antojo? —me preguntó Ojos Diferentes.

—Puedo intentarlo.

Ojos Grises me miró.

—Pon los relojes que haya en la habitación a las once y media de la noche. Así coincidirá el instante en el que ella recupera la conciencia con el momento de los asesinatos.

Qué minuciosos eran.

Estaba ya en el primer escalón, cuando una mano me agarró de la muñeca para detenerme. Era Ojos Diferentes, al pie de la escalera. Seguía siendo mucho más alto que yo, y eso que yo estaba un escalón más arriba. Se bajó la máscara, me agarró de la cintura y me besó. Me encantaba la forma en la que me besaba. Era salvaje y muy excitante, como si quisiera devorarme. Movía su boca sobre la mía enviando corrientes de electricidad por todo mi cuerpo. Me apretó contra él y no pude evitar gemir. Su lengua invadió mi boca. Besaba demasiado bien y sentí su cuerpo definido contra el mío. Cuando nos separamos, él sonrió sobre mis labios.

—Te veré luego, princesa roja.

Le devolví la sonrisa y me alejé de él. Dejé tras de mí aquella sangrienta escena de crimen con los tres príncipes oscuros que me protegían.

ADAM STEVENS

Luché contra todo mi ser para manejar esta situación de manera fría y objetiva, y aunque me había resultado difícil, tener a Mason y a Pierce a mi lado me había ayudado a mantener la calma.

Ver a Fleur o, bueno, a su otra personalidad, asesinar a sus padres me había trastornado, pero la entendía. Merecían morir. Lo que más me costó fue aceptar la muerte de Camille. Entendía que era una testigo peligrosa, pero era solo una niña. Por un momento quise abogar por ella para evitar que la mataran, pero sabía que eso pondría en peligro a Fleur.

Mi Fleur... Llámenme idiota enamorado, pero estaba dispuesto a hacer cualquier cosa por ella. La amaba, ella lo era todo para mí.

Miré por la ventana, esperando mi momento. Pierce se había ido, tenía que estar de guardia para poder ser convocado a la escena del crimen cuando yo llamara. Mason estaba dentro, jugando a ser el asesino, apuesto a que estaba disfrutando aterrorizando a Fleur.

Fleur era muy diferente de la chica que habíamos visto asesinar a sus padres. La princesa roja era fría, atrevida. Aún podía sentir los celos que me invadieron cuando la vi besar a Mason, no una, sino dos veces. Me repetí que no era mi Fleur, que era su otra personalidad, pero aun así me dolió. Agradecí que Pierce se negara a besarla.

Repasé mentalmente una y otra vez la declaración que daría en el interrogatorio policial. Cuando Mason me dio la señal, me dirigí a la puerta de atrás y entré por la cocina, haciendo ruido a propósito.

Fingimos luchar en la cocina. Confiaba en él. Mason había estudiado medicina y se había graduado en psiquiatría a una temprana edad. Era un superdotado. Tenía un coeficiente intelectual que le permitió entrar en la universidad a los quince años. Sabía en qué ángulo y cómo apuñalarme para no herirme de muerte. Pero no pude evitar preguntarle:

—¿Dolerá?

Se echó a reír.

—¿Tú qué crees?

Antes de que pudiera responderle, enterró parte de la hoja del cuchillo en el lado derecho de mi pecho, justo debajo de la clavícula. No pude evitar chillar de dolor. Mierda, dolía mucho.

«Es por ella. Esto es por Fleur, por su bienestar... Aguanta, Adam».

Después de apuñalarme, lo cual me dolió más que nada que hubiera experimentado, Mason me empujó fuera de la cocina. Caí al suelo y él se desvaneció por la puerta trasera. Con dedos temblorosos, llamé a la policía.

Fleur apareció a mi lado al cabo de unos segundos. Tenía los ojos rojos y sus lágrimas caían sobre mi cara.

—Adam, aguanta... Te pondrás bien... Por favor, prométeme que te pondrás bien.

Me las arreglé para sonreír con tristeza.

—Te lo prometo.

Aun llorando y con toda esa sangre en su vestido y su rostro, estaba preciosa. No era una persona mala, solo era el resultado de unas circunstancias muy jodidas.

Fleur no paraba de llorar.

—Mis padres... están muertos... —Sus labios temblaban—. Camille... —Lloró aún más desconsoladamente—. Ella... Oh, Dios.

Tomé su mano, esa misma mano que había usado el cuchillo para matar.

—Tranquila, Fleur...

—Hay tanta sangre... y... —Tenía la respiración agitada—. Ellos... no respiran, ellos no respiran, Adam —repitió, entrando en shock—. Mamá..., papá..., Camille, no respiran... ¿Qué hago? Yo... ellos...

Le apreté la mano.

—Eh, eh, tranquila, todo irá bien.

—¡No! —Se soltó de mi mano—. ¡Nada irá bien! Los tres están muertos y hay tanta... sangre... El olor metálico de la sangre... está por todos lados... No puedo respirar.

—Fleur...

Se agarró la cabeza y empezó a llorar desconsoladamente.

—No sé... ¿Por qué ellos? ¿Por qué? Ellos nunca hicieron daño a nadie.

«Mi bella Fleur, has vivido todo este tiempo en una burbuja».

Una parte de mí sentía admiración por la princesa roja, que era la que había lidiado con todas esas experiencias traumáticas, la que había cargado con ese peso, para que Fleur pudiera tener una vida normal... Era obvio que Fleur no era lo suficientemente fuerte para manejar la verdad.

Se sentó a unos pasos de mí, apretando las rodillas contra el pecho, llorando, susurrando cosas sin sentido, y así fue como la policía la encontró.

Así fue como el agente Pierce Ferguson la encontró. Fue él quien la cogió en brazos cuando le administraron un calmante para llevarla al hospital.

ꕤ 41 ꕤ

«Quisiera decir que temo a la muerte, pero
¿por qué habría de hacerlo? El cese de la existencia
es simplemente el final de este juego perpetuo
al que llamamos vida».

MASON STEVENS

FLEUR

«Están locos... Completamente locos».

Me limpié con rabia las lágrimas que me bajaban por las mejillas; ni siquiera sabía por qué estaba llorando. Un montón de emociones carcomía mi interior y no era capaz de identificar lo que sentía exactamente. Solo sabía que no era agradable, era una mezcla de confusión, traición y corazón roto.

Adam...

¿Cómo podía haber estado involucrado en esto? ¿Cómo podía haberme hecho esto?

Pierce...

Eso era lo que más me dolía, lo que hacía que mi pecho ardiera. Había confiado en Pierce y me había dejado engañar como una estúpida. Le había abierto mi corazón, me había enamorado de él.

«Soy una idiota».

Sentía que merecía estar en esta situación tan desquiciada, me lo merecía por confiar estúpidamente en todo el mundo, por dejarme engañar y caer en el juego de esos tres locos.

No podía parar de llorar. Dios, ¿qué era lo que dolía tanto?

Era como si cada vez que llorara se abrieran todas las heridas en mi corazón, desangrándome por dentro, causando un dolor que me dejaba sin aliento. ¿De dónde salía tanto dolor?

Había corrido hasta que mis pulmones habían protestado, me había alejado tanto de la casa que apenas la podía ver en la distancia. Nadie había venido por mí, y eso no me lo esperaba. Tal vez se apiadaran de mí y me dejaran escapar.

«Sigues siendo tan ilusa, Fleur. La piedad no es algo que esos tres conozcan. Pierce... Pierce...».

No podía dejar de darle vuelta a todas las veces que estuve con él, que reí con él, que me sentí a salvo en sus brazos, que había creído en sus palabras, en sus besos...

«Mentiroso, mentiroso...».

Se debió de haber divertido muchísimo jugando conmigo.

Los tres debieron de divertirse mucho planeando todo esto.

Me abracé, tenía la visión borrosa. Ya ni siquiera intentaba limpiarme las lágrimas. Sollozaba con amargura y no podía dejar de temblar.

Escuché un ruido y miré detrás de mí. Vi que la camioneta negra en la que habían llegado Adam y Pierce arrancaba y se dirigía hacia donde yo estaba. Frente a mí, solo había un largo camino con campo a ambos lados. No había ni un solo árbol donde esconderme, todo era llano. Entonces lo entendí. No se habían preocupado por correr tras de mí porque sabían que no tenía ningún sitio adonde huir ni donde esconderme. A saber cuánto terreno ocupaba esta propiedad.

Agregarle frustración e impotencia a mi turbulenta mezcla de emociones solo me hizo llorar aún más, intensificando lo mal que me sentía.

Seguí caminando, aunque sabía que era inútil, que la camioneta me alcanzaría en cuestión de segundos, pero ¿qué otra cosa podía hacer?

Finalmente, la camioneta se detuvo detrás de mí y me giré para mirar. Mason conducía, pero no estaba solo. Pierce estaba en el asiento del copiloto. Sentí una punzada en el pecho; verlo dolía. ¡Dios, cómo dolía! Era tan extraño verlos juntos a los dos.

Dos ángeles caídos, hipnotizadores, atractivos, pero capaces de destruir todo lo que encontraban a su paso sin sentir nada.

Esos ojos grises que tanto me gustaban me observaron durante unos segundos, hasta que se bajó de la camioneta y cerró la puerta detrás de sí. Mason no se movió, se quedó ahí, con una expresión indescifrable en su rostro. El uniforme negro de policía le quedaba muy bien. Era guapo. Volví a acordarme del dicho de mi abuela. Pierce se quedó unos segundos al lado de la camioneta mirándome. En el momento en el que dio un paso hacia mí, levanté una mano.

—No.

Dio otro paso.

—Fleur.

Yo retrocedí.

—¡No! —grité—. No... no...

Él apretó la mandíbula.

—Fleur, yo...

—¡Cállate! —La rabia me dominaba—. Calla, no quiero escucharte, no quiero verte.

Quisiera decir que podía leer su expresión, pero no podía. Su semblante seguía siendo muy difícil de descifrar. «*¿Qué es lo que sientes, Ojos Grises? Bueno, si es que sientes algo*».

Pierce dio unos cuantos pasos hacia mí, pero yo seguí retrocediendo, manteniendo una distancia entre nosotros.

—Fleur, no puedo decir que lo siento porque no es verdad.

Mis labios temblaron y conseguí controlar mis lágrimas.

—Oh... ¿Ahora quieres ser sincero conmigo?

—Pero sí lamento que las cosas hayan tenido que ser de esta manera.

—¿Te divertiste mucho jugando conmigo, Pierce? —pregunté con la voz quebrada.

—No, nunca he jugado contigo.

Solté una risa falsa.

—¿Y se supone que debo creerte?

—No. —Meneó la cabeza—. No espero que me creas, pero con el tiempo...

—¿Con el tiempo? —lo interrumpí—. Claro, tú también piensas que tenerme aquí en contra de mi voluntad, viviendo con las personas que asesinaron a mi familia, es muy normal.

—Fleur...

Me ardía la garganta y tenía las mejillas cubiertas de lágrimas.

—Solo dime una cosa: ¿la historia sobre tu padre y tu hermano paralítico... era mentira?

Pierce no respondió, pero su silencio era respuesta suficiente y mucho más doloroso que cualquier cosa que pudiera decir.

Asentí, lamiéndome el labio inferior, probando mis lágrimas saladas.

—¿Todo fue una mentira?

Silencio...

Mi corazón se agrietó aún más.

—¡Respóndeme! Es lo mínimo que me merezco.

Pierce soltó una larga espiración.

—Si te dijera que no es mentira, tampoco me creerías.

«*Tienes razón, pero aun así dímelo, por favor*».

Silencio.

Traté de controlarme para no seguir llorando delante de él.

—¡Vete a la mierda!

Me giré y eché a andar para alejarme de él. Aunque sabía que era inútil, necesitaba moverme, dolía demasiado estar frente a él. Ver su semblante frío y aguantar sus silencios eran su forma de decirme que todo lo que había pasado entre nosotros había sido mentira, que solo había sido un juego en el que yo había resultado ser la única perdedora.

No pude caminar mucho porque las piernas me fallaron y caí de rodillas al suelo. Noté una fuerte presión en el pecho.

«No puedo respirar... Vamos, Fleur, un ataque de pánico ahora no».

Recordé la última vez que tuve uno, cuando Pierce me había besado para distraerme. Él ya no era mi hogar, mi lugar seguro. Ya no tenía un lugar seguro. Me llevé la mano al pecho y traté de respirar y controlarme.

«No puedo...».

Estaba comenzando a hiperventilar, mis hombros bajaban y subían rápidamente con cada respiración desesperada que tomaba y la sensación de hormigueo se extendía por mis extremidades. Mi corazón iba tan acelerado que lo podía sentir por todo mi cuerpo. Tenía el estómago revuelto y las náuseas y mareos empeoraban mi malestar.

«Voy a morir, esta vez sí voy a morir».

Alguien se arrodilló frente a mí. Levanté la mirada y a través de mi visión borrosa pude ver a...

Ojos Diferentes...

—Fleur. —Su tono de voz era muy suave—. Estás bien —me aseguró Mason sosteniendo mi rostro entre sus manos—. Vas a ponerte bien. —Su cara estaba tan cerca que su respiración calmada me rozaba los labios—. Quiero que te centres en tu respiración.

Meneé la cabeza mientras gruesas lágrimas rodaban por mis mejillas.

—No... puedo respirar. —Puse mis manos sobre las de él, que aún me sostenían la cara.

—Sí puedes —susurró—. Estarás bien, no va a pasarte nada. —Sus pulgares me acariciaban las mejillas de una manera relajante—. Quiero que cuentes tus respiraciones conmigo.

—No puedo.

—Sí puedes. Estás sufriendo un ataque de pánico. Sabes que en unos minutos pasará y te encontrarás bien. —Mason soltó una larga exhalación—. Vamos, respira conmigo. Uno. —Me centré en sus ojos y empecé a respirar como él lo hacía—. Dos. —Inhalé y exhalé—. Bien, lo estás haciendo muy bien. Vamos, otra vez.

Aferrándome a sus manos, con mis ojos sobre los suyos, respiré con él. Inhalaba, retenía el aire contando hasta cinco, exhalaba y volvía a comenzar. La seguridad y la suavidad de su voz me calmaban; la diferencia de colores en sus ojos distraían mi mente.

Las sensaciones desagradables empezaron a desaparecer poco a poco y mi respiración se regularizó.

—Estás bien, bonita —me aseguró.

Me sentía agotada, como si me hubiera quedado sin energía. No tenía fuerzas para apartar a Mason o gritarle.

—Ya... no quiero pensar más, no quiero... sentir.

—¿Dormiste bien anoche? —No sabía si era mi imaginación, pero Mason sonaba como mi psiquiatra.

—No.

Soltó mi rostro y sacó una caja de pastillas de su bolsillo. Le hizo una seña a Pierce, que estaba detrás de mí, y este le pasó una botella de agua.

—Tómate una.

—No.

Mason suspiró.

—No es el momento de ser testaruda, necesitas dormir.

—Si crees que voy a confiar en ti y tomarme una pastilla que tú me des, estás muy equivocado.

Puso los ojos en blanco.

—Inteligente, pero créeme, que no es nada malo. Es solo clonazepam.

Había tomado clonazepam en el psiquiátrico, es un psicotrópico con efectos sedantes y relajantes. Mason me ofreció una pastilla.

—Necesitas tener un sueño reparador. Dormida no pensarás y tu mente descansará. Además, no es un medicamento que te dejará inconsciente, solo te ayudará a disfrutar de un sueño profundo.

—Pareces conocer muy bien este medicamento.

Me sonrió y pude ver los hoyuelos de sus mejillas.

—Sí, digamos que sí.

—Y has sabido cómo calmarme para superar el ataque de pánico —mencioné—. ¿Tú has sufrido ataques de pánico?

Él negó con la cabeza.

—No, pero conozco bien cómo funcionan, así que sé cómo ayudar a sobrellevarlos o detenerlos.

—¿Y por qué lo sabes?

La voz de Pierce apareció a nuestro lado.

—Porque Mason es psiquiatra.

—¿Qué? —No podía ser cierto—. ¿Me están tomando el pelo?

Mason siguió sonriendo.

—No, en absoluto. Es irónico, ¿no? Soy una maravillosa ironía andante.

Podía sentir los ojos de Pierce sobre mí.

—Toma la pastilla, te ayudará a recuperarte.

Estaba exhausta, tanto física como emocionalmente, pero no les dejaría pensar que estaba ni un poco de acuerdo con esta jodida situación.

—Ya te he dicho que no.

Mason suspiró y miró a Pierce.

—Te dije que no lo haría voluntariamente.

—Bueno, lo intentamos —respondió Pierce.

Lo siguiente que sentí fueron los brazos fuertes de Pierce alrededor de los míos, sujetándome desde atrás y levantándome del suelo. Me apretó contra su pecho.

—¡Suéltame! ¡No me toques! ¿Qué crees que...?

Me detuve al ver a Mason sacar una jeringuilla de su chaqueta y llenarla con un medicamento. Cuando golpeó el cilindro con su dedo corazón, grité:

—¡No! ¡Por favor! ¡No!

—Lo siento, Fleur —susurró Pierce detrás de mí—. Necesitas descansar.

Seguí gritando y luchando, pero Pierce era demasiado fuerte. Mason tomó mi brazo y me puso la inyección. No me dolió cuando me clavó la aguja, pero sí cuando el líquido empezó a expandirse. Al poco rato ya empecé a sentirme adormecida y dejé de sentir las extremidades.

—No... Pierce... —murmuré, luchando para mantenerme consciente—. Te odio..., te odio tanto, Pierce.

Lo escuché suspirar.

—Ódiame, resístete. —Besó mi cabello—. Eso ya no importa, seguirás siendo mía de todos modos.

—No...

—Chis, descansa, Fleur.

Le di la bienvenida a la oscuridad en los brazos del chico que me había traído a ella.

ᘓ 42 ᘔ

«Porque tú crees que el tiempo cura y que las paredes tapan,
y no es verdad, no es verdad».

Federico García Lorca

«Sangre...».

Tanta sangre en mis manos...

Muevo los dedos frente a mi rostro, y la sangre caliente se desliza por ellos, resbala por mis palmas hasta mis muñecas y cae al vacío.

«Detente...».

Esa voz suave... angelical...

Me giro, pero a mi alrededor solo hay oscuridad. ¿Dónde estoy?

«Te devolveré ese mordisco, princesa roja».

La voz de Mason en la distancia hace que caiga de rodillas. Siento un fuerte dolor en la cabeza, un dolor que me aprieta el cráneo y me hace jadear de agonía.

«No me interesas tú, me interesa Fleur».

Pierce...

«Duele mucho».

Escucho pasos acercándose a mí, son lentos y seguros, quienquiera que sea no tiene prisa. Sosteniendo mi palpitante cabeza, me las ingenio para levantarme tambaleándome de un lado a otro.

La luz vuelve a mi alrededor, cegadora e imponente, y ahí frente a mí está mi padre.

—¿Papá? —No puedo creerlo, me apresuro hacia él—. Papá, me duele mucho la cabeza.

Mi padre me sonríe y me abraza, pero en vez de sentirme bien, me invade una sensación desagradable.

Mi padre me besa un lado de la cabeza y me susurra al oído:

—Hola, zorra.

Antes de que pueda reaccionar, un dolor punzante me atraviesa el estómago, y cuando mi padre me suelta, veo horrorizada el cuchillo de caza enterrado en mi estómago, la sangre emanando rápidamente de la herida.

Mi padre alza la mano para golpearme y solo puedo observar como su puño desciende sobre mi rostro.

—¡Fleur!

Abrí los ojos de golpe, gritando desesperada.

—¡No! ¡Sangre! ¡Hay mucha sangre!

Me senté y me miré el estómago, palpándolo para comprobar que estaba bien.

—Fleur, fue solo un sueño, estás bien.

Esa voz suave..., ese tono tranquilizador...

—Mírame.

Me encontré con esos ojos grises que había comenzado a amar antes de que todo esto se volviera una locura.

—Pierce... —Mi voz apenas era un susurro, sonaba carrasposa, y tenía las mejillas mojadas por las lágrimas.

Él estaba sentado a mi lado en la cama, con sus manos sobre mis hombros y su cara a apenas unos centímetros de la mía. Había olvidado lo guapo que era. No sabía si era el miedo o el estado vulnerable en el que me había dejado esa pesadilla, pero no lo aparté.

Lo abracé.

Pierce se tensó, probablemente sorprendido, pero me dejó aferrarme a él. Enterré la cara en la curva de su cuello, inhalando su olor, esa colonia que me había hecho sentir segura al principio y que por alguna estúpida razón aún tenía el mismo efecto.

Solo unos segundos.

No quería pensar, no quería volver a la realidad por unos segundos.

Pero tenía que hacerlo. Volví a la cruel realidad poco a poco.

Al bajar la mano un poco durante el abrazo, accidentalmente rocé la pistola que Pierce tenía en la cintura. Mi instinto de supervivencia se activó y con cuidado la agarré de la empuñadura, pero una mano fría tomó mi muñeca y me detuvo.

Pierce se separó de mí, alejando mi mano del arma. Ninguno de los dos había dicho una palabra, no había nada que decir, nada que no terminara en discusiones, dolor y aún más decepción.

Ahí estaba el chico de ojos grises, de cabello negro y cara varonil y atractiva. El chico que había jugado con mi mente y mis sentimientos. Aunque siempre lucía una expresión vacía, sus ojos me decían que había algo bueno en él, algo genuino.

«Lo odio... Mentira. No lo odio, pero quiero odiarlo y eso es más que suficiente».

Pierce me sonrió mientras cogía el arma de su cintura. Observé con cautela como la sacaba de la funda y la sostenía en su palma.

—¿Buscabas esto? —Me la ofreció, dejándome fría.

—No voy a caer en tus juegos.

—No es un juego. Si la quieres, tómala.

No moví ni un dedo. Pierce suspiró, tomó mi mano y depositó la pistola en ella. La agarré; era pesada y fría.

Apunté a Pierce con ella, apretando mis labios y con el dedo tembloroso en el gatillo. Él tomó mi mano para guiar el arma a su pecho.

—No tienes puntería, así que, si no quieres fallar, debes dispararme a esta distancia.

—Probablemente no está cargada.

Pierce sonrió y tomó mi mano con el arma, apuntó hacia el techo y me forzó a apretar el gatillo, la fuerza del disparo empujó mi mano hacia abajo, pero el sonido fue lo que me hizo brincar.

—Está cargada.

Pierce volvió a apuntar a su pecho.

—Si quieres acabar conmigo, hazlo. Tú fuiste mi comienzo, es justo que seas mi final.

—¿De qué estás hablando?

Escuché pasos apresurados en el pasillo y segundos después Mason y Adam entraron en el cuarto. El alivio en el rostro de Adam era obvio. Mason, sin embargo, mostraba su característica sonrisa torcida.

—¿Divirtiéndose sin mí? —dijo haciendo un puchero.

Tomé el arma con ambas manos y apunté a Pierce con determinación.

—Aléjate de mí.

Él levantó las manos, se puso de pie y se fue junto a Mason y Adam.

—Fleur, baja el arma antes de que te hagas daño —dijo Adam, hablando por primera vez.

—¡Cállate!

La sonrisa burlona de Mason y la indiferencia de Pierce eran gasolina para mi rabia. ¿Por qué no estaban asustados? ¿Por qué no rogaban por sus vidas?

¿Acaso estaban seguros de que no apretaría el gatillo?

Miré a Pierce a los ojos.

—No sé a qué mierda estás jugando, pero cometiste un error al darme el arma, ahora me van a dejar salir de aquí o juro que les dispararé.

Mason dio un paso hacia mí sonriendo y haciendo aparecer los hoyuelos de sus mejillas.

—Hazlo.

—No me provoques, Mason, que después de todo lo que me han hecho pasar... —Apreté el arma—. Después de arrebatarme a mi familia, no lo dudaré.

—Estás dudando ahora —comentó Mason—. Dispara.

Esos ojos de colores diferentes que me habían parecido fascinantes cuando los vi por primera vez estaban cargados de un brillo que me indignaba.

«¿Todo es un juego para ti, Mason?».

Apreté el arma con rabia mientras lo observaba acercarse a mí.

—¡Aléjate! ¡Mason, aléjate de mí!

Él me sonrió.

—No vas a dispararme, bonita.

—No estés tan seguro.

Se acercó hasta que me obligó a presionar el arma contra su pecho. Inclinó su rostro hacia el mío y me susurró:

—Entonces dispara.

—No tienes ningún jodido aprecio por tu vida.

—Mi vida... —suspiró—. Quisiera decir que temo a la muerte, pero ¿por qué habría de hacerlo? El cese de la existencia es simplemente el final de este juego perpetuo al que llamamos vida.

—Estás loco.

—Oh, ¿en serio? —fingió sorprenderse por mi comentario.

Los dos nos miramos a los ojos. Si movía el dedo sobre el gatillo, acabaría con él. Se lo merecía. Traté de pensar en mi familia, en lo mucho que él les había hecho sufrir, necesitaba esa rabia, esa sed de venganza, para dispararle.

«¡Hazlo, Fleur!».

«No fue él...».

Una voz fría, pero muy parecida a la mía susurró en mi mente, confundiéndome. En esa fracción de segundo que vacilé, Mason me quitó el arma, se dio la vuelta y se la devolvió a Pierce.

—Maravillosa manera de empezar el día —comentó Mason. A punto de cruzar la puerta, se giró para mirarme—. Debo admitir que te ves muy sexy con un arma en la mano.

—Vete a la mierda.

Me guiñó el ojo.

—Por supuesto.

Adam dio un paso hacia mí.

—Fleur...

Alcé una mano.

—No.

Fue evidente que le dolió que no quisiera escucharlo.

—El desayuno está listo, baja pronto —dijo antes de irse.

Pierce se quedó ahí observándome.

—¿Qué quieres? ¿Jugar conmigo de nuevo? ¿Demostrar que soy una idiota incapaz de dispararle a los asesinos de su familia? —Apreté los puños a mis costados—. ¿Es que no me has humillado lo suficiente?

No dijo nada, se limitó a seguir mirándome, y eso me enfureció aún más.

—Si no tienes nada que decir, lárgate.

Ladeó la cabeza.

—Aún sientes algo por mí.

Eso me tomó por sorpresa.

—¿Qué?

Dio dos pasos hacia mí.

—Dices que me odias, pero no puedes odiarme, y eso te enfurece.

—No te me acerques.

No se detuvo y retrocedí hasta que la parte de atrás de mis rodillas tocó la cama.

—A pesar de todo, no puedes evitar sentirte atraída por mí.

«Lo odio, lo odio, es un asesino», seguí repitiéndome una y otra vez. Pero Pierce no me dejó pensar, me agarró de la cintura con fuerza con un brazo. Yo le pegué y luché para liberarme.

—¡Suéltame, Pierce!

Él me sonrió de esa manera tan característica.

—Te he echado de menos, Fleur.

Antes de que pudiera decir algo, usó su mano libre para agarrarme del cuello y estampar sus labios contra los míos. Aún me resultaba agradable sentir esos suaves labios que había besado tantas veces, pero no podía responderle. Luché contra esa sensación de bienestar y lo empujé. Pierce retrocedió, sonriendo, y lo abofeteé con todas mis fuerzas.

—No vuelvas a hacer eso.

Él seguía sonriendo.

—¿Por qué? ¿Te da miedo no poder controlarte y que puedas responderme?

Había olvidado lo arrogante que podía llegar a ser.

—Sal de aquí y déjame en paz.

—Está bien, baja a desayunar, no tardes —ordenó—. A menos que quieras que Mason suba a buscarte.

Le lancé una mirada asesina antes de verlo desaparecer por la puerta.

MASON STEVENS

Estaba disfrutando de la vista basta y solitaria frente a la casa después de dejar a Pierce arriba con Fleur. Necesitaban un tiempo a solas para ponerse al día después de ese show de la pistola. Fleur se veía muy sexy con un arma, me preguntaba si podría llevarla a cazar algún día.

Cazar unos cuantos animales... o tal vez... personas.

Sonreí para mí mismo, imaginándolo.

Fleur y Pierce estaban solos y la verdad era que no me molestaba en absoluto. A quien sí parecía molestarle era a Adam, que no dejaba de moverse de un lado a otro frente a mí, impidiéndome disfrutar de las vistas cada pocos segundos.

El supersensible Adam molestando como siempre. Suspiré.

—Sé que me voy a arrepentir de hacer esta pregunta, sobre todo porque me importa una mierda la respuesta, pero actuaré como un buen hermano. ¿Te pasa algo, Adam?

—No debimos dejarlos solos, ya has visto lo que ha pasado: Pierce le dio su arma. Es tan inestable como tú, Fleur no está segura con él.

—Adam, los celos no son solo una baja expresión de carencia emocional, sino que también resultan bastantes molestos —comenté—. Además, no hay lugar para ese sentimiento tan estúpido en esta situación. Ella no es tuya, es nuestra.

—Ella era solo mía al principio, yo la vi primero.

—Suenas como un adolescente. —Me apreté el puente de mi nariz, harto de sus quejas—. Ahórrame el drama juvenil, tú accediste a participar en todo esto. ¿Tengo que recordarte por qué?

Murmuró entre dientes.

—Por su propio bien.

—Al parecer debo recordarte nuestras razones, todo este teatro, todo lo que planeamos e hicimos fue para que Fleur culpara a un asesino, para que la policía me culpara y jamás dudara de ella, y para que pudiéramos tenerla aquí con nosotros. Si en algún momento esa personalidad asesina decide manifestarse, podremos controlarla antes de que pueda volver a matar.

—Pero ella nos odia, ¿por qué no podemos decirle la verdad?

—Vaya, vaya, eres más egoísta de lo que pensaba. —Me levanté—. ¿Quieres decirle la verdad? ¿Quieres decirle que ella mató a sus padres y me ordenó matar a su hermanita? ¿Que todo este tiempo ha sido una gran hipócrita llamándonos monstruos asesinos cuando fue ella la que mató a su familia? —Me callé por un segundo—. ¿Quieres destruirla solo para ver si ella muestra gratitud por lo que hicimos por ella y quizá tú puedas regocijarte en su amor?

Adam bajó la cabeza y yo seguí:

—Fleur no va a volver a quererte porque le digas la verdad. Ahora es una persona diferente, ha pasado por mucho, y como médico te puedo asegurar que Fleur no puede manejar la verdad, la destruiría.

—Jamás haría algo que pudiera hacerle daño.

Le puse la mano en el hombro.

—Lo sé, así que debes controlar esas emociones mundanas que tienes. ¿Quieres que vuelva a quererte? Empieza desde cero.

Le di la espalda y me senté, podía sentir sus ojos sobre mí.

—¿Y qué ganas tú con todo esto?

Poder observarla, estudiarla, ver cómo luchaba contra todo su ser para no sentir nada por las personas que ella creía que le habían arruinado la vida y verla fallar. Fleur tenía la mente más fascinante que había analizado: me fascinaba ver como podía una sola mente ser el hogar de dos personalidades tan diferentes, como pudo olvidar años de abuso y crear un mundo donde todo era perfecto en su hogar.

Adam aún esperaba mi respuesta.

—Divertirme un poco, y cuando me aburra, me iré —le contesté.

—No te creo... ¿Has formado parte de esto y has dejado que crean que eres el asesino en serie que buscarán durante mucho tiempo solo por diversión? ¿No sientes nada por ella?

Me eché a reír a carcajadas. Adam frunció el ceño.

—¿He dejado que crean que soy el asesino en serie? ¿Y quién crees que es ese asesino en serie que están buscando? Lo único que he dejado que crean es que soy el responsable de las muertes de una familia que no asesiné.

Adam me miró horrorizado.

—¿Tú... mataste a esas tres familias? ¡Por Dios...!

—Dejemos el drama... Además, mis víctimas siempre eran familias problemáticas, con problemas de drogas, armas, prostitución... Personas que ya no tenían salvación y solo se dedicaban a infligir pena y dolor. Solo hice un poco de limpieza en este mundo olvidado.

Adam tomó asiento.

—No sé cómo tú y Pierce pueden ser como son.

—Podría decir lo mismo de ti —sonreí—. No puedo negar que a veces me pregunto cómo sería sentir esa empatía que todos ustedes tienen, que es un concepto ajeno para mí. Pero esa curiosidad se desvanece cuando veo lo patéticos que pueden llegar a ser por culpa de la empatía.

—Claro, olvidaba que te crees superior a nosotros.

—No me creo superior, lo soy.

Pierce asomó la cabeza por la puerta principal.

—Desayunemos, Fleur bajará enseguida.

—Rapunzel baja de su torre —dije levantándome.

Adam me lanzó una mirada de pocos amigos.

—Creo que tu oscuro sentido del humor es lo que menos me gusta de ti.

—No puedo decirte qué es lo que menos me gusta de ti, porque, en general, no me gustas, así que... —Me encogí de hombros y pasé al lado de Pierce.

Hora de desayunar en familia.

꧁ 43 ꧂

«Mañana tendremos el árbol completo,
con toda su sangre y verdad».

Úrsula Corberó

Me estaba volviendo loca.

Estaba segura de ello porque estaba comenzando a tratar de ser como ellos. Observaba en silencio sus expresiones, sus gestos, cada mirada intercambiada, tratando de darle sentido a toda esta demencia. Intenté entender sus razones, sus motivos, sus debilidades. Pero me resultó imposible porque no era como ellos y jamás lo sería. Era mucho lo que podía imitar o intentar copiar, pero todo tenía un límite.

Sin embargo, lo poco que había notado tenía que servir de algo.

Mason. Él era el más peligroso de todos, no se tomaba nada en serio, todo era un juego para él, sin importar lo torcido y sangriento que pudiera llegar a ser. Además, era extremadamente inteligente y su habilidad para manipular y descifrar a las personas podía llegar a ser aún más peligrosa que cualquier habilidad física.

Pierce. Era impredecible, volátil detrás de esa máscara de frialdad. Pude notar lo inestable que podía llegar a ser cuando algo no salía como él quería o cuando algo le molestaba. Era más fácil de manipular en ese aspecto. Lo peor de él era que, por más que lo intentara, no podía sentir miedo cuando estaba con él; eso lo hacía aún más peligroso.

Y Adam... Era el punto débil de los tres, eso me había quedado claro. Era evidente en sus expresiones, en sus palabras, que era un hombre dominado por sus emociones y su buena fe. Lo había visto dudar y cuestionar muchas veces esta situación, y esa era mi única ventaja.

Pierce y Mason nunca me dejarían salir de aquí, pero Adam... Él era otra historia.

«Sí, úsalo, Adam puede sacarte de ti».

Esa voz fría dentro de mi cabeza había estado molestándome desde hacía unos días. ¿Era mi consciencia? ¿O finalmente había alcanzado el punto de no retorno? ¿Estaba loca?

«Adam te ama, usa ese amor, sedúcelo y obtendrás lo que quieres».

Eso había intentado hacer estos días. Hablaba con Adam cada día, y poco a poco nuestras pequeñas charlas se convirtieron en largas conversaciones. No sería creíble si lo seducía de un día a otro, tenía que ser algo gradual. También me aseguré de que ni Mason ni Pierce supieran que estas conversaciones estaban ocurriendo, les tomaría unos segundos descubrir mis intenciones.

De hecho, en los últimos días todo lo que había hecho era esquivar a esos dos. No les hablaba, ni siquiera los saludaba cuando me los encontraba en el pasillo o en la cocina. Mason siempre me sonreía socarrón cuando me veía como si él supiera que acabaría por hablarle, como si se tratara de ver cuánto tiempo aguantaba con este silencio, como si fuera un... juego. Ese era Mason Stevens, un manipulador, un psicópata, una persona ansiosa por encontrar algo que lo entusiasmase, algo que lo entretuviera, y desgraciadamente me había encontrado a mí.

Pierce me estaba dando espacio, no me presionaba, aunque podía notar que su paciencia se estaba agotando con el paso del tiempo.

Después de darme una ducha y ponerme unos shorts y una blusa sin mangas, me sequé el cabello con la toalla frente al espejo. Mi reflejo me sorprendió, me veía... sana. Ya no tenía las mejillas tan hundidas ni ojeras. Mi piel tenía mejor aspecto. Físicamente, estaba mejorando. Mason se había encargado de eso: comidas equilibradas, pastillas para dormir cuando no lograba conciliar el sueño..., hasta había intentado sesiones terapéuticas conmigo, pero me negué.

No obstante, mi estado mental seguía igual de caótico y confuso. Odiaba la forma en la que la rutina me hiciera sentir que convivir con ellos tres estaba bien, cuando no lo estaba en absoluto.

Salí con cuidado de la habitación aún con el cabello húmedo, echando un vistazo a ambos lados: no había nadie en el pasillo. Caminé sigilosamente hacia la habitación de Adam. No me molesté en llamar, simplemente entré y cerré la puerta detrás de mí. Siempre nos veíamos poco después del amanecer, cuando Pierce estaba corriendo y Mason dormía.

Adam me recibió con una sonrisa, sentado en su cama.

—Podría acostumbrarme a esto.

—Solo hablo contigo porque eres el más sano de los tres, no te hagas ilusiones.

—Entiendo.

—Sigues siendo un asesino para mí y jamás podré perdonarte.

Él asintió.

—Ya me lo has dicho.

«Él no es un asesino...».

Esa voz en mi cabeza seguía haciendo afirmaciones que me confundían.

Me dirigí a la ventana de la habitación. La luz matutina se colaba a través de ella. Moví a un lado las cortinas para echar un vistazo afuera. Notaba la mirada de Adam sobre mí.

—Te ves mucho mejor —comentó—. No sabes cuánto me alegra eso.

Me giré hacia él.

—Cualquiera pensaría que te importo.

Él frunció el ceño.

—Sabes que sí me importas, eres lo único que me importa.

—Tienes una jodida manera de demostrarlo.

Suspiró.

—No lo entiendes, pero con el tiempo lo harás.

—¿Entender qué? ¿Que planeaste el asesinato de mi familia con dos locos y destruiste mi vida? Y por si eso no fuera suficiente, también me secuestraste y me mantienes aquí viviendo con ustedes.

Se puso de pie, vi determinación en sus ojos negros.

—Nunca ha sido mi intención hacerte daño, algunas cosas... debieron pasar como pasaron. —Se acercó más a mí—. Hay algo que sí puedo asegurarte, y es que mis sentimientos por ti son genuinos. Nada ha sido más real en mi vida que lo que siento por ti, Fleur.

«Pues yo ya no siento nada por ti. ¿O sí?», pensé.

De todas formas, no podía decirle eso, no era parte del plan.

«Provócalo, dale celos, menciona a los otros dos; esa es su debilidad».

—Si tanto te importo, ¿cómo es que estás dispuesto a compartirme? —Sus hombros se pusieron rígidos—. ¿Cómo es que no te molesta saber que ellos también van a tenerme? —Sus manos se cerraron en puños.

Bingo.

—Ellos no van a tenerte —dijo entre dientes—. Sé que tú jamás te interesarías de esa forma por ellos y que ellos no serán capaces de obligarte.

—¿No serán capaces de obligarme? —Me reí con sarcasmo—. Estamos hablando de dos psicópatas, Adam, creo que deberías saber que los límites no son algo que ellos conozcan.

—Sí tienen límites cuando se trata de ti.

Meneé la cabeza.

—Supongamos que no hagan nada en contra de mi voluntad. ¿Y qué si se ganan mi cariño? Pierce y yo ya tenemos una historia. ¿Y si vuelvo a sucumbir a él?

Adam no dijo nada, solo torció los labios.

Así que seguí.

—¿Podrías soportar verme con él todos los días? —No sabía de dónde me venía esta fuerza para decir estas cosas—. ¿Verlo tocarme, besarme y llevarme a su habitación?

—Fleur...

Di un paso hacia él mirándolo directamente a los ojos.

—¿Podrías?

Adam apretó la mandíbula. Estaba enojado, la rabia emanaba en olas de su postura.

«Sigue presionándolo».

—Tal vez él te deje ver cómo follamos y... —Adam me agarró del cabello con fuerza, interrumpiéndome.

—¡Cállate!

Su boca estaba a escasos centímetros de la mía, su respiración acelerada rozaba mis labios.

Antes de que pudiera protestar, me besó. Lo empujé con ambas manos por el pecho tratando de liberarme. Tenía que resistirme o se daría cuenta de mi plan. Sin embargo, la familiaridad de sus labios no era algo para lo que estuviera preparada.

Había besado esos labios muchas veces.

Adam me hizo retroceder hasta que mi espalda chocó con la pared y mis manos se rindieron y dejé de empujarlo por el pecho.

«Bésalo, está bien, déjate llevar».

Le devolví el beso. Nuestros labios se movieron juntos lentamente. Podía sentir la rabia en su beso, los celos, la necesidad de hacerme saber que yo era solo para él. No quería compartirme, pero al parecer no tenía opción. Bien, podía trabajar con eso.

Lo empujé, lo alejé de mí y, con mis labios aún palpitando por su beso, salí de la habitación tan rápido como pude. Tenía que dejarlo confundido, inestable; era así como lo necesitaba.

Al llegar a mi habitación, entré, cerré la puerta y apoyé la espalda en ella. Me acaricié los labios con los dedos, que probablemente estaban enrojecidos. Al levantar la mirada, solté un chillido de sorpresa.

Mason.

Estaba sentado en el pequeño sofá al lado de la ventana, estirado, con las manos detrás de la cabeza, de lo más relajado. Llevaba puestos sus pantalones negros de pijama y una camiseta del mismo color, su cabello negro estaba húmedo y aún más desordenado que de costumbre.

Decir que estaba sorprendida no era suficiente. No me esperaba verlo a estas horas y mucho menos en mi habitación y con esa malicia que me asustaba en sus ojos.

«Cálmate, respira, es Mason, no puedes demostrarle nada».

Sus labios formaron una sonrisa.

—¿Divirtiéndote tan temprano?

Tragué con dificultad.

—¿Qué estás haciendo aquí?

Él bajó las manos de su cabeza para descansarlas a los lados del sofá.

—Es muy temprano para hablar de mí. —Con sus manos se impulsó para levantarse—. ¿Por qué no mejor hablamos de ti, Fleur?

La manera en la que dijo mi nombre, cómo me estaba mirando, su postura, su mirada..., todo apuntaba a una sola cosa: sabía lo que estaba haciendo con Adam.

Mierda.

Pero ¿cómo lo había averiguado si había sido muy cuidadosa?

«Mantén la calma, hazte la idiota».

Era lo único que me quedaba.

Mason se quedó ahí parado. Su altura me intimidó como siempre y sus coloridos ojos me miraron incitándome, retándome. El silencio entre nosotros era pesado y se estaba volviendo difícil respirar.

«Necesito que se vaya», decidí.

—Sal de mi habitación, pensé que respetarías mi privacidad —le recordé, tratando de sonar despreocupada.

Ignorando los latidos de mi corazón, pasé por su lado y fui hacia el vestidor del cuarto. Actué como si buscara algo dentro, necesitaba que se fuera. Si seguía aquí, no podría asegurar que no encontraría la forma de confirmar lo que ya sospechaba de mí. Como no lo oía, me giré hacia la puerta del vestidor y por segunda vez solté un chillido, exaltada.

Mason estaba ahí, acorralándome en el hueco de la puerta del armario.

—¿Sabes?, me siento un poco insultado. —Fingió una expresión dolida—. ¿Por qué siempre me subestimas, Fleur? No pierdas el tiempo jugando contra mí porque nunca ganarás.

—No sé de qué estás hablando.

Sonrió de oreja a oreja, mostrando sus dientes como un depredador mientras yo me sentía como una jodida presa en ese espacio tan pequeño.

—¿De verdad te vas a hacer la tonta?

Sus ojos se despegaron de los míos para seguir sus dedos, que bajaban por el borde de la puerta de forma lenta y calculada.

—Hasta un idiota sabría que Adam es nuestro punto débil. —Meneó la cabeza—. No te sientas inteligente por ir a por lo obvio, Fleur.

—No sé de qué hablas. Adam y yo tenemos una historia, tal vez yo...

—¡No! —Dio una fuerte palmada en el borde la puerta, silenciándome—. No me mientas. No soporto que intentes ser más lista que yo. Adam es más idiota de lo que pensé si ha caído en algo tan obvio.

—Por lo menos, él sí puede sentir, no como tú.

Se rio con ganas y su risa resonó en el pequeño espacio.

—¿Se supone que eso es un insulto?

Dio un paso dentro del vestidor y yo retrocedí cobardemente.

—Mason...

—¿Sí, bonita?

—No te me acerques.

—Admítelo y puede que te deje tranquila. —Se acercó aún más y mi espalda se topó con la ropa que estaba colgada en las perchas detrás de mí. No había salida. El olor a jabón y champú llenó mi nariz. Mason acababa de ducharse y ya estaba demasiado cerca.

—No tengo nada que admitir.

Sonrió y aparecieron los hoyuelos de sus mejillas. Cerró la puerta del vestidor detrás de él y apagó la luz, dejándonos en total oscuridad.

ꟷ 44 ꟷ

«¿Quién dijo que se necesitan palabras para expresar sentimientos?
¿Es que acaso nunca has sentido el poder de una mirada?
¿O lo deslumbrante que puede llegar a ser una sonrisa genuina?».

Pierce Ferguson

La oscuridad era sofocante, a duras penas podía respirar, mi corazón amenazando con saltar de mi pecho. La luz del día que se colaba por debajo de la puerta apenas era suficiente para dejarme ver la silueta de Mason a unos metros de mí, pero no podía ver su rostro, su expresión, y eso me asustaba.

—Mason...

Mi voz salió más temblorosa de lo que esperaba, mi garganta árida, mis manos sudadas. Él no dijo nada, el silencio me carcomía.

—Mason, abre la puerta —dije, rogando que esto solo fuera un juego de unos minutos.

«Él te desea, Fleur».

Esa voz de nuevo... Eso no era cierto, yo solo era un juego para él, nada más.

«Tú también lo deseas a él, aunque no quieras admitirlo».

No.

«Su oscuridad te atrae, te intriga».

No, eso no es cierto.

«Quieres ver qué hay más allá de ese porte cruel y juguetón. Quieres ver al hombre que hay detrás de la indiferencia. Quieres escarbar y encontrar su humanidad».

—No... —No me di cuenta de que lo dije en voz alta hasta que me escuché a mí misma.

Esperé algún tipo de respuesta o burla de Mason, pero en vez de eso solo recibí silencio. ¿Por qué no hablaba? ¿Por qué no se movía?

«Está esperando que tú lo hagas».

Me aclaré la garganta.

—Mason, abre la puerta o gritaré. —Estaba segura de que Adam vendría en un abrir y cerrar de ojos.

Lo escuché moverse hacia mí, e instintivamente retrocedí y me enterré en la ropa colgada que había detrás. Él estaba justo frente a mí, sentí el calor que emanaba de su cuerpo, demasiado cerca para mi gusto.

—¿A qué estás jugando? —pregunté con la respiración entrecortada.

—¿Qué estás sintiendo ahora, Fleur? —me preguntó con un tono suave de voz que nunca antes le había escuchado.

—Nada, solo quiero salir de aquí, así que...

Su dedo se posó sobre mis labios, callándome.

—Sé sincera.

¿Era mi imaginación o su respiración también sonaba irregular?

Quité su dedo de mi boca.

—No siento nada.

Mason tomó mi cara con una mano y su pulgar empezó a acariciarme con delicadeza la mejilla. ¿Cómo podían unas manos que habían asesinado acariciar así? Quería apartar su mano, pero no podía.

«¿Qué crees que haces, Fleur? Él es el asesino de tu familia», me reproché a mí misma.

«Tú sabes que eso no es cierto».

Esa voz me estaba llevando al borde de la locura. Me atormentaba, me confundía. Mason bajó el pulgar hasta mis labios y los recorrió en una caricia lenta y provocadora, intensificando las sensaciones que estaba causando en mí, aunque no quisiera admitirlo. Definitivamente, me estaba volviendo loca.

—¿No sientes nada? —Había olvidado su pregunta ya, su aliento mentolado rozó mi boca—. No me mientas, bonita.

—No miento, tal vez soy como tú, tal vez... —tragué con dificultad— ya no siento nada.

Mason me tomó de las caderas y me pegó a él.

—¿Quién ha dicho que no siento nada?

Pude notar su erección en sus pantalones.

—Eh... —El calor se propagó por mi rostro—. No me... me refería a eso.

—¿Y entonces a qué? —Enterró su cara en mi cuello y noté su aliento haciéndome cosquillas—. ¿Te refieres a sentimientos? —Dejó un beso en mi piel—. ¿Quieres que te diga que te amo? ¿Que mienta y diga que siento algo por ti cuando ambos sabemos que algo así es imposible?

¿Por qué me dolió escuchar eso?

Puse mis manos en su pecho para alejarlo de mí.

—Entiendo.

Lo escuché reír un poco en mi oído.

—No suenes muy dolida, bonita. Lo que tú inspiras en mí es mucho más complejo, profundo y duradero que cualquier estúpido sentimiento que se pueda describir con una palabra.

¿Eso era una confesión?

Mason no me dejó preguntárselo porque sus dientes se clavaron en mi cuello ligeramente, provocando un chillido de sorpresa, y luego su boca subió a mi oído para susurrar:

—Nunca había deseado algo tanto como te deseo a ti, Fleur.

Apenas pude hablar a través de mi errática respiración.

—Pensé que no era tu tipo.

—Y no lo eres, tal vez por eso tengo ganas de follarte y no de matarte.

«Tengo que salir de aquí».

Mason dejó besos húmedos por mi mejilla, uno detrás del otro, mientras se acercaba a mis labios.

«¿Por qué no puedo moverme?»

«Porque no quieres moverte. Quieres hacerlo sentir así, que sea algo carnal, quieres tener ese poder sobre él».

Mason se detuvo, sus labios se quedaron rozando los míos, nuestras respiraciones mezclándose en la oscuridad; al no poder ver, el resto de mis sentidos se habían agudizado.

«No puedo hacer esto, tengo que salir de aquí».

De un golpe lo empujé, tratando de escapar de él. Pero él me estampó contra la ropa y me besó bruscamente. Sus labios se movían de forma agresiva sobre los míos, pero eso no me sorprendía, lo que me tenía congelada era otra cosa: ¿qué era esta sensación de familiaridad?

«Ya lo has besado antes».

No, esa vez que me mordió no contaba como un beso.

La corriente de atracción que no sabía que existía entre nosotros pareció fluir a través del beso, y antes de que pudiera recuperar la cordura, se lo devolví. Era como si una parte de mí no pudiera negárselo. Lo agarré del pelo, atrayéndolo aún más hacia mí, moviendo mis labios a su ritmo. Podía sentir la desesperación, el deseo puro en los roces húmedos y bruscos de nuestros labios. Mason me agarró de las nalgas para levantarme y yo rodeé su cintura con las piernas mientras lo besaba con pasión. No quería pensar más, quería sentir y por alguna extraña razón estaba convencida de que esto era correcto a pesar de que no lo fuera en absoluto. Mason me presionó aún más contra él y abandonó mis labios para besarme el cuello, la clavícula, los pechos... Me mordí el labio inferior para callar mis gemidos.

«¿Qué estoy haciendo? Mason está loco, es un psicópata, asesino. ¿Por qué no lo detengo? ¿Por qué lo deseo?».

—No... —murmuré, pero el anhelo en mi voz era claro y lo odiaba—. Mason, no.

Él gruñó, apretando mis pechos con ambas manos y presionándome contra él. Su boca volvió a la mía y me besó aún con más pasión. Solo se separó para susurrar con voz ronca:

—Ya no tienes escapatoria, bonita.

Me perdí en sus besos, en sus caricias bruscas pero expertas y me entregué a él en la oscuridad de ese vestidor. Gemí el nombre del chico de ojos diferentes una y otra vez, me dejé arrastrar a la locura de un asesino y disfruté cada segundo de ello.

ADAM

No debí dejarla ir así.

Fleur estaba perturbada por ese beso, yo lo sabía y aun así la había dejado huir de mí de esa forma. Tenía que aclararle que ella y yo teníamos una historia, mucho antes de que Pierce y Mason se metieran en esto.

Caminé de un lado a otro de mi habitación. ¿Debía ir a buscarla?

No quería abrumarla; si iba a su habitación, solo lograría alejarla de mí. Frustrado, me pasé las manos por el pelo sin saber qué hacer. No debí perder el control y besarla de esa forma, aunque en parte me sentía feliz porque ella me había devuelto el beso, lo que tal vez significaba que volvía a sentir algo por mí.

Tal vez... estaba empezando a recuperar a Fleur.

Una sonrisa se formó en mis labios, eso me haría el hombre más feliz del planeta. Lo había abandonado todo por ella, había hecho lo inimaginable por su bienestar y por mantenerla a mi lado, solo necesitaba que ella me aceptara para que todo lo que había hecho valiera la pena; no pedía nada más.

Recuperando mi determinación, salí de mi habitación para ir a verla. Al llegar frente a la puerta de Fleur, me detuve presa de la inseguridad. Levanté la mano para llamar, pero recordé que ella había entrado en mi cuarto sin hacerlo, así que con valentía abrí la puerta. No había nadie y eso me extrañó.

¿Adónde se había ido?

Pero entonces escuché ruidos y sonidos extraños que provenían del vestidor, al otro lado del cuarto. Sentí un profundo dolor en el corazón cuando reconocí lo que eran: gemidos de placer.

De ella..., de Fleur.

Apreté los puños tratando de controlarme. Pero ¿qué mierda? ¿Pierce? Tenía que ser él, Fleur jamás haría nada con Mason, a menos que... No, la princesa roja no se había manifestado hasta ahora.

«¿Podrías soportar verme con él todos los días? ¿Verlo tocarme, besarme y llevarme a su habitación?». Las palabras de Fleur vinieron a mi mente, atormentándome, castigándome. ¿Podía soportarlo? Mis manos temblaban a los lados de mi cuerpo.

Traición, dolor, celos. Un millón de emociones me abrumaron.

Estaba a punto de entrar en el vestidor cuando la escuché gemir un nombre: Mason.

El desconcierto me detuvo. ¿Mason? En parte me sentí aliviado, tenía que ser la princesa roja quien estaba ahí. Mi Fleur jamás haría eso, ella nunca se echaría a los brazos de Mason después de pasar la mañana conmigo.

Ella nunca...

Por el rabillo del ojo, noté movimiento a mi lado. Era Pierce, que acababa de subir las escaleras y se estaba secando el sudor con una toalla que llevaba alrededor del cuello. Mierda... Arrugó el entrecejo, preguntándose qué hacía yo ahí, frente a la puerta de Fleur, mostrándome tan inestable.

No pude articular palabra. Se me acercó y se quedó a mi lado.

—¿Qué estás haciendo?

Tomé el pomo de la puerta para cerrarla.

—Nada.

Estaba a punto de cerrar cuando los gemidos se volvieron más intensos y resonaron en el pequeño vestidor y por la habitación. Pude ver el rostro de Pierce cambiar de color mientras rápidamente entendía lo que estaba pasando: si nosotros dos estábamos ahí, juntos, el único que podía estar allí dentro con ella, haciéndola gemir de esa forma, era Mason.

El destello de ira se propagó por sus ojos grises como fuego, vi cómo se le tensaba la mandíbula y los hombros. Y entonces me di cuenta de que no podía centrarme en mí en ese momento. Pierce parecía mucho más enfurecido que yo y capaz de miles de cosas peores de las que pudiera hacer yo, así que tenía que controlarlo.

—Voy a matarlo. —La frialdad con la que lo dijo era aterradora. No era una simple amenaza; si yo no lo detenía, acabaría haciéndolo. Recordé entonces una conversación que había tenido con Mason:

—Pierce es diferente a mí —me había dicho—. Compartimos muchas cosas, ambos sufrimos trastornos de la personalidad, pero somos diferentes. Él es mucho

más impulsivo que yo. Además, yo nací así, él tuvo unas circunstancias que lo afectaron mucho y lo hicieron ser así.

—¿Qué le pasó?

—No tienes ni idea. Creo que esa es la única razón por la que lo considero algo parecido a un amigo. Su capacidad de seguir adelante después de todo lo que le pasó es admirable.

—Pero es más inestable que tú.

—Mucho más, puede ser muy impulsivo, dejarse llevar y cometer errores fácilmente.

En ese momento, Pierce se dio media vuelta y fue a su habitación. Lo seguí y lo detuve en la puerta cuando lo vi salir con un arma en la mano.

—No, no, Pierce.

—Quítate. —Asustaba la forma fría en la que hablaba entre dientes. No gritaba, pero su rostro rojo de furia y su mirada daban miedo.

Volví a recordar mi conversación pasada con Mason:

—¿Y si pierde el control con Fleur? No te da miedo eso —había preguntado inquieto.

—No, ella es la única persona que le importa —respondió Mason—. Si alguna vez tienes que controlarlo, úsala a Fleur, es su kriptonita. Es algo que me parece patéticamente interesante. Cada supermán tiene su kriptonita, ¿eh?

Pierce me echó a un lado para dirigirse a la habitación de Fleur y fue entonces cuando hice mi último intento para detenerlo:

—Piensa en Fleur.

Pierce paró en seco y apretó el arma en su mano. Era mi oportunidad de evitar una tragedia, así que seguí hablando.

—Si matas a Mason delante de ella, creo que se quedaría traumatizada para siempre. Además, se sentiría culpable. Hemos hecho todo lo que hemos hecho para que ella no se sienta culpable de la muerte de sus padres y de su hermana. ¿Vas a hacer ahora que cargue con la culpa de la muerte de Mason?

Sin girarse hacia mí, murmuró:

—Cállate.

—Estás siendo egoísta y lo sabes, y prometimos no ser egoístas cuando se tratara de ella.

Pierce siguió caminado y pensé que se había jodido todo cuando lo vi pasar de largo la puerta de la habitación de Fleur y bajar las escaleras. Lo seguí, porque no tenía ni idea de qué iba a hacer. Salimos de la casa y el sol matutino me deslumbró por un segundo. Pierce atravesó un grupo de árboles que había a un lado y empezó a golpearlos con la mano que tenía libre mientras se alejaba cada vez más de la casa con los nudillos ensangrentados.

Se detuvo en medio de un claro con vegetación que llegaba a nuestras rodillas. A cierta distancia pude ver unos blancos colgados en árboles donde él había estado practicando su puntería días antes. Sus hombros bajaban y subían con el ritmo de su respiración errática.

—Pierce...

Gritó con furia y frustración, levantó el arma y disparó una y otra vez, dándole al blanco repetidamente. Cuando se quedó sin balas, sacó otro cargador del bolsillo y preparó el arma de nuevo para seguir disparando. Se podía sentir la rabia con la que lo hacía. Al final cayó sobre sus rodillas, dejó el arma a un lado y se pasó las manos por la cara al tiempo que soltaba otro grito de rabia.

Me di cuenta de que, al igual que yo, necesitaba encontrar una explicación a lo que estaba pasando.

—Tiene que ser la princesa roja —dije.

Pierce me miró por encima del hombro.

—¿Y si no lo es?

—Eso no es posible, Fleur nunca...

—¿Se rendiría ante los encantos de Mason? —dijo acabando la frase por mí—. ¿Cómo puedes estar tan ciego, Adam? ¿O es que no quieres verlo?

—¿De qué estás hablando? Ellos ni siquiera se hablan últimamente.

—¿Quién dijo que se necesitan palabras para expresar sentimientos? ¿Es que acaso nunca has sentido el poder de una mirada o lo deslumbrante que puede llegar a ser una sonrisa genuina?

Sus palabras me hicieron recordar los breves encuentros que había presenciado entre Mason y Fleur: cómo ella lo ignoraba en el pasillo, pero lo miraba por el rabillo del ojo; cómo él sonreía cuando la notaba mirándolo. La forma en la que ella se sonrojaba y miraba a otro lado cuando veía a Mason salir del baño en toalla; cómo evitaba su cercanía a toda costa y se volvía temblorosa y torpe si él se le acercaba.

Caí sobre mis rodillas yo también.

—Ella...

Recordé esos años de bachillerato cuando todas las chicas que me gustaban siempre se acercaban a mí para llegar a Mason. A pesar de que él muy pocas veces socializaba, su silencio atraía a las chicas como polillas al fuego.

Pierce suspiró.

—Aunque sea jodidamente retorcido, ella lo quiere.

45

FINAL

PIERCE

La sangre goteaba de mis nudillos a un ritmo lento e hipnotizante.

Adam permaneció en silencio, recostado en un árbol, con las manos cruzadas sobre su pecho. Ya no había razón para que estuviera aquí, ya me había calmado y no tenía más balas, pero tal vez él tampoco quería volver dentro y lidiar con lo que estaba pasando allí.

Apreté los puños, provocando que saliera más sangre de los cortes de mis nudillos. Quisiera decir que dolía, pero no, mi tolerancia al dolor era impresionante gracias a todos los años en los que tuve que acostumbrarme a él.

El dolor físico era un área que tenía bajo control, el malestar emocional era otra cosa.

«Malestar emocional...».

Una sonrisa se formó en mis labios. Ya sonaba como el idiota de Adam.

«Pero, entonces, ¿qué es toda esta mierda que siento?».

Esa era una pregunta a la que nunca le había encontrado respuesta. Tal vez confundía la sensación de pérdida de un objeto de diversión con celos o cualquier otra cosa; de todas formas, no importaba.

Escuché pasos y en cuestión de segundos tenía a Mason parado frente a mí a una distancia prudente. Sus ojos se detuvieron en mis nudillos unos segundos y luego subieron a mi cara. Me dedicó una mirada fría, como si yo fuera inferior, y lo era; había actuado como un idiota.

Él no tenía que decirlo, pero estaba seguro de que lo haría de todas formas.

—Me esperaría esta reacción de Adam. —Lo señaló con cierto desprecio—. Pero de ti, debo decir que me has decepcionado un poco, Pierce.

No dije nada.

Adam no podía evitarlo.

—¿Fue Fleur?

Mason alzó una ceja.

—¿Celoso? De verdad, que ustedes dos me molestan. ¿Acaso soy el único que maneja esta situación de manera madura?

Adam bufó.

—Eso es fácil para ti porque no sientes nada.

Mason le echó una mirada fría.

—A ver, sabíamos que esto pasaría en algún momento. Ella se siente atraída por los tres, no pueden ponerse así cada vez que decida disfrutar de sexo con alguno de nosotros. ¿Cómo carajos esperan que se sienta cómoda, que se sienta bien en esta situación, si ustedes claramente no lo están?

Meneé la cabeza.

—No empieces con tu charla psicológica, no es necesaria. —Mason abrió la boca para hablar, pero yo seguí—: Tienes razón, ella se va a sentir juzgada si actuamos así.

Adam gruñó.

—No te pongas de su parte, Pierce.

Me levanté.

—Él tiene razón, Adam. Los celos no son algo que podamos permitirnos, no si queremos que Fleur se sienta cómoda sintiéndose atraída por los tres.

Adam apartó la mirada, molesto, pero no dijo nada más. No sabría decir cuánto tiempo pasamos en ese claro en silencio.

Volvimos a la casa, y en el momento en que puse un pie dentro de ella, tuve una sensación extraña. Al entrar en la sala, me detuve en seco al ver a Fleur. Adam y Mason se detuvieron a mi lado.

Estaba sentada en el sofá con las piernas cruzadas como si fuera la dueña del lugar. Sus ojos brillaban de una forma que jamás había visto antes. Nos regaló una sonrisa torcida que propagó una expresión de picardía por todo su rostro.

—Hola, tomen asiento.

Mason, Adam y yo compartimos una mirada, pero obedecimos. Si ella quería conversar, lo haríamos.

Mason no podía quedarse callado.

—Te he echado de menos, princesa roja.

Ella levantó una ceja.

—Qué halago, aunque no puedo decir lo mismo. —Mason parecía confundido, era extraño verlo así—. Oh, ¿crees que me importas por ese beso que te di cuando asesiné a mis padres? Solo te veías follable, eso todo. Los sentimientos no son lo mío, eso es cosa de Fleur. —Hizo una mueca de falsa confusión—. Creí que eso había quedado claro cuando maté a mis padres a sangre fría. Así que ahorrémonos el sentimentalismo y díganme qué es lo que quieren ustedes tres.

Mason estaba equivocado, ella no era una princesa, era la jodida reina roja.

—Creo que debes mejorar tu actitud —empezó a decir Mason apretando la mandíbula, pero la fascinación en sus ojos era clara—, después de todo...

—Chis. —Ella lo hizo callar—. No me hagas perder el tiempo con cosas banales, ¿qué es lo que ustedes tres quieren? ¿Vivir con Fleur en una especie de cuarteto amoroso-sexual para toda la vida? No me malinterpreten, eso suena jodidamente excitante, pero no es una decisión de ustedes, es mía.

Mason se echó a reír.

—¿Quién carajos te crees que eres? ¿Crees que tienes el control en esta situación?

Ella ni siquiera parpadeó.

—Yo siempre tengo el control, ¿o es que de verdad pensaron que lo tenían ustedes? —Fue su turno de reír con ganas—. Qué ilusos. Son muy arrogantes para ser personas tan fáciles de descifrar para mí.

Eso molestó a Mason, lo pude ver, pero Adam fue el que habló esta vez.

—Hemos hecho mucho por Fleur, para mantenerla a salvo y en su sano juicio.

—Eres tan dulce, Adam... —Él sonrió, inocente—, que a veces me dan ganas de vomitar.

Sentí que era mi turno de hablar.

—¿Qué te hace pensar que tú tienes algo que decir en esta situación? Solo eres una personalidad enferma de Fleur.

Mi insulto no le afectó.

—A ver, Ojos Grises, pareces no entender que tu preciada Fleur sobrevivió todos esos años de abuso gracias a mí. Sin mí, ella se habría quitado la vida o estaría en un sanatorio porque no era lo suficientemente fuerte para lidiar con eso. ¿O cómo crees que me formé yo? ¿De la nada? —Meneó la cabeza—. A pesar de que su debilidad es desagradable para mí, es mi prioridad mantenerla a salvo, ya que, sin ella, yo no existo. Simple supervivencia. Así que, por última vez, ¿qué es lo que quieren?

Mason se cruzó de brazos.

—No tenemos por qué darte explicaciones.

Ella suspiró.

—Imaginé que dirías eso.

Metió una mano entre el sofá y su espalda y sacó un arma negra pequeña que reconocí de inmediato: mi otra pistola. Todos mis sentidos se pusieron en alerta, pero antes de que pudiera reaccionar, disparó a un lado de Mason. Estuvo a punto de darle, la bala atravesó la ventana que había detrás de él y dejó un agujero en el vidrio y grietas a su alrededor.

Mason y Adam estaban paralizados. Yo intenté moverme, pero ella me lanzó una mirada helada.

—Ni siquiera lo pienses. —Me apuntó, y yo levanté las manos en el aire—. Como decía, sabía que no cooperarían, por eso tomé provisiones, aprovechando el descuido de nuestro querido agente Pierce. Para ser los chicos malos, ustedes parecen verse desbordados por demasiadas emociones.

Evalué la escena, estaba entrenado para situaciones como esta.

—Baja el arma, no hay necesidad de que la uses. Nadie aquí quiere hacerle daño a Fleur.

Ella ladeó la cabeza.

—De eso no estoy muy segura y ustedes no me terminan de aclarar qué es lo que planean hacer con ella. Siento que no me toman en serio, así que seré clara. —Apuntó a Adam—. Hablen o lo mato.

Mason meneó la cabeza.

—Estás echándote un farol.

—Oh, ¿en serio? —Le disparó a Adam, la bala rozó su hombro antes de clavarse en el sofá. Adam soltó un alarido de dolor agarrando su hombro—. La próxima irá directa a la cabeza. Tengo muy buena puntería. Me entrené en casas de tiros cuando decidí comprar armas para matar a mi padre.

Miré furioso a Mason.

—No es el momento de jugar al valiente, ella no es Fleur.

La princesa roja me sonrió.

—Por fin alguien que lo entiende. Empecemos contigo, mi querido Adam. —Adam trataba de controlar la sangre que salía de su hombro. A pesar de que la bala solo lo rozó, la sangre era muy escandalosa—. Y siento lo del disparo, nada personal.

La expresión dolorida de Adam no parecía molestarlo en absoluto. Él comenzó a hablar entre pausas por el dolor.

—Yo... quiero a Fleur más que a... nada en el mundo. Jamás le haría daño, solo quiero estar con ella.

Ella puso los ojos en blanco.

—Ridículamente empalagoso, pero te creo. —Su arma me apuntó—. ¿Y tú?

—Yo también la quiero...

—No. —Me interrumpió—. No mientas, Ojos Grises. Te daré otra oportunidad porque estoy de buen humor y la verdad es que sería una pena matar a Adam, está bueno.

—No sé qué es lo que siento por Fleur, pero es lo más cercano al amor que he sentido en toda mi vida —dije con sinceridad—. Ella... —Podía sentir los ojos de Mason y de Adam sobre mí—. Ella me hace creer que mi diagnóstico está equivocado y que sí puedo sentir.

La princesa roja entornó sus ojos.

—¿Desde cuándo? ¿Por qué ella?

No quería decirlo, pero sabía que tenía que decir la verdad.

—La conocí cuando tenía doce años.

Mason frunció el entrecejo. El recuerdo era tan claro en mi mente como si hubiera sido ayer.

—¿Estás llorando? —me preguntó con curiosidad.

Alcé la mirada y vi a una niña rubia con un helado en la mano y un vestido de flores con demasiados colores. Me limpié las lágrimas rápidamente, avergonzado. Ella se sentó en el columpio al lado del mío sin decir nada. Nos quedamos en silencio un rato, hasta que ella habló después de darle un lametón a su helado.

—Cuando quiero olvidarme de todo, me imagino que el columpio es mi nave espacial.

La miré, pero sus ojos miraban al cielo mientras despegaba los pies del suelo.

—Y me imagino que vuelo y que me lleva por todas partes.

—Eso es estúpido.

Pensé que se molestaría, pero me miró y sonrió. Sus ojos se iluminaron.

—Si el mundo es estúpido, ¿por qué no podemos hacer cosas estúpidas?

Hablaba con una seguridad que me sorprendía, a pesar de ser más pequeña que yo. Mis ojos bajaron a sus muñecas y vi que tenía moretones. Ella siguió mi mirada y con su mano libre se bajó las mangas del suéter. Luego, apartó la mirada y se concentró en su helado.

Pensé: «¿Eres como yo? ¿También lo estás pasando mal?», pero no llegué preguntárselo en voz alta porque ya sabía las respuestas. Me la quedé mirando. Ella lamió su helado y sonrío mientras señalaba el cielo.

—Oh, un arcoíris.

—¿Cómo puedes sonreír de esa forma? —le pregunté.

Su sonrisa se volvió triste y se encogió de hombros.

—Llorar no sirve de nada, no cambia nada.

En ese momento, nació en mí una gran curiosidad por ella. Todos los días a la misma hora la esperaba en el parque de la calle Doce para hablar con ella en los columpios. Sabía que solo estaba en Canadá en verano mientras visitaba a sus abuelos, así que quería aprovechar cada momento. Ella me entendía, me ayudaba a verle el lado bueno a todo, a disfrutar el sabor de un buen helado, a apreciar cada momento fugaz de felicidad.

Se convirtió en mi vía de escape.

En mi descanso de lo que vivía en ese orfanato todos los días.

Pero el verano terminó, y mientras las hojas danzaban y caían de los árboles con el otoño, yo seguía esperando todos los días en el columpio.

Pero la niña de los ojos brillantes y vestidos floreados nunca regresó.

Hasta el día en que Adam me mandó seguir a su novia. Al principio, me resultó familiar, pero no la reconocí. Había cambiado mucho: se había convertido en toda una mujer y sus ojos ya no brillaban, ya no usaba ropa de colores, ya no llevaba marcas visibles de lo que vivía, solo cicatrices internas que habían apagado su vitalidad.

Sin embargo, en una fiesta de Halloween que Adam organizó, pude hablar con ella detrás de un disfraz de fantasma con máscara. Su voz y su acento fueron lo primero que me trajo recuerdos, luego su nombre, así que decidí comentarle lo que hablamos tantas veces en los columpios para confirmar que era ella.

—Quisiera tener un columpio volador para escapar de aquí y ver todo el mundo.

Ella sonrió por primera vez esa noche, esa sonrisa no tenía igual.

—Yo solía decir eso, y un amigo me dijo que era una tontería.

Adam se la llevó antes de que pudiera decirle más, pero yo ya sabía suficiente; era ella. La había encontrado después de tanto tiempo, y ahora sí contaba con todos los medios para no dejarla escapar. Ella me necesitaba tanto como yo la necesitaba a ella.

Volví a la realidad, les había contado a todos cómo conocí a Fleur, pero sin detalles y sin describir muchas emociones, tampoco quería avergonzarme.

Por primera vez, pude ver una expresión en la cara de la princesa roja, parecía muy sorprendida.

—Eras tú... ¿Fleur lo sabe?

Meneé la cabeza.

—No me recuerda.

La princesa roja asintió y apuntó a Mason.

—¿Y tú? ¿Qué quieres tú?

Le dirigí una mirada de advertencia a Mason, no era hora de jugar. Ella le dispararía si lo consideraba una amenaza. Mason se encogió de hombros.

—Solo me parece una mente interesante para estudiar y descifrar.

La princesa roja entrecerró los ojos, así que intervine.

—Mason es psiquiatra.

Ella suspiró y bajó el arma.

—Eso quiere decir que puedes ayudar a Fleur a lidiar con toda la mierda que olvidó, ¿no?

Mason asintió.

—Bien, felicidades, nadie morirá. Bien, jueguen al trío, al cuarteto o a lo que sea: el psiquiatra la cuida, el empalagoso le da amor y tú, Ojos Grises, le das estabilidad y seguridad. Solo tengo una petición.

—¿Cuál?

—Fleur tiene que recordar, no va a superar algo que no puede recordar.

Mason torció los labios.

—Ella no podrá asimilar la verdad.

La princesa roja sonrió.

—No tienes ni idea de lo fuerte que es, no la subestimes.

Se puso de pie.

—La dejaré a su cuidado y sepan que es mi decisión que así sea. Ah, y si le hacen daño, volveré y los mataré a todos, empezando por ti, Ojos Diferentes. Ella podrá sentir cosas por ustedes, pero para mí no son nada. Adiós. —Subió a su habitación tras dejar el arma sobre el sofá.

Al día siguiente, cuando bajó las escaleras, no fue capaz de mirarnos a la cara, muerta de vergüenza por lo que había hecho con Mason. Supe que Fleur había vuelto y que era hora de hacerle recordar.

Días después

Tuve que esperar unos días para que Fleur pudiera mirarme a la cara y hablar conmigo. No hablamos de lo que pasó con Mason, no teníamos que hacerlo y, para ser sincero, no creía que pudiera hablar con ella de eso sin incomodarme.

—Necesito que vengas conmigo.

Fleur frunció el entrecejo al ver el helado que le ofrecí.

—¿Helado?

—Sí, ven.

Salimos de la casa y nos dirigimos a los árboles donde habían instalado un par de columpios unos días antes.

Ella parecía confusa, pero le dio un lametón a su helado.

—¿Qué es esto? ¿Helados y columpios? ¿No eres muy mayor para estas cosas?

Le sonreí de oreja a oreja.

—Solo siéntate.

Ella me obedeció. Su mano libre acariciaba suavemente la cadena de su columpio. Cada vez parecía más confundida.

Cuando le conté mi plan a Mason, me miró con desprecio.

—Recreando la escena de los columpios quizá la ayudes a recordar, sí. —Hizo una pausa—. Pero si recuerda cómo os conocisteis, puede que también recuerde al malnacido de su padre... ¿Estás dispuesto a destruir todo lo que hemos hecho para que ella no tuviera que lidiar con eso?

Asentí.

—Vivir en la ignorancia no es vivir. Ella no va a superar algo que no recuerda. Además, es más fuerte de lo que crees, no la subestimes. —Usé las palabras de la princesa roja.

Me senté en el columpio de al lado y la miré. La sensación de familiaridad era tan abrumadora que me incomodaba.

—Levanta tus pies, imagina que el columpio...

—Es tu vía de escape y puedes volar —dijo ella terminando la frase por mí. Sus manos temblaban—. Yo... no sé por qué dije eso.

—Sí lo sabes —le aseguré, extendiendo mi mano para tomar la suya mano libre—. Está bien, tranquila, respira.

FLEUR

Mi cabeza palpitaba y sentí una punzada en el pecho.

—Pierce...

—Chis, está bien, tranquila. —Apretó mi mano de forma reconfortante. El helado, el columpio, la suavidad de su mano, el aire triste de su expresión, fragmentos incoherentes llegaron a mí uno tras otro.

—¿Adónde iremos hoy? —me había preguntado el chico de ojos grises, ambos balanceábamos en el columpio tomados de la mano.

Yo le había sonreído.

—¿Vamos a Japón?

Él gruñó.

—¿Cuándo vamos a ir a París?

—No te pierdes nada —le había dicho yo arrogantemente.

Me apreté el pecho con fuerza, los recuerdos me abrumaban.

—Yo haría cualquier cosa por ti.
—¿Matarías por mí?
—Sí —contestó sin dudar.

Unas lágrimas gruesas bajaban por mis mejillas.

—¡Ay! —Él se había quejado mientras limpiaba las heridas de su mentón y un corte de su labio con el kit de primeros auxilios que le había robado a mis abuelos—. Arde, para.
—Aguanta.
Cuando terminé de curarle, mientras guardaba todo en la caja, sentí su mirada sobre mí.
—No estaba jugando cuando lo dije.
—¿De qué hablas?
—Lo mataré si me lo pides.
Me las ingenié para sonreír.
—Estaré bien, preocúpate por ti, y no hagas enojar a nadie del orfanato.

¿A quién quería matar?

«Papá, no por favor...».

Recuerdos desagradables invadieron mi mente y sentí náuseas.

«Para, papá, por favor. No..., no, no».

—Oh... Dios...
Era como si pedazos de mi cabeza se agrietaran y las piezas empezaran a encajar.
«¿Qué son todos estos recuerdos?».
«Lo que yo viví. —Mi propia voz sonó dentro de mi cabeza—. Respira».
Unos brazos fuertes me sostenían porque mis piernas de repente parecían de gelatina. Sin poder resistirlo más, me desmayé.

«Sé que piensas que te salvé la vida esa noche en la azotea, pero en realidad tú salvaste la mía».

Abrí mis ojos lentamente, el atardecer le daba unos tonos naranjas a mi habitación. Al primero que vi fue a Pierce, dormido a mi lado. Parecía muy vulnerable, con sus pestañas casi rozando sus pómulos y su cabello negro despeinado. Me giré para acostarme sobre mi espalda y a mi otro lado vi a Mason, también dormido. Adam estaba recostado en la cabecera de la cama al lado de Mason, su cabeza caída hacia delante mientras dormía.

Me dolía la cabeza, las lágrimas llenaron mis ojos y me controlé para no hiperventilar, no podía lidiar con los recuerdos, yo... yo había matado a mis padres, yo había dado la orden de matar a Camille.

Había sido yo.

Llevé las manos al pecho y traté de respirar. Una mano se posó sobre las mías, miré a Mason, que estaba despierto.

—Respira, una respiración a la vez.

Pierce tomó mi otra mano.

—No estás sola.

Sentí las caricias de Adam en mi pelo.

—Jamás estarás sola.

Comencé a calmarme. Los había culpado tantas veces de esos crímenes, pero ellos no eran mis verdugos, eran mis salvadores. Me habían dejado pensar lo peor de ellos todo ese tiempo para que yo no sufriera el peso de esos recuerdos.

Pero sobrevivir no era suficiente, quería vivir y eso solo lo lograría conociendo la verdad. Y la verdad era liberadora. Ya no sentía culpa por sentirme atraída por tres personas diferentes, pero sentía muchas cosas inconsistentes y poco razonables. Me perdí en la mirada gris de Pierce, en el brillo de sus ojos, en la tranquilidad de su expresión.

—Yo...

Él me puso un dedo en la boca.

—Está bien, descansa.

Obedecí y cerré los ojos de nuevo, sintiéndome completamente segura por primera vez en mucho tiempo.

Los días siguientes estuvieron cargados de silencios, miradas y mucha tensión. Era como si todos nos estuviéramos acostumbrando a la nueva situación. Por mi parte, aún estaba asimilando lo que había descubierto y, cuando me sentía abrumaba, simplemente buscaba algo con que distraerme. Y así fue como ver una película después de cenar se convirtió en un ritual para los cuatro. No necesitábamos decir nada, solo disfrutar de estar juntos mientras veíamos la televisión.

Me senté en el medio del largo sofá entre Pierce y Adam. Mason se quedó en un sillón al lado, como de costumbre, y todo iba bien hasta que en la película comenzó una escena de sexo. En el momento en el que la protagonista gimió sobre los labios del chico, el ambiente en la sala cambió por completo. Fui muy consciente de mi respiración, de cómo la tela de mi camisón rozaba mi piel y de la presencia de aquellos tres hombres. Podía sentir la calidez que emanaba de Pierce y de Adam y desvié la mirada del televisor para encontrarme con los ojos profundos e intensos de Mason, quien me estaba observando desde la distancia.

En la película, la protagonista jadeaba mientras el chico la llevaba a un sofá y le quitaba la ropa. Me retorcí un poco en mi asiento, noté la calidez bajando a mi vientre y apreté las piernas por instinto. Al girar el rostro a un lado, me encontré a Pierce a unos cuantos centímetros, no fue difícil perderme en la intensidad de esos ojos grises que tanto amaba. Él se lamió los labios, esperando, como si me dejara tomar la iniciativa, me acerqué y lo besé. Casi gemí al sentir su boca contra la mía, echaba de menos su calidez, el contacto físico, la conexión. El beso que empezó lento y delicado se transformó en uno apasionado, nuestras lenguas empezaron a jugar, tentándose y destilando deseo. Sabía que Mason me observaba, sabía que Adam estaba justo a mi lado y eso me encendía más. Me estremecí cuando sentí la mano de Adam sobre la piel desnuda de mi muslo, subiéndome el camisón ligeramente.

Pierce se separó un poco y sostuvo mi rostro con delicadeza.

—¿Quieres esto?

—Sí —respondí y volví a besarlo.

No podía mentir y decir que no había fantaseado con acostarme con los tres a la vez desde el momento en que comprendí la relación abierta que tendríamos. No me avergonzaba desearlos a los tres y tenerlos al mismo tiempo si ellos estaban de acuerdo. Por el ambiente y el deseo que se respiraba en el aire, me di cuenta de que no era la única que había pensado en ello.

Una mano helada me tomó del cuello y me separó de Pierce, quien no dudó en tomar uno de mis pechos con su boca para chuparlo por encima de la tela, robándome un gemido audible. Estiré la cabeza hacia atrás recostándola contra el sofá para ver a Mason de pie. Él se inclinó y me besó, nada de suavidad ni de ternura, su lengua invadió mi boca de forma brusca y apasionada.

La mano de Adam se acercaba más y más a mi entrepierna, y cuando llegó a su meta, acarició ese punto sensible que hizo ahogarme en un jadeo en la boca de Mason. Él apretó su agarre en mi cuello, manteniéndome quieta.

—Bonita... —susurró, mordiéndome el labio inferior. Hice una mueca de dolor, pero lo disfruté. Mis sentidos estaban abrumados. Tenía a Pierce en mis pechos, a Adam en mi entrepierna y a Mason en mi boca. Era demasiado, mis caderas comenzaron a moverse por sí solas.

Adam alejó la mano y noté que se movía. Cuando bajé la mirada, lo vi arrodillarse frente a mí, mirándome con sus ojos negros cargados de lujuria mientras me separaba las piernas y metía la cara entre ellas. Mis jadeos resonaron por toda la sala.

Mason tomó el lugar de Adam a mi lado y atacó mis pechos mientras Pierce volvía a besarme, ahogando mis gemidos en sus labios. Mis manos inquietas buscaron la cremallera de Pierce y la de Mason. Ambos me ayudaron a desbrocharse los pantalones y hundí las manos dentro de sus boxers... Estaban tan duros que me costaba acariciarlos. Adam siguió lamiendo, succionando, y ya estaba volviéndome loca, así que lo detuve con la mano.

Mason paró, pasó el brazo por detrás de mi cintura y me levantó hasta que quedé sentada encima de él, de espaldas. Podía sentir su respiración caliente y agitada en la parte de atrás de mi cuello y su erección entre mis nalgas. Bajó las tiras de mi camisón dejándome los pechos desnudos y me agarró los muslos, abriéndome por completo, exponiendo mi intimidad, húmeda y palpitante.

—¿Quién quieres que te folle primero? —murmuró Mason en mi oído.

Adam y Pierce me observaban, hambrientos, con ganas de llenarme. Me sentí deseada, como si fuera una ofrenda lujuriosa para ellos y eso me encantó.

—Pierce.

Ojos Grises no dudó en ponerse frente a mí, entre mis piernas. Tragué saliva con dificultad mientras se quitaba la camisa y terminaba de bajarse los pantalones. Lo deseaba, y ver cómo se preparaba y rozaba mi humedad fue lo más excitante que había vivido en mucho tiempo. Por instinto, quise cerrar las piernas para atraerlo más a mí, pero Mason mantuvo su agarre en mis muslos.

—No, bonita, él te quiere así..., mojada, abierta y lista. —La oscuridad en la voz de Mason era combustible al fuego que ardía entre todos.

Mirándome a los ojos, Pierce se agarró de mis caderas y me penetró de golpe. Solté un alarido de placer, retorciéndome, acostumbrándome a la sensación deliciosa de estar llena. Se inclinó sobre mí, besándome, gruñendo mi nombre al comenzar a moverse con rapidez y profundidad. No fue suave ni cuidadoso, cada estocada me presionaba más contra Mason y su erección, que estaban detrás de mí. Adam se puso a nuestro lado de rodillas en el sofá, viéndolo todo y tocándose. Se quedó a la altura perfecta, así que me incliné hacia un lado y lo tomé en mi boca mientras Pierce seguía con sus movimientos bruscos y Mason me masajeaba los pechos, su pulgar e índice apretando esos dos puntos sensibles con experiencia. Era demasiado. Necesitaba que Pierce se moviera más despacio porque estaba a punto de explotar. Despegué la boca de Adam un momento, levanté la mano y la puse contra los abdominales de Pierce, rogándole con los ojos. Él sonrió con picardía.

—¿Quieres más duro? —Sacudí la cabeza, pero sí, quería más.

Él me apartó la mano y se agarró con tal fuerza de mis caderas que estaba segura de que me dejaría marcas. Entonces se movió aún más rápido, hundiéndose aún más en mí. Cerré los ojos, gimiendo, jadeando. Sentí algo duro y caliente contra mis pechos y, al abrir los ojos, vi a Adam masturbándose casi encima de mí. Estaba a punto de llegar, lo podía ver en la forma en la que se le contraían los músculos del abdomen. Y ese fue el detonante para llegar al punto máximo. Mis gemidos se volvieron más altos y desesperados...

Pierce entraba y salía de mí, Mason me gruñía al oído y Adam alcanzó el clímax sobre mis pechos, y al notar el líquido caliente deslizándose por mi piel, exploté. El orgasmo me recorrió desde la punta de los pies hasta la cabeza, mientras cada nervio se electrificaba, ardía, vibraba de placer absoluto. Al mismo tiempo, Pierce gimió y gruñó, estremeciéndose, terminando dentro de mí. Luego descansó su frente sobre la mía y susurró en secreto:

—Te quiero.

Lo sabía y él también sabía que yo lo quería. Pierce salió de mí, pero apenas pude recuperar el aliento porque Mason me levantó y me empujó hasta que quedé sobre mis manos y rodillas en el sofá. Lo miré por encima del hombro.

—Mason... —Mi voz era una mezcla de anhelo y saciedad.

Él me agarró las manos, las unió sobre mi espalda, sin dejarme otra opción que recostar mi cara de lado. Sabía lo brusco que era, sabía que le gustaba tener el control absoluto, lo había vivido en el vestidor. Así que me rendí ante él, me excitaba hacerlo. Mason no tuvo que prepararme, ya estaba más que mojada, en especial después de que Pierce se corriera dentro de mí.

Mason empezó a penetrarme de una manera sorprendentemente lenta, pero en un segundo cambió a un ritmo castigador, fuerte y que me presionaba la cara contra el sofá con cada movimiento. Pierce y Adam nos miraban y pude ver que sus miembros se endurecían de nuevo... y supe que esto estaba lejos de terminar, que había abierto una puerta a la oscuridad donde no había límites.

Pierce se me acercó y se inclinó para darme un beso en la frente en el momento exacto en que Mason me daba una nalgada que ardió y quemó. Pierce me apartó el cabello de la cara mientras Adam me acariciaba la espalda.

Habíamos pasado por tanto juntos. Estábamos rotos, pero de alguna forma, nos complementábamos en este desastre de amor insano, obsesión y deseo carnal que nos envolvía a los cuatro.

Y todo había empezado aquella noche del asesinato, en la que había tomado mi desesperada decisión.

FBI

෴ Epílogo ෴

Siete años después

JEFF

El choque brusco de agua helada contra mi cuerpo me despierta.

Mi cuerpo palpita de dolor. Tengo sangre seca en la nariz y en los labios. Intento mover las manos, pero están atadas detrás de mí. Estoy atado a una silla y la cabeza me cuelga hacia adelante mientras intento despertar. Aprieto los ojos antes de intentar abrirlos.

¿Dónde estoy? ¿Qué ha pasado? Solo recuerdo estar en un bar, tomando unas copas, y luego nada más.

Tac. Tac. Tac. Tac.

Un golpeteo repetitivo en el suelo llega a mis oídos. Alguien con tacones está caminando hacia mí. Levanto la cabeza, entreabriendo los ojos. Veo una figura borrosa que cada vez parece más nítida a medida que parpadeo.

Es una mujer. Se detiene frente a mí. Es muy guapa y lleva puesto un vestido rojo que se ajusta a su delgada figura. Sus zapatos de tacón también son rojos, al igual que su pintalabios. Ese color resalta la palidez de su piel. El cabello rubio le cae a ambos lados de la cara. Me observa mientras una sonrisa se va dibujando en su cara.

¿Qué carajos está pasando? ¿Por qué estoy atado y me han golpeado de esta forma?

—Por fin has despertado, Jeff. —Su voz es grave y suena tranquila, como si esto fuera normal, y sabe mi nombre.

—¿Quién eres? ¿Qué significa esto?

—Oh, tranquilo, no va a pasarte nada.

—Desátame. Si esto es una broma, te has pasado de la raya.

Ella se lame los labios y echa un vistazo por encima de su hombro. Sigo su mirada, y veo emerger de la oscuridad a un hombre alto y moreno, completamente vestido de negro. Sus ojos son de colores diferentes. Y entonces lo recuerdo. En el bar me tropecé con él y se me cayó la bebida. Él, amable, se ofreció a comprarme otra como disculpa, yo acepté porque él fue muy agradable.

Esa bebida...

Después de esa bebida no recuerdo nada.

—¿Qué está pasando?

Lucho contra mis ataduras a pesar de que me hago daño en las muñecas.

El hombre suspira y se detiene al lado de la mujer.

—Has sido un chico malo, Jeff. —Él menea la cabeza—. Hoy no es tu día de suerte.

—¿De qué mierdas estás hablando? ¡Desátenme!

La mujer se inclina sobre mí. Su perfume, algo dulce, llega a mi nariz.

—¿Creíste que nunca pagarías por todo lo que has hecho?

Sin pensarlo, le escupo y mi saliva cae sobre sus pechos en vez de en su cara. Ella se endereza, mientras se limpia. De inmediato, un golpe seco en la cabeza procedente de detrás de mí me desorienta y casi pierdo el conocimiento.

¿Hay alguien detrás de mí?

Unas manos frías me rodean el cuello y lo aprietan. Me cuesta respirar.

Una voz fría susurra en mi oído.

—Haz eso de nuevo y te coseré la boca.

Jadeo, retorciéndome e intentando tomar una bocanada de aire.

—Pierce, está bien —le dice la mujer con una sonrisa—. Solo estamos un poco nerviosos, ¿verdad, Jeff? Debes de estar muy confundido.

La persona detrás de mí me suelta y toso desesperado.

—¿Quiénes... son ustedes? Si buscan dinero, puedo darles mucho dinero, yo...

—Chis. —El de ojos diferentes se lleva el dedo índice a los labios silenciándome—. No quieres que te cosan la boca, ¿a que no, Jeff?

El que casi me estrangula le pasa una carpeta a la mujer, pero solo alcanzo a ver su brazo, porque enseguida vuelve a ocultarse detrás de mí. Me resulta difícil respirar con normalidad... Analizo la situación, no debo provocarlos.

La mujer abre la carpeta y pasa una hoja antes de detenerse y leer algo en voz alta:

—Jeff Tomas, vaya, tienes un historial bastante colorido, siete cargos de violación, prófugo de la justicia desde hace cuatro años, cuando violaste tu libertad provisional porque sabías que serías declarado culpable.

Me paralizo y ella continúa:

—Conseguiste una madre soltera lo suficientemente estúpida para enamorarse de ti y dejarte entrar en su casa, donde has estado abusando de tus hijastras todo este tiempo.

—Eso es mentira, todo es falso, yo nunca...

—Siete y nueve años tienen las niñas. —Ella me interrumpe—. Vaya, olvidé mencionar que los cargos por violación fueron hechos por menores de edad, el informe es bastante gráfico. ¿Cómo es que la justicia ha fallado y no ha encerrado a un enfermo como tú?

—Todo eso es mentira, yo jamás haría algo así, yo quiero a esas niñas como si fueran mis hijas.

La mujer me abofetea con tanta fuerza que me gira la cara abruptamente y mi mejilla queda palpitando de dolor.

—Jeff, será mejor que empieces a ser sincero, no tengo mucha paciencia y cada vez que me imagino lo que les has hecho pasar a esas niñas se me revuelve el estómago y siento la tentación de dejarte en manos de estos dos. —Se inclina de nuevo sobre mí—. ¿Y te digo un secreto? Son bastante creativos en sus métodos de torturas, en especial, él. —Señala al que está detrás de ella.

El de ojos diferentes me dedica una sonrisa sádica.

—¿Quieres jugar conmigo, Jeff? —continúa ella.

—¿Qué es lo que quieren?

—Quiero que lo admitas, que digas la verdad por primera vez en tu vida.

—Si confieso, ¿me dejarán ir?

Ella me da una palmada en el hombro.

—Por supuesto.

Me muerdo los labios y ella se endereza y se queda ante mí con los brazos cruzados.

Trago saliva con dificultad antes de hablar.

—Yo... yo las quiero... El amor no debería estar regido por las leyes de esta estúpida sociedad... Yo solo demostré mi amor a esas niñas de la mejor manera que pude. Sé que suena mal, pero a ellas acabará gustándoles, lo sé. Ahora lloran y me piden que no lo haga porque están acostumbrándose.

El que está detrás de mí chasquea la lengua. La expresión de la mujer se endurece y descruza sus brazos para dejarlos descansar a ambos lados de su cuerpo.

—Te entiendo, Jeff.

¿De verdad?

Ella está a punto de decir algo cuando una tercera persona baja las escaleras de este lugar y aparece a un lado. ¿Estamos en un sótano? Es otro hombre, también es moreno, pero tiene los ojos negros.

—¿Es en serio? —le pregunta el recién llegado. La mujer suspira—. Nuestro vuelo a Alemania es dentro de dos días. Trabajo como un loco para conseguir los pasaportes falsificados y arreglarlo todo, ¿y ustedes están aquí jugando con otro pedófilo?

«Pedófilo». Odio esa palabra, es la que usa la gente que no puede entender mi amor por esas niñas.

—Es nuestra fiesta de despedida —dice el de ojos diferentes—. Además, cuando veas su historial, te darás cuenta de que se lo merece.

—No lo dudo, pero... —Sus ojos caen sobre la mujer y se iluminan—. Necesitamos prepararnos, tienen que memorizar toda la información de sus nuevas identidades, les van a encantar los nombres que he escogido para ustedes, muy alemanes.

—Adam... —La voz detrás de mí suena molesta—. Estamos en medio de algo importante.

El de atrás de mí se llama Pierce y este es Adam, me pregunto por qué están diciendo sus nombres tan despreocupadamente delante de mí y también discutiendo sus planes de viaje con documentación falsa.

Caigo en la cuenta.

—Mentiste —le digo a la mujer—. No van a dejarme ir, van a matarme, ¿no es así?

Ella se encoge de hombros.

—Lo siento, Jeff. El mundo no necesita hombres como tú. ¿Sabías que una de las niñas que violaste sufrió una hemorragia vaginal tan grave que murió en el bosque donde la dejaste abandonada después de violarla? Encontraron su cuerpo hace poco. Como ya he dicho, este informe es bastante colorido. Otra de las niñas que violaste hace años se suicidó dos meses después. Tal vez no tengo la fuerza moral suficiente para juzgarte ni tampoco el poder de decidir sobre la vida de las personas, pero francamente, no me importa irme al infierno por deshacerme de ti. Vale la pena, no mereces respirar mientras esas dos niñas se pudren en sus tumbas.

El miedo corre por mis venas y me impide hablar.

—Y no voy a entregarte a la justicia. Te condenarían a pasar toda tu vida en la cárcel o a pena de muerte, pero tú mereces una muerte mucho más dolorosa, más cruel.

—Por favor...

—¿Por favor? —Ella se ríe—. ¿Cuántas veces has escuchado eso, Jeff? ¡Por favor, detente! ¡Por favor, para! ¿Y lo hiciste? ¿Por qué habría de detenerme yo?

—Por favor, haré lo que sea, jamás volveré a tocar a una niña.

—Mason. —Ella pronuncia su nombre lentamente. El de ojos diferentes da un paso adelante—. Puedes jugar con él como quieras, que sufra, que cada uno de los últimos segundos de su vida sean insufribles.

—¡No! ¡Por favor!

La mujer se da media vuelta y se va. El de ojos negros me lanza una última mirada antes de seguirla. Sé que en el momento que me quede a solas con estos dos estaré perdido.

—¡Por favor! ¡Espera! ¡No te vayas!

Pero ya no está.

Mason aplaude una vez, juntando las manos como si estuviera emocionado ante la perspectiva de ver el miedo en mi cara.

—Muy pocas veces me dejan jugar como yo quiero, Jeff.

Estoy temblando.

El que está detrás de mí me agarra del pelo y mi cuello produce un sonido horrible por culpa de la brusquedad con la que ha tirado de él.

—¿Comenzamos?

Mason mantiene esa sonrisa sádica en sus labios.

—Después de ti, caballero.

Sangre.

Hay un charco de sangre que se extiende alrededor de mi silla. He sido golpeado, mutilado, apuñalado y luego me han dejado aquí para que muera lentamente desangrándome. La cabeza me cuelga hacia delante, no tengo fuerzas para sostenerla, cada vez que respiro me estremezco de dolor. Puedo sentir cómo la vida abandona mi cuerpo con cada gota de sangre que gotea al suelo.

Voy a morir, noto los lentos latidos de mi corazón, que probablemente esté quedándose sin sangre que bombear. Estoy a punto de cerrar los ojos cuando escucho ruido de pasos casi inaudibles.

Me esfuerzo por levantar la mirada para rogar por mi vida, este no puede ser mi final.

Es un niño.

Está frente a mí, no puede tener más de seis años. Es rubio y sus facciones son muy parecidas a la de la mujer del vestido rojo. ¿Su hijo?

—Eh —susurro con cuidado. Noto la boca seca y casi me quedo sin aire solo por pronunciar una breve palabra—. ¿Puedes... ayudarme?

Él ladea la cabeza.

Y pienso que la imagen debe de ser traumatizante para él, con toda esta sangre y las heridas abiertas en mi cuerpo. Sin embargo, su pequeño rostro no tiene ninguna expresión.

«¿Has visto esto antes, niño? ¿Por qué no estás gritando o llorando asustado?».

Toso sangre y él da un paso atrás para evitar que lo salpique. Mis ojos se están cerrando solos, no tengo mucho tiempo.

—Tú... —Necesito intentar ganarme su confianza—. Eres un niño muy valiente. ¿Cómo te llamas?

Toso sangre de nuevo y sé que este es mi final, pero antes de recibir mi muerte lo escucho susurrar su nombre:

—Heist.